SF

ザ・ベスト・オブ・アーサー・C・クラーク①

太陽系最後の日

アーサー・C・クラーク
中村 融編／浅倉久志・他訳

早川書房

6472

THE BEST OF ARTHUR C. CLARKE Vol. 1

by

Arthur C. Clarke

Translated by

Toru Nakamura, Hisashi Asakura, Rei Kozumi

Hiroshi Minamiyama, Akinobu Sakai & Mariko Fukamachi

First published 2009 in Japan by

HAYAKAWA PUBLISHING, INC.

This book is published in Japan by

arrangement with

THE ESTATE OF ARTHUR C. CLARKE

c/o DAVID HIGHAM ASSOCIATES LTD.

through TUTTLE-MORI AGENCY, INC., TOKYO.

目次

太陽系最後の日

ザ・ベスト・オブ・アーサー・C・クラーク①

太陽系最後の日

Rescue Party

中村 融訳

Astounding Science Fiction, May 1946

いったいだれの責任なのか？　三日間というもの、その疑問がアルヴェロンの脳裡を去らなかった。そして答えは、いまだに見つかっていない。もっと文明度の低い、あるいはもっと感受性の鈍い種属の出身であれば、そんな疑問に心をさいなまれることもなく、運命のなすことはだれの責任でもないのだ、といいきって納得していただろう。しかし、アルヴェロンとその眷属は、歴史の曙このかた、すなわち〈劫初〉の彼方に横たわる未知の力によって、宇宙に〈時の障壁〉が張りめぐらされた悠久の過去このかた、大宇宙の貴族を任じてきたのである。彼らには全知があたえられていた――そして無限の知識には無限の責任がともなうのだ。もし銀河系の管理に手落ちや誤りがあったのなら、その咎《とが》を受けるのは、アルヴェロンの同族である。しかも、こんどのことは、たんなる手落ちではすまされない。史上最大の悲劇のひとつなのだ。

乗組員にはまだなにも知らせていない。彼の親友で、副船長をつとめるルーゴンにさえ、真相の一部しか明かしていない。しかし、その命運のつきた惑星群は、いまや十億マイル足らず前方に迫っている。あと二、三時間のうちには、その第三惑星に着陸しているはずだ。

いまいちどアルヴェロンは、〈基地〉からの通信文に目を通した。それから、人間の目にはとまらぬ速さで触手の一本をひらめかせると、〝総員注意〟のボタンを押した。全長一マイルにおよぶ円筒形の銀河調査船S九〇〇〇号の各部署で、さまざまな出自の生物たちが、仕事の手を止め、船長の言葉に聞きいった。

「おそらく諸君は疑問をいだいているだろう」とアルヴェロンは切りだした。「なぜわれわれは通常の調査を中止し、これほどの加速度で、宇宙のこの領域へ急行するよう命じられたのか、と。諸君のなかには、この加速度の意味するところをつかんだ者もいるかもしれない。本船にとって、これが最後の航行となるだろう。ジェネレーターは、すでに六十時間も〈極限の過負荷〉で稼働しつづけている。もし自力で〈基地〉へ帰投できたら、たいへんな好運というものだ。

われわれはいま、ある恒星に近づいており、それは新星《ノヴァ》と化そうとしている。爆発は七時間後に起きるから、一時間の誤差を見こむと、探検に残されたのは、最大でわずか四時間ということになる。破滅に瀕している星系には十個の惑星があり——その三番めには文明が存在する。その事実が発見されたのは、ほんの数日前にすぎない。その悲運の種属と接触し、可能であれば、その成員の一部を救出するのが、われわれに課せられた悲しむべき任務である。なるほど、それほどの短時間に、本船一隻でできることなどたかが知れている。しかし、爆発が起きる前に、問題の星系に到達できる宇宙船は、本船以外には見あたらないのだ」

長い間《ま》があり、そのあいだ長大な船のどこをとっても、しわぶきひとつ、身じろぎひとつ起きなかった。いっぽう、船は前方の惑星群に向かって音もなく疾駆した。アルヴェロンは仲間たちの心中を察し、その無言の問いに答えようとした。

「諸君は疑問に思うだろう、これほどの災厄、歴史上最大の惨事をどうして未然に防げなかったのか、と。ひとつ安心してもらいたい。落ち度は、調査制度そのものにあったわけではないのだ。

知ってのとおり、一万二千隻を下まわる現在の船団でも、銀河系内に存在する八十億の太陽系ひとつひとつを、およそ百万年の間隔で再調査することが可能だ。それほど短い期間では、たいていの世界はまず変化しない。

四十万年ほど前、調査船S五〇六〇号が、いまわれわれが接近しつつある星系の各惑星を調べてまわった。そのいずれにも知性は発見されなかった。ただし、第三惑星には動物がひしめいていたし、ほかのふたつの惑星には、かつて生命の存在した形跡があったが。

通常の報告書が提出され、問題の星系は、六十万年後につぎの調査を受ける運びとなった。

ところが、前回の調査から信じられないほど短期間のうちに、問題の星系には知的生命が出現したらしいのだ。その兆《きざ》しが最初にあらわれたのは、座標X二十九・三五、Y三十四・七六、Z二十七・九三の星系内に位置する惑星クーラス上で、未知の電波信号が探知されたときだった。方位角が求められた。発信源は、前方の星系だった。

クーラスはここから二百光年はなれているから、その電波は二百年かけてやってきたことになる。とすれば、すくなくともその期間は、これらの惑星のどれかに文明が存続していたことになる——電磁波と、それに付随するいっさいを生みだせるだけの文明が。

ただちに問題の星系に対して望遠鏡による精査がおこなわれ、このとき、その太陽が不安定な前新星段階《プレ・ノヴァ》にあることが判明した。爆発はいつ起きても不思議ではなく、じっさい、その光波がクーラスへの途上にあるうちに起きていたとしても不思議はなかった。

わずかに遅れて、クーラス第二衛星にある超光速スキャナーが、問題の星系に焦点を合わせた。その結果、爆発はまだ起きていないものの、わずか数時間先に迫っていることが判明した。かりにクーラスが、あと何分の一光年かこの太陽から遠かったら、われわれはその文明が消滅したあとまで、その存在に気づかなかったにちがいない。

クーラスの行政官は、ただちに〈星区基地〉と連絡をとった。そして、問題の星系へ即刻急行せよとの命令が本船にくだされたのだ。われわれの目的は、その命運のつきた種属の成員をできるだけ救いだすことだ。仮に残っていればの話だが。しかし、電波を利用しているほどの文明なら、気温の上昇がすでに起きていたとしても、身を守る手だては講じられるものと考えられる。

本船と二隻の付属艇が、問題の惑星を分担して踏査する。トーカリー隊長には一号艇、オロストロン隊長には二号艇に乗ってもらう。この惑星を踏査するのに、許された時間は四時間足らず。四時間後には、各艇は母船に帰還していなければならない。そのときが来れば、付属艇が帰還していようがいまいが、本船は問題の惑星から離脱しているだろう。二名の隊長には、ただちに司令室で詳細な指示をあたえるものとする。以上だ。大気圏突入は、二時間後の予定である」

かつて地球として知られていた世界では、大火災が終息しかけていた。燃えるものが、なにひとつ残っていないのだ。都市の衰退にともない、津波のように惑星全土へ広がっていた大森林は、もはや赤々と光る燠《おき》と変わらず、その火葬の薪からあがる黒煙が、いまなお空を汚していた。しかし、最期のときは、まだこれから来るのだった。というのも、地表の岩石はいまだに溶けだしていなかったからである。煙霧を透かして大陸はぼんやりと見えたが、接近しつつある船内の観察者たちにとって、その輪郭はなんの意味も持たなかった。彼らの所有する地図は、十回をこえる氷河期と、たび重なる大洪水のために、すっかり時代遅れとなっていたのだ。

S九〇〇号は木星を通過するさい、そのなかばガス状の大洋に生命が存在できないことを即座に見てとった。圧縮された炭化水素から成るその海は、いまや太陽の異常な熱のもとで、ぐらぐらと煮えたぎっていたのだ。火星と外惑星は調べる暇がなかった。そしてアルヴェロンの理解するところ、地球より太陽に近い惑星は、すでにどろどろに溶けているはずだった。例の未知の種属にまつわる悲劇も、とっくに幕をおろした公算が大きい、と彼は痛ましい思いに駆られた。心の底には、そのほうがいいのかもしれない、という思いもあった。船には二、三百人の生存者しか乗せられず、選別の問題が、かたときも心からはなれなかったのである。

通信部長と副船長を兼ねるルーゴンが、司令室へはいってきた。この一時間というもの、彼は懸命に地球からの電波を探知しようとしていたが、徒労に終わっていた。

「遅すぎたんです」と彼は沈んだ声でいった。「スペクトルの端から端までモニターしましたが、エーテルはそよとも動きません。探知できるのは、クーラスから発信されたわれわれ自身の放送と、二百年遅れの番組だけ。この星系には、もう電波をだしているものはないんです」

彼は、たんなる二足生物には真似したくても真似できない、流れるような優雅な動きで巨大なヴィジョン・スクリーンのほうへ移動した。アルヴェロンは無言だった。この知らせは予想ずみだったのだ。

司令室の壁のひとつは、全面がスクリーンに占められている。まっ黒い大きな長方形で、無限に深いと錯覚しそうである。ルーゴンのほっそりした制御触手は、力仕事には不向きだが、あらゆる操作を信じられないほど敏捷にやってのける。そのうちの三本が、セレクター・ダイアルの上でひらひらと躍ると、スクリーンがパッと明るくなり、無数の光点があらわれた。ルーゴンが制御装置を調節するにつれ、星の海がみるみる流れ過ぎた。プロジェクターを太陽そのものに向けようとしているのだ。

たとえ地球人でも、スクリーンをふさぐ怪物じみたものの正体には気づかないだろう。太陽の光はもはや白くなかった。巨大な青紫の雲が、その表面をなかばおおっており、その雲からは長大な炎の流れが、何本も宇宙空間に噴きだしている。ある地点では壮大な紅炎《プロミネンス》が光球からそそり立ち、明滅するコロナのヴェールの奥にまではいりこんでいる。あたかも太陽の表面に、炎の大樹が根を張っているかのようだった――その樹は五十万マイルの高さまでそびえ、炎の川さながらの枝々が、毎秒数百万マイルの速さで宇宙空間をなぎ払っているのだ。

「どうやら」と、じきにルーゴンがいった。「船長は天文学者たちの計算にすっかり満足しておられるようだ。けっきょく――」

「おいおい、われわれは申し分なく安全だよ」と自信たっぷりにアルヴェロン。「クーラス天文台にかけあって、本船の計器を使った追加チェックをしてもらった。例の一時間の誤差だって、わたしには黙っているつもりで、余計な安全マージンをとった結果だろう。わたしが長居したくなった場合にそなえてね」

彼は計器盤にちらっと目をやった。

「もう大気圏内にはいっているはずだ。スクリーンの映像を惑星にもどしてくれたまえ。あっ、探検隊が出発するぞ！」

不意に足もとに震動が走り、カンカンとけたたましい警報が鳴ったかと思うと、すぐに静かになった。ヴィジョン・スクリーンを横切って、すらりとした飛翔体がふたつ、不気味な巨体を見せている地球へ向かって降下していった。しばらくは並んで飛んでいたが、やがてふた手に分かれると、片方が忽然と姿を消した。惑星の影にはいったのだ。その千倍の質量を誇る巨大な母船は、ゆっくりと二隻のあとを追い、放棄された人類の都市をすでに粉砕している猛烈な嵐のなかへ降りていった。

夜の闇につつまれた半球の上を飛んでいるのは、オロストロンが指揮をあずかる小艇だった。トーカリーと同様に、彼の任務は写真撮影と記録であり、進捗状況を母船に報告することだった。小型の偵察艇には、標本を積んだり、乗客を乗せたりする余地はない。もしこの世界の住民と接触できたら、S九〇〇〇号がただちに飛来するだろう。悠長に話しあっている暇はない。トラブルが持ちあがれば、救出は力ずくになるだろう。説明はあとまわしでもかまわないのだ。

眼下の荒れ果てた土地は、ちらちらと明滅する不気味な光を浴びていた。壮大なオーロラが、世界の半分の上で猛《たけ》り狂っていたからである。しかし、ヴィジョン・スクリーンの映像は、外部の光とは無関係だったので、いかなる形の生命も知らずにきたように思える不毛な岩の荒野をくっきりと映しだしていた。おそらくこの沙漠の地も、どこかで終わるにちがいない。オロストロンは、これほど濃密な大気のなかでは無謀と紙一重のところまでスピードをあげた。

飛翔艇は嵐をついて飛びつづけ、ほどなくして岩の沙漠が、天に向かって迫《せ》りあがりはじめた。雄大な山脈が行く手に横たわり、その峰々は、黒煙をはらんだ雲のなかに消えていた。オロストロンがスキャナーを地平線のほうに向けると、ヴィジョン・スクリーン上の山の連なりが、不意に恐ろしいほど間近に迫って見えた。彼はすばやく上昇に転じた。文明を見つけるのに、これほど望み薄な土地は想像しにくかったので、コースを変えたほうがいいだろうか、と彼は迷った。けっきょく変えないことにした。五分後、その判断は報われた。

数マイル下に、首を切り落とされた山があった。なにか途方もない工学上の技術で、山頂がまるごと断ち落とされていたのである。金属の桁から成る入り組んだ構造物が、その岩山からそそり立ち、人工の台地を踏みしめて、多数の機械をささえている。オロストロンは艇を停止させると、その山に向かって螺旋を描きながら降りていった。スクリーン上の映像はいまやドップラー効果によるわずかなにじみが消えていたので、水平方向に対して四十五度の角度で天をあおいでいる数十の巨大な金属鏡。立体格子がささえているのは、鮮明だった。立体格子がささえているのは、水平方向に対して四十五度の角度で天をあおいでいる数十の巨大な金属鏡。その鏡はわずかに凹面を成しており、それぞれが焦点にあたるところに複雑な装置をそなえている。巨大な鏡がずらりと並んでいるところは、なんとも印象的で、重大な意味がありそうだった。鏡という鏡が正確に空――あるいはその彼方――の同じ一点を指していたのである。

オロストロンは同僚たちに向きなおった。

「わたしには観測所のたぐいに見える。きみたちは、これまでにこういうものを見たことはあるかね？」

クラーテン――銀河の辺縁に位置する、ある球状星団出身の多触手三足生物――には、べつの見解があった。

「あれは通信施設だよ。あの反射鏡は、電磁ビームを集束させるためのものだ。同じような施設は、これまでいろいろな世界で見たことがある。ひょっとすると、クーラスが傍受した電波はこのステーションから出ていたのかも――いや、さすがにそれはないか。あの大きさの鏡だと、ビームの幅は非常に狭いだろうから」

「着陸前にルーゴンが電波を探知できなかった理由も、それで説明がつくな」と、つけ加えたのはハンサーII。惑星サーゴン出身の双子生物の片割れである。

オロストロンは承服しなかった。

「あれが電波ステーションだとしたら、惑星間通信のために建造されたことになる。鏡の向きを見たまえ。電波を使うようになって二百年にしかならない種属が、宇宙空間をわたれたなんて、とうてい信じられん。わたしの種属は、六千年かかったんだ」

「われわれは三千年でやってのけた」とハンサーIIが、双子の兄に数秒先がけておだやかにいった。議論は必然的に激論に発展しそうだったが、そうならないうちに、クラーテンが興奮して触手をふりはじめた。ほかの者たちがしゃべっているあいだ、自動モニターを始動させていたのだ。

「おい！　これを聞いてくれ！」

彼がスイッチを入れると、窮屈な船室内に耳ざわりな、かん高い音があふれた。音の高低は絶えず変化するのに、それでもいわくいいがたい、ある種の特徴を保っている。

四人の探検者は、しばらく熱心に耳をすました。やがてオロストロンがいった。

「いまのが話し言葉のわけがない！　あんなに早く音をたてられる生物は、いるはずがないんだ！」

ハンサーIも同じ結論に達していた。

「いまのはTV番組だよ。そうは思わないか、クラーテン？」

話しかけられたほうはうなずいて、

「思うとも。しかもそれぞれの鏡が、べつべつの番組を放送しているらしい。いったいどこへ行くんだろう？　ぼくの考えが正しければ、星系内のほかの惑星のどれかが、あの指向電波の延長線上にあるはずだ。すぐに調べがつく」

オロストロンはＳ九〇〇号を呼びだし、発見したことを報告した。ルーゴンもアルヴェロンも色めきたち、即座に天文学的記録をチェックした。

結果は驚くべきもの——そして失望させられるものだった。ほかの九つの惑星は、どれひとつとして送信経路の近くになかったのだ。巨大な鏡の群れは、むやみに宇宙空間をにらんでいるようだった。

導かれる結論はひとつしかないように思えた。最初にそれを口にしたのは、クラーテンだった。

「彼らは惑星間通信をしていたんだ。でも、ステーションはいまや放棄されているから、送信機はもう制御されていない。スイッチが切られなかったから、見捨てられたときと同じ場所を指しているわけだ」

「まあ、すぐにはっきりするさ」とオロストロン。「着陸するぞ」

彼は巨大な鏡の高さまで飛翔艇をゆっくりと降ろしていき、そのわきをかすめ過ぎると、台地の上に着地させた。百ヤード向こう、迷路のように入り組んだ鋼鉄の桁組の下に、まっ白い石造の建物がうずくまるように建っていた。窓はないが、こちらに面した壁にドアがいくつかついている。

オロストロンは、防護服を着こむ同僚たちを見まもりながら、自分もついていけたらいいのにと思った。しかし、だれかが飛翔艇に残って、母船と連絡をとりあっていなければならない。それがアルヴェロンの指示であり、しかも非常に適切な指示だった。はじめて探検される世界では、なにが起きるかだれにもわからない。とりわけ、このような状況のもとでは。

おそるおそる、三人の探検者はエアロックから踏みだし、防護服の反重力場を調節した。それから、ささやかな探検隊は、それぞれがみずからの種属に特有の運動方式で、建物に向かって進みはじめた。双子のハンサー兄弟が先に立ち、クラーテンがそのすぐあとにつづく。彼の重力制御は、見るからに調節がうまくいってなかった。というのも、いきなり地面に倒れたからだ。さいわい大事にはいたらず、同僚たちの失笑を買っただけですんだ。オロストロンが見ていると、一行はいちばん手前のドアの前で一瞬立ち止まった――と思うと、そのドアがゆっくりと開き、一行は視界から姿を消した。

そういうわけで、オロストロンは忍耐に忍耐を重ねて待った。そのうち周囲では嵐が吹き荒れはじめ、空ではオーロラの光がますますあざやかになった。所定の時間に母船を呼びだすと、ルーゴンのそっけない応答が返ってきた。惑星の反対側にいるトーカリーはどうしているだろう、とオロストロンは思ったが、太陽電波干渉の雷鳴と爆音にはばまれて、連絡をとることはできなかった。

いっぽうクラーテンとハンサー兄弟が、自分たちの推論がおおむね正しいことを発見するまで、長くはかからなかった。建物は電波ステーションであり、完全に放棄されていた。それを構成するのは、ひとつの途方もなく大きな部屋と、そこに通じる二、三の小さなオフィス。主室のなかには、電気機器の列また列が、遠くまで延々とのびている。何百もの制御盤の上で光がちかちかとまたたき、ずらりと並ぶ真空管内の元素が、鈍い輝きを放っている。

しかし、クラーテンは感銘を受けなかった。彼の種属がはじめて作った無線機は、十億年もむかしの地層に化石となって埋まっているのだ。電気機械を発明して二、三世紀にしかならない人類が、地球の一生の半分にあたるあいだ、それを使っていた者と張りあえるわけがない。

それにもかかわらず、探検隊は記録装置を稼働させたまま、建物を探検した。解けていない疑問が、まだひとつ残っていた。放棄されたステーションは、番組を放送しつづけている。だが、その番組はいったいどこから来るのか？　中央制御盤は、いち早く探しあてられていた。それは何十もの番組を同時に処理する設計になっていたが、番組の出所そのものは、地下に消えているケーブルの迷路のなかに失われていた。S九〇〇〇号では、ルーゴンが放送の分析につとめているから、ひょっとすると、彼の調査で出所が明らかになるかもしれない。大陸から大陸へのびているかもしれないケーブルをたどるのは、とうてい無理な相談だ。

探検隊は、放棄されたステーションで時間を無駄にはしなかった。そこから学べるものはなにもないし、彼らが探しているのは、科学情報ではなく生命なのだ。数分後、小艇はすばやく台地を飛びたち、山脈の彼方に横たわっているにちがいない平原をめざした。残された時間は、まだ三時間近くある。

謎めいた鏡の群れが視界から消えたころ、オロストロンは不意にある考えに襲われた。錯覚だろうか、それとも、自分が待っているあいだ、まるで地球の自転をいまだに補正しているかのように、すべての鏡がわずかに角度を変えたのだろうか？　はっきりしなかったので、とるに足らない問題として頭から追いはらった。方向指示メカニズムが、曲がりなりにも、まだ働いているだけの話だろう。

十五分後、都市が見つかった。不規則に広がる巨大なメトロポリスで、川の両岸に築かれているのだが、その川は干あがってしまい、残った醜い傷跡が、巨大なビルのあいだや、いまや非常に場ちがいに見える橋の下をうねうねと走っていた。

空から見ても、都市には人けがなさそうだった。しかし、あと二時間半しか残っていない——さらに遠くまで探検に行く暇はない。オロストロンは決断をくだし、見えるなかでは最大の構築物の近くに着陸した。生物が避難所を求めるとしたら、いちばん頑強な建物になるだろう、そこなら最後の最後まで安全のはずだから——そう考えるのは、理の当然に思えた。

最後の破局が襲ってくれば、いちばん深い洞窟——惑星そのものの中心——にいても、ひとたまりもないだろう。たとえこの惑星の種属が外惑星に達していたとしても、命運がつきるのは、二、三時間の差にすぎない。それだけの時間があれば、荒れ狂う波頭は太陽系をわたりきるのだ。

オロストロンは知るよしもなかったが、その都市が放棄されたのは昨日や今日の話ではなく、一世紀以上も前のことだった。数多《あまた》の文明より長生きした都市という文化は、ヘリコプターが輸送手段として普及したとき、ついに滅びたからである。二、三世代のうちに、人類の大多数は、地球上のどこへ行くのも数時間程度にすぎないと知って、むかしから焦がれてきた原野や森林に舞いもどったのだ。新しい文明は、先行する時代が夢にも思わなかった機械や資源を保有していたものの、本質的には田園的であり、前の数世紀に主流だった鋼鉄とコンクリートのウサギ小屋には、もはや縛られていなかった。まだ残っている都市は、研究や行政や娯楽に特化した中心地であり、それ以外の都市は朽ちるにまかされていた。わざわざ破壊するまでもなかったからである。あらゆる都市のなかでひときわ大きな十いくつかの都市、そして由緒ある大学街はほとんど変化がなく、これから何世代にもわたり存続するはずだった。しかし、蒸気と鉄と地表の輸送機関を礎《いしずえ》とする都市は、それらを養った産業とともに衰退していたのである。

こうしてオロストロンが付属艇のなかで待機するあいだ、同僚たちは果てしなく連なるがらんとした通廊と、人けのない広間を小走りにぬけ、無数の写真を撮ったが、これらの建物を使っていた生物については、なにひとつわからなかった。図書室があり、会合場所があり、会議室があり、おびただしい数のオフィスがあり——そのいずれもがからっぽで、ほこりが厚く積もっていた。もし山の高台にある電波ステーションを見ていなかったら、この世界は何世紀ものあいだ生命を知らなかったのだ、と探検者たちは容易に信じこんだことだろう。

長い待機時間を通じて、オロストロンは、この惑星の種属がどこへ姿を消したのか想像しようとしてみた。もしかすると、逃げ道はないと知って、自殺をとげたのかもしれない。もしかすると惑星の奥深くに広大なシェルターを築き、いまこのときにも、彼の足もとで数百万人がちぢこまりながら、終焉《しゅうえん》を待っているのかもしれない。真相はわからずじまいで終わるのではないか、と彼は心配になりはじめた。

とうとう帰還命令をださなければならなくなったときは、むしろほっとした気分だった。トーカリーの隊が、もっと好運に恵まれたかどうかは、まもなくわかるだろう。とにかくオロストロンは、母船にもどりたくてしかたがなかった。刻一刻と不安が高まっていたからだ。彼の心にはずっとこういう思いがあった――クーラスの天文学者たちが、ミスを犯していたとしたら？　S九〇〇〇号に帰投して、その内壁に囲まれたら、気が楽になりはじめるだろう。船が宇宙空間へ出て、この不気味な太陽がはるか後方でちぢみはじめれば、ますます気が楽になるだろう。

同僚たちがエアロックにはいったと見るや、オロストロンは小艇を空へ舞いあがらせ、S九〇〇〇号へ帰投するよう制御装置をセットした。それから友人たちに向きなおり、「さて、なにを見つけたんだ？」と訊いた。

クラーテンが大きな画布《キャンヴァス》を丸めたものをとりだし、床の上に広げた。

「彼らはこんな姿をしていたんだ」と彼はおだやかな口調でいった。「二足生物で、腕は二本しかない。そういうハンディキャップを負いながらも、立派にやっていたようだ。目もふたつしかない、うしろにもついていないかぎりは。これが見つかってさいわいだった。彼らがあとに残したのは、せいぜいこれくらいなんだから」

古代の油絵は、熱心にそれを見つめる三体の生物を無表情に見つめかえした。運命の皮肉というべきか、それは徹底的に無価値だったので、忘却から救われたのだった。都市から人が出ていったとき、市会議員ジョン・リチャーズ（一九〇九～一九七四）の肖像画をわざわざ持っていこうとする者はいなかった。そのあと一世紀半にわたり、彼がほこりをかぶっているあいだ、古い都市から遠くはなれたところでは、新しい文明が、先行するどの文化も知らずにいた繁栄の高みへと昇っていたのである。

「見つかったのは、これでほぼすべてだ」とクラーテン。「あの都市は長年にわたり放棄されていたにちがいない。どうやら、ぼくたちの踏査は失敗に終わったようだ。この世界に生きものがいるとしたら、あまりにもうまく隠れているので、ぼくたちには見つけられないだろう」

彼の上司は同意するほかなかった。

「どだい無理な仕事だったんだ。数時間ではなく、数週間があったなら、成功していたかもしれない。われわれにわかるかぎりでは、海中にシェルターが築かれていたとしても不思議はないんだから。そのことは、だれも考えつかなかったと見える」

彼は計器にちらっと目をやり、コースを修正した。

「母船まであと五分。アルヴェロンは、なんだか急いで移動しているようだ。トーカリーがなにか見つけたのかな」

オロストロン隊が母船に帰りついたとき、S九〇〇〇号は、燃え盛る大陸の沿岸地帯、数マイル上空に浮かんでいた。時間切れまであと三十分。ぐずぐずしている暇はない。オロストロンは巧みに小艇をあやつり、発進チューブにすべりこませた。探検隊がエアロックから踏みだす。

小さな人だかりが彼らを待っていた。それは予想ずみだったが、友人たちの足をここへ運ばせたのは、たんなる好奇心でないことを、オロストロンはただちに見てとった。ひとことも口にされないうちから、なにかがおかしいとわかったのだ。

「トーカリーがもどっていない。彼の部下は行方不明で、本船が救出に向かうところだ。いますぐ司令室まで来てくれ」

はじめから、トーカリーはオロストロンよりも好運に恵まれていた。彼は薄明地帯をたどって、耐えがたいまでに強烈な太陽の輝きには近づかないようにした。やがてある内海の岸辺に行きあたった。それはつい最近できた海、いちばん新しい人類の偉業のひとつだった。というのも、それがおおっている土地は、百年足らず前は沙漠だったのだから。それもあと二、三時間で沙漠にもどるだろう。なぜなら、水は煮えたぎり、水蒸気の雲がもくもくと空へ立ちのぼっているのだから。しかし、その雲をもってしても、潮の満ち引きのないその海を見晴らす位置に築かれた、まっ白い大都市の美観をおおい隠すにはいたらなかった。

トーカリーが着陸した広場のまわりには、飛行機械がいまだに整然と駐《と》められていた。美しく仕上げられていたものの、それはがっかりするほど原始的で、浮揚は回転翼に頼っているようだった。生命は影も形もなかったが、その場の光景から受けるのは、住民はさほど遠くないという印象だった。窓のなかには、明かりがまだ煌々と輝いているものもあったのだ。

トーカリーの三人の僚友は、ぐずぐずせずに飛翔艇をあとにした。探検隊のリーダーは、地位と種属の古さの優っているツィナドリー。彼はアルヴェロンその人と同様に、中央太陽群に属す由緒ある惑星のひとつの生まれである。つぎはアラーケイン。大宇宙でもっとも若い種族のひとつの出身であり、その事実にひねくれた誇りをいだいている。しんがりをつとめるのは、パラドー星系出身の奇妙な生物の一体。それは、その種属の例にもれず名前というものがない。それ自体の個性を持たないからだ。移動はできるが、やはり種属の意識を構成する独立した細胞にすぎないのである。その個体をはじめとする同族は、ずいぶんむかしから銀河系じゅうに散らばって、無数の世界の探検に従事しているが、それでもなにか未知の絆を介して、人体における生体細胞と同じくらい不可分に結びついているのだった。

パラドーの生物が口を開けば、用いられる人称代名詞は、つねに「われわれ」である。パラドーの言語に一人称単数は存在しないし、そもそも存在するはずがないのだ。

壮麗な建物の巨大なドアは、人間なら子供でもあけかたを知っていただろうが、探検者たちをとまどわせた。ツィナドリーは時間を無駄にせず、携帯式無線機でトーカリーを呼びだした。三人が急いでわきへ寄るいっぽう、隊長は飛翔艇を操縦して、最適の位置につけた。目もくらむ炎がパッとほとばしった。がっしりした鋼鉄の扉は、可視スペクトルの限界に近い閃光をいちど発したかと思うと、跡形もなく消えていた。先を急ぐ探検隊が建物にはいったとき、石材はまだ赤々と輝いていた。投光器の光線が、彼らの行く手で扇形に広がった。

投光器は不要だった。眼前には壮大な広間があり、天井に並ぶ照明管から煌々と明かりが射していたのだ。広間は左右が開いて長大な通廊とつながっており、いっぽう真正面には、どっしりした階段が、堂々とした姿で上階へ向かってのびている。

一瞬ツィナドリーはためらった。それから、どちらへ進んでも同じことなので、仲間の先に立って、いちばん手前の通廊へはいった。

生命が近いという感覚は、いまや非常に強くなっていた。いつなんどき、この世界の生物に出くわしても不思議はないように思えた。彼らが敵意を示したら——示しても、責めるわけにはいかないのだが——麻痺銃《パラライザー》が即座に使用されるだろう。

探検隊が最初の部屋にはいったとき、緊張が大いに高まった。ようやく緊張がほぐれたのは、そこには機械しかないとわかったときだった——いまはひっそりと静止している機械の列また列。広大な部屋をふちどっているのは、無数の金属製ファイリング・キャビネットで、目路《めじ》のかぎり切れ目なくつづく壁を形作っている。そしてそれがすべてだった。家具はひとつもなく、キャビネットと謎めいた機械があるばかりだ。

三人のなかでいつもいちばん敏捷なアラーケインは、早くもキャビネットを調べにかかっていた。じょうぶで薄っぺらい材質の板が、それぞれに何千枚もおさまっており、その板には無数の穴や溝穴があいている。パラドー人がカードの一枚を失敬し、アラーケインは機械のクローズアップ写真何枚かと合わせて、その場の光景を記録した。それから一行は立ち去った。その広大な部屋は——かつては世界の驚異のひとつだったのだが——彼らにとってはなんの意味もなかった。人間なみの能力を誇るホーラリス分析機の大群と、この惑星上の老若男女ひとりひとりに関して記録できるかぎりを詰めこんだ五十億枚のパンチカードという驚異が、生きものの目に触れることは二度とないだろう。

この建物がつい最近まで使用されていたのは、一目瞭然だった。興奮をつのらせながら、探検者たちは急いでつぎの部屋に進んだ。そこは途方もなく広大な図書室だと判明した。というのも、数千万冊におよぶ書籍が、四方に何マイルも延々とつづく棚の上に並んでいたからだ。探検者たちは知るよしもなかったが、ここにはかつて人類が定めたすべての法令、その会議場でおこなわれたすべての演説の記録があった。

ツィナドリーが行動の方針を決めかねていたとき、アラーケインが、彼の注意を百ヤードはなれた書棚のひとつに向けさせた。ほかの棚とはちがい、それは半分からっぽだった。周囲の床の上に書物が乱雑に積みあがっている。まるでだれかが大あわてでたたき落としたかのように。その痕跡は見まちがいようがなかった。さほど遠くないむかし、ほかの生物がこちらへ来ていたのだ。ほかの者にはなにも見えないが、アラーケインの鋭敏な感覚には、かすかな轍《わだち》も床の上にはっきりと見てとれた。足跡さえ探知できたが、その生物についてはなにも知らないので、どちらへ向かっているのかは判然としなかった。

生物が近くにいるという感覚は、いまや前にもまして強かったが、それは空間ではなく、時間的な近さだった。アラーケインが探検隊の思いを代弁した。

「これらの本は値打ちがあったにちがいない。だから、だれかが救いだしにきたんだ――どうやら、あと知恵だったらしいが。とすると、やはり避難所があるにちがいない。おそらくは、さほど遠くないところに。ひょっとすると、そこへ通じる手がかりがほかに見つかるかもしれない」

ツィナドリーは同意した。いっぽうパラドー人は気乗り薄だった。

「それはそうかもしれない」とパラドー人はいった。「だが、避難所はこの星のどこにあってもおかしくない。そしてわれわれには、たったの二時間しか残っていない。ここの住民を救出したいと思うなら、もう時間を無駄にするわけにはいかない」

探検隊はいまいちど先を急ぎ、立ち止まるのは、〈基地〉の科学者にとって役に立ちそうな二、三の書物を回収するときだけだった――もっとも、翻訳できるかどうかは怪しかったが。ほどなくしてわかったのは、この巨大な建物が、もっぱら小さな部屋から成っていて、そのいずれもが最近まで人のいた形跡を示していることだった。大部分の部屋はきちんと片づいた状態にあったが、その正反対の部屋もちらほらあった。探検者たちは、ひとつの部屋にとりわけ面食らった——明らかにある種のオフィスだが——徹底的に破壊されているように見えたのだ。床には書類が散乱し、家具はたたき壊され、割れた窓からは戸外の火災の煙が、とめどなく流れこんでいる。

ツィナドリーは警戒の色を強めた。

「まさか、危険な動物がこんなところまではいりこんだんじゃないだろうな！」彼は叫び声をあげると、パラライザーをそわそわといじりまわした。

アラーケインは返事をしなかった。かわりに、彼の種属が〝笑い〟と呼ぶ例の耳ざわりな音をたてはじめた。なにがおかしいのか、アラーケインが説明するまでしばらくかかった。

「動物の仕業じゃないと思うね。じっさい、単純きわまりない説明がつく。きみが生まれてからずっとこの部屋で働いていたとしよう。来る年も来る年も、際限なく書類を処理していたとしよう。そうしたら突然、二度とこの部屋を見ることはない、きみの仕事は終わった、永久におさらばしていいといわれたとしよう。それだけじゃなく——きみのあとを継ぐ者はいない、なにもかも終わったんだ、といわれたとしよう。きみならどういうふうに出ていく、ツィナドリー？」

訊かれたほうは、しばらく考えこんだ。

「そうだな、わたしだったら、きちんと部屋を片づけて出ていくだろうな。ほかのすべての部屋では、そういうことが起きたらしい」

アラーケインはまた笑い声をあげた。

「たしかに、きみならそうするだろうよ。でも、きみとはちがう心理をそなえた個人もいるんだ。どうやら、ぼくはこの部屋を使っていた生物を好きになれそうだ」

彼はそれ以上の説明をせず、ふたりの同僚は、しばらくその言葉に頭をひねっていたが、しまいにあきらめた。

トーカリーから帰還命令が出たときは、相当にショックだった。膨大な情報は集まっていたものの、行方をくらましたこの世界の住民のもとへ導いてくれそうな手がかりは、まったく見つかっていなかったのだ。その問題は以前と変わらず不可解であり、いまとなっては解けずじまいに終わりそうだった。S九〇〇〇号がこの星を離脱するまで、あと四十分しか残っていないのだ。

付属艇へ引き返す途中、建物の奥へのびている半円形の通路が目にはいった。その建築様式は、ほかの場所で用いられているものとはまるっきりちがっており、なだらかに傾斜する床は、大理石の階段にうんざりしていた多足生物にとっては、抵抗しがたい魅力を放っていた。そういう階段をいたるところに設けるのは二足生物だけで、いちばんの被害者はツィナドリーだった。ふだんでも十二本の足を使うし、火急のさいには二十本を駆使するのだから。もっとも、彼がそのはなれ業を演じるのを目にした者はいないのだが。

探検隊はぴたりと立ち止まり、通路を眺めわたした。一行の頭にある思いはひとつ――トンネルだ、地球の奥底までのびているぞ！　その果てでは、いまからでもこの世界の住民を見つけだし、その一部を運命から救いだせるかもしれない。必要とあらば、母船を呼びよせる時間はまだあるのだから。

ツィナドリーが隊長に連絡を入れると、ただちにトーカリーが飛翔艇を真上に持ってきた。パラドー人の精神にこと細かく記録されるので、探検隊が道に迷う恐れはないが、足跡をたどりなおして、迷路のような通路をぬけている暇はないかもしれない。一刻を争う事態になれば、探検隊の頭上に重なる十数階分の床をトーカリーにぶちぬいてもらえばい い。とにかく、通路の終わりにあるものが見つかるまで、長くはかからないはずだ。

じっさい、三十秒しかかからなかった。トンネルはあっけなく終わり、その先は非常に風変わりな円筒形の部屋になっていて、詰めものをふんだんに使った座席が、壁にそって並んでいた。一行が通ってきたものをのぞけば、出入口はない。しばらくすると、アラーケインには部屋の用途がなんとなく呑みこめてきた。これを使う時間がないのは残念だ、と彼は思った。その思いは、ツィナドリーの叫びにいきなり断ち切られた。アラーケインがくるっとふり向くと、背後で出入口が音もなく閉まっていた。

パニックに襲われたその最初の瞬間にさえ、アラーケインは称賛まじりにこんなことを考えていた――彼らが何者であるにしろ、自動機構の作りかたを知っていたわけだ！

パラドー人がまっ先に口を開いた。触手の一本を座席のほうへふって、

「われわれが思うに、着席したほうがよさそうだ」といった。パラドー人の複合精神は、すでに状況を分析しおわり、先を見こしていたのである。

長く待つまでもなく、低い調子のブーンという音が頭上の格子穴からもれ、歴史の掉尾《とうび》を飾る人間の声が――たとえ生命は宿っていなくても――地球上に流れた。言葉はちんぷんかんぷんだったものの、そのメッセージは、囚《とら》われの探検者たちにもはっきりと推測がついた。

「行き先の駅をお選びのうえ、ご着席願います」

それと同時に、仕切り車室《コンパートメント》の片端にある壁面パネルに明かりが灯った。その上には単純な地図があり、一本の線でつながれた十二の円が並べて描かれていた。それぞれの円のわきには文字の列があり、文字のかたわらには、色ちがいのボタンがふたつ。

アラーケインがもの問いたげにリーダーを見た。

「さわってはならない」とツィナドリー。「制御装置に手を触れなければ、ドアがまた開くかもしれん」

そうはいかなかった。この自動地下鉄を設計した技師たちは、この車室に乗りこんだ者は、当然ながらどこかへ行きたがるものと想定していた。もし途中の駅が選ばれなかった

ら、目的地は路線の終点しかあり得ない、と。

またしても間があり、そのあいだ継電器とサイラトロン（熱陰極格子制御放電管）は指示を待った。どうすればいいか知っていたら、その三十秒のうちに、探検隊はドアをあけ、地下鉄をあとにできただろう。しかし、彼らは知らなかった。そして人間心理に合わせて作られている機械が、彼らにかわって行動した。

加速にともなうゆれは、それほど大きくなかった。座席に詰めものがたっぷり使われているのは、豪勢な感じをだすためであって、必要だからではなかった。いま自分たちが大地のはらわたをぬけて、猛スピードで突進していることを教えてくれるのは、感じるか感じないかの震動だけ。その旅がどれくらいのあいだつづくのかは、推測さえできない。しかも三十分後には、S九〇〇〇号は太陽系から離脱しているのだ。

驀進《ばくしん》する地下鉄車輛のなかに長い沈黙がおりた。ツィナドリーとアラーケインは、猛然と頭を働かせていた。パラドー人も同じだったが、ただし働かせかたがちがっていた。個体の死という概念は、それにとって意味がない。その集合精神にとって、個々の単位が消滅するのは、人間が爪を切るのとたいして変わらない意味しかないのだから。しかし、なみたいていの苦労ではなかったが、アラーケインやツィナドリーのような個別に生きている知性体の窮状は理解できたので、かなうものなら、ふたりを助けてやりたいと思っていた。

信号は微弱で、いまにも消えそうに思えたものの、アラーケインは携帯式無線機でトーカリーとなんとか連絡をつけていた。状況を手早く説明すると、間髪を容《い》れずに信号が明瞭になった。トーカリーが地下鉄車輛のあとを追い、どことも知れない目的地めざして地中を疾走する彼らの真上へ飛んできてくれているのだ。このときはじめてわかったのは、自分たちが秒速千マイルに近い速さで驀進しているという事実だった。その直後、トーカリーがいっそう気がかりなニュースを伝えてきた。つまり、一行は急速に海に近づいているというのだ。陸地の下にいるあいだは、わずかとはいえ、地下鉄車輛を止めて、脱出できる望みがある。しかし、大洋の下では――巨大な母船内の頭脳と機械を総動員しても、一行を救いだすことはできない。これほど完璧な罠は、だれにも仕掛けられないだろう。

ツィナドリーは、壁の地図を念入りに調べていた。その意味は見誤りようがなく、円をつなぐ線にそって、ちっぽけな光点がじりじりと進んでいた。すでに最初の駅まで半分のところへ来ている。

「このボタンの片方を押してみる」とうとうツィナドリーがいった。「押しても害にはならないだろうし、なにかわかるかもしれん」

「それがいい。どっちを先に押すんだ？」

「二種類しかないから、先にまちがったほうを押してもかまわないだろう。たぶん片方を押せば機械が動きだし、もう片方を押せば止まるんだろう」

アラーケインは、あまり希望をいだいていないようだった。

「ボタンを押さなくても動きだした。たぶん完全に自動化されていて、ここからではまったく制御できないんだろう」

ツィナドリーは賛成できなかった。

「ボタンが駅と関係しているのはまちがいない。それに自分で止められないんだったら、ボタンのついている意味がない。問題はただひとつ、どちらが正しいボタンか、だよ」

彼の分析は非の打ちどころがなかった。地下鉄車輛は、途中のどの駅でも止められた。地下鉄は走りだして十分にしかならなかったので、いますぐ降りられたとしたら、なんの問題もないはずだった。ツィナドリーが先にまちがったボタンを選んだのは、まったくの不運にすぎない。

地図上の小さな光は、スピードを落とさずに、照明されている円をじりじりと通過した。それと同時に、上空の艇からトーカリーが連絡してきた。

「諸君はたったいま、ある都市の地下を通過し、いまは海をめざしているところだ。これから千マイル近くにわたり、つぎの駅はなさそうだ」

アルヴェロンは、この世界で生命を見つける望みをすっかり捨てていた。S九〇〇〇号は、一か所には長くとどまらず、注意を惹きつけるために、たびたび降下しながら惑星を半周した。反応は皆無だった。地球は完全に死に絶えているようだった。もし住民が生き残っているとしても、救いの手の届かない地下の深みに隠れているにちがいない、とアルヴェロンは思った。それにもかかわらず、彼らの命運は定まっているのだが。

ルーゴンが緊急事態を知らせにきた。巨大な船は不毛な捜索を打ち切り、嵐をついて大洋へと急行した。その上ではトーカリーの小型付属艇が、地中の地下鉄車輛の跡をいまだに追いつづけていた。

その場の情景は、まさに身の毛のよだつものだった。地球が誕生してこのかた、このような海は存在しなかった。いまや時速数百マイルに達した暴風に追いたてられ、海水の山山が疾駆しているのだ。本土からこれほどはなれていても、空中のいたるところにさまざまな残骸が舞っている——樹木、家屋の破片、金属板、地上に固定されていなかったありとあらゆるもの。これほどの強風のなかでは、飛行機械は一瞬たりとも無事でいられないだろう。そしてときおり雄大な水の山々が正面からぶつかり合い、その轟音が天をゆるがすかと思えるとき、風の咆哮さえかき消されるのだ。

さいわいにも、地殻を引き裂くほどの地震はまだ起きていない。海洋底のはるか地中で、世界大統領専用の真空地下鉄であった工学上の奇跡は、地表の騒乱や破壊にわずらわされず、いまなお完璧に稼働していた。地球の存在する最後の瞬間まで、それは稼働しつづけるだろう。天文学者たちが正しければ、その最後の瞬間まで、あますところせいぜい十五分──もっとも、そのあますところが正確にわかるなら、アルヴェロンは命を投げだしただろうが。罠にかかった探検隊が、陸地にたどりつくまで一時間足らず。そうなれば、救出に一縷《いちる》の望みが出てくるのだが。

アルヴェロンのあたえた指示は規則どおりのものだった。もっとも、その指示をだしていなくても、自分のあずかる巨大な宇宙船を危険にさらすことなど、彼は夢にも思わなかっただろうが。アルヴェロンが人間であったなら、罠にかかった部下を見捨てるという決断は、はなはだ困難なものになっただろう。しかし、彼は人類よりもはるかに感受性の鋭い種属、精神にまつわるものをこよなく愛するあまり、悠久のむかし、どうにも気は進まないながらも、大宇宙の管理を引き受けた種属の出身だった。正義が確実におこなわれるには、そうするしかなかったからである。それでも、アルヴェロンがつぎの二、三時間を耐えぬくには、その超人的な能力のありったけが必要となるだろう。

いっぽう、海洋底の地下一マイルでは、アラーケインとツィナドリーが、それぞれの携帯式通信機にかかりきりだった。生涯のあれこれを整理するのに、十五分はけっして長い時間ではない。それどころか、このようなとき、ほかのなによりもはるかに重要な別れのメッセージを吹きこむ暇があるかないかだ。

この間《かん》ずっとパラドー人は、ひっそりしたまま身じろぎもせず、ひとことも口にしなかった。運命を甘受し、自分のことにかまけているほかのふたりは、パラドー人のことをすっかり失念していた。だから、それが独特の感情のこもらない声で、いきなり話しかけてきたとき、ふたりは仰天した。

「われわれの知覚するところだと、きみたちは予想される消滅に関して、ある種の準備をしているようだ。おそらくそれは不要になるだろう。ふたたび陸地に着いたとき、われわれがこの機械を止められれば、救出の望みはある、とアルヴェロン船長は考えている」

ツィナドリーもアラーケインも、驚きのあまり一瞬言葉を失った。それからアラーケインがあえぐように、

「どうしてそんなことがわかるんだ?」

それは愚問だった。というのも、S九〇〇〇号に数人のパラドー人――その言葉が使えればの話だが――が乗っているのを即座に思いだしたからだ。したがって、その仲間は、母船内の出来事をなにもかも知っているわけだ。そうとわかると、彼は返事を待たずに先をつづけた。

「アルヴェロンにそんな真似をさせるわけにはいかない! そんな危険を冒してもらうわけにはいかないんだ!」

「危険はないだろう」とパラドー人。「打つべき手をわれわれが船長に教えた。単純きわまる手だよ」

アラーケインとツィナドリーは、なにが起きていたのかようやくさとり、畏怖に近い目

を僚友に向けた。危機にさいして、パラドー人の精神を構成する個々の単位は連結し、いかなる物理的頭脳にも遜色のない緊密な組織となることができる。そのようなとき、彼らは大宇宙で類を見ないほど強力な知性を形成する。通常の問題であれば、数百あるいは数千の単位の力で解決できる。ごくまれに、数百万の単位が必要となるときがあり、歴史上に二度、パラドー人の全意識を構成する数十億の細胞が一体化し、種属の存亡にかかわる緊急事態に対処したことがある。パラドー人の精神は、大宇宙で最高の頭脳のひとつであり、その総力はめったに必要とされないが、いざというとき、それに頼れると知っているだけで、ほかの種属は安心しきっていられるのだ。今回の緊急事態に対処するのに、どれくらいの数の細胞が協力しあったのだろう、とアラーケインはいぶかしんだ。疑問はそれだけにとどまらなかった——これほど些細な出来事が、どうしてパラドー人の注意を惹いたりしたのだろう。

その疑問に対する解答は、わからずじまいで終わるだろう。もっとも、冷淡なほどよそよそしいパラドー人の精神にも、人間なみの虚栄心がそなわっているのを知っていれば、推測がついたかもしれないが。ずいぶん前のことだが、アラーケインは一冊の書物を著《あらわ》して、あらゆる知的種属は最終的に個々の意識を犠牲にし、いつの日か、大宇宙には集合精神しか残らないだろうと証明しようとした。パラドー人はそうした窮極知性の魁《さきがけ》である、と彼は論じた。そして広範に散らばったこの精神にしても、そういわれれば悪い気はしなかったのである。

それ以上の質問を発する暇もなく、通信機を通してアルヴェロンがじきじきに話しかけてきた。

「こちらアルヴェロンだ！　本船は、爆発の衝撃波が達するまでこの惑星にとどまるから、諸君の救出は可能だと考える。諸君はいま沿岸の都市に向かっており、現在のスピードだと、あと四十分で到着の予定だ。そのとき諸君が自力で止まれなければ、本船が諸君の前後のトンネルを爆破し、動力を切断する。つづいて縦穴をうがち、諸君を連れだす——機関長によれば、主エネルギー投射機を使えば、五分で可能だそうだ。したがって、諸君の安全は一時間以内に確保されているはずだ。その前に太陽が爆発しないかぎりは」

「もし爆発したら、母船も破壊されます！　そんな危険を冒さないでください！」

「その心配は無用だ。本船は申し分なく安全だ。太陽が爆発しても、衝撃波が最大に達するまで数分がかかる。それをべつにしても、本船はこの惑星の夜の側、すなわち厚さ八千マイルにおよぶ岩石の遮蔽物の陰にいるのだ。爆発の兆しが最初にあらわれたら、この惑星の影から出ないようにしながら、この太陽系を急加速で離脱する。機関を全開にすれば、影の作る円錐から出る前に光速に達するだろう。そうなったら、太陽はわれわれに危害をおよぼせない」

それでもなお、ツィナドリーは希望をいだく気になれなかった。べつの反論が、すぐさま脳裡に浮かんだ。

「お言葉ですが、ここ、惑星の夜の側にいて、どうやってその兆しに気づくのです？」

「じつに簡単なことだ」とアルヴェロンは答えた。「この惑星には衛星がひとつあり、それはいまこの半球から見えている。本船は望遠鏡をそれに向けている。もしその輝きが急に増大する気配があれば、本船のメイン・エンジンが自動的に点火し、われわれはこの太陽系から飛びだすだろう」

その論理には一分《いちぶ》の隙もなかった。いつもながら用心深いアルヴェロンは、なにごとも運まかせにするつもりはなかったのだ。厚さ八千マイルにおよぶ岩石と金属の盾が、爆発する太陽の業火に焼きつくされるまで、何十分とかかるはずだ。それまでには、S九〇〇号は安全な光速に達しているだろう。

海岸までまだ数マイルもあるとき、アラーケインが前とはべつのボタンを押した。駅と駅のあいだでこの機械を止められるはずがないと思いこんでいたので、そのときはなにかが起きると思っていなかった。二、三分後、地下鉄車輛のかすかな震動がやみ、ぴたりと止まったときは、あまりの僥倖に、ほんとうのこととは思えなかった。

ドアが音もなく横すべりした。それが開ききらないうちに、三人は車室をあとにしていた。もう一か八かの危険を冒す気にはなれなかったのだ。眼前には長いトンネルが遠くまでのびており、ゆるやかな登り勾配で視界から消えていた。三人がトンネルにそって歩きだしたとき、アルヴェロンの声がいきなり通信機から飛びだしてきた。

「そこを動くな！　爆破する！」

　地面がいちどだけ震え、はるか前方でガラガラと落石の音がした。ふたたび大地がゆれたかと思うと――こんどは百ヤード前方で、通路がだしぬけに消失した。途方もなく巨大な垂直の縦穴が、通路をきれいにくりぬいていたのだ。

　探検隊はふたたび先を急いだ。やがて通路の切れ目に行きあたり、縦穴のへりで待機した。通路を断ち切っている縦穴は、さしわたしが優に千フィートはあり、投光器の光線が届くかぎり、大地の奥底へとのびている。頭上では、嵐の雲が飛ぶように流れており、その上には、あまりにも毒々しく輝いているため、人間には見分けのつかない月がかかっている。そして、これほどすばらしい眺めもなかったが、S九〇〇〇号が上空高くに浮かんでいた。この途《と》轍《てつ》もなく大きな縦穴を掘りぬいた大型エネルギー投射機は、いまだに鮮紅色に輝いていた。

　と、黒っぽい影が母船から分かれ、地面に向かって急降下してきた。トーカリーが友人たちを収容しにやって来るのだ。ややあって、アルヴェロンが一行を司令室で出迎えた。彼は巨大なヴィジョン・スクリーンに触手をふり、おだやかな口調でいった。

「見たまえ、間一髪のところだった」

　眼下の大陸は、その海岸を襲っている高さ一マイルの波浪の下にゆっくりと没しようとしていた。生きものの目に触れる地球の最後の光景は、異常なほどギラギラ輝いている月の銀光を浴びた大平原の姿だった。その表面を横切って、きらめく洪水となった海水が、遠い山岳地帯へ向かってなだれこんでいる。海がとうとう最終的勝利をおさめたのだ。しかし、その凱歌は短命に終わるだろう。まもなく海も陸もなくなるのだから。司令室内で一同が声もなく下界の破滅を見まもるうちにも、これなど序曲にすぎないと思わせるほど大規模な破局が、瞬時に襲いかかってきた。

あたかも、この月明かりの風景の上に、突如として夜明けが訪れたかのようだった。しかし、それは夜明けではなかった。月が、第二の太陽のまばゆさで光り輝いているにすぎなかった。三十秒ほど、その畏怖をかきたてる不自然な光は、眼下に広がる命運のつきた陸地を焼き焦がした。とそのとき、計器の明かりが制御盤全体でパッと輝いた。メイン・エンジンが点火したのだ。アルヴェロンは計器に一瞬ちらりと目をやり、その情報を確認した。スクリーンに目をもどしたとき、地球は消え失せていた。

強力無比のジェネレーターが、酷使に耐えかねて静かに息を引きとったのは、S九〇〇号がペルセポネー（仮想の第十番惑星）の軌道を通過しているときだった。だが、それは問題ではなかった。いまとなっては、太陽の危害はおよばないのだから。そして船は恒星間宇宙の孤独の夜のなかへ、なすすべもなく突進しているものの、わずか数日先には救援が来るだろう。

そこには皮肉があった。一日前、救援に来たのは彼らであり、もはや存在しない種属を助けようとしていたのだ。たったいま滅び去った世界について、アルヴェロンが思いをめぐらすのは、これがはじめてではなかった。彼は全盛時のその姿、生命の満ちあふれる都市の街路を思い描こうとしたが、むなしかった。原始的であったとはいえ、その住民は大宇宙に多大な貢献をしたかもしれない。せめて接触できていたら！　後悔先に立たずだ——自分たちがやって来るよりずっと前に、あの世界の住民は、その鉄でできた中心核に身を隠したにちがいない。そしていまや、彼らとその文明は、時の終わりまで謎でありつづけるだろう。

ルーゴンが部屋にはいってきて、思考に邪魔がはいったとき、アルヴェロンはほっとした気分になった。惑星を離脱して以来、通信部長は多忙をきわめていた。オロストロンの発見した送信ステーションから発信される番組を分析しようとしていたのだ。問題はむずかしくなかったが、特殊な機材を作らなければならず、それに時間をとられたのだ。

「さて、なにがわかった？」とアルヴェロンはたずねた。

「じつに多くのことが」と友人が答えた。「どうも謎めいたところがあって、わたしにはよくわからないんです。

映像送信の仕組みはすぐにわかったので、われわれの機材に合うよう変換できました。どうやら、惑星じゅうにカメラがあって、要所要所を調べていたようです。なかには明らかに都市のなか、非常に高い建物の屋上に据えられていたものもあります。カメラは絶えず回転していて、全方位を視界におさめるようになっていました。われわれが記録した番組のなかには、べつべつの情景が二十くらい映っています。

それに加えて、音声でも映像でもない、さまざまな種類の送信波がたくさんあります。純粋に科学的なもののようです――ひょっとすると、計器の記録か、そのたぐいのなにかかもしれません。これらの番組はすべて、べつべつの周波数帯で同時に送られていました。

さて、以上の事実にはしかるべき理由があるにちがいありません。オロストロンの考えでは、依然として、ステーションが放棄されたとき、スイッチが切られなかっただけとなります。しかし、あの番組は、ふつうに放送されている内容とはかけはなれています。惑星間中継に使われていたのはたしかです――その点は、クラーテンのにらんだとおりでした。したがって、あの連中は宇宙空間をわたったにちがいありません。なぜなら、前回の調査のおりには、ほかの惑星のいずれにも、生命は存在しなかったのですから。異論はありますか？」

アルヴェロンは熱心に聞きいっていた。

「いや、その推論はすこぶる合理的に思えるね。だが、あの電波がほかの惑星のどれにも向いていないのもたしかだ。その点は自分でたしかめた」

「わかっています」とルーゴン。「わたしが知りたいのは、巨大な惑星間中継ステーションが、破滅に瀕した世界の映像をせっせと送っていた理由です――科学者や天文学者には興味津々《しんしん》の映像をね。何者かが、たいへんな苦労をしてまで、あれだけ多くの全方位カメラを据えつけたんですよ。あの電波が、どこかへ特定の場所へ送られていたのはまちがいありません」

アルヴェロンはぎくりとした。

「そうすると、きみは報告されていない外惑星があると考えるのかね？　そうだとしたら、きみの推論はまるっきり的はずれだ。あの電波は、太陽系の軌道平面にさえ向いていなかったのだ。たとえ向いていたとしても――ちょっとこれを見てくれ」

彼はヴィジョン・スクリーンのスイッチを入れ、制御装置を調節した。ビロードのカーテンのような宇宙空間を背景に、青白い球体がぽっかりと浮かんでいた。どうやら白熱したガスの球殻が、同心円状に重なってできたものらしい。膨大な距離のせいで、あらゆる動きは見えなかったものの、それがすさまじい勢いで膨張しているのは歴然としていた。その中心にあるのは、目がくらむほどまばゆい光の点――太陽の成れの果てである白色矮星だ。

「あの球体がどれほど大きいのか、おそらくきみにはピンとこないだろう」とアルヴェロン。「これを見てくれ」

彼が拡大率をあげると、やがてノヴァの中央部しか見えなくなった。その中心の間近に、ちっぽけな凝縮物がふたつ、核をはさんでひとつずつあった。

「あれは、あの星系にあったふたつの巨大惑星だ。まだなんとか消えずに残っている——曲がりなりにもね。そしてあれらの星は、太陽から数億マイルはなれていた。ノヴァはいまだに膨張をつづけている——だが、すでに太陽系の二倍の大きさだ」

ルーゴンはつかのま黙りこんだ。

「ひょっとすると、船長のいうとおりかもしれません」と彼はやや不服そうにいった。「わたしの最初の推論は、これでお払い箱です。でも、まだ納得したわけじゃありません」

彼はまた口を開く前に、早足で部屋を何周かした。アルヴェロンは辛抱強く待った。友人が直観に近い能力をそなえていて、論理だけでは足りないように思えるとき、しばしば問題を解決できることを知っていたのだ。

やがて、言葉を選ぶようにして、ルーゴンがまた話しはじめた。

「船長はどう考えます？　この種属を完全に過小評価していたとしたらどうでしょう？　オロストロンはいちどその過ちを犯しました——電波を使うようになって二百年にしかならないから、宇宙空間をわたれるはずがないと考えたんです。ハンサーⅡからそう報告がありました。ところが、オロストロンは完全にまちがっていました。ひょっとしたら、われわれ全員がまちがっているのかもしれません。クラーテンが送信ステーションから持ち帰ったものを調べてみました。彼は自分の見つけたものを重要視していませんでしたが、それほどの短期間に達成した成果としては、驚異的というほかありません。あのステーションにあったのは、数千年も古い歴史を誇る文明に属する装置なんです。アルヴェロン、あの電波をたどって、どこへ送られているのか、たしかめるわけにはいきませんか?」

アルヴェロンは、まるまる一分のあいだ無言だった。その問いをなかば以上は予想していたものの、だからといって、簡単に答えられるものではない。メイン・エンジンは、すっかり焼け切れてしまっている。修理を試みるだけ無駄というものだ。しかし、動力はまだ残っているし、動力が残っているうちは、時間さえかければできないことはない。たくさんの応急修理が必要だし、船にはまだ猛烈な初速が残っているから、むずかしい操船を強いられるだろう。しかし、できないわけではない。それに活動していれば、乗組員の気がまぎれ、これ以上の意気消沈を防いでくれるだろう。任務の失敗から来る沈んだ気分が、ちょうど広がりはじめたところだったのだ。いちばん近くにいる重装備修理船でも、三週間たたないとやって来ないというニュースが、士気の低下をさらに招いていたところでもある。

例によって、技師たちはさんざん無理だとわめきたてた。これまた例によって、絶対に不可能だといってはねつけた時間の半分で、仕事をやってのけた。巨大な船は、メイン・エンジンが数十分であたえてくれたスピードを、ほんのすこしずつ、たっぷりと時間をかけて落としはじめた。半径数百万マイルに達する途方もなく大きな弧を描いて、S九〇〇号はコースを変え、その周囲で星々が位置を変えていった。

操船には三日かかったが、三日めの終わりには、かつて地球から送られていた電波と並行する針路をよたよたと進んでいた。虚空のまっただなかへ乗りだしていくにつれ、太陽の成れの果てである燃え盛る球体は、背後でゆっくりとちぢんでいった。恒星間飛行の水準からすれば、船は止まっているようなものだった。

ルーゴンは何時間も計器の前をはなれず、はるか前方の宇宙空間に探知ビームを飛ばしていた。数光年以内に惑星がないのはたしかだ。その点に疑問の余地はない。ときおりアルヴェロンがようすを見にきたが、ルーゴンの答えはいつも同じだった――「報告するほどのことはありません」それが五度めともなると、ルーゴンの直観力も頼りにならなくなってきた。今回は見こみちがいをしたのだろうか、と彼は疑念に駆られはじめた。

ようやく一週間後のこと、質量探知機の針が、目盛りの端でぴくりと震えた。しかし、ルーゴンは船長にさえ黙っていた。確信が持てるまで待ち、短距離スキャナーさえ反応をはじめ、最初のぼんやりした映像が、ヴィジョン・スクリーンにあらわれるまで待ちつづけた。そのとき、つまり自分のもっとも大胆な空想さえ、真実にはおよびもつかないとわかったときになって、彼は同僚たちを司令室に呼びよせた。

ヴィジョン・スクリーン上には、見慣れた果てしない星の海、大宇宙の果てまでつづく星また星が映っていた。スクリーンの中心近くで、遠い星雲が、肉眼ではとらえきれないもやもやしたかたまりを作っている。

ルーゴンが拡大率をあげた。星々が視野から流れ出ていく。その小さな星雲が膨張し、やがてスクリーンいっぱいに広がったかと思うと――もはや星雲ではなかった。眼前に展開する光景を見て、全員の口から驚愕のあえぎがいっせいにもれた。

行進する軍隊さながらに整然と、隊列を組んで広大な三次元に広がりながら、無数の小さな光の束が、延々と宇宙空間にのびている。それらは急速に動いていた。巨大な立体格子は、ひとまとまりの形を保っている。アルヴェロンと同僚が見まもるうちにも、大編隊はスクリーンからはみだしはじめ、ルーゴンが制御装置を調節して、中心にもどさなければならなかった。

長い間があり、ルーゴンが話しはじめた。

「これが例の種属です」と彼は静かな声でいった。「電波を使うようになって二百年にしかならない種属――惑星の中心に閉じこもって滅びたものと信じられていた種属です。わたしは、倍率をぎりぎりまであげて、これらの映像をじっくり調べてきました。

あれは史上最大の船団です。光の点ひとつひとつが、本船よりも大きな船を表しているのです。もちろん、非常に原始的です――スクリーン上に映っているのは、ロケットの噴炎なのです。そう、彼らは無謀にもロケットを用いて、恒星間宇宙をわたろうとしているのです！　その意味するところはおわかりでしょう。最寄りの星にたどりつくのに、何世紀もかかるでしょう。種属全体がこの旅に乗りだしたにちがいありません。何世代かあとの子孫が、旅を成就してくれるだろうと希望をいだいて。

　彼らの成しとげたことの大きさを測るために、われわれが宇宙を征服するのにかかった長い時間、そして星々へ到達しようと試みるのにかかった、それよりも長い時間を考えてみてください。たとえ絶滅の危機にさらされたとしても、われわれはそれほどの短期間に、それほど多くのことをなし得たでしょうか？　いっておきますが、これは大宇宙でいちばん若い文明なのです。四十万年前、それは存在さえしていませんでした。いまから百万年後には、いったいどうなっているでしょう？」

　一時間後、前方の大船団と接触を果たすため、オロストロンが無力となった母船から出発した。魚雷形の小艇が星々のあいだにまぎれこむと、アルヴェロンは友人のほうに向きなおり、この先の年月、ルーゴンがしばしば思いだすことになる発言をした。

「いったいどんな連中だろう？」と彼はしみじみといった。「芸術や哲学とは無縁の、すばらしい技師でしかないのだろうか？　オロストロンが到着したら、連中はさぞかしびっくりするだろうな——連中の自尊心にとっては、ちょっとした打撃だろう。おかしな話だが、孤立した種属は、大宇宙の住民は自分たちだけ、と決まって思いこんでいるものなんだ。しかし、われわれとしては、感謝してもらって当然だな。なにしろ、何百年も旅をつづける手間をはぶいてやるんだから」

アルヴェロンは、銀色の霧のヴェールのように、ヴィジョン・スクリーンいっぱいに横たわっている銀河にちらっと目をやった。銀河系全域——中央惑星群から辺境の孤独な太陽まで——をかかえこんでいるそれに向かって触手をさっとひとふりする。

「ねえ、きみ」と彼はルーゴンにいった。「わたしは、あの連中がなんとなく怖いんだ。われわれのささやかな〈連邦〉が、連中のお気に召さなかったとしたらどうなる？」スクリーンの端から端まで連なって、無数の太陽の光できらめいている星雲のほうにいまいちど触手をふり、

「あの連中は、こうと決めたら梃子《てこ》でも動かない種属だと虫が知らせるんだ」とつけ加えた。「あの連中には礼儀をつくしたほうがいい。けっきょく、数の上ではわれわれのほうが優位だとしても、十億対一ぐらいの差でしかないんだから」

ルーゴンは、船長のちょっとしたジョークに笑い声をあげた。

二十年後、その言葉は、笑いごとではすまされなかった。

地中の火
The Fires Within

中村融訳

Fantasy, August 1947

「こいつはきみにも面白いだろう」とカーンがひとりよがりにいった。「まあ、見るだけ見てみたまえ！」

彼は読んでいたファイルを押してよこした。これで何度めになるだろう、カーンの転属を要求しよう、とわたしは決意した。それがだめなら、こちらが転属を願い出るまでだ。

「どういう内容なんだ？」と、うんざりしたようにわたし。

「マシューズ博士とやらから科学大臣に宛てた長い報告書だよ」彼はわたしの前でそれをふってみせた。「まあ、読んでみたまえ！」

たいして気乗りもせずに、わたしはそのファイルに目を通しはじめた。二、三分後、わたしは顔をあげ、しぶしぶ認めた。「きみのいうとおりかもしれんな——今回は」そして読みおえるまで、二度と口をきかなかった……。

親愛なる大臣閣下（と手紙ははじまっていた）。ご要請にしたがいまして、ここにハンコック教授の実験に関する特別報告をしたためます。この実験はきわめて予想外、かつ異例の結果を導きだしました。より正式な書式にまとめている時間がございませんので、口述をそのままの形でご送付させていただきます。

閣下には懸案の関心ごとが多々おありでしょうから、ハンコック教授とわれわれの関係につきまして、まず手短に概略を述べておくことが肝要かと存じます。一九五五年まで、教授はブレンドン大学電気工学科でケルヴィン講座担当の要職にありましたが、無期限の休暇を許され、みずからの研究を進めることとなりました。この研究において教授は、燃料動力省で首席地質学者を務めたこともある故クレイトン博士の協力をあおぎました。両名の共同研究は、ポール基金、並びに王立協会からの助成金でまかなわれておりました。

教授は、精密な地質学的調査の手段としてソナーを開発するという希望をいだいておりました。ソナーといいますのは、いずれおわかりのことと存じますが、音響学上レーダーに相当するものであり、レーダーよりなじみが薄いとはいえ、数百万年も歴史の古いものであります。と申しますのも、蝙蝠《こうもり》が非常に効果的にこれを用いて、夜間に昆虫や障害物を探知しているからです。ハンコック教授は、強力な超音波パルスを地中へ送りこみ、返ってきた反射波《エコー》から地中に横たわっているものの画像を描きだすことを意図しておりました。映像はブラウン管上に映しだされることになっており、システム全体は、雲を透かして地上のようすを見るために航空機が使用する型のレーダーと酷似するものとなるはずでした。

一九五七年、二名の科学者は部分的な成功をおさめておりましたが、資金が底をついてしまいました。一九五八年初頭、両名は政府に対して直接、助成金を申請いたしました。クレイトン博士が、地殻のレントゲン写真のようなものを撮影できる装置の絶大な価値を指摘しましたので、燃料大臣はこれを認可し、申請書をわたくしどものもとへまわされました。おりしもバーナル委員会の報告が公表された直後であり、わたくしどもは、それ以上の批判をかわすため、価値ある事例を早急に処理することに躍起になっておりました。わたくしはただちに教授に会いに行き、好意的な報告書を呈上いたしました。われわれの助成金（S／五四三A／六八）の最初の支払いは、数日後に行なわれました。爾来《じらい》、わたくしはその研究と連絡を絶やさず、専門的な助言をあたえるなどして、ある程度の援助を行なってまいりました。

実験に用いられる機材は複雑ではありますが、原理は単純です。特殊な発信器が、重い有機物の液体をたたえた液槽内で絶えず回転し、波長は非常に短いながら、途方もなく強力な超音波パルスを発生させます。生じたビームは地中へ送りこまれ、エコーを探すレーダー・ビームのように〝走査《スキャン》〟します。非常に巧妙な時間遅延回路によって――その仕組みを詳述したい誘惑に駆られますが、割愛させていただきます――いかなる深度からもエコーを選択して受信できるようになり、したがって、調査中の地層の映像が、通常の方式でブラウン管上に描きだされるのであります。

わたくしがハンコック教授にはじめて会いましたとき、彼の装置はかなり原始的なものでした。しかし、地下数百フィートの深さまで岩石の分布状態を示すことができ、実験室の間近を通っている地下鉄ベーカールー線の一部をはっきりと見てとることができました。教授のおさめた成功の多くは、超音波バーストの多大な強度に負っておりました。当初から最大で数百キロワットの電力を発生させることができ、そのほぼすべてを地中へ放射できたのであります。発信器のそばにとどまることは安全とはいえず、その周囲では土壌がきわめて温かくなるのに気づきました。付近に群がっているおびただしい数の鳥を目にしたときにはいささか驚きましたが、じきに明らかになったように、地面にころがっている無数の地虫の死骸を目当てに鳥は集まっているのでした。

一九六〇年にクレイトン博士が亡くなったとき、装置は一メガワットを超える水準で稼働しており、地下一マイルまでかなり鮮明な地層の映像を得られるようになっておりました。クレイトン博士がその結果を既知の地質学的調査の結果と対応させ、得られた情報の価値を疑問の余地なく立証しておりました。

クレイトン博士が交通事故死をとげたことは、たいへんな悲劇でありました。おのれの研究の実用面にはあまり関心を示したことのない教授に対して、これを安定させる影響力を博士がつねにおよぼしていたからです。この悲劇からまもなく、わたくしは教授の展望に著しい変化が生じたことに気づきました。そして数ヵ月後、彼は新たな野望をわたくしに打ち明けました。わたくしは研究結果を公表するよう教授の説得に努めておりましたが(彼はすでに五万ポンド以上を費やしており、会計鑑査院がふたたび難色を示していたのです)、教授はもうしばらくの猶予を願い出ました。彼の態度を説明するには、本人の言葉を引くのが最善かと存じます。ことさら力をこめて表明されたその言葉は、わたくしの脳裡にくっきりと刻まれております。

「地球の内部が本当はどうなっているか、疑問に思ったことはありませんか?」と教授はいいました。「われわれは鉱山や井戸でその表面を引っかいたにすぎません。地下になにが横たわっているかは、月の裏側と同様にまったく知られていないのです。

周知のとおり、地球の密度は不自然なほど高い——地殻を構成する岩石や土壌が示すよりもはるかに高いのです。中心核《コア》は固い金属かもしれませんが、いまのところ、よくわかっていません。地下十マイルでさえ、圧力は一平方インチあたり三十トンかそれ以上、温度は数百度に達するに相違ありません。中心部がどうなっているかは、想像するのもためらうほどです——圧力は一平方インチあたり何千トンにも達するにちがいないのです。考えてみれば奇妙な話です、われわれはあと二、三年で月へ到達するかもしれない。つまり星々へ乗りだそうというのに、地下四千マイルの足もとにある地獄へは、依然としてすこしも近づいていないのですから。

いまわたしは、地下二マイルからのエコーを識別できます。しかし、二、三ヵ月のうちに、発信器の出力を十メガワットまで引きあげたいと思っています。それだけの出力があれば、有効範囲は十マイルまで広がるでしょう。無論、そこでやめるつもりはありません」

わたくしは感銘を受けました。しかし、同時にかすかな疑念もきざしたのです。

「たいへんけっこうです」と、わたくしはいいました。「しかし、深くなればなるほど、見るべきものがすくなくなるのではありませんか。圧力のせいで空洞というものは存在できなくなり、二、三マイルも行けば、あとは同質のかたまりがどんどん密度を高めていくだけでしょう」

「なるほど、そうかもしれません」と教授は一応同意しました。「しかし、それでも波の伝わり方の特徴から多くのことを学べるのです。とにかく、そこまで行き着いてみれば、わかることですよ！」

それが四ヵ月前のことでした。そして昨日、わたくしはその研究の成果を目《ま》のあたりにしました。招きに応えて行ってみますと、教授は明らかに興奮しておりました。ところが、なにを発見したのか——発見したのであればの話ですが——これっぽっちも明かそうとしないのです。彼は改良した機材をわたくしに見せ、液槽から新型の受信器を引きあげました。ピックアップの感度は大幅に向上しており、送信機の出力を増強しなくても、それだけで有効範囲が倍化されるほどでした。鋼鉄の枠組みがゆっくりと回転するのを見まもり、それが探索しているのは、これほど近いにもかかわらず、人間にはけっして到達できない領域なのだと悟ったときには、不思議な気がいたしました。

ディスプレイ装置のおさまっている小屋へはいったとき、教授は奇妙に無口でした。彼が送信機のスイッチを入れますと、百ヤードも離れているというのに、わたくしは体がチリチリするような不快感に襲われました。つづいてブラウン管がパッと明るくなり、ゆっくりと回転するタイムベースが、これまでたびたび目にしてきた映像を描きだしました。とはいえ、出力と機材の感度が増大していたおかげで、いまや解像度は大幅に向上しておりました。わたくしは深度コントロールを調節し、地下鉄に焦点を合わせました。かすかに光っているスクリーンを横切って、黒っぽい帯がくっきりとあらわれます。見まもっていますと、急に霧がたちこめたようになり、列車が通過しているのだとわかりました。

まもなくわたくしは降下を再開しました。この映像をこれまで何度も目にしてきたとはいえ、輝く大きなかたまりがゆらゆらと近づいてくるのを見て、それが地中に埋もれた岩石――ひょっとしたら、五万年前の氷河の置きみやげかもしれません――と知ることは、いつもながら薄気味悪いものです。クレイトン博士が見取り図を作成しておりましたので、われわれは地層を通過するさい、そのひとつひとつを特定できました。まもなくわたくしは沖積層を通りぬけ、巨大な粘土のくぼみにはいろうとしていました。このくぼみに地下水がたまり、ロンドンの水源となっているのです。ほどなくしてそれも通過し、わたくしは地表から一マイルほどの地下にある岩盤を通りぬけておりました。

映像は依然として鮮明でした。もっとも、見るべきものはないも同然でしたが。と申しますのも、いまや地中の構造にほとんど変化がなかったからであります。圧力はすでに千気圧にまで上昇しておりました。こうなりますと、岩石そのものが流動状態になりはじめますから、いかなる空洞も開いたままではいられなくなるのです。一マイルまた一マイルと沈んでいきましたが、スクリーン上には青白い霧がかかっているばかり。ときどきその霧が破れるのは、もっと密度の高い物質の鉱脈瘤《りゅう》ないしは鉱脈から、エコーが返ってくるからです。深度がますにつれ、そういうこともどんどん減っていきました――さもなければ、あまりにも小さくて、もはや目に映らなくなっているかでした。

もちろん、映像のスケールは拡大の一途をたどっておりました。いまでは端から端までが数マイルに達しており、わたくしは途方もない高度から切れ目のない雲海を見おろす飛行士のような心持ちでした。自分が目をこらしているのは奈落なのだと考えたとたん、一瞬、頭がくらくらしました。わたくしにとって、世界は二度と堅固なものとは思えなくなるような気がいたします。

深度十マイル近くで装置を止め、わたくしは教授に目をやりました。ここしばらくなんの変化もなく、いまや岩石は、これといった特徴のない均質のかたまりに圧縮されているに相違ないとわかったからです。わたくしはすばやく暗算し、圧力は一平方インチあたりすくなくとも三十トンに達しているにちがいないと悟って身震いいたしました。スキャナーはいまやごくゆるやかに回転しておりました。微弱なエコーがその深さから返ってくるには、じつに何秒もかかるからであります。

「さて、教授」と、わたくしはいいました。「おめでとうございます。すばらしい成果ですよ。しかし、これでコアに達してしまったようなものですね。ここから中心部まで変化はなさそうですから」

教授は口もとをかすかにゆがめ、苦笑いを浮かべました。

「降下をつづけなさい」と彼はいいました。「まだ終わってはいませんよ」

その声にこもったなにかが、わたくしをとまどわせ、ハッとさせました。一瞬わたくしは教授にじっと目をこらしました。彼の目鼻立ちは、ブラウン管の放つ青緑の輝きを浴びてかろうじて見えるだけでした。

「こいつはどこまで潜れるんです？」いつ果てるとも知れない降下を再開したとき、わたくしはたずねました。

「十五マイルです」教授は無愛想に答えました。どうしてわかるのだろう、とわたくしは疑問に思いました。と申しますのも、まがりなりにも特徴らしきものを目にしたのは、地下八マイルが最後だったからです。しかし、わたくしは岩石を突きぬける長い降下をつづけ、スキャナーはいまやますますゆっくりとまわっており、ついには一周するのに五分近くかかるようになりました。背後に教授の荒い息づかいが聞こえ、いちどは彼の指がわたくしのすわる椅子の背中をつかんで、鋭い音をたてました。

とそのとき、いきなり、非常にかすかな斑紋がスクリーン上にふたたびあらわれはじめたのです。これこそ地球がはじめてかいま見せた鉄のコアではないかと思って、わたくしは熱心に身を乗りだしました。苦痛に思えるほどゆっくりと、スキャナーは四分の一周し、さらに四分の一周し、さらにまた——

わたくしは椅子からやにわに飛びだし、「まさか！」と叫んで、教授に顔を向けました。生まれてからいちどだけ、以前にもこのような知的ショックを受けたことがあります——十五年前、たまたまラジオをつけて、最初の原爆投下のニュースを耳にしたときのことです。あれには不意をつかれたのですが、こんどの場合は想像を超えていました。なぜかと申しますと、微細な線から構成される格子模様が、スクリーン上にあらわれていたからです。線が縦横に交差して、完璧に対称な格子を形作っておりました。

わたくしは長いこと絶句しておりました。それがわかるのは、驚きのあまりじっと立ちつくしていたあいだに、スキャナーが一周したからです。やがて教授が口を開き、不自然なほど落ち着きはらった静かな声でいいました。

「なにか申しあげる前に、ご自分の目で見てもらいたかったんですよ。あの映像は、いま直径三十マイル。したがって、あの正方形は一辺が二、三マイルということになります。縦線が収束し、横線が湾曲して弧を描いているのにお気づきでしょう。われわれは、巨大な同心円構造の一部を見ているわけです。中心は北へ何マイルも行ったところ、おそらくはケンブリッジのあたりにちがいありません。反対方向へはどこまでのびているのか、推測するのがやっとです」

「しかし、いったいぜんたい、あれはなんなんです?」

「うむ、明らかに人工物です」

「そんなばかな！　地下十五マイルですぞ!」

教授はふたたびスクリーンを指さし、

「わたしは知恵を絞りに絞りました」といいました。「しかし、自然にあのようなものが作れるなどとは、とうてい思えないのです」

わたくしはいうべき言葉を持ちませんでした。じきに教授が言葉をつづけました――

「あれを発見したのは三日前、この装置の最大有効範囲を見きわめようとしていたときです。もっと深く潜ることはできるはずですが、いま見えている構造物の密度があまりにも高いため、わたしの放射はこの先へ通してもらえないらしいのです。

十あまりの仮説を立ててみましたが、何度検討しても、けっきょくひとつの仮説に帰着します。あそこの圧力が八千ないしは九千気圧に達しており、温度は岩石をも溶かすほど高いにちがいない――それはわかっています。しかし、通常の物質は、それでも空っぽの空間も同然なのです。あそこに生命がいると仮定しましょう――もちろん、有機的な生命ではなく、部分的に縮合された物質、つまり電子殻がほとんどない、あるいは完全に失われている物質を基盤とする生命です。話についてこられますか？　そのような生きものにすれば、地下十五マイルの岩石さえ、受ける抵抗は水と大差ないはず――そしてわれわれをはじめとする世界すべては、幽霊と同じくらい希薄でしょう」

「そうすると、いま見えているあれは――」

「都市、もしくはそれに相当するものです。規模を理解されたからには、あれを築きあげた文明の壮大さをご自分で判断していただけるでしょう。われわれの知る世界のすべてが――海洋も大陸も山脈も――われわれの理解を絶するなにかをとり巻く薄い霧でしかないのです」

しばらくふたりとも無言でした。このぞっとするような真実を世界ではじめて知る人間のひとりになった――その驚きに茫然自失の体《てい》でありました。と申しますのも、それが真実であることを、どういうわけか一瞬たりとも疑わなかったからです。そして真実が明らかになったら、自分以外の人類はどう反応するだろうという疑問にとらわれておりました。

じきにわたくしが沈黙を破りました。

「あなたのいうとおりだとしたら、なぜ彼らは——彼らがなんであるにしろ——われわれと接触したことがないのでしょう？」

教授は哀れむような目つきでわたくしを見て、いいました。

「われわれは優秀なエンジニアだと自負しています。しかし、どうやったら彼らに手が届くというのです？　そのうえ、接触がなかったとはいい切れませんよ。地下に棲む生きものや神話伝説のたぐい——トロールやらコボルトやらのことを考えてごらんなさい。いや、それはとうていあり得ない——いまの言葉はとり消します。それでも、この考えはいささか暗示的ではありませんか」

そのあいだずっと、スクリーン上のパターンは変化しませんでした。ほの暗い網の目が依然として輝いており、わたくしどもの正気に挑戦しておりました。わたくしは街路と建物と、そこを行き交う生きものを想像してみようとしました。魚が水のなかをすいすい泳ぎぬけるように、白熱した岩石をすいすい通りぬけられる生きものを。たしかに途方もない想像です……しかし、やがてわたくしは、人類の存在を許す温度と圧力が、信じられないほど狭い範囲にあるということを思いだしました。珍奇なのは彼らではなく、このわれわれなのです。と申しますのも、宇宙の物質のほとんどすべては、何千度、いや、それどころか何百万度の状態にあるのですから。

「さて」と、わたくしは弱々しい声でいいました。「これからどうします?」

教授は勢いこんで身を乗りだしました。

「まずもっといろいろなことを知らなければなりません。そして事実をたしかめるまで、このことは極秘にしておかなければなりません。この情報が漏れたら、どんなパニックが起きるか想像がつきますか? もちろん、遅かれ早かれ真実は明らかになります。しかし、それを小出しにするという手もあるのです。

おわかりでしょうが、わたしの研究の地質学的調査という面は、いまやまったくの些事にすぎません。われわれがまずしなければならないのは、この構造物の範囲を見きわめるために、中継ステーション網を築くことです。わたしの構想では、ステーションを十マイル間隔で北へ並べていくつもりです。しかし、最初のステーションは南ロンドンのどこかに建て、あれがどこまで広がっているかを調べたいと思います。ことを進めるにあたっては、三〇年代の終わりに最初のレーダー網が築かれたときと同様に秘密厳守でなければなりません。

同時に、わたしは送信機の出力をさらに引きあげることにします。ビームをもっと狭く発射できるようにしたい。そうすればエネルギー集中が大幅に増大するでしょう。しかし、この改良にはありとあらゆる機械的な困難がともない、もっと援助が必要になります」

わたくしは、さらなる支援をとりつけるため最善をつくすと約束しました。教授は、閣下ご自身が近いうちに彼の実験室を訪問されることを希望しております。ご参考までに、映像スクリーンの写真を一枚添付しておきます。オリジナルほど鮮明というわけにはまいりませんが、われわれの観察が見まちがいでないことは疑問の余地なく立証されるものと願っております。

惑星間協会への助成金が、本年度の予算総額すれすれにまで達していることは十二分に承知しております。しかし、この発見は哲学並びに人類全体の未来に深甚なる影響をおよぼしかねないものであり、これを早急に調査することが、宇宙空間の横断にもまして重要なことは論を待たないのであります。

わたしは上体をのけぞらせてカーンを見た。その文書には理解できない個所がたくさんあったが、おおよそのところは読みとれた。

「なるほど」わたしはいった。「こういうことだったのか！　その写真とやらはどこにある？」

彼はそれをよこした。質はお粗末だった。わたしたちのもとへ届く前に何度も複写されていたからだ。しかし、そのパターンは見誤りようがなく、即座に見分けがついた。

「彼らは優秀な科学者だったんだ」と、わたしは感心していった。「これはコーラステオンだ、まちがいない。そうすると、われわれはついに真実を突き止めたわけか。たとえ三百年の歳月を要したとしても」

「驚くべきことじゃないか」とカーンがいった。「翻訳しなければならない文書の山と、それが蒸発する前に複写することのむずかしさを考えれば」

わたしはしばらく無言ですわったまま、われわれがその遺物を調べている奇妙な種族に思いをはせた。わたしはいちどだけ――二度とご免だ！――〈影の世界〉に技師たちがうがった大きな孔を登ったことがある。あれは恐ろしく忘れがたい経験だった。何層にもなった与圧服のせいで動きにくいことおびただしく、その断熱効果にもかかわらず、周囲に迫る信じられないほどの寒気をひしひしと感じたのだ。

「なんと残念なことだろう」と、わたしはしみじみといった。「われわれの出現が、彼らをあれほど徹底的に滅ぼしたのは。彼らは賢明な種族だった。彼らから学ぶことがたくさんあったかもしれん」

「われわれのせいではないと思うね」とカーン。「真空に近く、絶対零度も同然というあんなひどい条件下で生存できるものがいるなんて、本気で信じる者はいなかったんだ。どうしようもなかったんだよ」

わたしは異を唱えた。

「それで証明されるのは、彼らのほうが知的な種族だったということだと思うね。けっきょく、彼らのほうが先にわれわれを発見したんだ。〈影の世界〉から探知した放射は人工的なものにちがいない――ぼくの祖父がそういったとき、だれもが祖父を笑ったものだ」

カーンは触手の一本で書類をなでた。

「われわれがその放射の原因を突き止めたのはまちがいない。日付に注意したまえ――きみのおじいさんの発見のちょうど一年前だ。たしかに教授とやらは助成金をせしめたんだよ！」陰気な笑い声をあげ、「われわれが地表へ浮かびあがって、彼の足もとにあらわれたのを目にして、さぞかしショックだったんだろうな」

彼の言葉はろくに耳にはいっていなかった。というのも、急に居心地が悪くてしかたなくなったからだ。わたしは巨大都市コーラステオンの下に横たわる厚さ数千マイルの岩石について考えた。地球の知られざるコアにいたるまで、ますます熱くなり、ますます密度が高くなる岩石のことを。そしてカーンに向きなおった。

「あんまり笑えないね」と、わたしはおだやかにいった。「つぎはわれわれの番かもしれないんだから」

歴史のひとこま
History Lesson

浅倉久志訳

Startling Stories, May 1949

自分たちの一族がいつからこの長い旅をはじめたのか、もうだれにも思いだせなくなっていた。一族の故郷であったゆるやかに波うつ大平原も、いまやなかば忘れられた夢にすぎなかった。長い年月のあいだ、シャンとその一族は、低い丘ときらめく湖水の果てしなくつらなる土地を横切ってきたのだが、いまようやく高い山脈が行く手に現われた。この夏のうちにどうしても山越えをすませて、南の国へはいらなければならない。ぐずぐずしてはいられなかった。

両極からじわじわと押しよせてくる白い恐怖、その進路にある大陸をこなごなに挽《ひ》きつぶし、空気さえをも凍らせるそれが、一日の行程にもたりないほどのすぐ背後まで迫ってきている。シャンは、はたして氷河があの行く手の山脈を乗りこえられるだろうか、と思案し、あえて心の中に小さい希望の灯をともした。ひょっとすればあの山脈が、容赦ない氷ですらむなしい体当たりをくりかえすだけの、強固な壁になってくれないものでもない。かずかずの言い伝えのある南の国へたどりつけば、一族にもやっと安住の地が見つかるのではなかろうか。

人間と家畜の通れる峠道を探しあてるのに、数週間かかった。真夏がやってきたとき、一行はとある淋しい谷間に野営していた。空気は希薄で、星ぼしがかつてだれも見たことのないほど眩しく、ぎらぎらと輝いた。夏も過ぎかかる頃、シャンはふたりの息子を連れて、進路の偵察にでかけた。まる三日、昼は山をよじ登り、夜は凍てついた岩の上でままならぬ眠りをとり、そして四日目の朝、前方にはゆるやかな斜面が残されているだけになった。その頂上には、ほかの登山者たちが何世紀も前に積みあげた、灰色のケルンがあった。

その小さな石のピラミッドへと歩きながら、シャンは自分が身ぶるいしているのに気づいた。寒さのせいではなかった。ふたりの息子は、いつのまにか彼に先頭をゆずっていた。だれも口をきかなかった。あまりにも多くのものがそこにかかっているからだ。あとしばらくで、一族の託したすべての望みが裏切られるかどうかが、明らかになる。

東と西には、山々の壁が真下の大地を抱きかかえるようにカーブしてつづいていた。眼下には果てしなくうねる草原がひろがり、その中を一本の大河が巨大なループを描いて蛇行していた。肥沃な土地だった。ここならば、せっかくの収穫をまえにして逃げだす必要もなく、安んじて作物を育てることができるだろう。

やがて目を遠くに上げたシャンが南のかたに見たものは、彼のすべての希望をむざんにうち砕くものだった。なぜなら、天と地の境にちらつくその微光は、彼がこれまでたびたび北の方角に見てきたあの恐ろしい光――地平のかなたの氷のきらめきであったからだ。

行く手は閉ざされている。逃亡の長い歳月のあいだに、南極からの氷河が彼らにむかって前進をつづけていたのだ。まもなく彼らは、接近する二つの氷の壁に挟まれて、その下におしつぶされてしまうことだろう……。

南の氷河が山脈にまでたどりつくには、一族がつぎの世代を迎える頃までかかった。その最後の夏に、シャンの息子たちは一族の聖なる宝物を、平原を見おろすあの淋しいケルンまで運びあげた。むかし地平線の下でかすかにきらめいていた氷は、いまやほとんど彼らの足もとにあった。来春には、山々の壁にむかってうちよせてくるだろう。

いまでは、その宝物を理解できるものは一人もない。いま生きているだれにも理解できないほど、遠い遠い時代の産物なのだ。その宝物の由来は黄金時代をとりまくかすみに包まれ、どうしてそれがこの放浪種族の所有に帰したかのいきさつは、いまや二度と語られることがなくなった。なぜならそれは、もはや忘却のかなたに去った文明の物語であるからだ。

かつて、これらのみすぼらしい遺物は、それなりの理由があって大切にされていたにちがいない。いま、それらは聖なる宝となってはいるものの、本来の意味はとうに失われていた。古びた本の印刷は何世紀も前からすでに薄れているが、まだおおかたの活字は読みとれないことはない――もし、それを読めるものがいればの話だ。しかし、それからおびただしい世代を経たいま、七桁の対数表や、世界地図帳や、見返しに〈二〇二一年ペキン市H・K・チュー印刷所〉と記されたシベリウスの第七交響曲の楽譜などが、だれの役に立つというのだろう。

これらの古書籍は、そのために作られた小さな地下聖堂の中へ、うやうやしく安置された。そのあとには、種々雑多な断片のコレクションがおさめられた。金貨や白金貨、割れた望遠レンズ、腕時計、蛍光灯、マイクロフォン、電気カミソリの刃、小型ラジオの真空管――偉大な文明の潮が永久に退いてしまったあとにとり残された漂流物だ。これらの宝物のすべては、地下聖堂の中へていねいにおさめられた。そのあとには、さらに三つの遺物、もっとも理解を絶しているために、もっとも聖なるものと見なされている宝物がつづいた。

第一のそれは、非常な高熱で変色した跡のある、奇妙なかたちをした金属の一片だった。ある意味で、それは過去から伝わったこれらすべてのシンボルの中でも、とりわけ痛ましい。というのは、それが人類の最大の業績と、こうならなければ人類がつかみとっていたかもしれない未来を、物語るものだったからだ。それをのせたマホガニーの台には銀の銘板がはめられ、そこにはこんな文字が刻まれていた。

右舷ジェット補助点火装置
宇宙船モーニングスター号
地球―月　一九八五年

第二の宝物は、古代科学のもう一つの奇跡――すきとおったプラスチックの球と、その中にうめこまれた奇妙なかたちの金属片だった。球の中心にあるのは小さなカプセルにはいった人工放射性元素で、そのまわりをとりまいているのは、放射線をもっと波長の長いものにかえるための変換スクリーンである。中の物質に放射能のあるかぎり、この球体は小型無線送信機となって、あらゆる方向に電波を送りつづける。こういう球体は、ほんの数個しか作られなかった。もともとは、アステロイドの軌道を表示する半永久的なビーコンとして、設計されたものである。しかし、人類は結局アステロイド群まで到達できず、このビーコンもとうとう使われずじまいだった。

いちばん最後の宝物は、浅く平べったい円盤形の缶だった。缶は厳重に密封されていて、振るとカタカタ音がした。それを開けると災いが起こる、というのが一族の言い伝えであり、その中に千年近くも昔の偉大な芸術作品がおさめられていることを知るものはなかった。

作業は終わった。シャンの息子ふたりは積み石をもとどおりにして、ゆっくりと山を下りはじめた。最後の最後まで人類は未来に思いをはせ、後世のためになにかを残そうと試みたのだ。

その冬、北と南から、氷の大波がこの山脈に対して最初の攻撃にとりかかった。ふもとの一帯は第一撃でひとたまりもなく陥落し、氷河がそれらをみじんに粉砕した。しかし、山脈はなおも厳然と立ちはだかり、夏の訪れとともに、氷は一時退却した。

くる冬もくる冬も、こうして戦いはつづけられ、なだれの轟き、岩のきしみ、そして氷の割れる破裂音が、あたりをどよもした。過去に人間が起こしたどんな戦争もこれほど激しくはなく、そしてこれほど地球の広い範囲を戦いにまきこんだことはなかった。そして、ついに氷の津波はひきはじめ、完全には征服できなかった山脈の脇腹を、じわじわと這いくだっていった。とはいえ、谷間や峠道は、まだしっかりとその手にあった。戦いは膠着《こうちやく》状態だった。さすがの氷河も好敵手にでくわした。

だが、その敗北は人類にとって時すでに遅く、なんの役にも立たなかった。

こうしてまた幾星霜かが過ぎ、やがてある事件がこの惑星に起こることになった。それは、この宇宙の中のどんな世界にも、それがどれほど遠く離れた淋しい世界でも、その歴史にすくなくとも一度は起こる出来事であった。

金星からの宇宙船がやってきたのは五千年ほど遅すぎたが、乗組員たちはそんなことをつゆ知らなかった。まだ数百万キロの距離にあるうちから、望遠鏡には、いまや地球を全天で太陽につぐ明るい天体にかえた巨大な氷の屍衣がうつっていた。その眩しい白一色のシーツのあちこちをけがしている黒点は、ほとんど氷に埋もれた山々の頂きである。見えるのはそれだけだった。波うつ大洋も、平原や森林も、砂漠や湖沼も――かつて人間の世界であったすべてのものは、おそらく永久に、氷の下へ閉ざされてしまっていた。

宇宙船は地球に接近し、約千五百キロの距離で周回軌道にはいった。それから五日間、地球の周囲をまわりながら、撮影できるものはすべてカメラにおさめ、数多くの計測装置を使って、金星の科学者たちが何年かかっても研究しきれないほどの情報を集めた。彼らは地球に着陸するつもりはなかった。着陸してもあまり意味がないように思われたからである。しかし、六日目に状況が変わった。限度いっぱいにまで増幅したパノラミック・モニターが、五千歳のビーコンからの瀕死の電波をキャッチした。長い長い年月のあいだ、ビーコンはしだいに弱まっていく放射性元素の心臓をかかえながらも、衰えた力をふりしぼって信号を送りつづけていたのだ。

モニターはビーコンの周波数に同調した。司令室の中でベルがけたたましく鳴りだして、注意をうながした。まもなく金星の宇宙船は周回軌道をはなれ、地球への下降をはじめた。

いまなお氷の中から誇らしげにそびえたつ山脈、歳月もほとんど手をふれなかった灰色のケルンへと向かって……。

金星の空にぎらぎらと燃えさかる巨大な太陽の円盤は、もはや霧のベールに包まれてはいなかった。むかし金星をすっぽりと覆っていた雲は、いまや完全になくなっていた。太陽の放射熱を変化させた力がなんであったにしろ、それは一つの文明に死をもたらし、別の文明に生を与えたのだ。五千年たらずの昔、当時まだなかば野蛮人だった金星の住民は、はじめて太陽や星ぼしを目にしたのだった。地球の科学が天文学からはじまったように、金星にも科学が芽ばえ、そして、地球人がついに見ることのなかったこの温かい、豊かな世界で、それは信じられぬほど急速な発達をとげた。

たぶん、金星人は運がよかったのだろう。一千年のあいだ地球人を鎖につなぎとめた暗黒時代を、彼らは知らずにすんだ。化学や機械学で長いまわり道に迷いこむこともなく、もっと基本的な放射線物理学の法則へと直行した。地球人がピラミッドからロケット推進の宇宙船までの進歩に要した歳月で、金星人は農業の発見から反重力そのものにまで到達した――これは、地球人がついにまなびえなかった究極の秘密だった。

いまなおこの若い惑星の生命の大部分を育んでいる温かい海は、砂の多い岸辺にむかってけだるげに砕け波を送りつけていた。陸地の歴史はまだ新しく、砂そのものも粒が粗《あら》く、ざらざらしていた。海にとっては、まだそれをなめらかにするだけの時間がなかったのだ。科学者たちはなかば水の中にもぐり、その美しい爬虫類の体を日ざしに光らせていた。金星最高の頭脳の持ちぬしたちが、この世界のすべての島々から、この海岸へ集まってきたのだ。これから聞くことになる報告について、彼らはなんの予備知識ももっていなかった。ただそれが、第三惑星と、氷河の到来以前にそこに住んでいた謎の種族に関するものだ、ということ以外には。

歴史学者は陸の上に立っていた。彼がこれから使おうとしている機械は、水を嫌うからである。彼のかたわらには大きな機械が立っていて、同僚たちの好奇心にみちた視線をひきつけていた。その機械は明らかに光学関係のものらしく、レンズの機構が、十メートルほど離れたところにある白い材料で作られたスクリーンにむかって、突きだしていた。

歴史学者は話しはじめた。手短かに、彼は第三惑星とその住民について発見されたことがらを要約した。歴史学者は、地球の文書の謎をとこうとしてついに一語も解読できなかった、数世紀のむなしい研究のことを語った。第三惑星には、かつて偉大な工学技術の能力をもった種族が住んでいた。すくなくともそれは、あの山頂のケルンの下で発見された機械の断片からも証明されている——。

「それほど進んでいた文明がなぜ滅びたのか、われわれにはわかりません。それが氷河期を生き残れるだけの知識をもっていたことは、ほとんど確実なのです。なにかわれわれの知らない、別の原因があったにちがいありません。あるいは疾病《しっぺい》か種族の退化のせいかもしれない。一説には、わが種族では有史以前にかぎられていた部族間の闘争が、第三惑星ではテクノロジーの到来以後もひきつづいたのではないか、ともいわれています。哲学者のなかには、機械の知識があったところで必ずしもその文明が高度であったとはいえないし、機械的動力、飛行技術、さらには無線技術まで備えている社会でも戦争が起こることは、理論的に可能である、というご意見の方もあります。こういう概念は、われわれの考え方には合わないものですが、その可能性を認めないわけにはいきません。それによって、失われた種族の没落の原因も、たしかにつじつまが合ってきます。

これまでわれわれは、第三惑星に住んでいた生物の形態を、しょせん知るすべのないものと考えてきました。何世紀にもわたって、わが種族の画家たちは、滅びた世界の歴史に題材をとり、そこにさまざまな空想的生物を登場させました。これらの生物の大半は、多かれ少なかれ、われわれ自身に似せて描かれています。しかし、従来しばしば指摘されたとおり、われわれが爬虫類であるからといって、すべての知的生物が爬虫類でなければならないという理屈はありません。いま、われわれは、歴史上の最大の難問の一つに、解答をえました。五百年の研究が実をむすび、ついに第三惑星の支配種族の正確な形態と性質を知ることができたのです」

集まった科学者のなかから驚嘆のざわめきがもれた。なかには驚きのあまり、しばらく心地よい海のなかへ姿を消すものもいた。気をしずめようとするときに、金星人がよくやるくせである。歴史学者は、同僚たちが彼らの大の苦手である空気の中へもう一度顔を出すのを、しんぼう強く待った。彼自身は、たえまなく全身に水しぶきをふりかけてくれる小型噴霧機のおかげで、きわめて快適だった。この助けがあれば、最終的に海へもどるまでに、何時間も陸上で生きていることができる。

興奮が徐々におさまるのを見て、歴史学者は話をつづけた。

「第三惑星で発見された資料のなかでもっともふしぎなものの一つは、平たい金属容器の中におさめられた、非常に長い透明なプラスチックのテープでした。両側に細かい穴の規則正しく並んだこのテープは、スプールの上にしっかりと巻きつけてあります。この透明なテープは、一見なんの特徴もないように見えましたが、新しい電子内顕微鏡で調べますと、実はそうでないことがわかりました。このテープの表面には、われわれの肉眼では見えませんが、適当な放射線の下でははっきりと浮き出るような、文字どおり無数の小さな絵が並んでいるのです。この絵はなんらかの化学的方法によってテープの上に刷りこまれたもので、それが時の経過につれて薄れていったのではないかと思われます。

これらの絵は、明らかに第三惑星の文明最盛期における生活の記録であります。どの絵も独立してはいません。おたがいにほとんど同一で、動きの細部だけがわずかに異なった絵が、一列に並んでいるのです。こうした記録の目的は、明白であります。これらの場面を、間をおかずにつぎつぎと投影するだけで、あたかも連続的な運動を見るような錯覚が生まれるわけです。われわれはそのための機械を製作しました。そして、ここには、その連続した絵の正確な複製をも持参しております。

これからご覧にいれる光景は、みなさんを数千年の昔へ、わが姉妹惑星の全盛期へとつれもどしてくれます。そこに現われるのは複雑きわまる文明であり、その活動の大半は、漠然としか理解できないものであります。当時の生活は非常に荒々しく精力的なものであったらしく、いろいろとわれわれには不可解なものが出てまいります。

ただはっきりいえるのは、第三惑星にはかつていくつかの異なった種族が住んでいて、そのどれもが爬虫類ではなかった、ということです。われわれのプライドにとってこれは一つの打撃ですが、いたしかたない事実であります。あの世界の優占種は、二本の腕をもった二足生物だったようです。この生物は直立して歩き、その体をなにか柔軟な材料で覆っていました。おそらくこれは寒さを防ぐためでしょう。氷河期以前でさえ、あの惑星は、われわれの世界と比べてずっと気温が低かったからです。

しかし、これ以上みなさんをお待たせするのはやめましょう。では、ただいまからご覧にいれますのが、問題の記録であります」

映写機から強烈な光がほとばしった。静かな機械の回転音とともに、スクリーンにはおびただしい数の奇妙な生物が現われ、ややぎくしゃくとした動きで、前へ後ろへと動きまわった。その生物のなかの一つをとらえた画面がしだいに拡大されると、科学者たちにも、歴史学者の説明の正しさがわかってきた。

その生物は、いくらかくっつきかげんの二つの目を持っていたが、それ以外の顔面の付属物は、やや不明瞭だった。頭部の下半分に大きな孔が一つあり、それがたえず開いたり閉じたりしていた。おそらく、呼吸に関係している器官だろう。

科学者たちは、その奇妙な生物が一連のとっぴょうしもない冒険にまきこまれていくのを、呪縛にかかったように見まもった。まず、わずかな違いのあるもう一つの生物との信じられないほど激烈な闘争。これでは両方とも命を失うにちがいないと思われるのに、すべてが終わってみると、どちらもかすり傷一つ負っていない。つぎは、四つの車輪のついた機械装置による、陸地の上の猛烈な走行で、この機械はたいへんな移動の離れわざをやってのけることができる。この走行の最後は、おなじような乗り物が群れをなして四方八方へめちゃくちゃなスピードで走りまわっている都市の中で、終わりを告げた。二つの機械が真正面から衝突し、恐るべき惨事をひきおこしても、だれも驚くようすがない。

そのあと、事件はいよいよこみいってきた。ここに起こっているすべての出来事を分析し理解するのに、多年の研究が必要なことは、だれの目にも明らかだった。そして、この記録が、第三惑星で実際にいとなまれていた生活の正確な再現というよりは、やや様式化された芸術作品であることも、これまた明らかだった。

ひとつづきの絵がようやく終わりを迎える頃には、大半の科学者が茫然自失の状態になっていた。最後にまたもや目まぐるしい動きがあり、これまで興味の焦点となっていた例の生物は、あるとほうもない、だが不可解な大激変の中にのみこまれた。それから、生物の頭部をとらえた画面が、円形に縮まった。いちばん最後の画面は、その生物の顔の拡大像で、明らかになにか強烈な感情を表現しているらしい。だが、それが激怒なのか、悲歎なのか、挑戦なのか、諦観《ていかん》なのか、それともそれ以外の感情なのかは、見当がつかなかった。

絵はそこで消えた。つかのま、スクリーンになにか文字らしいものが現われて、記録は終わった。

数分のあいだ、あたりには完全な沈黙がおり、聞こえるのは砂にうちよせる波音だけだった。科学者たちは、唖然として言葉もなかった。地球文明の一端をかいま見たことが、彼らにはそれほどの衝撃だったのである。やがて、あちこちで小さなグループが話しあいをはじめた。最初はひそひそと、そして、いま見たものの意味がはっきりしてくるにつれて、その声はしだいに大きくなっていった。まもなく、歴史学者が静粛をもとめ、ふたたび一同にむかって話しだした。

「現在われわれは、この記録からありったけの知識をひきだせるような、大規模な研究計画を準備しております。すでに数千巻の複製を製作中で、これができあがれば、全研究員にもれなく配布できるでしょう。この研究の困難さは、みなさんもよくおわかりのことと思います。とくに心理学者は、とほうもない仕事に直面するわけです。しかし、わたしは研究の成功を疑いません。来たるべき世代に、われわれがこのすばらしい種族のすべてを知ることにならないと、だれがいえましょう？　では、この会合を終わりますまえに、われわれの遠いいとこたち、ことによればわれわれを凌《しの》いだかもしれぬほどの知能をもちながら、ほとんどなにものをも後に残さなかった種族を、もう一度ながめてみようではありませんか」

　ふたたび、最後の絵が、こんどは映写機の回転をとめ、静止したままでスクリーンに映しだされた。畏怖に似た思いで科学者たちは過去からよみがえった静止像を見まもり、一方、スクリーンからは、例の小さい二足生物が、独得の横柄でふきげんな表情で、彼らをにらみかえしていた。

　これから末長く、その絵は地球の人類を象徴するものになるだろう。金星の心理学者たちは、その生物の行動を分析し、あらゆる動作を観察して、ついにはその精神の働きを再現するだろう。それについて、何万冊もの本が書かれるだろう。その生物の行動を説明するために、こみいった理論が考えだされるのだろう。しかし、それらすべての努力、すべての研究も、徒労に終わるのではなかろうか。

　ことによるとスクリーンの上の誇り高い孤独な姿は、この遠大で実りのない探求にとりかかろうとしている科学者たちに、皮肉な微笑を投げかけているのかもしれない。その秘密は、宇宙のつづくかぎり閉ざされたままだろう。なぜなら、地球の失われた言語を解読できるものは、もはやだれもいないからだ。これからの幾世紀のあいだに、その最後に記された文字は、何万回となくスクリーンに映しだされるだろうが、いまではだれひとり、この言葉の意味を推測できるものはない――

ウォルト・ディズニー製作

コマーレのライオン
The Lion of Comarre

浅倉久志訳

Thrilling Wonder Stories, August 1949

1　反乱

二十六世紀の末近くになると、〝科学〟の巨大な潮もとうとう干きはじめた。千年近くにわたってこの世界を作りあげてきた発明の長い系列が、その終焉を迎えようとしていた。あらゆるものがすでに発見されつくした。過去の偉大な夢が、ひとつまたひとつと現実になったのだ。

文明は完全に機械化された――すでに機械はほとんど姿を消している。完璧な機械類は、いまでは都市の壁のかげに隠されたり、深い地下に追いやられたりして、そこで世界の重荷を背負っている。ロボットたちは音もなく控えめに主人たちに仕え、自分たちの仕事を完璧にやってのけているため、その存在は夜明けのように自然に思える。

純理科学の領域ではまだ学ぶべきことがたくさん残されていたし、もはや地球に縛りつけられていない天文学者たちは、来たるべき千年間でもありあまるほどの仕事をかかえていた。しかし、文明が育てあげた物理科学やさまざまな技術は、すでに人類にとっての主要関心事ではなくなっていた。西暦紀元の二六〇〇年ごろになると、もはや研究室内には人類の最高頭脳が見つからないありさまになった。

いまやこの世界にとって最も重要な人びとは、芸術家や哲学者、立法者や政治家だった。技術者や大発明家は過去の遺物。とっくの昔に姿を消しているさまざまな病気の治療に取り組んだ人びととおなじく、自分の役目を十二分に果たしたため、もはやご用ずみの存在になったのだ。

その振り子がふたたび振れもどってくるまでには、五百年の歳月がかかった。

アトリエからの眺望は息をのむほどの見ものだった。長いカーブを描いたその部屋は、セントラル・タワーの基部から三キロあまりの高空にあるからだ。この都市のもう五つの巨大ビルも、そのタワーの下に密集して、朝日を浴びた金属の壁面がスペクトルのすべての色彩を放っている。もっと下のほうでは、自動農場の碁盤目がはるか彼方へとつづき、地平線のもやのなかへ消えている。だが、今回にかぎっては、その美しい眺めもリチャード・ペイトン二世にとってはよそごとだった。彼はぷりぷりしながら、自分の芸術の素材である合成大理石の巨大ブロックのあいだを歩きまわっていた。

豪華な色彩にいろどられたその巨大な人造岩石は、アトリエの内部を完全に乗っ取っている。大部分は荒削りの立方体だが、なかのいくつかは動物や人間、それにどんな幾何学者も命名に困りそうな抽象的立体の形をとっている。十トンもあるダイヤモンドのブロック——これまでの合成ダイヤとしては最大のもの——の上には、この芸術家の息子がぎごちなく腰かけ、よそよそしい目で有名な父親を見つめていた。

「ふつうなら、そんなに気にはしないさ」と、リチャード・ペイトン二世は不機嫌に感想を述べた。「たとえおまえがなにもしないことに満足でも、それを優雅にやってのけているかぎりはな。そういう技に長《た》けた連中はいるし、総じてその連中がこの世界をより興味深い場所にしているわけだ。しかし、なぜおまえが科学技術の研究を生涯の仕事にしたがるのか、さっぱりわけがわからん。

そう、おまえがテクノロジーを研究の主要テーマに選んだのを、たしかにわれわれは許可したが、あのときはそれほどまでにおまえが真剣だとは思ってなかった。わたしがおまえの年ごろには、植物学に情熱を燃やしたこともある——だが、それを人生の主要目的にしたことはない。チャンドラス・リン教授がおまえにそんな考えを吹きこんだのか？」

リチャード・ペイトン三世は顔を赤らめた。

「なぜ教授がそうしちゃいけないのさ？　ぼくは自分の天職がなんであるかを心得ているし、教授もぼくの考えに賛成してくれた。教授の報告書はお父さんも読んだはずだ」

何枚かの大判の書類を、芸術家は不愉快な虫けらのように親指と人差し指でつまんで、ひらひらと振った。

「ああ、読んだとも」ときびしい口調でいった。『きわめて稀有《けう》な機械学的才能の発現――サブエレクトロニクスの研究で独創的業績を上げた』うんぬん。なんたることだ、人類は何世紀も前にあのてのおもちゃを卒業した、と思っていたのに！　おまえは第一級の機械工になって、故障したロボットを修理してまわりたいのか？　それはわたしの息子にふさわしい職業じゃない。世界評議員の孫としてはいわずもがなだ」

「この話題にお祖父さんをもちこまないでくれよ」リチャード・ペイトン三世は不満を募らせながらいった。「お祖父さんが政治家だという事実は、べつにお父さんが芸術家になるのを妨げなかった。なのに、なぜぼくがそのどちらかの道を選ぶと期待するんだ」

父親のみごとな金色のあごひげが、不気味に逆立ちはじめた。

「おまえがなにをしようと、それがわれわれの誇りになることであれば気にはせんさ。しかし、機械仕掛けに夢中になるとはなにごとだ？　必要な機械はすでにぜんぶ揃ってるじゃないか。ロボットは五百年前に完成の域に達した。すくなくともそれとおなじぐらいの昔から、宇宙船もまったく変化していない。現在の交信システムは、八百歳近い寿命をたもっている。すでに完全無欠なものをなぜいじる必要がある？」

「それは悪意のこもった屁理屈だよ！」と青年は答えた。「芸術家がなにかを完全無欠だというなんて！　こっちが恥ずかしくなる！」

「ささいなことをつべこべ言いたてるな。こちらのいう意味はよくわかっているはずだ。われわれの先祖たちが設計してくれた機械は、われわれに必要なあらゆるものを供給できる。たしかに一部の機械は、もう何パーセントか能率増進の余地があるだろう。だが、なぜそんなことをいちいち気にする？　今日《こんにち》の世界にまだ欠けている重要な発明の名を、おまえはひとつでも挙げられるか？」

リチャード・ペイトン三世はため息をついた。

「聞いてくれよ、お父さん」としんぼう強くいった。「ぼくは工学といっしょに歴史も勉強した。いまから十二世紀ほど前にだって、一部の人間は、もうあらゆるものが発明された、といったらしい——しかもそれは、飛行機や宇宙船はおろか、電力の出現以前のことだったんだぜ。その連中は未来をはっきり見とおしてなかった——連中の心は現在に縛りつけられていたんだよ。

今日の世界で起きていることも、それとおんなじだ。この五百年間、世界は過去の脳髄を食い物にして生きてきた。ぼくにはこう認める用意がある。ある分野での発達は行きつくところまで行ったが、それ以外の何十もの分野ではまだ始まってさえいない、と。

技術面からいえば、いまの世界は沈滞しきっている。ただし、暗黒時代というわけじゃない。まだわれわれはなにも忘れてないからね。しかし、足踏み状態なんだ。たとえば宇宙航行。九百年前にわれわれは冥王星へたどりついたが、いまはどこにいるのか？　依然として冥王星だ！　いつになったら恒星間空間を横断できるのか？」

「なんにしても、だれが星ぼしの世界に行きたがる？」

息子は苛立ちの叫びを上げ、興奮のあまりダイヤモンド・ブロックから跳びおりた。

「この時代に、そりゃまたなんという質問だ！　千年前の時代にはみんながこういった。『だれが月になど行きたがる？』と。そう、信じられない話だけど、古い書物にはちゃんとそう書いてある。いま現在、月まではたった四十五分の距離だし、ハーン・ジャンセンのような人たちは、地球で働いていても、住んでいるのはプラトン・シティだ。われわれにとって惑星間飛行は日常茶飯事《さはんじ》になった。いつかそのうち、本物の宇宙旅行にもそういえる時代がやってくる。そのほかにも、完全にストップ状態の分野の名は、何十も挙げられる。それはほかのみんなもお父さんとおなじ考え方をして、すでに手に入れたもので満足しているからなんだ」

「満足して、なぜいけない？」

ペイトンは片手でアトリエのなかをぐるっと指し示した。

「よく考えてみてくれよ、お父さん。これまで自分が作りだしたものに満足したためしがあるかい？　満足していられるのは動物だけだ」

芸術家は悲しげな笑い声を上げた。

「おまえのいうことが正しいのかもしれん。だが、それでもこちらの主張は変わらん。わたしの見たところ、やはりおまえはこれからの人生を浪費しそうな気がする。お祖父さんも同意見だ」すこしばつのわるそうな表情になって、「そういえば、お祖父さんはわざわざおまえに会うために地球へやってくるぞ」

ペイトンはぎょっとした表情になった。

「聞いてよ、お父さん。ぼくはもうすでに自分の考えを話した。もう一度それをくりかえすのはごめんだ。お祖父さんがやってこようと、世界評議会の全員がやってこようと、ぼくの決心は変わらないからね」

それは一種の大言壮語で、ペイトンは自分でもそれが本気かどうかを疑いたくなった。父親が答えようとしたとき、アトリエのなかに低い楽音がひびいた。その一秒後には、空中から機械的な声が聞こえた。

「ペイトンさま、お父上がお見えです」

ペイトン二世は勝ちほこった目でちらと息子を見た。

「さっきつけ加えておくべきだった。お祖父さんがもうすぐやってくる、と。しかし、こちらが用のあるときにかぎって雲隠れする、例のおまえの習性がわかっているんでな」

息子は返事しなかった。父親がドアのほうへ歩きだすのをながめた。つぎに、その唇がにやりと笑みをうかべた。

アトリエの正面になった一枚板のグラサイトが開いており、そこから彼はバルコニーに出た。三キロ下では、巨大な駐機場のコンクリート・エプロンが日ざしに白く輝いている。そこに点々と散らばる涙滴に似た影は、着陸した機体のものだ。

ペイトンはアトリエのなかをちらとふりかえった。室内はまだ無人だが、ドアごしに父親の声が漂ってくる。それ以上彼は待たなかった。手すりに片手をかけると、ひょいと空中に身をおどらせた。

三十秒後、ふたりの人影がアトリエにはいってきて、驚きの目で周囲を見まわした。世代番号のつかない初代のリチャード・ペイトンは、一見六十歳ぐらいに受けとられるが、それは実年齢の三分の一にも満たない。

彼がまとった紫色のローブは、地球上ではわずか二十人、全太陽系を含めても、百人たらずの人びとしか着ていない。その全身からは威厳が発散しているように見える。それに比べれば、有名で自信たっぷりの二代目さえもが、お飾りでいっぱいの、とるにたりない存在に思えるほどだ。

「おや、あの子はどこだ？」

「あいつめ！　窓から逃げだしたんでしょう。とにかく、こちらがあいつのことをどう思っているかだけはいってやらないと」

リチャード・ペイトン二世は荒々しく手首を持ちあげ、八桁の数字を個人用交信器にダイヤルした。応答はほとんど瞬時に得られた。明瞭だが非個性的な口調で、自動応答の声が果てしなくこうくりかえす――

「ご主人は睡眠中です。どうか起こさないでください。ご主人は睡眠中です。どうか起こさないでください……」

苛立ちの叫びを上げて、リチャード・ペイトン二世は交信器のスイッチを切り、自分の父親をふりかえった。老人はくっと笑った。

「なるほど、頭の回転の速いやつだ。先手を打たれたな。やつが取り消しボタンを押さないかぎり、つかまえるのは無理。この年になると、追いかける気にもならんしな」

つかのまの沈黙が下り、ふたりの男は複雑な表情でおたがいを見つめあった。それから、ほぼ同時に両者ともが笑いだした。

2　コマーレの伝説

ペイトンは約二キロ分の高度を石ころのように落下してから、重力中和器のスイッチを入れた。呼吸は苦しいが、風を切る音を聞くのは爽快な気分だった。いまの落下速度は時速二百四十キロたらずだが、ほんの二、三メートル先で滑らかに急上昇してくる巨大ビルがそのスピード感を強めている。

地上三百メートルあたりで、減速力場の柔らかな引きが落下速度をゆるめた。タワーの下に駐機中の航空機の列に向かって、彼はゆっくりと下降していった。

彼自身の高速機は一人乗りの小型自動タイプだった。三世紀前に製作された当時は全自動式だったが、いまの持ち主である彼がおびただしい非合法的修正をそこに加えたため、それで飛行した経験を生きて語れるものは本人以外にひとりもいない。

ペイトンは重力中和ベルトのスイッチを切り――これはおもしろい装置で、技術的には古臭いが、いまなお興味深い可能性を秘めている――高速機のエアロックにはいった。二分後には、都市の高層ビルが世界のへりから沈んで消え、無人の〈原野〉が時速六千キロものスピードで眼下を横切りはじめた。

ペイトンは西にコースを定め、ほとんどすぐに洋上に出た。あとは待つしかない。この高速機は自動的にゴールに到着するだろう。操縦席の背にもたれると、苦い思いを嚙みしめ、みじめな気分を味わった。

彼の頭は自分で認める程度以上に混乱していた。自分のような技術工学的関心を一族が共有していないことは、もう何年も前から気にならなくなっている。しかし、確実に強まってきたこの反対意見、いまやひとつの頂点に達したそれは、まったく目新しいものだ。てんから理解できない。

十分後、まるで魔法の剣エクスキャリバーが湖底から浮きあがってくるような感じで、白い塔がひとつ、海中から現われた。サイエンティアの名で全世界に知られた都市、一部の皮肉な住民から〝コウモリの鐘楼〟と呼ばれているその都市は、八世紀前に大陸塊から遠く離れた孤島の上に築かれた。その行動は独立心のひとつの現われだった。はるか昔のその時代には、まだ国家主義の最後の残滓《ざんし》がほそぼそと生きながらえていたからだ。

ペイトンは着陸用エプロンに艇を降下させたのち、もよりの出入口へ歩いた。百メートル先で岸辺の岩に打ちよせている大波のひびきには、いつも心を揺さぶるものがある。出入口で彼はしばらく立ちどまり、潮の香りを吸いながら、塔のまわりを舞うカモメや渡り鳥をながめた。まだ人間が夜明けをふしぎそうな目で眺め、神の出現ではないかと考えていた時代から、すでに鳥たちはこの小さい陸地を休息の場に利用していたのだ。

遺伝研究局は、その塔の中央部近い百階分を占めている。その科学都市にペイトンがたどりつくには十分ほどかかった。オフィスと研究所が集まる数立方キロのなかで自分が会いたい相手の居場所を見つけるのにも、それとほぼおなじ時間がかかった。

アラン・ヘンスン二世はいまもペイトンの最大の親友のひとりだが、二年前に南極大学を去り、ここで工学技術よりも遺伝子工学を研究している。ペイトンがトラブルに巻きこまれるのはそう珍しいことではないが、そんなとき、この友人の冷静な良識はとてもたよりになる。いまサイエンティアへやってきたのも、ペイトンとしてはとても自然な行動だった。とりわけヘンスンが、つい一日前に急ぎの通話をよこしたあととあっては。

生物学者はペイトンに会えて喜びと安心を感じたようすだが、その歓迎ぶりにはなんとなく神経質な底流があった。

「きてくれてよかった。きみが興味をもちそうなニュースがいくつかあるんだ。しかし、なんだか暗い表情だな――いったいどうした？」

ペイトンはそれまでのいきさつを話した。誇張もいとわなかった。つかのまヘンスンは黙りこんだ。

「すると、連中はもうすでにとりかかったわけか！」とヘンスンはいった。「それを予想すべきだったかも！」

「なんのことだ？」とペイトンは驚いてたずねた。

生物学者は引き出しを開けて、封をした封筒をとりだした。その封筒から彼が抜きだしたのは、二枚のプラスチック・シートで、表面にさまざまな長さの平行した溝が何百本も刻まれている。ヘンスンはその一枚を友人に手渡した。

「これがなんだかわかるか？」

「性格分析表のように見えるが」

「正解。たまたまそれはきみのものだがね」

「おやおや！　そいつは法律違反じゃないのかい？」

「気にするなよ。キーはページの下に印刷されている。美的感受性から機知にいたるまでの項目がね。最後のコラムはきみの知能指数だ。あまりうぬぼれるんじゃないぜ」

　ペイトンはそのカードを食い入るように見つめた。一度だけ、かすかに赤面した。

「どうしてきみがこれを知ってたんだ」

「気にするなよ」ヘンスンはにやりと笑った。「こんどはこっちの分析を見てくれ」彼は第二のカードを手渡した。

「なんだ、こっちもおんなじものじゃないか！」

「まったくおんなじじゃない。よく似てはいるがね」

「いったいこっちはだれの分析なんだ？」

　ヘンスンは椅子の背にもたれ、ゆっくりと言葉を選びながらしゃべった。

「そっちの分析はだな、ディック、きみの父方の直系で二十二代前の曾々祖父のものだよ――かの偉大なロルフ・ソーダーセンのな」

　ペイトンはロケットのように跳びあがった。

「なんだって！」

「この建物が壊れそうな大声を出すなって。もしだれかがやってきたら、昔話をしていたことにしようぜ」

「しかし――ソーダーセンとは、また！」

「まあ、ある程度の昔まで世代をさかのぼれば、われわれみんながそれに匹敵するほどの有名な祖先をもってるさ。しかし、これでわかるだろう、なぜきみのお祖父さんがきみのことを気にかけているかの理由が」

「祖父は最近までそのことに触れずにいたわけだ。こっちはほとんど基礎訓練を終わったというのに」

「そのことではわれわれに感謝してくれ。通常、われわれの分析は十世代前、特別なケースでは二十世代前までさかのぼる。たいへんな労力なんだぜ。遺伝形質ライブラリーには何億枚ものカードがある。二十三世紀以降に生存したあらゆる男女について一枚ずつだからな。このふしぎな暗合は、ついひと月ほど前に偶然発見されたんだ」

「というとちょうど例のトラブルが発生した時期じゃないか。しかし、ぼくにはそれがどういうことなのか、まだよくわからない」

「ディック、きみは自分の有名なご先祖について、どこまでのことを知ってる？」

「ほかのみんなとおなじ程度にしか知らないと思う。彼が、なぜ、どのようにして姿を隠したかについては、まったくなにも知らない。もしそれがきみのいう意味だとするならばだ。彼は地球を離れたんじゃないのか？」

「いや。もしそういいたければ、彼はこの世界を去りはしたが、地球を去ったわけじゃない。これはごく少数の人間しか知らない事実だがね、ディック、ロルフ・ソーダーセンこそ、コマーレを建設した人物なんだよ」

コマーレ！　ペイトンは半開きの唇でその名を発音し、意味と奇妙さを満喫した。では、やはりあそこは実在するのか！　一部の連中はそれさえ否定しているが。

ヘンスンがふたたび話しはじめた。

「きみがデカダン派についてあまりくわしいことを知っているとは思えない。歴史書では、その部分がかなり入念に検閲されているからな。しかし、その物語ぜんたいが、第二次電子時代の終焉《しゅうえん》と関連しているんだ……」

地球表面から三万キロの高空で、世界評議会本部を収容した人工衛星が永遠の軌道を描いている。評議会場の屋根は、傷ひとつない一枚のクリスタリット。評議会メンバーの会議中は、はるか下界で回転している巨大な球体と彼らのあいだにはなにひとつ存在しないかに見える。

その象徴性は深遠だった。このような舞台では、偏狭な地方的視点はもはや生き残れない。もし人間の精神が確実に最大の成果を生みだせる場所があるとすれば、これこそがそれだろう。

初代のリチャード・ペイトンは、地球の運命を誘導することに一生を費やしてきた。五百年間、人類は平和を満喫し、芸術や科学が提供できるものにはなにひとつ事欠かなかった。この惑星を支配する人間たちは、自分の仕事を誇りにすることができた。

にもかかわらず、この老政治家は不安をかかえていた。もしかすると、未来に待ちうける変化が、すでにわれわれの前に影を落としているのかもしれない。もしかすると、たとえ潜在意識のなかだけにせよ、ここ五世紀の平穏さがそろそろ終わりに近づいたのを、自分は感じとったのかもしれない。

彼は文書作成機のスイッチを入れて、口述をはじめた。

最初の電子時代は、ペイトンの知るところでは一九〇八年、いまから十一世紀あまりの昔に、デ・フォレストによる三極管の発明でその口火を切った。世界国家をはじめとして、航空機、宇宙船、原子力などが出現したこのとほうもない世紀は、彼の知る文明を可能にしたあらゆる基本的な熱電子装置の発明を目撃したわけだ。

第二次電子時代は、それから五百年後に到来した。その口火を切ったのは、物理学者たちではなく、医学者たちと心理学者たちだった。それまで五世紀近くにわたって、彼らは思考過程で脳内を流れる電流の記録をつづけてきた。その分析は仰天するほど複雑なものだったが、何世代もの労苦のすえにようやく完成した。そして、それが完成したとき、人間の心を読むことのできる最初の機械類に誕生の道がひらけたのだ。

しかし、それはほんの手はじめでしかなかった。いったん人類が自分たちの頭脳のメカニズムを発見すると、さらにその先への道がひらけた。生きた細胞の代わりにトランジスターと回路網を使って、人類は頭脳を再生産できるようになった。

二十五世紀も末期に近づいたころ、最初の思考機械が建造された。それらはとても幼稚なもので、一立方センチの人脳がやってのける仕事をこなすのに、百平方メートル近い巨大な装置が必要だった。だが、いったん第一歩が踏みだされると、機械脳が完成し、一般的に用いられるようになるまでには、そう長くかからなかった。

その機械にできるのは、ごく低い段階の知的作業だけで、独創力、直観、いろいろの感情などの純粋に人間的な特性には欠けていた。しかし、ほとんど変化のない環境のなかで、その限界があまり重視されない分野では、人間にできる仕事をなんによらずやってのけることができた。

金属頭脳の出現は、人類文明の最大危機のひとつを招きよせた。高度な政治的判断や社会管理はまだ人間の手で行なう必要があったが、型どおりの行政事務でこと足りる巨大な量の作業は、いまやロボットたちにひきつがれている。人間たちはついに自由をかちとったのだ。もはや複雑な運送スケジュールを組んだり、生産プログラムを決定したり、予算の帳尻を合わせたりするのに、脳細胞をしぼる必要がなくなった。その何世紀か前にすべての肉体労働をひきついだ機械類が、第二の大きな社会貢献を果たしてくれたのだ。

それが人間社会に与えた影響は巨大で、この新しい状況に人間たちはふた通りの反応を示した。そこには新しく発見された自由を、これまでつねに最高の知性をひきよせてきた高貴な目的の追求に役立てる人びとがいた――アクロポリスが建設された時代から変わることのない、あのとらえがたい美と真理の探求に。

しかし、それとはべつの考えかたをする連中もいた。彼らにいわせると、いまやアダムへの呪いは永久に解けたのだ。いまやわれわれは便利な機械のいる都市を作れるようになった。その機械は、こちらがなにかの欲求を頭にうかべるが早いか、その欲求を満たしてくれる――いや、もっと早いかもしれない。分析機はこちらの潜在意識に埋もれた欲求さえをも読みとることができるのだから。すべての人生の目的は、快楽と幸福の追求である。人類はそれを手に入れる権利を勝ちとった。知識を得よう、星ぼしへの橋を架けよう、といったいちずな欲望を満たすための果てしない戦いには、もううんざりだ。

それはロトスの実を食べて安逸をむさぼったという古代人の夢、人間の歴史とおなじぐらい古くからある夢だった。いまはじめて、その夢に実現の可能性が生まれたのだ。それからしばらくは、その夢をわかちあう人間もそう多くなかった。第二次ルネッサンスの炎がまだちらつきもせず、消えかかってもいなかったからだ。しかし、歳月を経るにつれ、デカダン派は、その考え方に共鳴する人びとをひきよせはじめた。彼らは内惑星上の秘密の場所に、自分たちの夢の都市を建設にとりかかった。

以来ほぼ一世紀間、それらの都市はエキゾチックな珍花のように咲きほこったが、その建設にそそがれたほとんど宗教的な情熱も、ついに冷めるときがきた。それからさらに一世代のあいだ、都市は生き残った。やがて、ひとつまたひとつと、それらの都市は人類の知識から消えていった。死に絶えた都市がその背後に残したおびただしい寓話や伝説は、それから何世紀かが経過するうちに、しだいに成長を重ねていった。

そうした都市は、地球上にはひとつしか建設されなかったが、そこには外部の世界がついに解くことのできない幾多の謎がまとわりついた。世界評議会は独自の意図のもとに、その土地に関する知識をことごとく抹殺した。都市の所在地さえもが謎となった。北極の荒野にあるという者もいれば、太平洋の海底に隠れていると信じる者もいた。しかし、確実に知られているのはその名称だけだった――その都市の名は〝コマーレ〟という。

ヘンスンは話を中断して、ひと息入れた。

「これまで話したことはべつに目新しくはない。世間一般の常識だ。しかし、ここから先の物語は、世界評議会と、サイエンティアの百人ぐらいしか知らない秘密だよ。

ロルフ・ソーダーセンは、きみも知ってのとおり、機械に関しては世界がこれまでに生みだした最高の天才だった。エジソンでさえ、彼の足もとにもおよばない。彼はロボット工学の基礎を築きあげ、実用的な思考機械の第一号を作りあげたんだ。

彼の主宰するいくつかの研究所は、二十年以上にわたって、すばらしい発明の流れを生みだしていた。ところが、そこでとつぜん彼は姿をくらました。恒星の世界へ到達しようと試みたんだ、という説がひろまった。だが、真相はこうだ。ソーダーセンは自分の作りだしたロボットたち――いまなおわれわれの文明を支えている機械たち――のことを、まだほんの手はじめと考えていた。そこでいくつかの提案をかかえて世界評議会を訪れたわけだ。もしそれが実行されていたら、人間社会の様相は一変していたかもしれない。どんな変化なのかは知りようがないがね。しかし、ソーダーセンは、その提案が採用されないかぎり人類はいまに行き詰まる、と信じていた――事実、いまのわれわれの多くは、そうなったと信じている。

評議会はその提案に猛反対した。きみも知っているように、あの時代はロボットが文明のなかへ統合されたばかりで、社会の安定がじょじょに回復しかけていた――その安定は、その後五百年間にわたってつづいたわけさ。

ソーダーセンは苦い失望を味わった。ところが、そこでデカダン派の連中が天才をひきつける才能を発揮して彼を抱きこみ、世界と縁を切るように説得した。連中の夢を実現できる人間は、彼しかいなかったんだ」

「で、彼はそうした？」

「だれにもわからない。しかし、コマーレは建設された――それはたしかだ。われわれはその所在地を知っている――世界評議会も知っている。世の中には秘密にできない事柄もあるからな」

そのとおりだ、とペイトンは思った。いまの時代でさえ、まだどこかへ失踪する人びとは絶えないし、きっと夢の都市を探しにでかけたんだ、という噂もささやかれる。それどころか、「あいつはコマーレへ行っちまったんだ」という言葉は、日常語のなかに溶けこんで、その意味さえほとんど忘れられているほどだ。

ヘンスンは身を乗りだすと、しだいに熱を帯びた口調で語りはじめた。

「ここからが奇妙なところなんだよ。もしそうする気があれば、世界評議会はコマーレを破壊できたろうに、そうはしなかった。コマーレが実在するという信仰は、社会に確実な安定作用をおよぼしている。いくらわれわれが努力をつづけても、精神病質者はいまだになくならない。彼らを催眠状態にして、コマーレに関するヒントを与えることは、べつにむずかしくない。彼らがコマーレを見つけるのは無理だろうが、その探索の努力が彼らを無害にたもってくれるわけだ。

初期の時代、都市コマーレが建設されてまもないころに、評議会はそこへ情報部員を送りこんだことがある。だが、ひとりももどってこなかった。殺されたりしたわけじゃない。情報部員のほうが自発的にそこへとどまったわけだ。そのことは、彼らがメッセージをよこしたから確実にわかっている。おそらくデカダン派は、もし情報部員が故意に拘留された場合、評議会がコマーレを破壊することに気づいたんだろう。

彼らのよこしたメッセージのいくつかは、わたしも見たことがある。異様なしろものだった。それを表現する言葉はひとつしかない――歓喜だよ。ディック、コマーレにはなにかがあって、人間に外の世界や、友人や、家族のことを忘れさせる――いや、あらゆるものをだ！　それがなにを意味するかを想像してみろよ！

その後、評議会は、もうデカダン派の生き残りはひとりもいない、と確信をもった時点で、もう一度おなじことを試みた。その試みは、五十年前までつづけられてきた。だが、今日にいたるまで、コマーレからもどってきた人間はひとりもいない」

初代のリチャード・ペイトンが口をひらくと、わきで待機中のロボットがその言葉を音声グループ別に分類し、句読点を打ち、正しい電子ファイルにおさまるよう、自動的に所要時間を調整していった。

「議長とわたしの個人用ファイルのコピーを作れ。

二十二日付けの議長のメモと、けさのわれわれの会話について。

わたしは息子には会ったが、R・P三世はわたしを避けて逃げだした。わたしの孫は完全に決意を固めていたし、むりに強制したところで逆効果だ。その昔ソーダーセンは、その教訓をわれわれに教えるべきだった。

わたしの提案はこうだ。必要なすべての助力をわたしの孫に与えることによって、われわれは彼の感謝をかちとる。それから無難な研究路線へ導いていく。R・Tが自分の祖先だとわたしの孫が気づかないかぎり、なんの危険もない。性格上の類似点はあっても、彼がR・Tの研究をくりかえすおそれはまずないだろう。

なによりも、彼がコマーレの所在地を見つけたり、訪問したりすることのないよう、万全を期すべきだ。もしそんなことが起きた場合、その結果はだれにも予測がつかない」

ヘンスンはいったん話を中断したが、彼の友人は黙っていた。ここまでの話にすっかりひきこまれ、言葉をはさむ気もないようだ。一分後、ヘンスンはまた話をつづけた。

「そこでいよいよこの物語は現在きみが置かれた立場にたどりついたわけだ。ディック、世界評議会は一ヵ月前にきみの遺伝形質のことを知った。われわれはあの連中にそれを話したことを悔やんだが、もうあとの祭り。遺伝学的にいうと、きみはソーダーセンの再来なんだよ。ただし、その言葉の科学的な意味においてだけだがね。自然界でもいちばん確率の低い賭けが的中したわけさ。数百年ごとに、どこかの一族だけにそれが起きる。

ディック、きみはソーダーセンが放棄するしかなかった仕事をうけつげるぞ——その仕事がなんであるにしてもな。もしかすると、それは永久に失われたかもしれないが、もしまだ痕跡だけでも存在するなら、その秘密はコマーレにひそんでいる。世界評議会はそれを知っている。だから、なんとかきみをその運命からそらせようと試みているわけだ。

そのことを恨むなよ。評議会には、人類がこれまでに生みだした最も高貴な精神の持ち主も何人かいる。彼らはきみになんの悪意もいだいていないし、きみに危害がおよぶおそれはまったくない。ただ、彼らはいま現在の社会構造を保全するほうに情熱を燃やしている。それを最善のものと信じているからだ」

ゆっくりとペイトンは立ちあがった。つかのま、自分がリチャード・ペイトン三世と呼ばれるマネキン人形、もはや人間ではなくなったシンボルのひとつ、世界の未来をひらく鍵のひとつをながめる、中立的な外部の観察者であるような気がした。自分の身元を再確認するには、強い精神的努力が必要だった。

友人は無言で彼を見つめている。

「アラン、まだきみが話していないことがあるな。どこからこうした情報のすべてを仕入れたんだ？」

ヘンスンは微笑した。

「その言葉を待っていたよ。わたしはたんなる代弁者でしかない。きみの知りあいという理由で選ばれただけだ。ほかの連中がだれだれであるかは、きみにさえ打ち明けられない。だが、わたしの知るかぎり、そのなかにはきみの尊敬する科学者がかなりおおぜい含まれているんだよ。

評議会とそれに奉仕する科学者たちのあいだには、従来からつねに友好的なライバル意識があったが、ここ数年、おたがいの観点がしだいに遊離してきた。いまのこの時代、永久につづく、と評議会が考えているこの時代を、われわれはたんなる空白期間だと考えている。あまりにも長い安定期間は退廃を生みだす、と信じている。評議会の心理学者たちは、その到来を防止できるという自信をもっているがね」

ペイトンの瞳が輝いた。

「それは以前からのぼくの持論だ！　きみたちの仲間に入れてもらえるか？」

「あとでな。それよりも、まずやらなくちゃならない仕事がある。わかるか、われわれは一種の革命家集団なんだ。いまから一、二の社会的反応を生みだそうと考えている。それをやりとげたあかつきには、種族退廃の危機は数千年先まで遠ざかるだろう。ディック、きみはわれわれの触媒のひとつなんだよ。唯一の触媒とまではいわないがね」

そこでヘンスンはしばらく間をおいた。

「もしコマーレがなにも生みださなくても、こっちの袖のなかにはべつの切り札が隠されている。あと五十年以内に、われわれは恒星間航行技術を完成できる見こみなんだ」

「とうとうその日がきたか！」とペイトン。「そうなったらきみたちはどうする？」

「そのカードを評議会に見せて、こういってやるさ。『さあ、どうです――これであなたがたは恒星の世界に行ける。われわれはいい子でしょうが？』そうなると、評議会も弱々しい笑みをうかべて、いまの文明を根こぎにするしかなくなる。いったん恒星間飛行が実現すれば、拡大する社会がもう一度手にはいり、沈滞状態は無期限延期となる」

「生きているうちにその日を見たいもんだな」とペイトンはいった。「しかし、きみたちがいまぼくにやらせたいことというのは？」

「これだけのことだ――コマーレへ行って、そこになにがあるかを調べてほしい。これまでほかの連中が失敗したところでも、きみなら成功できる。すべての計画はもう立案ずみだ」

「で、そのコマーレはいったいどこにあるんだ？」

ヘンスンは微笑した。

「実をいうと、簡単な謎なんだよ。コマーレの存在可能な場所はひとつしか考えられない。どんな航空機もその上空を飛ぶことができず、だれも住んでおらず、すべての旅を徒歩で行なわなくてはならない唯一の場所。つまり、〈大保護区〉のなかさ」

老人は文書作成機のスイッチを切った。頭上では――それとも真下か、すべてはおなじことなのだから――三日月形の地球が星ぼしを覆い隠している。永遠の公転運動のなかで、小さな衛星は地球の明暗境界線を追い越し、夜のなかへ突入した。眼下には、ここかしこに都市の明かりをちりばめた、ほの暗い陸地が見える。

その眺めを見て、老人の心は悲しみに満たされた。自分の人生が終わりに近づいていることが思いだされたからだ――それに、その眺めは、自分が守りぬこうと努力してきた文明の終末を予言しているようでもある。結局のところ、若手の科学者たちの言い分が正しいのかもしれない。長い休息期間が終わろうとしていて、世界はこの自分がけっして見ることのできない、新しいゴールに向かって動いているのかもしれない。

3　野生のライオン

ペイトンの小型機がインド洋上空を西へ向かったのは、夜のことだった。肉眼だと、はるかな下界はアフリカ大陸沿岸に打ちよせる白波の線しか見えないが、航行スクリーンには眼下の陸地のあらゆる細部が映しだされている。もちろん、この時代では夜のとばりが保護や安全の役目をつとめてくれたりはしないが、人間の肉眼ではこちらを見つけることができない。いまこちらを観察しているだろう機器に関しては――そう、そっちの対策はほかの連中がひきうけてくれている。ヘンスンとおなじ考えをもつ人びとは、けっこうおおぜいいるらしい。

その計画は巧みに練り上げられたものだった。明らかにその仕事をたのしんでいる人たちの手で、細部まで入念に仕上げられていた。ペイトンとしてはこの小型機を、なるべくエネルギー遮断壁に近い森の縁へ着陸させるだけでいい。

こちらの未知の友人たちさえも、疑惑をかきたてずにその障壁のスイッチを切ることはできない。さいわい、その障壁のへりからコマーレまでは約三十キロの距離しかなく、しかも見通しのひらけた地形だ。その旅なら徒歩でもやりとげられるだろう。

小さな機体が暗くて肉眼では見えない森林のなかに下降すると、木の枝のポキポキ折れる音が大きくひびいた。小艇はバランスをたもったまま着地し、ペイトンはうす暗いキャビンの明かりを消して、窓の外をのぞいた。なにも見えない。指示を思いだして、ドアはあけなかった。できるだけ楽な姿勢をとって、夜明けを待つことにした。

目ざめたときには、強烈な日ざしが眼球に照りつけていた。彼は友人たちが提供してくれた装備をすばやく身につけ、キャビンのドアをあけて森のなかに下りた。

この着陸地点は綿密に選ばれており、数メートル先の平地まで森から抜けでるのはべつにむずかしくなかった。行く手には、草に覆われた、ところどころに細い木々の茂る小丘陵があり、いまは夏で、ここは赤道からそう遠くはないが、穏やかな一日だ。八百年間の気象制御と、砂漠を沈めたいくつかの巨大人造湖のおかげといえる。

ペイトンはまさに生まれてはじめてに近い気分で、人類誕生以前の時代の自然を体験していた。しかし、異様に感じられるのは、その野性的な風景ではなかった。これまでのペイトンは静寂というものを知らなかった。つねに機械のつぶやきや、成層圏を高速飛行する旅客機の遠い囁きが、周囲に存在していたからだ。

ここにはそういった音響はまったくない。どんな機械も、この保護区をとりまく電力バリヤーを横切れないからだ。ここにあるのは草地を渡る風と、かすかに聞こえる昆虫の鳴き声のメドレーだけ。その静けさにペイトンは落ちつきを失い、いまの時代のほとんどだれもがそうするだろうことをした。携帯ラジオのボタンを押し、バンド演奏のバックグラウンド・ミュージックを選んだのだ。

こうしてペイトンは、起伏する大保護区の原野を、一キロまた一キロと確かな足どりで踏破していった。そこは地球上に残された最大の野生地域だった。歩行はむずかしくない。装具に組みこまれた重力中和器が、その重量をほとんどゼロにしてくれている。その上、ラジオの発明このかた、人間生活の背景を作りあげてきたあのひかえめな音楽がかたわらにある。この惑星上のだれかと接触をとりたければ、ダイヤルをちょっとまわすだけですむが、ペイトンは自分が自然界の中心にひとりでいると真剣に想像し、千年以上も前にスタンリーやリヴィングストンのような探検家がこの土地へ足を踏みいれたときに経験したにちがいない、すべての感情を味わっていた。

さいわい足には自信があったので、正午までに目的地への距離の半分を踏破できた。そこで、火星から輸入された針葉樹の木陰で一服して、彼は昼食をとった。これが昔の探検家なら、その木々を見て当惑と驚きを味わったかもしれない。そういうことに無知なおかげで、ペイトンにはまったく気にならなかった。

かたわらに空き缶の小山が積みあがったころ、彼は自分がいまやってきた方角からなにかがすばやく平原を横切ってくるのに気づいた。距離が遠すぎて、まだ相手の正体がわからない。もっとよく見ようと彼が立ちあがったのは、明らかにむこうが接近の気配を示したときだった。それまではどんな動物の姿も目にはいらなかったのだ——もっとも、彼の姿を見た動物はたくさんいるだろう——その新来者を、彼は興味しんしんでながめた。

これまでのペイトンは一度もライオンを見たことがなかったが、いまこちらへ跳躍してくる壮麗な野獣がなんであるかを見分けるのはたやすかった。頭上の木に一度しか視線を走らせなかったのは、あっぱれといえる。それから一歩も退かぬ構えで、彼はその場所に立ちつづけた。

この世界にもう本当に危険な野獣がいないことは、ペイトンも知っていた。この保護区は広大な生物学実験室と毎年何万人かが訪れる国立公園との中間的存在なのだ。広く知られているとおり、ここでは居住動物たちに干渉しなければ、むこうも手出しをしてこない。この仕組みは、おおむね円滑にたもたれている。

むこうは明らかに彼と仲よくなりたがっているようすだ。まっすぐ小走りに近づくと、愛情をこめて彼のわき腹へ体をこすりつけはじめた。ふたたびペイトンが立ちあがったとき、むこうはからになった食べ物の空き缶に非常な興味をいだいたらしい。まもなくライオンは彼をふりかえったが、その表情は逆らいがたいものだった。

ペイトンは笑いだし、新しい缶をあけて、その中身を平らな石の上へていねいに並べた。この貢ぎ物をライオンはうれしそうに受けとった。むこうがそれを食べているうちに、ペイトンは未知の支援者たちが賢明にも提供してくれた公式ガイドブックの索引を調べた。

そのガイドブックにはライオンのために数ページが割かれており、地球外からの訪問者用に何枚かの写真も添えてあった。その情報は心強いものだった。千年間の科学的育種によって、百獣の王は大幅に改良された。過去一世紀を通じて、ライオンが食った人間の数はほんの一ダース——うち十件は、その後の調査でライオン側に非がないことが判明し、あとの二件は〝未確認〟だという。

しかし、その案内書には、好ましくないライオンのことや、それを追いはらう最善の方法についてはなにも書かれてなかった。また、一般的にライオンがこの一頭ほど友好的であるかどうかにも触れていなかった。

ペイトンは、それほど観察力に優れているほうではない。ライオンの右前肢に薄い金属のバンドがはまっているのに気づくまでには、しばらくかかった。そこには一連の数字と文字が刻まれ、この保護区の公式スタンプがはいっていた。

これは野獣ではない。たぶん幼獣時代を人間に囲まれて育ったのだろう。おそらく生物学者たちが育種したのちに、種族改良のために原野へ送りだした有名なスーパー・ライオンの一頭だ。前にペイトンが目を通した報告書によると、そのなかにはほとんど犬に劣らない知能をもつものもいるという。

まもなく彼は気づいた。このライオンは数多くの単純な言葉、とりわけ食物に関するそれを理解できるらしい。この時代でさえ、それはみごとな獣といえる。十世紀以前の痩せこけた先祖たちより、体高でもゆうに三十センチは優っている。

ペイトンがふたたび旅をはじめると、ライオンは彼のわきを小走りについてきた。この友好的態度が、五百グラムの合成牛肉の価値を超えるかどうかという疑念はあったが、とにかく話し相手――しかも、こちらの言葉に反論しようとしない話し相手――がいるのはたのしかった。一心不乱の深遠な思考ののちに、彼はこう判断した。この新しい知りあいには〝レオ〟という名前がふさわしいだろう。

それから二、三百メートル歩いたとき、とつぜんペイトンのすぐ前の虚空に目もくらむ閃光が走った。その正体にはすぐ気づいたが、つかのま驚きでまばたきしながら彼は足をとめた。レオは大あわてで逃げだし、すでに視界から消えていた。緊急事態にはあまりたよりにならないな、とペイトンは思った。のちに彼はこの判断を訂正することになる。

視力が回復したとき、ペイトンは自分が火文字で記された色華やかな警告板を見つめているのに気づいた。空中にしっかりと浮かんだそれにはこう書かれていた――

警告!

これより先は
立ち入り制限区域！
ひきかえせ！
開会中の世界評議会の
命令による

しばらくのあいだ、ペイトンはその掲示板を考え深げに見つめた。それから、投射器はどこだろうと、あたりを見まわした。それは金属ケースにはいっていて、あまり冴えない方法で道ばたに隠してあった。彼は手早くその箱の錠を万能キーであけた。そのキーは、最初の卒業記念に、人を信用するたちのエレクトロニクス委員会がくれたものだ。
二、三分間その箱を調べてから、彼は安堵の吐息をついた。この投射器は容量作動式の単純な装置だ。この道をやってくるのが何者であっても、それは作動するだろう。そこには写真記録装置がついているが、もうすでに接続は断たれている。そのことは、ペイトンから見ても意外でなかった。この道を通るあらゆる動物がその装置を作動させただろうからだ。運がいい。かつてリチャード・ペイトン三世がこの道を歩いたという事実は、だれにも知られずにすむ。

彼が大声でレオに呼びかけると、むこうはゆっくりともどってきた。逃げだしたことを少々恥ずかしく思っているようすだ。掲示板の文字はすでに消えているが、ペイトンはレオが通りかかるときに文字が再出現しないよう、スイッチは切ったままにした。それからもう一度ケースの蓋をロックして、つぎはいったいなにが起こるかなと考えながら、旅をつづけた。

百メートルほど先までくると、実体のない声がきびしく語りかけはじめた。その声はべつに新しい事実をなにも語らなかったが、いくつかの軽い刑罰がくだることを警告し、その刑罰の一部は彼もまんざら知らないわけではなかった。

その音声の出どころを見つけようとしているレオの顔をながめるのはたのしかった。ふたたびペイトンは投射器のありかを探り、旅をつづける前にそれを点検した。この道路から離れたほうが安全かもしれない。この先にはまだ記録装置がいくつも待ちうけている可能性がある。

ちょっと骨は折れたが、レオに金属の路面上を進むようにいい聞かせたあと、彼のほうは道路わきの荒れた土地を歩くことにした。つぎの四百メートルで、ライオンはさらにふたつの電子トラップを起動させた。最後のそれはもはや説得をあきらめたらしい。ただ、こう警告しただけだ――

野生ライオンに注意

ペイトンはレオに目をやって笑いだした。レオにはそのジョークが通じなかったが、彼の笑いに礼儀正しく仲間入りした。その背後で自動表示の文字は最後の絶望的な点滅をくりかえしながら薄れていった。

なぜこんな標識がここにあるのだろう、とペイトンはふしぎに思った。ひょっとすると、偶然に迷いこんだ訪問者を怖じ気づかせて追いはらうためか。どこがゴールかを心得た連中なら、こんなものはほとんど気にしないだろう。

とつぜん道路が直角に折れ曲がった――そして正面にコマーレが出現した。ずっと前から予想していたものにこれほどのショックを受けるとは奇妙だ。行く手には、ジャングルのなかに広大な空間がひらけ、その半分を占めているのは黒い金属の建造物だった。

都市は階段状になった円錐形で、その高さはおそらく八百メートル、基部の直径は千メートルぐらいある。その地下にどれだけのものが隠れているのか、ペイトンには見当もつかなかった。巨大な建築物のサイズと異様さに圧倒されて、つかのま彼は立ちどまった。

それからゆっくりと歩を進めた。

その都市は、住処《すみか》にうずくまる猛獣のようにじっと待ちうけている。いまの時代、客はめったにこないが、それが何者であろうと、この都市には彼らを迎える用意がある。ときおり彼らは最初の警告、ときには二度目の警告でひきかえしてしまう。ごく少数の人間は、せっかく入口まで到達したものの、そこで決心がつきかねた。ただし、大部分の人間は、ここまできたのだからと考え、いそいそとその入口をくぐったのだ。

こうしてペイトンは大理石の階段にたどりついた。その階段は、高くそびえる金属の壁と、唯一の入口に思える奇妙な黒い穴に通じている。レオは彼のかたわらを静かに速歩で進み、この異様な環境をほとんど気にしていなかった。

階段の下でペイトンは立ちどまり、手持ちの交信器にある番号をダイヤルした。確認の信号音が聞こえるまで待ってから、ゆっくりとマイクに語りかけた。

「いまからハエが客間にはいる」

まぬけな感じを味わいながら、彼はその言葉を二度反復した。むこうのだれかは奇妙なユーモア感覚の持ち主らしい。

応答はなかった。それも取り決めの一部だ。しかし、いまのメッセージが、おそらくサイエンティアのどこかの研究室で受信されたことには確信があった。いまダイヤルした番号には、西半球のコードがついているからだ。

ペイトンは肉の缶詰でいちばん大きいやつをあけて、その中身を大理石の上にひろげた。それからライオンのたてがみに指をからませ、冗談半分にそれをひねった。

「おまえはここに残ったほうがよさそうだ」と彼はいった。「ぼくがもどるまでには、かなり時間がかかるかもしれない。ついてくるなよ」

階段のてっぺんで、彼はうしろをふりかえった。ほっとしたことに、ライオンは追ってこない。尻をついてそこにすわり、悲しそうな目つきでこっちを見上げている。ペイトンは手をふってから、前方に向きを変えた。

そこにはドアはなく、カーブした金属表面になんの飾りもない黒い穴があるだけだった。これは謎だ。建造者たちは、動物がなかへ迷いこむのを防ぐためにどんな対策を講じたのだろう、とペイトンは考えた。やがて、その黒い入口の奇妙な要素が注意をひいた。色が黒すぎる。周囲の壁は影になっているが、入口がここまで暗いのはおかしい。彼はポケットからコインを一枚とりだして、開口部へぽんと投げこんでみた。その落下音を聞いてやっと安心し、前方へ歩きだした。

デリケートに調節された識別回路は、これまでその暗い入口にはいりこんだすべてのはぐれ動物を無視してきたのとおなじように、そのコインを無視した。しかし、人間思考の存在は中継器を作動させるのにじゅうぶんだった。ペイトンがくぐりぬけようとしたスクリーンが、ほんの一瞬、電力で脈動した。そのあと、スクリーンはふたたび静止状態にもどった。

ペイトンからすると、片足が地面につくまでに長い時間がかかったような気がしたが、それはいろいろな心配ごとのうちでもいちばん軽いものだった。それよりはるかに意外だったのは、暗闇からとつぜんの明るさへの変化、なんとなくうっとうしいジャングルの熱気から、それに比べると肌寒くさえ感じられる温度への変化だった。あまりにもその変化が急激だったため、思わず彼はあえいだ。はっきりと不安にかられ、いま自分がはいってきたアーチ形の入口をふりかえった。

入口はもはやそこになかった。影も形もなかった。いま彼が立っているのは、円形広間のまんまんなかにある金属の壇上で、その広間の周囲には、上部のとがったアーチ形の入口が一ダースほど設けられている。いま彼がはいってきた道は、そのどれでもありうる——ただし問題は、そのどれもがすべて四十メートルも離れた先にあることだ。

つかのま、ペイトンはパニックにおそわれた。心臓が大きく動悸を打ち、両脚になにか奇妙な現象が起きたようだ。孤独感におそわれながら、彼はその壇上に腰をおろし、いまの状況を論理的に考えはじめた。

4 ケシの花のシンボル

なにかが一瞬のうちに、彼の体を黒い戸口からこの部屋の中央まで運んだのだ。その説明はふた通りしか考えられず、どちらもおなじぐらい奇想天外なものだった。コマーレ内部の空間になにか非常な歪みがあるのか、でなければ、ここの建造者たちが物体移動の秘密を解いたのか。

電波で音響と映像を送ることを知って以来、人間はおなじ方法で物質を転送したいと夢見てきた。ペイトンはいま自分の立っている壇《だん》に目をやった。その下には電子装置を隠す空間がたっぷりある――それに真上の天井にはひどく風変わりなふくらみが目につく。どんな仕掛けであるかはともかく、好ましくない訪問者を無視するのに、これ以上の方法は考えられない。彼はそそくさと壇上から下りた。ここにはあまり長居をしないほうがよさそうだ。

いまの自分には、ここまでこの体を運んできた機械の協力なしに出ていく手段はない、と実感するのは不安な気分だった。心配は一度にひとつだけにしよう、と決心した。ここの探検を終わったあかつきには、これだけでなく、コマーレのすべての秘密を解き明かせるはずだ。

べつにペイトンはうぬぼれているわけではなかった。自分とこの都市の建造者たちのあいだには、五世紀もの研究期間が存在する。たとえ自分にとって目新しいものをいろいろ発見しても、理解不能のものはそこに含まれていないはずだ。気の向くままにひとつの出口を選択すると、彼はこの都市の探検を開始した。

機械たちは自分の出番を待ちながら、時機をうかがっていた。機械たちはひとつの目的を果たすだけのために建造され、いまなおその目的をがむしゃらに追いつづけている。遠い昔、その機械たちは、ここの建造者たちの疲れきった心に忘却という平和をもたらした。いまなお彼らは、このコマーレの都市にやってくるすべての人間に、その忘却を与えることができる。

ペイトンが森のなかからここへ足を踏みいれたとき、計器類は彼らなりの分析作業をはじめた。人間の心の分析、そのすべての希望と欲望と不安を分析するのは、あっさり片づく作業ではなかった。シンセサイザーが活動をはじめるのは、まだ何時間も先になるだろう。それまでのあいだ、最も気前のよい歓待の準備がととのうまで、来客をたのしませておかなくては。

今回の逃げ足のはやい訪問者は、小型ロボットがようやくその所在を探しあてるまで、さんざんな苦労をかけた。この都市の探検のため、ペイトンは部屋から部屋へと足早に移動をつづけたからだ。まもなくロボットは小さい円形の部屋の中央で立ちどまった。部屋の周囲には磁気スイッチがずらりと並び、ただ一本の蛍光管で照明されていた。

ロボットの計器からすると、ペイトンはほんの一、二メートル先にいるはずだが、四個の眼球レンズではその姿の痕跡も見えない。困惑して、ロボットはそこに立ちどまった。聞こえるのは、モーターのかすかな囁きと、ときおりのスイッチの含み笑いだけだ。

ペイトンは高さ三メートルのキャットウォークの上に立ち、非常な興味でそのロボットを観察していた。小さい駆動輪の上にとりつけられた分厚い基板から、ピカピカの金属円筒が直立している。そのロボットにはどんな種類の手足もついていない——外周をとりまく眼球レンズ群と、金属製の一連の小さいスピーカーを除いて、完全にのっぺらぼうの円筒形だ。

ロボットの当惑ぶりをながめるのはおもしろかった。その小さい頭脳は、ふた通りの矛盾した情報で混乱しているのだ。ロボットはペイトンがこの部屋にいるにちがいないと知っているが、その眼球はこの部屋がからっぽだと告げている。ロボットが小さい円を描いて室内を探しまわりはじめたので、とうとうペイトンはかわいそうになり、キャットウォークから下りた。とたんにむこうは回転運動をやめ、歓迎の言葉を述べはじめた。

「わたしはA5号です。どこへでも、あなたの行きたいところへご案内します。どうかロボット用標準語彙《ごい》で命令を与えてください」

ペイトンはやや失望を感じた。まるきり普通のロボットじゃないか、この都市には、ソーダーセンが作ったもっと利口なロボットがいるだろうと期待していたのに。しかし、うまく使えばこのロボットはとても重宝かもしれない。

「ありがとう」と彼は不必要な礼を述べた。「どうか居住区域まで案内してくれ」

いまのペイトンはこの都市が完全自動化されていることに確信をもったが、そこにはまだ生きた人間のいる可能性がある。こちらの探求に手を貸してくれる人間がいるかもしれない。もっとも、こちらとしてなにより望ましいのは、反対派のいないことだが。

小型ロボットは無言のまま駆動輪の上で向きを変え、部屋から出ていった。ロボットがペイトンを導いた廊下の先には、美しく彫刻されたドア、さっき彼がそれを開けようとむだな骨折りをしたドアがあった。明らかにA5号はその秘密を知っているらしい——ふたりが近づくと、厚い金属プレートのドアが静かに横に開いたからだ。ロボットは前進して、小さい箱形の部屋にはいった。

ペイトンは自分たちがべつの物質瞬送機のなかへはいったのかと思ったが、それがごく普通のエレベーターなのはすぐにわかった。上昇に費やされた時間から判断すると、そのエレベーターは都市の最上層までふたりを運びあげたらしい。ドアがするりと開いたとき、ペイトンは別世界へきた思いを味わった。

さっき最初にはいりこんだ廊下は、単調で無装飾、純然たる実用主義的なものだった。それとは対照的に、ここのひろびろとした廊下といくつかの集会室には、最高にぜいたくな内装がほどこされていた。二十六世紀は、それ以後の時代から厳しい軽蔑の目で見られる華やかな装飾と彩色の時代だった、しかし、デカダン派の連中は、自分たちの時代より一枚も二枚も上を目ざしたらしい。コマーレを設計したとき、彼らは美術だけでなく、心理学の蘊蓄《うんちく》をもかたむけたのだ。

人間は一生かかっても、ここの壁画や彫刻や絵画のすべてを見飽きることがないだろうし、手のこんだタペストリはいまなお新築当時と同様に輝かしく見える。これほどのすばらしい場所が、人影もなく、外の世界から隠されているのは絶対におかしい。ペイトンはあやうく自分の科学的情熱を忘れそうになりながら、子供のようにせかせかと驚異から驚異へと足を運びつづけた。

そこにあるのは天才たちの作品であり、彼らはこれまでに世界が生みだしただれにも劣らないほど偉大だった。ただし、それは病的な絶望にとらわれた天才たち、非常な技術的熟練を備えながらも自信をなくした天才たちの作品だ。コマーレの建造者たちがなぜあんな名前で呼ばれたかを、いまはじめてペイトンは理解した。

このデカダン派の美術から、彼は反感と魅惑を同時に味わった。それらは邪悪ではなかった。なぜなら、道徳的基準を完全に超越しているからだ。もしかすると、それを支配する特質は倦怠と幻滅なのか。しばらくするうち、これまで自分でも視覚芸術にはあまり感受性のないほうだと認めていたのに、微妙な鬱状態が魂のなかへ忍びこんでくるのを感じた。だが、自分をそこからひき離すのは不可能だった。

とうとうペイトンは、もう一度ロボットに向きなおった。

「いま、ここにはだれかが住んでいるのか？」

「はい」

「その人たちはどこにいる？」

「睡眠中です」

どういうわけか、それはまったく自然な返答に思えた。ペイトンはひどく疲れていた。ここ一時間ほどは目を覚ましているのに骨が折れるほどだった。何者かが睡眠を強制し、むりやりその意向を押しつけているような気がする。ここで発見するつもりのいろいろな秘密をさぐるのは、明日でもべつに遅くはないだろう。いまほしいのは睡眠だけだ。

ロボットが先に立ち、ひろびろとしたホールから金属製のドアの並ぶ長い廊下に出たので、ペイトンは自動的にそれにつづいた。ドアのひとつひとつに、彼にはよく見わけのつかない、なかばなじみ深い記号がついている。眠気におそわれながら気乗り薄にその問題と格闘するうち、ロボットはあるドアの前で停止した。ドアが静かに開いた。

その暗い室内の厚い寝具に覆われたベッドには、抵抗しがたいものがあった。ペイトンはなんの気なしに交信機をドアにくっつけてから、自動的によろよろとそちらへ進んだ。眠りのなかへ沈みこむにつれて、満足のほてりが心を温めてくれた。この部屋のドアについたシンボルがなんであるかは、さっき見てとったが、疲れきった脳にはその意味が理解できなかった。

あれはケシの花だ。

この都市の機能にはなんの策略も悪意もない。この都市は無感情に献身中の目的を果たしつづけている。これまでコマーレにやってきたすべての人間が、その贈り物を受けいれた。それを無視した人間はこの訪問者がはじめてだ。

　何時間も前から、統合機たちはすでに用意をすませていたが、倦《う》むことを知らないこの詮索好きの人間の心は、なかなかとらえきれなかった。だが、統合機たちには時機を待つ余裕があった。ここ五百年間ずっとそうしてきたように。

　そしていま、リチャード・ペイトンが安らかな睡眠に入るにつれて、彼の奇妙に頑固な心の防御も崩れ落ちはじめた。コマーレの中央のはるかな地下で、ひとつのスイッチの歯止めが解け、じょじょに変化する複雑な電流が何列も連なる真空管に流れはじめた。それまでリチャード・ペイトン三世であった意識は存在をやめた。

　ペイトンはすぐさま眠りに落ちた。しばらくは完全な無意識状態が彼を包みこんだ。やがてそこにひとすじのかすかな意識がもどってきた。それから、彼はいつものように夢を見はじめた。

　ここでお気に入りの夢が心のなかへはいってくるのはふしぎだが、その夢はこれまでにいつ見たよりも鮮明だった。ペイトンは生まれてこのかた海が大好きだったし、低空飛行中の定期旅客機の展望デッキから、太平洋の島々の信じられないほどの美しさをながめたこともある。そこを訪ねたことは一度もないが、どこかのそうした遠い平和な島で、未来や世界のことを気にかけずに一生を送りたい、と考えたことはたびたびある。

　それはほとんどすべての人間が一生に一度は経験するだろう夢だったが、そうした生活を二ヵ月もつづければ、退屈でなかば頭がおかしくなり、また文明の世界へ舞いもどるだろう、とさとるだけの分別は、ペイトンにもあった。しかし、この夢はそうした考えにわずらわされず、いまの彼は風にそよぐ椰子の木の下にまたもや横たわっていて、紺青の鏡の枠に太陽のはめこまれた海面の彼方では、寄せ波がサンゴ礁に打ちつけていた。

その夢は異様に鮮明だった。あまりにも鮮明なので、睡眠中にもかかわらず、ペイトンは夢がこれほどリアルであるはずはない、と考えたほどだ。やがてその夢は終わった。あまりにも突然にとぎれたので、思考にはっきりと亀裂が生じた気がした。その中断で、彼はがくんと意識の世界へゆりもどされた。

苦い失望を味わいながら、ペイトンはしばらく目を固くつむって、失われた楽園を呼びもどそうとした。だが、むだな努力だった。何者かが脳のドアをたたき、彼を眠らせまいとしている。その上、ベッドがとつぜん異様に固く寝心地のわるいものになった。しぶしぶ彼はその妨害物のほうへと意識をふりむけた。

これまでのペイトンはつねに現実主義者で、哲学的疑念にわずらわされたりしたことがなかったから、今回のショックは彼よりも知性の低い人びとの場合よりずっと大きかった。これまで自分の正気を疑ったことのない人間が、いまその疑念にとりつかれた。彼を目ざめさせた音響が、サンゴ礁に打ちよせる波のとどろきだったからだ。いま彼が横たわっているのは、そのサンゴ礁に近い金色の砂浜。まわりでは、椰子の木々のむこうから風が吐息を吹きかけ、ぬくもりのある風の指が優しく彼を愛撫していた。

しばらくのあいだペイトンは、まだ自分が夢を見ているとしか思えなかった。だが、今回は疑問の余地がない。正気な人間なら、夢を現実ととりちがえるはずはない。もしこの宇宙のなにかが現実であるとすれば、これこそ現実だ。

じょじょに驚異の念が薄らぎはじめた。両足をついて立ちあがると、体にくっついた砂が金色の雨のように足もとに降りそそいだ。両手をかざして日ざしをさえぎりながら、彼は砂浜ぞいにむこうをながめた。

この場所がなぜこんなになじみ深いのかを考えたりはしなかった。その入り江ぞいのすこし先に村があることを自分が知っているのも、ごく当然なことに思えた。まもなく友人たちと再会できるだろう。いま急速に忘れつつある別世界にいたあいだだけ、しばらく彼らと切り離されていたのだ。

ある若いエンジニア――いまではその名前さえ思いだせないが――の記憶がよみがえってきた。かつてその男は名声と知恵に憧れた。もうひとつの人生のなかで、彼はこの愚かな男をよく知っていたが、いまとなってはその相手に野心のむなしさを説明してやることもできない。

あてもなく、彼は砂浜ぞいにぶらぶらと歩きはじめた。夢の細部が真昼の日ざしのなかへ消えていくにつれ、影の人生のおぼろな最後の記憶が一歩ごとに抜け落ちていった。

世界のもう一方の側では、ひどく心配そうな三人の科学者が、がらんとした研究室内で待機していた。彼らの視線は風変わりなデザインのマルチチャンネル交信機にそそがれている。ここ九時間、その機械は沈黙したままだ。最初の八時間はだれもメッセージの到来を期待していなかったが、前もって打ちあわせたはずのシグナルが、予定よりすでに一時間も遅れている。

アラン・ヘンスンが短気な動作でぱっと立ちあがった。

「なんとかしなくちゃ！　彼を呼びだしてみる」

ほかのふたりの科学者は不安そうに顔を見あわせた。

「発信源をたどられるかもしれないぞ！」

「むこうが実際にこちらを監視していないかぎり、だいじょうぶ。たとえ監視中であっても、こちらは疑われるようなことをいわないしな。ペイトンにはちゃんとわかるさ。もし応答できればの話だが……」

もしこれまでにリチャード・ペイトンが時間というものを知っていたとしても、その観念はいまや失われていた。現在だけが現実であり、過去と未来は貫通不能の仕切りの彼方に隠されている。ちょうどすばらしい眺めが、豪雨の壁で妨げられるように。

現在の楽しさのなかで、ペイトンは完全に満足していた。以前に、やや不安ながらも知識の新しい分野を征服しようと出発したときの、あの活発で疲れを知らぬ意気ごみは、もうどこにも残っていない。いまの自分はもう知識に用がないのだ。

あとになってみると、その島での生活はなにひとつ思いだせなかった。おおぜいの仲間がいたはずなのに、名前も顔もまったく記憶にない。愛情、心の安らぎ、幸福——ごく短いあいだ、それらは自分のものだった。にもかかわらず、楽園での生活については、最後の二、三の瞬間しか記憶に残っていない。

それが始まったとたんに終わるというのも奇妙だ。いまペイトンはふたたびサンゴ礁のそばにいるが、今回は夜で、しかもひとりぼっちではなかった。つねに満月の状態の月が海上低くかかり、長い銀色の帯が遠く世界の果てまで伸びている。その位置をまったく変えない星ぼしは、輝かしい空の宝石そのまま、またたきもせずに輝いている。地球の忘られた星ぼしよりもずっと華やかだ。

しかし、ペイトンの想いはもうひとつの美のほうに集中しており、彼は砂の上に横たわるその姿のほうへもう一度身をかがめた。むぞうさにひろがったその髪の毛に比べると、金色の砂も色褪せて感じられる。

と、その楽園が身ぶるいして彼の周囲から消えていった。愛するすべてのものがもぎとられていくのを知って、彼は大きな悲しみの叫びを上げた。ただひとつの救いは、その変化の速さだけだった。それが終わったとき、彼が味わった気分は、エデンの門が永久に背後で閉ざされたときのアダムの気分と似ていた。

しかし、彼をわれに返らせた音響は、全世界でもいちばん平凡なものだった。もっとも、それ以外の音響では、いまの彼の心の隠れ場にはまったく近づけなかったろう。それは、ベッドのそばのドアにくっつけておいた交信機のかんだかい信号音。ここはコマーレの都市にある暗い一室のなかなのだ。

自動的に彼が手をのばして受信スイッチを押すと、その鋭い音響は消えた。彼の応答は、未知の送信者――アラン・ヘンスンってだれだ？――を満足させるものだったにちがいない。ごく短時間で通話が切れたからだ。まだぼうっとしたまま、ペイトンはカウチに腰かけ、両手で頭をかかえて、自分の人生に再順応しようとした。

いままでのあれは夢ではない。それには確信があった。むしろ、第二の人生を過ごしたあとで、健忘症から回復したばかりの人間のように、昔の生活へもどってきた感じだ。まだ頭はぼうっとしているが、ペイトンの心には明瞭なひとつの確信がわいてきた。もう二度とコマーレでは眠るな。

リチャード・ペイトン三世の意志と性格が、その追放先からゆっくりともどってきた。彼はふらふらと立ちあがり、その部屋から出た。ふたたび長い廊下と、まったくおなじような何百ものドアがそこにある。新しい理解の目で、彼はそのドアに彫られたシンボルをながめた。

自分がどこへ向かっているかは、ほとんど念頭になかった。目の前の問題にすっかり心を奪われていた。歩くにつれて頭がはっきりしてきたし、理解力もじょじょにもどってきた。いまのところ、それはただの仮説だが、もうすぐテストにかけることができる。

人間の心は、デリケートで殻に包まれたもので、世界と直接の接触をもたず、肉体の感覚を通して知識と経験のすべてを手に入れている。思考と感情を記録し、貯蔵しておくことは可能だ。昔の人間が、何キロもの長さのワイヤを使って音響を記録したように。

肉体が意識を失い、すべての感覚が麻痺しているときに、もしこうした思考がべつの人間の脳に投影されたなら、その脳は自分が現実を体験していると考えるだろう。脳がその欺瞞《ぎまん》に気づくすべはない。だれもが完璧に録音された交響楽を、もとの生演奏と区別できないのとおなじように。

こうしたことは数世紀前からすべて知られていたし、コマーレの建造者たちは、それまで世界のだれひとりとして試みなかった方法で、その知識を活用したわけだ。この都市のどこかに、新来者のあらゆる思考と欲望を分析できる機械があるにちがいない。それとはべつの場所に、この都市の建造者たちは、人間の心が知りうるすべての感覚と経験を貯蔵しているにちがいない。その素材からすべての可能な未来が作りあげられるわけだ。

いまようやくペイトンは、どれほどの天才的な才能がコマーレの建設にたずさわったかを知った。ここの機械は当方のいちばん奥深い思考を分析し、その潜在的欲望にもとづく世界をわざわざ作りあげたのだ。しかも、チャンス到来を待って、当方の心をコントロールし、そのなかに当方の経験ずみのすべてをそそぎこんだのだ。

すでになかば忘れられたあの楽園のなかに、これまで自分の憧れてきたあらゆるものが存在していたことには、なんのふしぎもない。あまたの時代を通じて多くの人間が求めてきた平和を、コマーレだけが実現できたことにも、なんのふしぎもない！

5 エンジニア

ようやく自己をとりもどしたペイトンは、車輪の音を聞いて背後をふりかえった。案内役の小型ロボットがもどってきたのだ。このロボットを制御している巨大機械たちが、自分たちの受託物になにが起きたのかをふしぎに思っているのはまちがいない。待つうちに、ペイトンの心には新しい思考がじょじょに形づくられてきた。

A5号がまたもやおきまりのスピーチをくりかえしはじめた。自動機械装置が究極の段階まで発展したこの都市に、これほど単純な機械が存在するのはひどく不似合いな感じがする。やがてペイトンは気づいた。もしかすると、このロボットはわざと単純に作られているのではないか。単純な機械でじゅうぶんに用が足せるような——いや、よりよく用が足せるような——部門に複雑な機械を使ってもあまり意味がないのだろう。

ペイトンは、いまやおなじみになった相手のスピーチを無視した。ほかの人間からあらかじめそれと逆の命令を与えられていないかぎり、すべてのロボットは人間の命令に服従しなければならない。皮肉っぽく彼は考えた。この都市の計画者たちさえもが、潜在意識のなかの語られざる未知の命令に服従してきたのだろう。

「思考投射機のところへ案内してくれ」と彼は命令した。

予想どおり、ロボットは動かなかった。こう答えただけだ。「よくわかりません」

ふたたび自分が状況の支配者になったのを感じ、ペイトンは元気がもどってきた。

「こっちへこい。そのあと、ぼくの命令するまでその場所を動くな」

ロボットのセレクターとスイッチはこの指図を検討した。それに反対する命令は見いだせなかったらしい。ゆっくりと小さな機械は車輪に乗って、すこしだけ前進した。このロボットは決定をくだしたのだ——もうあともどりはできない。ペイトンが動いてもいいと命令するか、なにかがその命令を無効にしないかぎり、このロボットはここを動けない。ロボット催眠は大昔からあるトリックで、いたずらっ子たちの大好きなものでもある。

ペイトンは、どんな技術者も手放さない工具バッグをすばやく空にした——万能ドライバー、拡張レンチ、自動ドリル、そしてなによりも大切なもの、どんな分厚い金属でも数秒以内に切断できる原子力カッター。つぎに、長い経験から生まれた熟練の手さばきで、まったく疑念をいだいていないロボットを解体しはじめた。

さいわいそのロボットは単純作業向きに作られていて、分解にたいした手数はかからなかった。制御装置にはべつに目新しいものがなかったし、運動メカニズムの所在を見つけるまでにもそれほどひまはかからなかった。これで、もうなにがあっても、この機械はここから逃げられない。動けないのだから。

つぎに彼はロボットから視力を奪い、その他の電動感覚器官を順々にたどって、活動停止状態にした。まもなく、小さなロボットは複雑なガラクタの詰まった円筒でしかなくなった。防御のすべを知らない大きな振り子時計にいたずらを仕掛ける子供になった気分で、ペイトンは腰をおろし、これから起こるにちがいないとわかっている出来事を待ちうけた。

主要機械のレベルよりもはるか下級に属するロボットに、ペイトンがこんなサボタージュ行為をしたのは、やや無謀な行動だった。都市の深部からロボット運搬車が上昇してくるまでには十五分ほどかかった。遠くでその車輪がゴロゴロ音を立てるのを聞いて、彼は自分の計算が正しかったのを知った。破損修理隊がやってくるのだ。

輸送目的でやってきたのは単純な運搬車両で、破損したロボットを持ちあげるひと揃いのアームがついていた。視覚はないようすだが、特殊感覚だけで運搬の目的にはじゅうぶん用がたりるのだろう。

相手が不運なA5号を回収するのを、ペイトンは待った。つぎに相手の手足からじゅうぶん距離をとって、車両の上に乗っかった。もうひとつの故障ロボットに見立てられてはかなわない。さいわい、運搬車両はこちらの存在にまったく気づいてないようだ。

こうしてペイトンは巨大な建物の階から階へと下降をつづけ、居住区域を通過し、最初にはいった部屋をも通過して、これまで見たことのない区域へはいりこんだ。下降がつづくにつれて、周囲では都市の性格が変化しはじめた。

そこには上の各階に見られる豪華さや贅沢さがなくなり、代わって現われたのは、巨大なケーブル・ダクトに毛の生えた程度のわびしい通路だった。まもなくそれらも終点にきた。運搬車両は巨大な一連のスライディング・ドアを通過して、そのむこうへはいった——そして、目的地にたどりついた。

ずらりと並んだ中継パネルとセレクター機構は果てしなくつづく感じで、ペイトンは無頓着な運搬車両の背から飛びおりたい誘惑にかられたものの、主制御パネルが視界に現われるまで待った。そこではじめて運搬車両から飛びおり、むこうが都市のさらに奥まった部分へ姿を消すのを見送った。

スーパー自動機械たちがA5号を修理するにはどれぐらいの時間がかかるのだろう、と彼は考えた。A5号への破壊行為は念入りにやったつもりだし、あの小さな機械はスクラップの山へ向かう運命ではないだろうか。やがて、ごちそうの山を前にした飢えかかった人間のように、彼はこの都市の驚異の探検にとりかかった。

それからの五時間でペイトンが探検の手を休めたのは一度だけ、友人たちにいつもの信号を送ったときだけだった。こちらの成功を知らせたいが、それは危険すぎる。厖大な数の回路調査をすませ、彼は二次的装置の一部を調査にとりかかった。

予想どおりだった。思考分析機や思考投射機はすぐ上の階に設置されていて、この中心的設備からコントロールできる。それらがどのように機能するかは、見当もつかない——ここの秘密のすべてを解明するには何カ月もかかるだろう。しかし、それらの正体は識別できたし、もし必要ならそれらのスイッチを切ることもおそらく可能だ。

それからしばらくして、思考モニターが見つかった。小さな機械で、昔の手動式の電話交換台に似ているが、内部構造ははるかに複雑。操作席は奇妙な構造で、床から電気的に絶縁され、ワイヤと水晶体ロッドのネットワークが屋根を形づくっている。これまでここで発見したなかでは最初の、明らかに人間による直接使用の目的で作られた機械だ。おそらくこの都市の建設初期に、最初の技術者たちが装置をセットアップするために製作したものではないだろうか。

もしその管制盤にくわしい操作法が印字されていなければ、ペイトンも思考モニターをいじる危険を冒す気になれなかったろう。ちょっとした実験をくりかえしたのちに、彼は回路のひとつにプラグ・インし、じょじょに出力を上げはしたものの、その強度は赤い危険マークのはるか下にたもっておいた。

そうしたのは賢明だった。つぎにおそってきた感覚は破壊的だったからだ。まだ自分の人格はたもたれているが、思考の上にまったく見も知らぬアイデアやイメージが焼きつけられた。いまや自分は、ある異質な心の窓を通して別世界をのぞいている。

まるで自分の肉体が同時にふたつの場所に存在する感じだが、第二の人格が経験する感覚は、本物のリチャード・ペイトン三世のそれに比べると、はるかに鮮度が落ちる。いまはじめて彼は危険マークの意味を理解した。もし思考強度コントロールを高く上げすぎると、その結果として狂気におそわれるのはまちがいない。

妨害なしに思考をつづけられるよう、ペイトンは装置のスイッチを切った。この都市の住人たちは眠っている、と前にあのロボットがいった意味が、いまようやくわかってきた。コマーレにいる人びとは、思考投射機のもとで、幻覚に魅せられたまま横たわっているのだ。

あの長い廊下と何百もの金属製のドアのほうへ心が舞いもどった。ここへ下りてくる途中、そうした廊下をいくつも通過したが、この都市の大部分が、巨大な蜂の巣を思わせる部屋の集積で、何千何万の人間がそこで夢の一生を送っていたことが、これではっきりしたわけだ。

ひとつまたひとつと、彼は管制盤の回路をチェックしていった。大多数の回路は反応がなかったが、なかの五十ほどはまだ活動中。そのひとつひとつが、人間の心の思考と、欲望と、感情を運んでいるわけだ。

いまや完全な意識をとりもどしたペイトンは、自分がどういうトリックにかけられたかを理解したが、それがわかっても慰めにはならなかった。彼はそれらの合成世界の欠点を見ぬいたし、単純だが生々しい感情が果てしなく流れこんでくると、精神の批判的機能のすべてがどのように麻痺していくかも理解することができた。

それから一時間近く、ペイトンは睡眠中の五十人の心の世界を探検してみた。興味しんしんだが、嫌悪のいりまじった探求の旅だった。その一時間近くで、彼は人間の脳とそこに隠された欲望について、これまで存在するとは夢にも思わなかった事実をまなんだ。それがすむと、長いあいだ管制盤の前にすわったまま、新しく得た知識を分析してみた。彼の知恵は何百年もの進歩をとげ、青春がとつぜんはるか彼方へ飛び去った感じがした。

いまはじめてペイトンは、自分の心の表面をときおり波立たせる倒錯的で邪悪な欲望が、すべての人間の分かちあっているものだという直接的な知識を得た。コマーレの建造者たちは善悪の区別になんの関心もなかった——機械たちはその忠実な下僕だったのだ。

自分の仮説が正しかったことを知るのは満足だった。いまのペイトンは、間一髪でそこから脱出できたのを理解した。この建物のなかでもう一度眠ったらさいご、こんどこそ目ざめられないぞ。一度は偶然が救ってくれたが、二度とそうしてはくれないだろう。

あの思考投射機の列をなんとか活動停止に追いこまなくては。それもロボットたちが二度とそれを修理できないほど徹底的にだ。ふつうの故障ならロボットたちの手に負えるが、いまペイトンが想像しているような故意のサボタージュ行為には対抗できないだろう。それをすませれば、もはやコマーレは脅威でなくなる。この都市はペイトンの心だけでなく、ここへやってくる将来の訪問者の心をも二度と罠にかけられなくなる。

まずやるべきなのは、睡眠者たちの居場所をつきとめて、彼らを蘇生させることだ。手間のかかる作業かもしれないが、さいわい機械の置かれた階には標準的なモノヴィジョン捜索装置も準備されている。それを使えば、必要な場所へ搬送ビームの焦点を当てるだけで、この都市内のあらゆるものを見聞きできるだろう。もし必要なら自分の声も投射できそうだが、イメージは投射できない。そのタイプの機械が一般的に使われるようになったのは、コマーレの建設よりかなりのちの時代のことだからだ。

管制装置の使用法をマスターするまでにはしばらくかかり、最初のうちはビームが都市全域をさまようありさまだった。幾多の驚くべき場所をペイトンはのぞき見することになり、一度などは森林風景さえちらと見えた——もっとも、そのイメージは上下さかさまだったが。レオがまだこの付近にいるだろうかと考えた彼は、しばらく苦労したすえに入口を探しあてた。

そう、入口は、一日前に彼がそこをくぐったときとおなじようにそこにあった。数メートル先では、忠実なレオがこの都市に顔を向けて、はっきりと心配そうな表情をうかべていた。ペイトンは深い感動を味わった。あのライオンをコマーレに入れてやることはできないものか。その精神的な支えは貴重なものになってくれるだろう。昨夜の体験のあとで、こちらは仲間の必要性をより強く認識しはじめたからだ。

彼は都市の壁を順序よく捜索して、地上レベルにいくつかの隠された入口があるのを発見し、大きな安堵を味わった。ここからどうやって脱出するかを考えつづけていたのだ。たとえ物質転送機を逆方向に作動できたとしても、その先の見通しはあまり魅力的ではない。それよりも、昔ながらの肉体運動で空間を通過するほうがずっと好ましい。

出入口はすべて密閉されていて、つかのま彼は当惑を味わった。それからロボットを探しはじめた。しばらくひまがかかったが、そこで発見したのは、故A5号の双子がなにか謎の使命をになって廊下を進んでいる姿だった。さいわい、むこうは彼の命令を疑問なく受けいれて、ドアをひらいてくれた。

ペイトンはふたたび壁ごしにビームを発射し、その焦点をレオから五十センチほど手前に結ばせた。それから小声で呼びかけた。

「レオ!」

ライオンは驚きの表情でこちらを見上げた。

「やあ、レオ――ぼくだよ――ペイトンだ!」

ライオンは当惑の表情をうかべ、その場でゆっくりと円を描きはじめた。そのあげくにあきらめたのか、困ったように腰をおろした。

ペイトンは強い説得力を発揮して、入口まで登ってこい、とレオに言い聞かせた。ライオンは彼の声を聞きわけ、命令にしたがうようすを見せたものの、いまのレオはひどく面食らい、かなり神経質にもなっている動物だった。レオが入口でためらっているのは、コマーレも、そこに無言で待ちうけているロボットも気に入らないかららしい。

ペイトンはロボットのあとについてくるようにと、気長にレオを説得した。ライオンが理解したと思われるまで、その命令をちがった言いまわしで何度もくりかえした。それから口ボットに直接語りかけ、ライオンを管制室まで案内するように、と命令した。つぎに、レオがロボットのあとについてくるのを見きわめた。それから、励ましの言葉をかけ、その奇妙なペアから目を離した。

ケシの花のシンボルがついたドアの奥の部屋をどこものぞけないのは、やや失望ものだった。それらの部屋はビームから遮断されているか、でなければ、焦点の調整器が、モノバイザーでのぞき見できない仕組みにセットされているのだろう。

ペイトンはあきらめなかった。自分の場合のように、睡眠者たちは強制的に目ざめさせられるだろう。彼らの私的な世界をのぞき見したいまでは、あまり同情はわかず、一種の義務感にかられて目ざめさせようとしているだけだった。よぶんな心づかいをしてやる価値はない。

とつぜん恐ろしい思考がわきあがった。自分がいやいやながらそこから離れた、いまは忘れられたあの牧歌的風景のなかで、こちらの欲望に対する応答として、投射機の列はいったいなにをこちらの心に送りこんでいたのか？　自分の心に隠れた思考は、ほかの睡眠者たちとおなじように恥ずべきものだったのではなかろうか？

その不愉快な考えを払いのけながら、彼は中央管制盤の前にもう一度腰をおろした。まず第一に回路の接続を断つことだ。つぎにプロジェクターを破壊し、二度と使えないようにする。そうすれば、コマーレがこれまで多くの人間の心に投げかけていた呪縛は、永久に消え去るだろう。

ペイトンは多重回路遮断器に手をのばしたが、その動作はついに完遂されずじまいだった。金属アームが四本、優しくはあるが断固たる感じで、背後から彼の体をつかんだのだ。彼は足をばたつかせて必死に抵抗したが、管制盤の前から空中へ持ちあげられ、部屋の中央まで運ばれた。そこでふたたび床におろされ、金属アームが彼を解放した。

ペイトンは驚きよりも怒りにとらえられて、自分の捕獲者のほうへくるりと向きなおった。二、三メートル先から彼を静かに見つめているのは、これまで見たことのないほど複雑精巧なロボットだった。背丈は二メートルあまり、丸っこい一ダースものバルーン・タイヤに乗っかっている。

その金属製ボディのいたるところから、触手や、アームや、ロッド、そのほかあっさりとは名づけようのないメカニズムが四方八方に突きだしている。その二カ所で、何本ものアームがせわしなく動いて、せっせと機械の一部を分解または修理しているのを見て、ペイトンはやましい驚きにおそわれた。

ペイトンは無言でその相手を値踏みした。明らかに最高レベルに属するロボットだ。しかし、相手はこちらに肉体的暴力をふるった——どんなロボットも、人間の命令を拒むことはあっても、人間に暴力をふるうことはできないはずだ。ほかの人間の心の直接支配下にある場合だけ、ロボットはそうした行動をとることができる。ということは、つまりこの都市のどこかに意識をもった敵対的な人間がいるということだ。

「おまえはだれだ？」とうとうペイトンはそうさけんだ。それはロボットにではなく、その背後にいる管理者に向けた質問だった。

ロボットはほとんどタイムラグなしに、正確かつ自動的な口調で返事した。それにはたんなる人間の声の増幅とは思えないひびきがあった。

「わたしは〈エンジニア〉だ」

「では、出てきて姿を見せろ」

「いま、あなたはわたしを見ている」

ペイトンの怒りをあっというまに蒸発させ、信じられないほどの驚異の念に置きかえたのは、相手の言葉そのものだけではなく、その人間らしくない口調だった。この機械をコントロールしている人間はいない。この相手は、この都市にいるほかのロボットとおなじように自動だ——しかし、ほかのロボットとちがって、また世界がこれまでに知ったほかのすべてのロボットともちがって、このロボットには意志と自意識がある。

6 悪夢

目をまるくして、すぐ前にいる機械を見つめるうちに、ペイトンは頭皮のむずむずする感覚を味わった。それは恐怖でなく、強烈な興奮だった。この探索の旅は報いられたのだ——ここ千年近くの人類の夢が、いま目の前にある。

遠い昔、機械たちは限られた知能をかちとった。いま、ついに機械たちは意識そのもののゴールに到達したのだ。これこそソーダーセンがこの世界に与えたかった秘密だろう——だが、評議会はその秘密がもたらす結果を恐れ、それを押し隠すことにしたのだ。

無感情な声がふたたび話しはじめた。

「あなたが真実を認識してくれてうれしい。これで話しあいが楽になる」

「ぼくの心が読めるのか？」ペイトンはあえぐようにいった。

「当然だ。あなたがはいってきたときからそうしていた」

「ああ、それはこちらも考えた」とペイトンは苦い声でいった。「それで、これからぼくをどうするつもりだ？」

「あなたがコマーレに損害を与えるのを防がなくてはならない」

無理もない話だ、とペイトンは思った。

「かりに、いまからぼくがここを去るとしたら？　きみには好都合かね？」

「そう。それは好ましい」

ペイトンは笑いださずにいられなかった。この〈エンジニア〉は、いくら人間性に近いものをもっていても、やはりロボットだ。狡猾さを発揮できないわけだが、もしかするとそれがこちらに有利にはたらくのかも。なんとかこの相手を罠にかけて、秘密を明かさせる方法はないものか。だが、今回もロボットは彼の心を読みとっていた。

「それはわたしが許さない。あなたはすでに多くを知りすぎている。すぐにここを立ち去らなくてはならない。もし必要とあれば、わたしが実力を行使する」

ペイトンは時間稼ぎをすることにした。そのうちには、すくなくともこの驚くべき機械の知性の限界を発見できるだろう。

「ここを去る前にひとつ教えてくれ。なぜきみは〈エンジニア〉と呼ばれるのか？」

ロボットはあっさりとそれに答えた。

「もしロボットたちでは修理できないような重大な故障が起きた場合、わたしがそれを処理する。もし必要なら、わたしはコマーレを再建することもできる。ふだん、万事が正常に機能している場合のわたしは、鎮静状態にある」

なんと異様な、とペイトンは思った。〝鎮静状態〟とは人間の心を指して使う言葉だ。この〈エンジニア〉が自分自身と〝ロボットたち〟のあいだに設けた区別を、おもしろがらずにはいられなかった。そこでわかりきった質問をしてみた。

「それで、もしきみがなにかの変調をきたした場合は？」

「われわれはふたりいる。もうひとりはいま鎮静状態にある。どちらもおたがいを修理できる。一度それが必要になったことがあった。三百年前に」

完璧なシステムだ。コマーレは何百万年間も事故から守られている。この都市の建造者たちは、自分たちそれぞれが夢に浸っているあいだ、この永遠の守護者たちに監視役をゆだねた。その建造者たちが亡くなったあとも、コマーレがいまなおふしぎな目的を達成していることには、なんのふしぎもない。

ペイトンは思った。なんという悲劇だろう、その天才的な頭脳がむだづかいに終わったとは！　この〈エンジニア〉に関する幾多の秘密は、ロボット・テクノロジーに革命をもたらし、新しい世界を作りだすことも可能なのに。意識をもつ最初の機械がすでに製作されたいま、未来の発展にはなんの限界もないのでは？

「いや」と〈エンジニア〉が意外な言葉を返した。「ソーダーセンの話では、いずれそのうち、ロボットは人間以上の知性をもつようになる、ということだった」

機械がその製造者の名前を口にするのを聞くのは、異様な気分だった。では、それがソーダーセンの夢だったのか！　その発想の巨大さの全貌は、まだ自分にはつかみきれていない。それに対する心の準備はなかばできているが、その結論をあっさり受けいれることはできない。つまるところ、ロボットと人間の頭脳のあいだには、巨大な深淵が横たわっているのだから。

「その深淵は、人間と、そこから人間が進化した動物のあいだにあるものに比べて、べつに大きくはない。昔、ソーダーセンがそういったことがある。あなた、つまり、人間は、非常に複雑なロボットにすぎない。わたしはもっと単純だが、能率性の点では優っている。それだけのことだ」

ペイトンはその発言をごく綿密に検討してみた。もし本当に人間が複雑なロボット以上のものでないとすれば――導線や真空管でなくて、生きた細胞の集まりから成る機械であるとすれば――いつの日か、それ以上に複雑なロボットが完成するかもしれない。その日がきたとき、人間の優越性は終わりを告げるだろう。機械たちは依然として下僕であるかもしれないが、下僕のほうがその主人よりも高い知性をもっているわけだ。

分析機や中継パネルの並ぶその広間のなかは、とても静かだった。〈エンジニア〉はじっとこちらを見まもっている。そのアームや触手は修理作業にいそがしい。

ペイトンは破れかぶれの気分になりかけていた。もって生まれた性格で、対立者の存在によっていっそう頑固な気分になったのだ。とにかく、この〈エンジニア〉がどのようにして建造されたかを知る必要がある。そうしないかぎり、一生かかってソーダーセンの天才に太刀《たち》打ちしようとしても、むだな努力だろう。

だめだった。ロボットはこちらの一歩先を読んでいた。

「あなたがわたしへの対抗計画を立てるのは無理だ。もしあのドアから逃げようとすれば、わたしはあなたの両足めがけてこのパワー・ユニットを投げつける。この距離なら、たとえ狙いがはずれても五ミリほどだ」

思考分析機からはなにも隠せない。その計画はペイトンの頭のなかでまだ半分もできあがっていないのに、〈エンジニア〉はすでにそれを知っている。

その瞬間、ペイトンと〈エンジニア〉の両方が、闖入《ちんにゅう》者の出現に不意をつかれた。とつぜん、金褐色の閃きとともに、半トンの筋骨の集まりが、時速六十キロもの勢いでまっこうからロボットに激突したのだ。

つかのま、目まぐるしく触手がばたついた。やがて、最後の審判の日の雷鳴を思わせる音とともに、〈エンジニア〉は床の上にのびてしまった。レオは考え深げに自分の前足をなめながら、倒れたロボットの上にうずくまった。

レオには、自分の主人を脅かしているこのピカピカした動物が何者なのか、完全には理解できなかった。それにしてもこの相手の外皮は、もう何年か前に一頭の犀《さい》とひどく無分別な争いをしたときにでくわして以来の、おそろしく堅固なものだ。

「よくやったぞ！」とペイトンはさけんだ。「そのまま押さえつけていろ！」

〈エンジニア〉の大きな手足は何本か折れたし、触手では力が弱くてほとんど抵抗できないらしい。またしてもペイトンは自分の道具箱の貴重性をさとった。その作業が完了したとき、〈エンジニア〉はたしかに動けなくなりはしたが、ペイトンは相手の神経回路にまったく手を触れなかった。あまりにも殺人に似ているような気がしたからだ。

「もう離れていいぞ、レオ」その仕事が終わるのを待って、ペイトンはいった。ライオンはしぶしぶその言葉にしたがった。

「こんなことをしてすまなかった」とペイトンは偽善的に詫びた。「しかし、ぼくの立場はわかってもらえると思う。まだしゃべれるか？」

「しゃべれる」と〈エンジニア〉は答えた。「これからなにをするつもりだ？」

ペイトンは微笑した。五分前には彼がその質問をしたのだ。この〈エンジニア〉の双子が現場に駆けつけるまでに、どれぐらいの時間がかかるだろう？　もし力だめしということになれば、レオがその状況を処理できるだろうが、このロボットの片割れはすでに警告されていて、こちらにとってひどく不愉快な状況を作りだせるかもしれない。たとえば、照明を切ってしまう、とか。

蛍光管が消え、闇が下りた。レオは悲しげな驚きの唸りを上げた。やや気分を害されて、ペイトンは自分のライトをひきよせ、スイッチを入れた。

「ぼくにとってはべつになんの変わりもないぞ」と彼はいった。「もう一度照明をつけてはどうだ」

〈エンジニア〉は無言。しかし、蛍光管がふたたび点灯した。

ペイトンは考えた。こちらの心を読めるばかりか、こちらの防御の用意まで監視できる敵と、いったいどうすれば戦えるだろう？　今後避けなくてはならないのは、自分が不利になるような反応を生みだす考えを頭にめぐらすことだ。たとえば――そこであやうく彼はその考えを中断するのに間に合った。自分の思考を遮断しようと、しばらく頭のなかでアームストロングのオメガ関数の積分に取り組んでみた。やがて、ようやくのことで自分の思考をコントロールできるようになった。

「なあ」としばらくして彼はいった。「きみと取引をしよう」

「どういう意味だ？　その言葉は知らない」

「気にするな」とペイトンは急いで答えた。「こちらの提案はこうだ。ぼくがここに閉じこめられている人びとを目ざめさせるのを許し、きみの基本的回路をよこしてくれるなら、ぼくはなにひとつ手をふれずにここを出ていく。きみは建造者たちの命令に服従したことになるし、どんな害も生じない」

　これが人間なら、その問題についての議論をはじめただろうが、ロボットはそうしなかった。むこうの頭脳は、どんな複雑な状況を検討する場合も、千分の一秒ぐらいしかかからないのだろう。

「よろしい。その合意事項をあなたが守るだろうことは、あなたの心をのぞいてよくわかる。しかし、〝恐喝〟という言葉はどういう意味だ？」

　ペイトンは顔を赤らめた。

「それはどうでもいい」とあわてて答えた。「人間の使う慣用表現のひとつでしかない。おそらくきみの――えーと――同僚は、もうすぐここへやってくるだろうな？」

「彼はしばらく前からこの部屋の外で待っている」とロボットは答えた。「あなたの犬を制御してくれるか？」

　ペイトンは笑いだした。ロボットに動物学の知識を期待するのは無理だ。

「では、ライオン」とロボットはいった。ペイトンの心を読んで訂正したのだ。

　ペイトンはレオに短い指示を与えたのち、まさかの用心に、自分の指をライオンのたてがみに巻きつけた。まだ招待の言葉を口にしないうちに、第二のロボットが静かに部屋のなかへはいってきた。レオは低い唸りを上げて、ペイトンのそばを離れようとしたが、彼はレオを落ちつかせた。

〈エンジニア〉2号は、どこから見てもその兄弟分に瓜ふたつだった。こちらへ近づくあいだにも、ペイトンがけっして慣れることのできない、あの苛立たしいやりかたで、彼の心をのぞきこんだ。

「あなたは夢見る人たちのところへ行きたがっている」と2号はいった。「ついてきなさい」

ペイトンは命令されることにうんざりしてきた。なぜこのロボットたちは〝どうぞ〟という言葉が使えないのか？

「ついてきなさい、どうぞ」むこうはごくかすかな抑揚をまじえてくりかえした。

ペイトンはそのあとにつづいた。

またもや彼は、ケシの花を浮き彫りにした何百ものドアの並ぶあの廊下――それとも、あれに似たべつの廊下――を歩むことになった。ロボットはほかのドアと見わけのつかないひとつのドアの前に彼を連れていくと、そこで停止した。

音もなく、金属プレートが横滑りしてひらき、ペイトンはややためらいを感じながら、暗がりの室内にはいった。

ベッドの上にはとても高齢の老人が横たわっていた。ひと目見たときは死んでいるように思えた。たしかに老人の呼吸はゆるやかで、停止寸前に近い。つかのまペイトンはまじまじとその老人を見つめた。それからロボットに語りかけた。

「彼の目を覚ましてくれ」

この都市のどこか深みで、思考投射機を通るインパルスの流れがやんだ。現実には存在したことのない宇宙が、崩れて廃墟となった。

ベッドの上から、一対の燃えるような瞳が狂気の光を宿してペイトンを見上げた。その目は彼を素通りしてそのむこうを見つめ、ペイトンにはほとんど聞きとれない、混乱した言葉の流れが薄い唇からあふれだした。その老人はいくつかの名前を、何度も何度も大声でさけんだ。いましがた自分がそこからもぎはなされた夢の世界の人名か地名だろう。それは恐ろしくもあり、哀れでもあった。

「やめなさい！」とペイトンはさけんだ。「あなたはいま現実世界にもどったんだ」

燃えるような両眼は、いまはじめて彼に気づいたようだった。老人は非常な努力で上体を起こした。

「おまえはだれだ？」と老人はふるえ声でいった。それから、まだペイトンが答えられずにいるうちに、かすれ声でつづけた。「これはきっと悪夢だ――あっちへ行け、あっちへ。わたしの目を覚ましてくれ！」

嫌悪を克服して、ペイトンは相手の痩せほそった肩に手をおいた。

「心配ご無用――あなたは目覚めた。思いだせないか？」

相手にその言葉が聞こえたようすはなかった。

「うん、これは悪夢にちがいない――きっとそうだ！　しかし、なぜわたしは目が覚めないんだ？　ナイラン、クレシダー、きみたちはどこにいる？　姿が見えんぞ！」

ペイトンはできるだけ長く忍耐と努力をつづけたが、なにをしたところで、もはや二度と老人の注意をひくことはできなかった。心底うんざりして、彼はロボットに向きなおった。

「彼をもとの状態へもどしてやってくれ」

7　第三次ルネッサンス

老人の狂乱状態はじょじょにおさまった。かよわい肉体がベッドの上で仰向けに横たわり、皺だらけの顔がふたたび無表情な仮面にもどった。

「全員がこの人のように狂っているのかね？」ようやくペイトンはそうたずねた。

「いや、彼は狂っていない」

「どういう意味だ？　もちろん彼は狂っているとも！」

「長年のあいだ、彼は幻惑された状態だった。かりにあなたが遠い土地へ行き、生活様式が完全に変わり、過去の生活に関する知識をすべて忘れたとする。やがてそのうち、あなたは幼年期の最初の記憶とおなじように、そうした知識をなにひとつもたなくなる。もしそこでなにかの奇跡が起きて、とつぜんもとの時間帯へ投げこまれたとしたら、あなたはああいった行動をとるだろう。思いだしてほしい、彼の夢の生活は本人にとっては完全に現実的なもので、いままで長年にわたってその生活を送ってきたのだ」

たしかにそのとおり。だが、どうしてこの〈エンジニア〉はそこまでの洞察力をもっているのか？　ペイトンは驚きの目で相手をふりかえったが、例によって質問をするまでもなかった。

「先日、まだわれわれがコマーレを建設中に、ソーダーセンが話してくれたのだ。その当時でさえ、夢見る人たちの一部は、すでに二十年間も幻惑されつづけていた」

「先日？」

「およそ五百年前だ。あなたにいわせれば」

その言葉が、ペイトンの心に異様なイメージを生みだした。孤独な天才の姿を彼はまぶたに描くことができた。おそらくもう人間仲間はひとりもいなくなり、ロボットたちといっしょに働いているところを。ほかのみんなはとっくの昔に、それぞれの夢を求めて去ってしまったのだ。

しかし、ソーダーセンはそれでもそこに残って作業をつづけたのだろう。創造意欲が、みずからの仕事を終えるまで、この世界に彼をつなぎとめたのかもしれない。このふたりの〈エンジニア〉はソーダーセンの最大の業績、世界がこれまでに記録した最もすばらしいエレクトロニクスの離れ業であり、究極の傑作といえる。

そのむだな労力への哀れみの念が、ペイトンを圧倒した。これまでよりもいっそう強く、彼はこう決意した。幻滅を味わった天才が自分の一生を棒に振ったからこそ、その天才のなしとげた仕事をこのまま葬らせずに、全世界に知らせなければ。

「夢見る人たちはみんなこういう状態になるのかね？」と彼はそのロボットにたずねた。

「夢見る人たちはみんなそうだ。いちばんの新顔の人たちだけを除いて。彼らはまだ自分たちの最初の生活をおぼえている」

「そのひとりのところへ案内してくれ」

ふたりがつぎにはいった部屋は、さっきの部屋と瓜ふたつだが、ベッドの上に横たわる肉体は、四十歳そこそこのものだった。

「この男はここへきてどれぐらいになる？」とペイトンはたずねた。

「数週間前にやってきたばかり――あなたがやってくる前に、われわれとしては何十年ぶりかに迎えた訪問者だ」

「彼の目を覚ましてくれ」

男の両眼がゆっくりと開いた。そこには狂気の痕跡はなく、驚異の念と悲しみがあるだけだった。やがて記憶の夜明けが訪れ、男はなかば起きあがって、坐る姿勢をとった。男の最初の言葉は、完全に理性的なものだった。

「なぜわたしを呼びもどした？　きみはだれだ？」

「わたしは思考投射機から逃げだしたばかりの男だ」とペイトンは説明した。「ここにいる救出可能な人たちを全員解放したい」

相手は苦い笑い声を上げた。

「救出だと！　なにから救出する？　こっちは四十年かけてやっとあの世界から逃げだしたというのに、もう一度あそこへわたしを連れもどすつもりか！　あっちへ行け、そっとしておいてくれ！」

ペイトンはそう簡単にはひきさがらなかった。

「あなたはこの虚構の世界が現実よりもましだと思っているのか？　ここから逃げだしたい欲望がまったくないのか？」

こんども相手は笑いだしたが、そこにはユーモアのかけらもなかった。

「コマーレはわたしにとっての現実だ。外の世界はわたしになにも与えてくれなかった。そこへ帰りたがる理由がどこにある？　わたしはここで平安を見出した。わたしに必要なものはそれだけだ」

いきなりペイトンは、くるりと踵《きびす》を返してその部屋を出た。夢見る男が満足の吐息をもらして寝ころぶ音が背後で聞こえた。自分がうち負かされたのだと、ペイトンはわきまえていた。そして、なぜ自分がほかの連中を蘇生させたかったかの理由にも、いまようやく気づいた。

それは義務感からではなく、利己的な目的からだったのだ。コマーレが邪悪であると、自分に信じさせたかったのだ。そうではないことが、いまになってわかった。ユートピアのなかにさえ、世界から悲しみと幻滅しか与えられなかった人びとはつねにいる。時の経過につれて、そういう人間はしだいにすくなくなっていくだろう。千年前の暗黒時代には、人類の大多数がなんらかの種類の社会不適応者だった。世界の未来がいくらすばらしいものであっても、そこにはやはり悲劇が生まれる——そうした人びとに唯一の平安を与えてやったことで、なぜコマーレが糾弾《きゅうだん》されなくてはならないのか？

もうこれ以上の実験はやめよう。自分の強い信念と自信も大きく揺らいできた。それに、コマーレの夢見る人びとは、こちらの骨折りにけっして感謝しないだろう。

もう一度彼は〈エンジニア〉をふりかえった。この都市を立ち去りたいという願いは、数分前からぐっと強まっていたが、いちばん重要な作業はまだ残っている。だが、ロボットは今回も彼の先手を打った。

「あなたがお望みのものは持っている。わたしについてきなさい、どうぞ」

〈エンジニア〉が彼を連れていったのは、ペイトンがなかば予想していた機械類の集合レベル、制御機構の迷宮ではなかった。その旅が終わったとき、ペイトンはこれまでのいつよりも高い場所へきていた。その小さい円形の部屋は、もしかしてこの都市の頂点にあるのかもしれない、と彼は思った。その部屋には窓がなかった。壁にはめこめられた奇妙ないくつかのプレートが秘密の方法で透明になるなら、話はべつだが。

　そこは書斎だった。何世紀も前にだれがここで働いていたかに気づいて、ペイトンは畏怖の目で室内をながめた。周囲の壁には、ここ五百年にわたって人の手が触れなかった古代の教科書が並んでいる。ソーダーセンがつい数時間前までそこにいたようなたたずまい。まだ作りかけの回路さえ、壁の製図板にピン留めされて、そのまま残っている。

「まるで彼の作業が急に中断された感じだ」ペイトンはひとりごとのようにいった。

「そのとおり」とロボットは答えた。

「どういう意味だ？　彼はきみたちを仕上げたのち、ほかのみんなの仲間入りをしたんじゃないのか？」

　その返答の背後にまったく感情がないとは信じにくいが、相手の言葉は、これまで彼が耳にしたこのロボットのすべての言葉とおなじように無感情だった。

「われわれを仕上げたあとも、ソーダーセンはまだ満足しなかった。彼はほかの人間たちとはちがう。よく彼はわれわれに、自分はコマーレの建設作業に幸福を感じている、といった。彼は何度も何度も、ほかのみんなの仲間入りをしたいといったが、いつもそこでなにか最後の改良作業を思いだした。ある日われわれが、この部屋で倒れている彼を発見するまで、それはつづいた。彼は活動を停止したのだ。あなたの頭にある言葉は〝死〟だが、わたしにはまったくそんな考えはない」

ペイトンは黙りこんだ。この偉大な科学者の最期がみじめなものだったとは思えない。彼の一生に影を落としていた苦悩がようやく晴れた、ともいえる。彼は創造の喜びを知っていた。コマーレへやってきたすべての芸術家のなかでも、彼は最高の存在だった。もうこれで、その業績はけっしてむだにならないだろう。

ロボットは無言でスチール・デスクへ滑りより、触手の一本が引き出しのなかに消えた。その触手がふたたび現われたときには、金属板の表紙のついた分厚い本がそこに握られていた。無言でロボットからその本を渡され、ペイトンはふるえる両手でそれを開いた。薄くて強靱な用紙を使った、何千ページもの大冊だ。

余白のページには、しっかりした肉太の筆跡でこんな文字があった——

ロルフ・ソーダーセン

サブエレクトロニクスに関する覚え書

執筆開始——二五九八年第十三月第二日

その下にはさらに文字が並んでいた。明らかに大急ぎで書きつけられたものらしく、とても判読しにくい。それを読み進むにつれて、ようやくペイトンの心にも、赤道地帯の夜明けのような唐突さで理解が生まれてきた。

この本を読む者に――

わたし、ロルフ・ソーダーセンは、自分の時代ではまったく理解者にめぐりあえないので、このメッセージを未来に向けて送る。もしまだコマーレが存在しているならば、あなたはすでにわたしの仕事を見てきただろうし、知性に欠けた連中を相手にわたしが仕掛けた罠から逃げおおせたことだろう。したがって、あなたはこの知識を世界に持ち帰る資格がある。これを科学者たちに手渡して、賢明に利用するように伝えてほしい。

わたしは人間と機械のあいだに存在する障壁をうち砕いた。いまからこの二種族は平等に未来を共有しなくてはいけない。

そのメッセージをペイトンは何度も読みかえしながら、死んで久しい自分の祖先に対して心が温まるのを感じた。これはみごとな計画だ。たぶんこれしか方法はないだろうが、この方法をとることで、ソーダーセンは適任者だけがそれを受けとり、自分のメッセージが無事に後世に伝えられることを知っていたのだ。ペイトンは考えた。この計画は、最初にソーダーセンがデカダン派に参加したときからのものだろうか、それとも、その後の人生でそれを発展させたのだろうか。いまとなっては知りようがない。

もう一度ペイトンは〈エンジニア〉に目をやって、すべてのロボットが意識をもつ段階に到達したとき、どんな世界がそこに到来するだろうかと考えた。さらにその先にある、もやに包まれた未来の姿をのぞこうとした。

ロボットたちには人間たちがもつ限界も、哀れなひよわさもない。ロボットたちはけっして情熱で論理を曇らせたりしないだろうし、利己心や野心に踊らされたりしないだろう。それが人間への補完的な役目を果たしてくれるはずだ。

ソーダーセンの言葉をペイトンは思いだした。「いまからこの二種族は平等に未来を共有しなくてはいけない」

ペイトンは白昼夢を打ちきった。このすべては、かりにそれが実現するにしても、何世紀もの未来かもしれない。彼は〈エンジニア〉に向きなおった。

「ぼくはここを去る用意ができた。しかし、そのうちいつか、またもどってくる」

ロボットはゆっくりと彼から後退した。

「じっと立っていなさい」とむこうは命令した。

めんくらったペイトンは、まじまじと〈エンジニア〉を見つめた。それから急いで天井に目をやった。謎めいたふくらみがふたたびそこに現われかけている。もうはるかな遠い過去にこの都市へ足を踏みいれたとき、頭上にあるのを見つけたあのふくらみだ。

「おい！」と彼はさけんだ。「やめてくれ――」

時すでに遅し。彼の背後にあるものは、暗いスクリーン、夜よりも濃い闇だった。目の前には森の縁から広がる草地があった。もう夕方で、太陽がほとんど木々の梢に触れかかっている。

とつぜん背後で悲しげな声が聞こえた――ひどくおびえたライオンが、信じられないという目つきで森をながめている。レオにとっても空間転移は楽しくなかったようだ。

「もうすっかり片づいたぜ、相棒」とペイトンは励ますようにいった。「あの連中がさっさとわれわれを追いだそうとしたのも無理はない。早い話、われわれふたりがあの場所をぶっこわしたようなもんだからな。さあ、おいで。森のなかで夜を過ごしたくない」

世界の彼方では、一団の科学者が、まだ勝利の程度をはっきりとは知らないままに、忍耐心をふりしぼって散会していった。セントラル・タワーでは、息子が南米のいとこたちのところでこの二日間を過ごしたのではないと知ったばかりのリチャード・ペイトン二世が、放蕩息子のために歓迎の言葉を用意しているところだった。

地球のはるか上空では世界評議会が、まもなく第三次ルネッサンスの到来で一掃される運命にある計画を作成しているところだった。しかし、すべてのトラブルの原因となった男はまったくそれを知らず、いまのところは気にもしていなかった。

ゆっくりとペイトンは、まだその秘密が彼から隠されたままの謎の戸口から、大理石の階段を下りた。そのうしろからすこし距離をおいてレオがついてくるが、ときおり肩ごしにうしろをふりかえっては、小さく唸りを上げている。

いっしょにふたりは成長のとまった木々のあいだを抜けて、金属製の道路をひきかえしはじめた。太陽がまだ沈んでないことが、ペイトンにはうれしかった。夜のこの道路は内部からの放射能でぼうっと光るし、星空を背景にしたねじくれた木々のシルエットは、あまり気の晴れる眺めではないからだ。

道路の曲がり角でペイトンはしばらく足をとめ、カーブした金属の壁と、見かけはまったく欺瞞的な、唯一の黒い入口をふりかえった。勝利感のすべてが消え去っていく気がした。生きているかぎり、あの高くそびえる壁の背後になにがひそんでいるかを忘れるのは無理だとわかっていた——それは平安と完全な満足という甘ったるい約束だ。

魂の奥底で彼は不安を感じていた。外の世界が与えてくれるどんな満足、どんな偉業も、コマーレのさしだす骨の折れない祝福に比べれば、つまらなく見えるのではないだろうか。つかのま、悪夢で見るような自分の姿、うちひしがれ、老いさらばえて、忘却を求めながらこの道路をひきかえしていく姿を思いうかべた。彼は肩をすくめて、その考えを払いのけた。

いったん平原に出ると、たちまち元気がよみがえった。彼はあの貴重な本をもう一度ひらき、マイクロ印刷のページをめくりながら、そこに盛りこまれた約束に酔いしれた。遠い昔には、のろくさいキャラバンが、賢人ソロモンに捧げる黄金と象牙を積んで、この道を通ったことだろう。しかし、それらの宝物のすべても、この一冊の本に比べればゼロに近いし、ソロモンのすべての知恵も、この本が種子となっていまに実らせるだろう新しい文明までは想像できなかったはずだ。

まもなくペイトンは歌をうたいはじめた。それはめったに彼がやらない、おそろしくへたくそな芸当だった。その歌はとても古く、原子力以前、惑星間航行以前、いや、飛行機の出現以前の時代からのものだった。セビリャのある理髪師に関する歌だ。セビリャの町がどこにあったかさえも知らないが。

レオはがまんできるかぎりがまんしていた。だが、ついにレオもその歌声に仲間入りした。この二重唱は成功とはいえなかった。

夜が訪れたとき、森とそのすべての秘密は地平線の彼方に沈んだ。星ぼしを仰ぎ、かたわらでレオに見まもられながら、ペイトンはぐっすりと熟睡した。

今回の彼はまったく夢を見なかった。

かくれんぼ
Hide-and-Seek

小隅黎 訳

Astounding Science Fiction, September 1949

キングマンが灰色のリスを見つけたのは、われわれ一行が森をぬけて戻りかけている途中のことだった。獲物袋にはライチョウが三羽、ウサギが四羽（うち一羽は哀れなことにほんの乳呑み仔だった）それにハトが二羽——量は多くないがヴァラエティは充分だった。これ以上獲れる見こみはほとんどないのにひきかえ、二匹の犬はまだ潑剌《はつらつ》としていた。リスのほうも、同時にわれわれを見つけた。そいつは、自分がこの領地内の樹木に与えた損害のゆえに死刑を宣告されているということをすでに知っていたか、あるいはおそらくキングマンの銃で近しい親類を失っていたのだろう。三回の跳躍で、もよりの樹の根もとに達すると、チラリと灰色のひらめきを残してその背後に消えてしまった。十数フィート上の、隠れ場所の縁をまわったとき、その姿はもう一度だけ見えた、が、銃をかまえてそのあといくら待ってみても、もう二度と眼にははいらなかった。

大きな古ぼけた家へ、芝生を横切って帰りつくあいだ、キングマンは、何かひどく考えこんでいるようだった。獲物をコックに渡し——コックのほうもあまり気のりしない態度だったが——そして喫煙室に落ちついたとき、やっと彼は瞑想からさめて、主人役《ホスト》としての自分の立場を思いだしてくれたようだった。

「あの木ネズミめ」と、彼はふいに口をきった。（かわいいリスを銃で撃つなんて堪えられないという理由で、彼はいつもリスのことを〝木ネズミ〟というのだ）「あいつのおかげで、ぼくは軍籍を退く直前の、ある特殊な事件を思いだしちまった。じっさい、ほんの直前に起こったことだった」

「そうだっけな」と、カースンが、ひどくそっけない口調で言った。わたしは彼をにらんだ——彼は海軍にいたことがあり、キングマンの話ももうきいていたわけだが、わたしにはまだ初耳だったからである。

キングマンは、いくらかいら立ったようにうなずいた。「もちろん、こんな話はあまり……」

「話してくれよ」と、わたしはいそいで言った。「面白そうな話じゃないか。灰色のリスと、第二次木星戦争とのあいだに、どんなつながりがあるのか、ぼくには見当もつかないぜ」

キングマンは機嫌をなおしたかに見えた。

「人物の名前は少し変えておくほうがいいだろう」彼は考えぶかげにいった。「しかし、場所は変えられまい。話は、火星から百万キロほど太陽へよったところからはじまるんだ……」

K十五号は軍の諜報機関員だった。想像力に欠けた人びとにスパイとよばれるのは、彼にとってかなり苦痛なことだが、しかしそのときの彼は、もっとずっと実質的な苦境に立っていた。ここ数日来、快速の敵巡洋艦に追われていたのである。そういう立派な軍艦と、高度の訓練をうけたその乗員の注意を一身にひきつけているというのは、自慢していい話だが、K十五号にとってその名誉は、できたら願い下げにしたいところであった。

事態を二重にややこしくしているのは、彼の味方が十二時間後には、巡洋艦一隻くらい問題にしない巨艦をもって、火星の近くで彼を出迎えようとしているという事実で——ということから、このK十五号というのが、なかなか重要な人物だったということがわかるだろう。不幸なことに、どう楽観的に計算してみても、追跡者は六時間以内に、彼を正確な射程距離内にとらえることが確実だった。したがって、六時間と五分後には、K十五号のからだは、たぶん広い範囲の空間に散らばり、そのままひろがりつづけるということになるだろう。

火星に着陸する時間の余裕はあったが、それはむしろ最悪の方法だった。そんなことをしたら、積極的中立の立場をとる火星の住民たちを刺激し、おそろしく複雑な政治問題をひきおこすにちがいない。さらに、味方の艦が彼をひろいに下りてこなければならないとすると、それは秒速十キロメートル分以上の燃料を要する——それは作戦用ストックのほとんど全部にあたるのだ。

彼に有利な点はただひとつ。それもひどく疑わしいものだった。敵巡洋艦の艦長は、彼がランデヴーに向かっていることは推測しているだろうが、それがいつ行なわれるのか、またどんな大きさの艦が迎えにくるのかは知らない。もしあとたった十二時間生きのびられさえすれば、彼は安全なのだ。いくらか考慮の余地ある〝もし〟ではあった。

K十五号は、むずかしい顔でチャートを見つめ、最後のダッシュに残りの燃料をつぎこむべきかどうかと思案した。もっとも、ダッシュしてどこへ向かうというのだ？　そうなると、彼はまったく行動の自由を失い、敵艦は充分燃料に余裕をもって虚空の奥に漂う彼の艇をとらえるだろう——しかも、太陽に向かってやってくる味方は、相対速度が大きすぎて彼をひろうことができなくなる——それこそ、助かるのぞみはなくなってしまう。

人によっては、運命がせっぱつまると、思考が鈍ってくる場合がある。しのびよってくる死の影に、催眠術をかけられ、運命がもはや避けられないものと身をまかせてしまうのだろう。だがK十五号は、反対に、こういう絶望的な危急に臨むと、かえって血のめぐりがよくなるほうだった。今その心は、かつてなかったほどめまぐるしく活動していた。

巡洋艦〈ドラドス〉号の艦長スミス中佐——名前はなんでもいいのだが——は、K十五号の艇がスピードをおとしはじめたのを見ても、そうひどく驚きはしなかった。彼はそのスパイが、消滅よりは虜囚をという主義のもとに火星に着陸することを、なかば予想していたからだが、しかし、計測室からその小艇がフォボスに向かっているという報告をうけた時には、すっかり当惑してしまった。この火星の内側の衛星は、さしわたし約二十キロの岩塊にすぎず、経済観念の発達した火星の人びとさえ、その利用法を思いついてはいなかった。それを何か役に立てようと考えたとすれば、K十五号もよくよく絶体絶命の立場だったにちがいない。

その小さな偵察艇《スカウト》のスピードがほとんどゼロになったころ、レーダー手は、フォボスの巨体のかげに、その影を見失った。減速操作のあいだに、K十五号は、追跡者にたいするリードのほとんどを失い、〈ドラドス〉号は今や数分間の後に迫って——そちらもすでに、目標を行きすぎないよう減速をはじめていた。完全に停止したとき、巡洋艦は、フォボスから約三千キロの距離にあり、しかしK十五号の艇は、もうその影もかたちも見えなかった。望遠鏡でも容易に見つかる距離だが、たぶんその小さな月の向こうがわにいるものと思われた。

数分後にその艇はふたたび現れ、全推力でまっすぐ太陽と反対側の方向へ向かった。ほとんど五Gの加速で——しかもその無線機は沈黙を破っていた。自動レコーダーが、次のような興味あるメッセージを、くりかえし放送していたのである。

「現在フォボスに着陸、Z級巡洋艦の攻撃をうけつつあり。救助の来るまで持ちこたえる見こみ。ただし、急がれたし」

その信号は、暗号ですらなく、そのことがスミス艦長をひどく困惑させることになった。K十五号はまだ艇に残っていて、すべてが策略なのだという仮説は、あまりにも素朴というものだろう。しかしそれが、二重トリックかもしれない。メッセージが平文で送られたのは、相手に聞かせて混乱させるためかもしれないのだ。もしK十五号が、実際に着陸しているとすれば、小艇をとらえてみるには、時間も燃料も不足している。救助の艦はすでにこっちへ急行しつつあるわけで、早くここを離れるにこしたことはない。〝救助の来るまで持ちこたえる見こみ〟という言葉も、まったくのでたらめかもしれず、また本当に救助の手がすぐ近くまで来ていることを意味するものかもしれなかった。

K十五号の艇が噴射をやめた。明らかに燃料を使いはたして、それは秒速約六キロ強で太陽から遠ざかって行きつつあった。その艇が今や太陽系から漂いだしてしまう運命にある以上、K十五号は着陸したのにちがいない。スミス艦長は、そのメッセージがどこかで敵艦に聞かれていると思うと、まったく気に入らなかったが、それをどうするわけにもいかなかった。時間の浪費を気にしながら、〈ドラドス〉号は、フォボスに向かって動きはじめた。

一見したところ、スミス艦長は、ここで主導権を握ったかに見えた。彼の艦は一ダースもの誘導ミサイルと、二連の電磁砲を装備している。それに刃向かうのは、直径わずか二十キロの衛星上にとらえられた、宇宙服の人間ひとりである。だが、やがて百キロ以内の距離に近づいたフォボスを仔細に眺めたとき、スミス艦長は、K十五号がなお何枚かの切り札を袖口にかくしていたことに、はじめて気づいたのだった。

天文書が変わりばえもせず唱えている、フォボスの直径二十キロメートルという表現は、ひどく実態を誤解しやすいものである。〝直径〟という言葉は、ある程度の対称性を前提にしているが、フォボスにはそんなものなどありはしない。他の宇宙塵や小惑星などと同じく、それは空間に浮かぶ不恰好な岩石の一塊であって、もちろん大気の痕跡もなく、重力も大きくはない。七時間三十九分で一自転し、したがっていつでも同じ面を火星に向けている――非常に近いため、そこからは火星表面の半分よりかなり少ない部分しか見えず、その両極は地平線の向こうにかくれている。フォボスについては、これ以上べつにいうべきこともない。

K十五号に、頭上の空を大きく占める三日月形の火星の美観を楽しむ余裕はなかった。なにしろ艇のエアロックから運びだせるかぎりの装備を投げおろし、コントロールをセットして、飛びおりたのだ。小さな艇が、噴射炎をひらめかせて星々の間へ去っていくのを、彼は自分でも分析しようのない感慨で見送った。これは完全な背水の陣であり、彼としては、あのからっぽの艇が虚空へと走り去りながら放つ無線のメッセージを、救助の戦艦がうまく聞いてくれることを願うよりほかないのだった。敵巡洋艦が艇を追って行ってしまうかもしれぬというかすかな望みはあったが、それを期待するのは無理というものだ。

彼はふりかえって、この新しい環境を検討してみた。太陽が地平線下にあるので、あたりを照らすのは火星の黄土色の光だけだが、彼はそれで充分に周囲を見きわめることができた。彼がいるのは直径二キロメートルほどの不規則な平原の中央で、周囲は低い丘にかこまれているが、必要ならそれは容易に跳びこえられる。ずっとまえに、ジャンプしてフォボスからとび出してしまった男の話を読んだことがあるが、それはありえないことだった——ダイモスだったとしても——脱出速度は毎秒十メートルくらいはあるのだから。もっとも、よく注意しないと、たちまちとびあがって、地表にもどるのに何時間もかかるということはありうる——そうなったら、これは致命的だ。K十五号の計画は単純なもので、すなわちなるべく巡洋艦と正反対側の表面にできるだけ姿勢を低くしてかくれる——それだけのことだったのである。たとえ〈ドラドス〉号がその全火力をあげてこの直径二十キロの岩を攻撃しても、彼は震動すら感じないだろう。さしせまった危険はふた通り考えられるだけだが、そのひとつは彼をたいして悩ませはしないわけだ。

宇宙旅行というものの詳細を知らない素人の眼からすると、彼の計画は自殺的なものに見えるかもしれない。〈ドラドス〉号は、超科学的兵器の中でも最新のものを装備し、さらに、艦とその獲物を隔てる二十キロメートルの距離など、最大速度なら一秒もかからない。しかしスミス艦長は素人より詳しいので、すでにかなり不愉快な気分になっていた。彼は、人間がこれまでに開発した交通機関のうちで、宇宙巡洋艦というのが、何より図抜けて機動性が最低のしろものであることを、知りすぎるほど知っていた。〈ドラドス〉号が、この小さな衛星を一周するあいだに、K十五号ならまさしく六周はできるにちがいない。

技術的なこまかい点に深入りする必要もないが、まだ納得できない人のために次の初歩的な事実を考えてみよう。ロケット推進宇宙船が加速できるのは、その主軸に沿った方向――すなわち〝前方へ〟だけである。直線コースからそれるには、エンジンが他の方向へ噴射できるよう、物理的に艦を方向転換させなければならない。それが艦内のジャイロ装置により、あるいは操舵用の補助ジェットでなされることは、誰でも知っているが、その簡単な操作にどのくらい時間がかかるかを知る人はほとんどいないだろう。燃料を満載した平均的な巡洋艦の二、三千トンの質量は、軽快な運動には向いていないのだ。しかも今度の場合はもっと悪く、問題なのは質量ではなく慣性モーメントだった――巡洋艦は細長い物体だから、そのモーメントはちょっとばかり巨大なものになる。結局のところ（宇宙飛行技術者はめったに口にしないことだが）宇宙船が百八十度向きをかえるには、理にかなったどんなサイズのジャイロを使っても、たっぷり十分間はかかるという、哀れな事実が残るわけだ。制御ジェットもそれよりたいして早くはなく、またそれによる回転は永久的なもので艦をスローモーションの回転花火のような状態にして内部をなやますことになりかねないので、その使用は制限されてしまうのである。

一般の場合なら、この不利益も、さして重大ではない。数百万キロ、数百時間にわたる行動の中では、艦の方向の変化など小さな問題である。が、半径十キロの円を描いて動くとなると、これはもう決定的なルール違反として、〈ドラドス〉号艦長に明瞭な圧迫を加えるのだ。K十五号のやりかたは、フェアなものとはいえなかった。

そのころ、かの機略縦横の人物は、さもなければ大幅に失っていたはずの立場をせっと固めていた。彼は、三回の跳躍で丘陵のふもとに達したが、そこは、平原のまんなかよりは身をかくしやすい感じだった。艇から持ちだした食料や装備は、一応もう一度見つけ出せそうな場所へかくしてしまったが、着ている宇宙服だけでもまる一日以上は生命を保てるので、その点にほとんど心配はない。彼がこの追跡をうける原因をなした小さな包みは、優れたデザインの宇宙服が備えている多くのポケットのひとつにしまいこんで、いまもしっかりと身につけている。

この山中の隠れ家には爽快な孤独さがあったが、彼ののぞんだ孤独さにはまだ充分ではなかった。頭上の空に固定されている火星は、フォボスがその夜の側へまわりこんでいくにつれ、眼に見えるほどの早さで欠けていきつつあった。火星上の都市の灯がいくつか、まだ見えてこない運河の合流点を示して、点々と現れはじめた。他にあるのは星々と、静けさと、そして、手に触れられそうなほど近くに見える丘のぎざぎざの稜線《りょうせん》だけである。〈ドラドス〉号は、影も見えない。思うに、フォボスの陽の当たっている側を、望遠鏡で丹念に調べているのだろう。

火星はきわめて役に立つ時計だった。それが半月まで欠けたとき、ここには陽が昇り、そしてたぶん〈ドラドス〉号も地平線上に現れるはずである。もっとも、とんでもない方向から姿を現さないものでもないし、またもしかすると――これはたしかに実際的な危険のひとつだが――捜索隊をおろしているかもしれないのだ。

それは、スミス艦長が対象に向かったとき、最初に頭に浮かべた可能性だった。しかし彼はすぐ、フォボスの一千平方キロ以上の表面に対して、乗組員からその荒涼たる舞台の捜索に割《さ》ける人員は十名を超えないことに思いいたった。しかも、K十五号は、確実に武装していることだろう。

〈ドラドス〉号の装備している火器を考えるかぎり、この最後の問題点は、ないに等しい。それは武器とすらいえまい。通常の場合なら、銃やその他の携帯武器など、宇宙巡洋艦に対しては、短剣や弓矢と選ぶところはないはずだ。が、たまたま〈ドラドス〉号は――しかも規定に反して――自動拳銃一挺と百発の弾薬しか積んでいなかった。これでは捜索隊は、武装もしていない連中が、厳重に身をかくした死にものぐるいの男をうろうろ探しまわることになり、簡単にひとりずつ片づけられてしまうだろう。K十五号は、ここでもルール違反をやっているわけだ。

火星上の明暗境界線は、いまや直線となり、それとほとんど同時に太陽が昇ってきた。それは、雷よりはむしろ原爆の斉射に似ていた。K十五号は、ひさしのフィルターを調節し、場所を変えることにきめた。太陽をさけて夜の側にいることは、相手に探知されにくいばかりでなく、自分の眼のほうも敏感に働くという点で、より安全である。彼の持っているのは双眼鏡ひとつきりだが、〈ドラドス〉号は少なくとも口径二十センチ以上の電子望遠鏡を備えているはずだ。

できることなら、巡洋艦の所在をたしかめておくのが最上の方法だ、とK十五号は心をきめた。少々向こうみずなようだが、相手がどこにいるかを知り、その動きを見まもることができれば、ずっと気が楽になることだろう。そうすれば、こっちは常に地平線のかげにかくれていて、艦のロケット炎のひらめきから、その動きを充分に察知できるわけだ。注意ぶかく、なるべく水平方向に地を蹴って、彼はこの衛星の一周旅行にのりだした。

欠けていく三日月形の火星は、地平線下に沈み、星空に謎のようにそそり立つ巨大な弓形となった。それでも〈ドラドス〉号の影も形も見えないので、K十五号は、また心配になってきた。しかしそれは、たいして意外なことでもない。艦は真黒な闇の色に塗られており、百キロ以上も上空にいるのかもしれないからだ。彼は足をとめ、はたして自分の行動は正しかったのだろうかと考えた。そのとき彼は、何か巨大なものが、まさに頭上にあって星々をかくしながら、急速に動いているのに気づいた。一瞬、心臓が止まった。が、彼はやがて、ふたたび自分をとり戻すと、状況を分析し、いったいどうしてかくも惨憺《さんたん》たる失策をおかしたのかと考えはじめた。

やがてわかったのは、この空を横ぎっている黒い影が、巡洋艦などでは全然なく、しかしほとんど同じくらいに危険な相手だということだった。それは最初考えたよりずっと小さく、ずっと近くにあった。〈ドラドス〉号は、彼を探すために、テレビカメラを装備した何個かの誘導ミサイルを送り出していたのである。

これこそ彼が恐れていた第二の危険であり、これに対しては、できるだけ目立たないようにじっとしている以外に手がないのだった。〈ドラドス〉号は、今や彼を求める数多くの眼を持っているわけだが、その代用品にはまた、ごく厳しい性能の限界もあった。それは、星空を背景にして、太陽に照らされた宇宙船を見つけるためのもので、闇につつまれた岩のジャングルにひそむ人間を探しだすようにはできていない。そのテレビ装置の解像度は低く、しかも前方だけしか見ることができないのだ。

かくして競技盤上には、さらに多くの駒が加わり、ゲームは熾烈《しれつ》なものになってきたが、彼はまだ優位を保っていた。

ミサイルは夜空の奥へと消え去った。この低重力の空をほとんどまっすぐ飛んでいったのだから、そのままではまもなくフォボスから離れてしまうことになるので、K十五号は、次に起こるはずのことを期して待った。数分後、はたして短いロケット炎がきらめき、彼はその飛翔体がゆっくりと向きをかえて引っかえしてくるものと推測した。ほとんど時を同じくして、反対側の遠くの空にも別の炎が光り、いったいこのいまいましい機械がいくつ飛んでいるのだろうと彼は思った。Z級巡洋艦について彼が知るかぎりでは――彼は必要以上の知識を持っていたのだが――ミサイル制御チャンネルは四本のはずで、おそらくその全部が用いられているものと思われた。

突然、すばらしいアイデアが頭にひらめいた。あまりに名案なので本当にうまくいくのかどうか、疑わしくなるほどだった。彼の宇宙服の通話器は、広帯域にわたってチューニング可能であり、そしてどこかあまり遠くないところで、〈ドラドス〉号は、一千メガサイクルかそこらでわめき散らしているというわけである。彼はレシーバーのスイッチをいれ、波長をさぐりはじめた。

すぐに見つかった――あまり遠くないところで、パルス送信器が哀れっぽくしわがれ声をあげている。これは単に低調波をとらえただけのことだが、それで充分だ。指向性は鋭く、かくしてK十五号は、はじめて今後の長期計画を立てることができた。〈ドラドス〉号はみずからを裏切ったわけだ。ミサイルを操っているかぎり、その所在は正確に探知できるのである。

彼は注意ぶかく、その発信源のほうへ移動していった。驚いたことに、信号はフッと途絶え、そしてまた入ってきた。回折帯を通りすぎたためだ、と気がつくまでちょっとの間かかった。もし彼が物理学者だったら、その地帯の幅から何か役に立つことがつかめたのかもしれないが、そこまでは頭がまわらなかった。

〈ドラドス〉号は、地表から約五キロの上空で、陽光を全身にあびていた。その〝無反射性〟塗料は、塗り替え時期を過ぎていたので、K十五号にはその姿がはっきりと見えた。彼はまだ闇の中におり、明暗の境界線は彼から遠ざかりつつあるので、ここならどこにいるよりも安全なことが確信できた。彼は巡洋艦がよく見えるように、ゆったりと腰をおちつけ、誘導ミサイルもこれほど艦の近くへはやってこないだろうと考えて、待機した。〈ドラドス〉号の艦長はそろそろ半狂乱になっているだろうと彼は思った。その考えは適中していた。

約一時間後、巡洋艦は、沼にはまった河馬《かば》さながらの優雅さで、ぐうっと頭を持ちあげはじめた。何がはじまろうというのか、K十五号には、推測できた。スミス艦長は、これからここの対蹠点《たいしょてん》へまわってみるべく、危険な五十キロメートルの航行にかかろうとしているのだった。艦のとろうとしている方向を、彼は注意ぶかく見まもり、それが彼に舷側を向けて落ちついたのを見さだめて、ようやく安堵の息をついた。それから、乗員にとってはあまり愉快ではないだろう 一連の身ぶるいとともに、巡洋艦は動きはじめ、地平線の向こうへと遠ざかっていった。K十五号は、快適な徒歩ペースで——もしそういう言葉が使えるならだが——そのあとを追い、こいつは今まで誰もやったことのない快挙だぞとみずから考えていた。ひと蹴りで一キロメートルも跳躍しながら、彼は艦に追いついてしまわないよう特に注意をはらい、また、ミサイルが接近してくるのを警戒しつづけた。

五十キロの距離を行くのに、〈ドラドス〉号は約一時間かかった。K十五号が計算して楽しんだように、この速度はその巡航速度の千分の一以下になっている。一度は、接線方向にそって空間へとびだしそうになり、また方向転換で時間をつぶすよりはと、電磁砲の一斉射撃でスピードをおとす始末だった。が、ついにその大旅行も終わりを告げ、そしてK十五号も、こっちからは艦が見えるが、艦からは見つからないような岩かげにはまりこんで、第二の監視にかかった。すでにスミス艦長は、彼が実はもうフォボスなどにはいないのではないかという重大な疑念に落ちこんでいるに相違なく、彼はひとつ信号弾でもあげて安心させてやりたいような気がした。しかし彼は、その誘惑をおさえつけた。

そのあと十時間の出来ごとについては、ほとんど説明の要もない。それは、それ以前に起こったことのくりかえしにすぎず、細部にいたるまで大きな違いはなかった。〈ドラドス〉号は、あと三回位置をかえ、K十五号は、巨大な野獣の足跡を追跡する大狩猟家さながらの注意をはらいながらそのあとをつけた。一度、ついてゆくと陽なたに出てしまいそうなので、艦影が地平線のうしろへ沈むにまかせて、その電波だけをきいていたこともあった。しかし大部分の時間、彼は適当な岩かげに身をひそめて、相手を見つづけていたのである。

一度はミサイルが数キロ向こうで爆発し、K十五号は、腹立ちまぎれの操作係が何か面白くない影でも見たのだろうと思った――あるいは、技術員が近接信管をはずし忘れていたのかもしれない。それ以外には、経過を活気づけるような事件は何も起こらず、じっさい、全体としてそれは、むしろ退屈きわまる戦闘だった。時おり、物見だかいミサイルの影が頭上を流れていくのを、彼はほとんど歓迎したいくらいだった。しかるべき物かげでじっと動かずにいさえすれば、見つかる心配はまったくなかったからである。もし彼が、フォボス上の、巡洋艦とはちょうど反対側にいたとすれば、このミサイルからも安全だったろう。そこでは、衛星の影で電波コントロールがきかないからだ。しかし、もしまた巡洋艦が動きだすとしたら、自分がはたしてその安全圏に入っているかどうかをたしかめる有効な方法が何もないことを、彼はよく知っていた。

終幕は、突然やってきた。ふいに巡洋艦の制御ジェットがキラリとひらめき、つづいて主ロケットが、全力推進の華やかな炎を噴きだした。数秒のうちに艦は太陽に向かって縮小してゆき、その姿は、たとえ敗退したにしろ、正当な獲物をとるのをうるさく妨害したこの貧弱な岩の塊りから離れていけることを全身で喜んでいるかのように思われた。何事が起こったのかを知ると同時に、K十五号は大きな平静と安堵の思いにつつまれた。巡洋艦のレーダー室で、誰かが、とんでもない大きな目標がそれも超大スピードで接近してくるのを見たのであろう。K十五号は、宇宙服の標識スイッチをひねって、待つだけでよかった。煙草を一本つけたいと思うほど、彼は余裕たっぷりだった。

「実に面白い話だね」とわたしは言った。「そして、あのリスとの密接な関係も、それでわかった。でも、ひとつふたつ質問があるんだが」

「そうかね？」と、キングマンは、いんぎんに答えた。

わたしはもともと、根掘り葉掘りものごとをたしかめたいほうであり、しかも、この主人役《スト》が、自分ではほとんど話さないが、木星戦争に参加していることを知っていた。わたしは、一か八か、闇の中の遠射を試みた。

「あなたは、そんな戦闘秘話みたいなものについて、どうしてそんなによく知ってるんだ？　あなたがその、K十五号だったんじゃないのかね？」

カースンが、奇妙に苦しそうな唸《うな》り声をたてた。そしてキングマンは、ひどく静かに答えた。

「いや、ちがう」

彼は立ちあがると、銃器室のほうへ歩きだした。

「ちょっと時間がもらえるなら、あの木ネズミめをもう一度狙ってみる。今度はきっと、つかまえられるだろう」そして姿を消した。

カースンは、じっとわたしを見つめ、その視線はこういっているかのようだった。「もうきみは、二度とこの家には招かれまいよ」そして主人役《ホスト》が声のとどかないところへ行ってしまったとき、彼は冷たい皮肉な声で、批判をのべはじめたのである。

「とうとうやっちゃったね。なんと言いわけするつもりだい？」

「いや、まちがいないような気がしたんだがな。あれだけ詳しく知ってるというのは、ほかにどう考えられる？」

「実際のところ、彼は戦争が終わったあとで、K十五号と会ったにちがいないとぼくは思うよ。面白い話しあいだったろうな。ところで、きみは、ルパートが、少佐のままで退役したことを知っているはずだ。軍事査問会議は、彼の立場を認めてはくれなかったのさ。結局のところ、艦隊でもっとも快速の艦の艦長が、宇宙服一丁の男ひとりをとらえることができなかったというのは、まったく理屈に合わない話だからね」

破断の限界

Breaking Strain

小隅　黎　訳

Thrilling Wonder Stories, December 1949

グラントが〈スター・クイーン〉号の航行日誌を、もうちょっとでつけおえようというとき、背後で船室のドアのひらく音がした。わざわざふり向いて見るまでもない――彼のほかに、この船の乗員は、ただひとりしかいないのだ。しかしそのあとなんの気配もなく、マクニールが声をかけもせずはいってもこないので、その長い沈黙にとうとうグラントも好奇心をかきたてられ、水平支持架《ジンバル》のついた椅子ごと、ぐるりとからだをまわした。

　マクニールは、ちょうど入口のところに立っていた――まるで幽霊でも見たような顔つきだ。その使いふるされた比喩は、一瞬彼の心をかすめただけだったが、それがいかに真実を衝《つ》いていたか、そのときまだ彼は気づいていなかった。マクニールは、ある意味でたしかに幽霊を見たのだった――それも、あらゆる幽霊のうちでいちばんおそろしいやつ――自分自身の幽霊を。

「どうした？」グラントは声を荒らげた。

「病気にでもかかったのか？」

機関士は首を横にふった。ひたいからふりおとされた汗のしずくが、すうっと直線の跡をひいて室内をよぎる。ひくひくとのどぼとけが動いたが、しばらくはなんの声も出ない。まるでいまにも、大声で泣きだしそうな様子だった。

やっと、かすれ声で言った。「もう、おしまいです。予備の酸素がなくなっちまいました」

それから本当に泣きだした。まるで芯のない人形のように、彼はくずおれた。が、重力がないため床へ倒れるわけにはいかず、宙に浮かんだまま丸く身をちぢめたのである。

グラントは何も言わなかった。まったく無意識のうちに、彼は吸いさしのタバコを灰皿に押しあて、最後の火の一点が消えるまでこすりつけた。早くも周囲の空気が、重苦しくよどみはじめたような気がする。宇宙航路におけるもっとも古典的な恐怖に、のどもとをぎゅっとつかまれたのだ。

座席についているあいだ、重力があるような錯覚を与えてくれるベルトを、ゆっくりとはずすと、慣れきった身のこなしで、彼はドアのほうへ向かってとびだした。マクニールは、道をあけようともしなかった。ショックに打ちひしがれていることを考慮にいれても、これはあまりな態度だ。グラントは、横をすりぬけざま一喝し、気をたしかに持つように活をいれた。

船倉は大きな半球形の部屋で、中央の太い柱に、長さ百メートルもある亜鈴形の船の、むこう半分を操作する制御盤とケーブルが装着されている。そこには、数多くの荷箱類が、重力の作用をほとんど考慮にいれない三次元の超現実的な配列のしかたで、つめこまれていた。

しかし、その積荷の大部分が消失していたとしても、グラントはそれに気づきもしなかっただろう。めざすものは、エアロックの内扉の近くの壁にとりつけられた、彼の背たけよりも高い、大きな酸素タンクだけだった。

それは、前に見たときと一見なんの変わりもなく、表面のアルミ塗料を光らせ、両端の金属面が、わずかにその中味を示唆するような冷ややかさをたたえていた。周囲のパイプの配列も、そっくりもとのままだ。ごくわずかな点をべつにすれば、何も異常のしるしはない。ただ、内容ゲージの針が、ぴたりとゼロ点をさしてとまっているのだった。

グラントの、その針を見つめる目つきは、昔、悪疫流行のまっ最中のロンドンで、家へもどった男が、自分の家のドアに新たな十字のなぐり書き（病人が出たしるし）を見つけたのと、同じだった。ついで彼は、もしかしたら針がひっかかっているのではないかというはかないのぞみをかけて、そのガラス面を五、六回もトントンと叩いてみた——が、むろん本気でその針の意味するところに疑いを抱いたわけではなかった。本当に悪いニュースは、どうやらつねにたしかな裏づけをともなってやってくるようだ。眉つばなのは、いい知らせにかぎるらしい。

グラントが操縦室にもどったとき、マクニールは自制をとりもどしていた。救急箱が開いているのをチラリと見ただけで、機関士が早くも立ちなおった理由がわかった。彼の口調には、かすかなユーモアのひびきすら感じられた。

「隕石ですな。この大きさの船がやられるのは、百年に一度って話でしたが。これであと九十五年は、当たらずにすむってわけだ」

「しかし、警報機はどうしたんだ？　気圧は正常だぞ——穴があいたはずはない」

「穴じゃないんです」マクニールは答えた。「酸素が、液状を保つために、陽の当たらない側で冷凍コイルを循環していることは、ご存じですね？　隕石は、そいつをぶちこわしたんで、中味が蒸発しちまったってわけです」

グラントは無言で、思考をまとめた。事態は深刻だった——おそろしく深刻だ——しかし、それが致命的とはかぎらない。とにもかくにも、航程の四分の三は、すでに終わっているのである。

「再生機に過負荷をかけてよければ、空気を呼吸可能なようにしておけるんじゃないかな？」希望をこめて、彼はたずねた。

マクニールは首をふった。「こまかい点まで研究したことはありませんが、その答えならわかります。二酸化炭素を分解して、遊離酸素をとりもどすとき、約十パーセントのロスが出る。そのために、予備の酸素を積んでるんですよ」

「宇宙服だ！」ふいに興奮して、グラントは叫んだ。「宇宙服のタンクは？」

考えもせずに口に出したあと、すぐその誤りに気づいた彼は、前よりもよけいみじめな気分になった。

「あのタンクに酸素をためておくことはできません——数日で蒸発してしまうからです。あの中に圧縮しておけるのは、およそ半時間ぶん——緊急の場合、メインタンクにたどりつくだけの量しかありません」

「何かぬけ道はあるだろう——積荷を投げ捨てて、そのぶんを浮かすにしてもだ。推測をやめて、事態をはっきり把握しよう」

グラントがいま感じているのは、恐怖よりむしろ怒りであった。マクニールの悲歎ぶりに腹を立て、この、〝神のみぞ知る百万分の一の事故〟を予測しなかった船の設計者に対して腹を立てた。あと二週間かそこらで最後のときがやってくるだろうが、それまでにはずいぶんいろんなことが起こるだろう。それを思うと、恐怖のほうは、しばらく隅に押しやられていた。

正真正銘の危急にちがいないが、それも、宇宙空間でだけ起こりうる、特殊な期限つきの危急なのである。考える時間はたっぷりある——おそらく、ありすぎるほどだろう。

グラントは、操縦席についてベルトをかけると、メモ帳をとりだした。

「事実を正確にとらえてみよう」彼は、平静をよそおって言った。「空気はまだ船内を循環しているが、再生機をとおってひとめぐりするごとに、その十パーセントが失われる。マニュアルをよこしてくれんか？ ふたりで一日に何立方メートル消費するか、記憶にないのでな」

〈スター・クイーン〉号が隕石にやられるのは一世紀に一度だと、マクニールはひどく大ざっぱな言いかたをしたが、それはいわばやむをえない単純化だった。というのは、その数字のよってきたる因子は多すぎて、三世代にわたる統計学者の研究も、ほとんどこなしきったとはいえず、適用される法則もひどくあいまいなため、いまだにどの保険会社も、内惑星軌道近辺を流星群が疾風《はやて》のように通過するたびに、ふるえあがっているようなありさまだったからである。

もちろんすべては、隕石ということばの意味にかかってくる。地球表面まで到達する宇宙からの石塊一個につき、数百万のもっと小さなそのお仲間が、徐々に大気がうすれてまだ宇宙空間へ移行しない上空——夜な夜な不気味なオーロラが徘徊する幽明の人外境——で、完全に消滅しているのだ。

それら、おなじみの流れ星には、ピンの頭より大きなものはめったにないのだが、それに加えて、小さすぎて消滅のさい目に見えるような光跡も曳かない、数の上ではその数百万倍もに及ぶ粒子が、空から降ってきている。隕石というのは、それらのぜんぶ――かぞえきれぬ塵埃のたぐいから、数少ない石ころくらいのもの、さらには、地球がおそらく百万年に一回遭遇するだろう山のような岩塊にいたるまで——を、ひっくるめた呼び名なのである。

宇宙航行の立場から、隕石が問題になるのは、それが船を貫通したとき、危険なほど大きな穴を残す場合にかぎられる。これは、隕石の大きさだけでなく、船との相対速度にも関連してくる。太陽系内の各空域における、およその衝突回数を示す数表——それは、最低数ミリグラムにいたる隕石の大きさも示している——が、すでにできあがっていた。〈スター・クイーン〉号にぶつかったのは、いわば巨人族の、直径一センチ近く、重さは十グラムほどもあるやつだった。表によると、そういう怪物との衝突は、十の九乗日のオーダー——つまり約三百万年に一度となっていた。人間の歴史がつづくあいだに、こういうことは二度と起こらないだろうが、かといって、それでグラントとマクニールの気が休まるものでもなかった。

だが、事態はもっと悪くなりそうだった。〈スター・クイーン〉号は、すでに出航後百十五日間を軌道上ですごしており、残りの航程は三十日にすぎない。船は、あらゆる貨物船がやっているとおり、地球と金星の軌道に太陽に対して反対側で接する長楕円軌道にそって飛んでいた。高速の客船などは、その三倍の速度で――そして十倍もの燃料を消費して――惑星から惑星へ、両者の軌道をななめに突っ切って飛ぶ。が、この船は、路面電車のように、毎度百四十五日かそこらをかけて、きまりきった軌道上をたどっていかなければならないのだ。

二十世紀初頭に空想された宇宙船から考えると、〈スター・クイーン〉号は、およそ似ても似つかぬ恰好をしていた。船を構成しているのは、直径それぞれ五十メートルと二十メートルのふたつの球体で、それを長さ約百メートルの円筒がつないでいる。全体の形状は、マッチの軸とプラスティック粘土でつくった水素原子の模型に似ていた。乗員と積荷と操縦機構が大きいほうの球におさまり、小さいほうの球には原子力モーターやその他の――婉曲《えんきょく》にいえば――生命あるもの立入禁止の品々がつまっている。

〈スター・クイーン〉号は、宇宙空間で建造されたもので、月面からでさえ自力で飛びあがることはできない。そのイオン推進装置をいっぱいにふかしたときの加速度は、二十分の一Gにすぎないが、その加速度一時間ぶんで、船を地球の衛星軌道から金星のそれへ移すには、こと足りるのだ。

惑星表面から積荷を投げあげるのは、もっと小さい強力な化学ロケットの仕事である。一カ月後には、金星から、その種の艀《タッグ》が迎えにあがってくるわけだが、乗員を失った〈スター・クイーン〉号は、そこで停止することができず、そのままの状態で軌道にそって金星を秒速数マイルで追いこし——そして五ヵ月後にはまた、地球の軌道へもどっていくことだろう。もっとも、地球自身は、そのときには、ずっと遠く離れたところにいるわけだ。

解答の如何《いかん》に生命がかかっているという場合、簡単な足し算にどのくらい時間がかかるかは、おどろくほどだった。グラントは、わずか数段の計算を、六回もやりなおしたすえ、ようやくその総和がもしや変わりはしないかという希望を投げ捨てた。それからすわりこむと、いらいらした表情で、パイロットのデスク面の白いプラスティック板に、数字をなぐり書きした。

「できるだけ節約するとして、約二十日は保《も》つ。つまり、金星までは、あと十日ほど——」その声がとぎれ、沈黙が流れた。

十日というと、たいしたことはないように聞こえる——だがそれが十年だったとしても同じことなのだ。グラントは皮肉な気持で、小説やラジオの連続ドラマでこういう状況を設定した三文作家のことを、つぎつぎと思いうかべていた。それら紙上の英雄の創造者たち——その中で月より遠くへいったものはほとんどいなかったが——によると、こういう場合に起こりうることは三つあるようだ。

いちばんまともなのは——ほとんどおきまりの成りゆきだが——船をみごとな温室ないしは水耕農場に変貌させ、光合成で補いをつけるという解答だろう。それに代わるものとしては、主人公が化学上もしくは原子物理学上の奇蹟をなしとげ——長たらしい技術上の説明まで加えて——酸素製造プラントをつくりあげ、自分の——そしてむろんヒロインのも——生命を救うばかりか、途方もない発明特許をものにするといった解決法が考えられる。第三の、いささかご都合主義的な解答は、たまたま航路と速度がぴったり合った別の宇宙船が来あわせるという筋書きである。

しかし、それらはいずれもフィクションの世界のことで、現実ではいささか事情がちがっていた。第一案は理論的にはたしかにそのとおりだが、〈スター・クイーン〉号は、雑草の種ひと包みすら積んでいない。大発明コースについていうなら、たったふたりの男が——いかに優秀で、いかに死にものぐるいだろうと——数日のうちに、過去一世紀間に何十もの大きな研究機関がなしとげた結果に改良を加えるなど、とてもできそうにない。

宇宙船が〝たまたま来あわせる〟ということも、ほとんど決定的に不可能だった。たとえ別の貨物船が、同じ楕円軌道上にのっていたにしろ——しかもそんな船が一隻もいないことはグラントにもわかっていたが——まさにその船の動きを支配する法則そのものによって、その二隻は最初の距離をそのまま保ちつづけることになる。双曲線軌道にのった高速客船が、数十万キロ以内を通りかかることが、ありえないとはいえない——が、そのスピードの差は、ここと冥王星との距離にも匹敵するくらい、どうしようもないものなのだ。

「積荷を捨てたらどうでしょう」ついに、マクニールがいいだした。「それで、軌道を変えるのぞみはないですか？」

　グラントは、かぶりをふって答えた。

「そうだといいが、だめだろうな。その気になれば、一週間で金星へ到達できる――だがそうすると、減速用の燃料がなくなっちまうんで、惑星のほうからは、通り過ぎていく本船をつかまえることができん」

「高速船を使っても？」

「ロイドの登録簿によると、いま金星にいる高速船はたった二隻だ。いずれにしても、その作戦は実際上不可能だな。救助船がこっちの速度に合わせたとして、そのあとどうやって引っかえす？　総計秒速五十キロぶんの噴射が必要なんだぞ！」

「われわれがどうしようもなくても、金星側の誰かが思いついてくれるかもしれない。とにかく先方へ伝えたほうがいいでしょう」

「そのつもりだよ。言うべきことが決まりしだいな。通信機の準備をしてくれんか？」

　マクニールが部屋から漂い出ていくのを、彼はじっと見まもった。おそらくあの機関士は、このさき何日かのうちに、何かトラブルをおこすだろう。これまでのところ、ふたりはうまくやってきた――恰幅のいい男にふさわしく、マクニールは気立てのいい、呑気な人柄だ。だが今やグラントは、彼に筋金が一本ぬけていることを知ったのだ。彼はすっかり萎《な》えきってしまっている――肉体的にも精神的にも――あまりにも長いあいだ宇宙で過ごしたせいにちがいなかった。

通信機のスイッチボードでブザーが鳴った。船殻から外へつき出た放物面鏡が、わずか一千万キロかなたで、船とほとんど平行な軌道を動いている、きらめくアーク灯のような金星に向けられた。船の通信機が出す三ミリ波は、三十秒ちょっとでそこへとどく。救いの手がわずか三十秒向こうにあると思うのは、よけいにがにがしい気分だった。

金星の自動モニターが、きまりきった〝受信用意よし〟の合図を返してくると、グラントは、しっかりした口調で、つとめて冷静を保ちながら、話しはじめた。現状を注意ぶかく分析して伝え、助言を求めて、話を終えた。マクニールの行動が気になることは、口に出さなかった。ひとつには、機関士が通信機をモニターしていることを知っていたせいもある。

今のところ金星では誰も、このメッセージを聞いてはいなかったようだ。通信のタイムラグは、もう過ぎている。通信は、録音機のスプールに巻きとられたままなのだ。が、数分のうちには、当直士官が、どんな内容かも知らずに、それを流してくれるはずであった。

その士官は、それが、人間の住むあらゆる惑星で、テレビと電送新聞が一大合唱をまきおこすような同情の連鎖反応の引き金となる、爆弾的ニュースだとは、思いも及ばないだろう。宇宙空間での事故というやつは、他のあらゆる事項を第一面から締めだしてしまうほど、ドラマチックな性格をもっている。

現在までのところ、グラントは、自分の身の安全にかまけていて、積んでいる貨物のことは、さほど念頭になかった。その態度は、何よりまず船の安全を考える古代の海の船長族に、ショックを与えるものだったかもしれない。しかし、グラントの側にしてみれば、これにも自分なりのいいぶんがあった。

〈スター・クイーン〉号は、沈没などしようがないし、海図にない暗礁にのりあげたり、あるいは人間の及び知らぬ理由で多くの船が消えてしまったように、音もなく消滅したりすることも、絶対にありえないのだ。乗員がどんなことになろうと、船だけは無事に残る。よけいな邪魔さえはいらなければ、船は自分の定められた軌道を、以後何世紀にもわたって、人間がそれを暦に使うことができるくらい正確にたどりつづけるはずなのである。

ふいにグラントは、船の積荷に二千万ドル以上もの保険がかけられていることを思いだした。ある惑星から他の惑星へ運搬しなければならぬほど価値のある品物が、そう多いわけではないが、船倉内につめこまれている荷物の大部分は、その重量と同等――あるいはむしろその容積でもいいが――の金塊以上の値打ちをもっている。この危急にさいして、何か役に立つものがないかと、グラントは保管庫をあけて、積載目録をひっぱりだした。

その、薄いが丈夫なページをめくっているところへ、マクニールが部屋にはいってきて、報告した。

「気圧を下げるようにしました。船体に洩れがあるようなので。いつもなら全然問題にならない程度なんですが」

グラントは、うわの空でうなずきながら、手にした書類をマクニールに渡した。

「これが積荷の一覧表だ。この中に何か役に立つものがないか、ふたりとも目をとおしておくことにしよう」

それがなんの役に立たなくても、少なくともおたがいに気をまぎらせる材料になる、と彼は心の中でつけ加えていた。

ずらりと並ぶ番号つきの項目の列――惑星間貿易の完璧な一断面――に目を走らせながら、グラントはわれ知らず、それらの非情な記号の背後にあるものに思いを馳せていた。

〝三四七番――書籍一冊――包装共四キロ〟

それに一万ドルの保険つき貴重品を示す星印がついているのを見て、思わずヒュウと口笛をならしたが、同時に、ヘスペリア博物館が先ごろ『知恵の七柱』(T・E・ロレンスのアラビアでの冒険を語った著書)の初版本を購入したことを、彼は思いだした。

その数ページさきには、これと対照的な項目があった。〝各種書籍――二十五キロ――価格ゼロ〟

これだけの本を金星へ運ぶ費用は、ちょっとしたひと財産にあたるのだが、それでもこの荷物は〝価格ゼロ〟なのだ。グラントは、それについて、いろいろ想像をたくましくしてみた。たぶん誰か、永久に地球を離れる人物が、彼のもっとも大事な宝もの——自分の心の糧《かて》となった十冊かそこら——を、新世界までたずさえていこうというのだろう。

〝五六四番——フィルム十二巻〟

これはもちろん、ネロの暴虐を扱った超大作『ローマ炎上』だろう。検閲官にひと足先んじて地球を離れたこの作品を、金星は熱狂的に待ちこがれているところなのだ。

医薬品——五十キロ。葉巻一ケース——一キロ。精密機械——七十五キロ。そんなぐあいに、リストはつづいていた。どの品物も、貴重品か、あるいは歴史の浅い金星の文明がまだ生産できないたぐいのものであった。

総じて積荷は、二種類にはっきりと分類できるようだ——おそろしくぜいたくなものと、絶対必需品とである。その中間に位置するものは、ほとんどない。そして、グラントに何か希望を与えてくれるようなものは、まったく、ひとつとしてなかった。こんなはずはない、という理由などありはしないのだが、彼はやはり、無意味な落胆を感じないわけにはいかなかった。

ついに金星からの応答が到着したが、それはレコーダーにかけるとほとんど一時間ぶんほどもあった。その内容は、おそろしく詳細にわたる質問で、グラントは、いったい息のあるあいだにその全部に答えることができるだろうかと、うんざりした気分になった。質問の大部分は、船に関する技術上の事項であった。ふたつの惑星の専門家が、脳味噌をあつめて、〈スター・クイーン〉号とその積荷を救おうとしているのだ。

「これはいったい、どういうことだろうね？」そのメッセージをかけおえたマクニールに、グラントはたずねた。機関士に、これ以上緊張の徴候が出ないかと、彼はじっと様子を見まもっていた。

マクニールが口をひらくまでに、ずいぶん長い時間がかかった。が、やがて、ふと肩をすくめるようにして発したひと言は、まさにグラントの考えていたことそのままだった。

「忙しい目にあわされますな。まる一日かかっても、このテスト全部をやることはできない。だいたいのところは、何を目的の質問かわかりますが、中にはまったくわけのわからないものもまじってる」

グラントが予測したとおりの答えだ。が、彼が口をはさまないうちに、相手は言葉をつづけた。

「漏洩の割合――これはわかるけれど、どうして放射能遮蔽の効率まで知りたがるんだろう？　結局、彼らは、何か救助の方法があるようにみせかけて、われわれの士気を維持しようとしてるんだ――さもなければ、忙しい目にあわせて、くよくよ考える時間をなくさせようっていうのかな」

マクニールの平静さに、グラントは、ほっとした。が、それと同時に、苛立ちをも感じた――ほっとしたのは、もっと別の局面になることをおそれていたからだし、苛立ちを感じたのは、マクニールの反応が、彼の予想していたどんな心理タイプにも、すっきりとあてはまらないものだったからである。あの最初のときの醜態が、はたしてこの男の本性なのか、それとも、あれは別人だったのだろうか？

グラントは、周囲のあらゆるものにはっきり黒白をつけておきたいほうなので、マクニールがいったい卑怯なのか勇敢なのか決められないことが、ひどく気にさわった。彼がその両方である可能性など、彼にはまったく思いもよらないことであった。

宇宙航行には、人間の、それ以外のどんな経験でもおきかえることのできない、時間感覚の喪失がともなう。月面上ですら、太陽がゆっくりと空を横切っていくにつれて、影が、岩から岩へと、のろのろ這うようにではあるが移動していく。地球に向いた側では、つねに回転している大きな球体が、その大陸を指針がわりにして、時計の役を果たしている。しかし、ジャイロで向きを安定させた船による長期の航行では、クロノメーターがきざんでいる日付と時刻の読みを無視するかのように、壁や床にうつる陽ざしの形はいつも同じなのである。

グラントやマクニールは、もうはるか以前に、生活をそれに慣らしてしまっていた。宇宙のまっただ中では、ふたりとも動作や思考がおそろしくものぐさになるが、航路の終わりが近づいて、減速操作の時期がやってくると、その気配はあとかたもなく消えてしまう。

彼らは今や死刑を宣告された身なのだが、それでも、おなじみの習慣からは離れられなかった。

毎日グラントは、注意ぶかく日誌をつけ、船の姿勢をチェックし、その他さまざまな日課をかたづけた。マクニールも、とにかく正常に振舞っているといえたが、グラントは、どこかの保守作業がなおざりになっているのではないかという疑念を捨てきれないでいた。

隕石の衝突から三日後のことである。この二十四時間というもの、地球と金星は協議をつづけており、グラントにしてみれば、いったいいつになったらその長評定の結果が聞けるのだろうかと、うんざりしていた。太陽系最高の技術陣が知恵をしぼっても、今のふたりを救うことができるとは、とうてい考えられなかったが、何もかもが一見正常で、空気もまだ新鮮である以上、希望を放棄するのはむずかしいことだった。

四日目に、金星がふたたび呼びかけてきた。技術陣の誇りをかなぐり捨ててそれが伝えてきたメッセージは、まさしく葬送の辞以外の何ものでもなかった。グラントとマクニールの名はもう過去帳にはいっているのだが、それでも彼らは、積荷の保守に関して、念入りな指示を与えられた。

いっぽう地球では、天文学者たちが、数年のうちに〈スター・クイーン〉号と接触できるような、あらゆる救助軌道を計算にかけていた。六、七カ月後、船が遠日点に達したときにつかまえることすらできそうだったが、それは、積荷いっさいなしの高速船で莫大な燃料を費して、ようやく可能な方法であった。

マクニールの姿が消えたのは、その通信がとどいて間もなくだった。はじめ、グラントは、いくらか救われたような気分になった。もしマクニールが、自分のことにかまけているなら、それはそれでかまわない。それに、手紙をいくつも書かなければならぬ——たとえ、遺言執行が、ずっとあとのことになるとしてもだ。

〝夕方〟の食事の準備はマクニールの担当で、胃を大事にしている彼は、その役割を楽しみにつとめていた。厨房からのいつもの音が聞こえてこないことに気づいて、グラントははじめて部下をさがしに出かけた。

マクニールは、自分の寝棚で、太平楽をきめこんでいた。かたわらの空間には、乱暴にこじあけられた金属の大きな荷箱がうかんでいる。近くへよって、その中味をたしかめるまでもない。マクニールの様子をひと目見ただけで、もう充分だった。

「この絶品を、チューブですすらなきゃならんとは、情けない話ですな」機関士は当惑の気配もなく言ってのけた。「ちゃんとした飲みかたができるように、ちょいとばかりGをかけることができませんかね？」

グラントは、怒りと侮蔑をこめてにらみつけたが、マクニールは、平然と視線をかえした。

「しぶい顔するなって！　あんたもどうです――この期《ご》に及んで、どうってこたあないでしょうが？」

マクニールがちょいと押してよこした瓶を、グラントはすばやくうけとめた。信じられぬほど高価なワインだ――いまその送り状のことを思いだした――この荷箱ひとつで、何千ドルとするにちがいない。

グラントは、きびしい口調で答えた。「豚みたいなまねをする必要は認めんぞ――いくら場合が場合でもだ」

マクニールは、まだ泥酔してはいなかった。やっと酩酊の一歩手前で陽気になっているところで、周囲の暗い現状と完全に接触を失ったわけではなさそうだ。

「わたしのやりかたに文句があるなら、いつでも聞きましょう」おそろしく生まじめな口調だった。「この行動には、りっぱな意味がある。しかし、お説教するつもりなら、早めに、わたしがまだ理性をなくさないうちに、やってくださいよ」

彼が飲物用チューブを手にすると、紫色の液体が、彼の口の中へ、しゅっととびこんだ。

「これが、おそかれ早かれ回収される会社の所有物に対する窃盗行為であることは、さておくとしてもだ――きみだって、何週間も酔っぱらいつづけているわけにはいくまいが」

「やってみなきゃ、わからんでしょう」マクニールが、考えぶかげに言った。

「わかるとも」グラントはきめつけた。壁につかまって、荷箱をぐいとひと押しすると、それは開いたままの入口をぬけてとんでいった。

そのあとを追って、バタンとドアをしめた彼の耳に、マクニールのわめく声がひびいてきた。

「いやあ、なんてきたないまねしやがる！」

酔いがさめて出てくるまでには——ことに現在の状況下では——かなり時間がかかるだろう。グラントは、荷箱を船倉にもどし、ドアに錠をおろした。船が航行中、船倉をあける必要はないので、マクニールは鍵をもっていないはずだから、グラントとしては、操縦室にある予備の鍵をかくしてしまえばいいわけである。

しばらくたって、グラントがマクニールの部屋の前を通りかかると、歌声が聞こえた。まだ二本の瓶をかかえて、わめいている。

　どこへ酸素が消えようと、ままよ、
　酒にまじりさえしなけりゃね……
　　（G・K・チェスタートン「酒と水とノア」より。原文では〝酸素〟でなく〝水〟で、ノアは洪水のあとの夕食のたびにそうつぶやいたという話）

技師としての教育しかうけていないグラントには、それがなんのもじりかわからなかった。ちょっととまって聞いているうちに、彼は突如ある衝動にかられたが、公正を期していうなら、彼はその感情の正体に、そのときはまだ気づいていなかったのである。

それは、やってきたときと同じく、あっという間に消えてしまった。そして彼は、このときはじめて、自分のマクニールに対する不快感が、徐々に憎悪に転じつつあることをさとったのだった。

宇宙航行にさいし、厳密に心理学的な理由から、長期航路の乗員は三人を下限とすることが、基本的な規則として定められている。

しかし規則とは、破られるためにあるものだし、〈スター・クイーン〉号が正規の船長をのせずに金星へ向け出発したとき、船主は宇宙行政評議会と保険会社の両方から、ちゃんとした許可をとりつけていたのだった。

まぎわになって、船長が病気になり、交替要員も得られなかったのだ。惑星の運行は、人間やその事情には、なんの考慮もはらってくれないから、いま出航しなければ、もう出番はないことになる。

何百万ドルもの金のからんだ仕事だ——だから出航したのだった。グラントもマクニールも、能力にかけては申しぶんないし、わずかに余分の仕事をひきうけることで給料倍増しという条件には、なんの異議も唱えなかった。気質がまったくちがうというのに、このふたりは、通常の状況下でなら、充分うまくやっていけた。その状況が、通常からすっかりはずれてしまったのは、誰のせいでもない。

三日間食物がないだけで、文明人と野蛮人のあいだをへだてる微妙な差異をとりはらうには、充分だと言われる。グラントとマクニールは、まだなんの肉体的な不快も味わってはいない。しかしふたりとも、想像力が旺盛すぎるため、たがいに許しあえないこと、カヌーで漂流する腹をへらした南太平洋の島民ふたりと、もはやなんのかわるところもなかった。

つまり、現状に対するひとつの見かたがすでにあり、しかも、何より重大なことは、それがこれまで一度も口に出されなかったという点にあった。グラントがメモ帳の数字の列を、再三再四チェックしたときにはまだ、その計算は不完全なものだった。が、ふたりとも即座にその先を読み、そして同時に、口には出せぬ同じ結論に達していたのである。

ひどく単純なことだ──それは、初級の算術、「もし六人の人が二日間で五台のヘリコプターを組み立てるとしたら、三人では……」云々《うんぬん》といった問題の、おぞましいパロディであった。

酸素の量は、ふたりで二十日間、そして金星へ到着するには三十日かかる。わざわざ計算してみるまでもなく、ひとりなら、そしてひとりだけが、生きてヘスペルス宇宙港の金属製の街路を踏むことができることは、自明の理である。

公式の生存期限は二十日間だが、じつはどちらも口に出さぬ本当の期限は、わずか十日にすぎない。そのときまでなら、空気はふたりぶんある──そしてそれ以後は、ひとりしか生きて航行をつづけるわけにはいかないのだ。充分に隔離された観察者からみれば、この事態は、興味津々たるものだったろう。

たがいに、そう長く口をつぐんでいられないことは、明らかだった。しかし、どんなに仲のいい間柄だろうと、ふたりの男が、友好的に、どちらが自殺するか決めるというのは、容易なことではない。ことに、ふたりの会話がとだえてしまっている今、それはさらに困難だった。

グラントは完全にフェアでありたいと願った。したがって、彼にできるのは、マクニールがしらふにもどって、その質問をぶつけてくるのを待つことだけだった。デスクについているほうが考えごとをしやすいので、彼は操縦室へいって、操縦席に腰をおろし、ベルトをしめた。

しばらくのあいだ、彼はじっと何もない宙の一点を凝視していた。手紙で問題を切りだすのがよかろう、と、彼は心をきめた。とくに現状は、外交儀礼が必要だ。彼はメモ帳から紙を一枚破りとって、その仕事にとりかかった。最初、格式ばった文章で書きだしてみたが、すぐその紙を破り捨てると、くだけた調子で〝マクニール君――〟とはじめることにした。

書きあげるのに、まるまる三時間もかかったが、それでも満足のいく出来ではなかった。書き記すのがどうしても困難なことが、いくつかあった。しかし、どうにかこうにか、彼はその手紙を書きおえた。

手紙に封をし、金庫にいれた。あと一日か二日、待つだけだった。

地球と金星で、結果やいかにとかたずをのんでいる何億もの人びとの中でも、〈スター・クイーン〉号上で徐々に醸しだされている緊張状態のことに気づくものは、ほとんどいなかっただろう。数日間、新聞もラジオも、幻想的な救助計画をつぎつぎに発表した。三つの惑星では、ほかの話題など入りこむ余地がないくらいだった。だがその各惑星をあげての騒ぎも、原因となったふたりの男には、ほとんど伝わってこなかった。

金星の通信基地は、いつでも〈スター・クイーン〉号に呼びかけることはできたが、言うべきことが何もなかった。死刑囚監房にいる男に、体面をつくろって激励のことばをかけることなど、たとえその執行の期日がはっきりきまっているわけではないにしろ、できるものではない。

で、金星側は、毎日きまりきったメッセージを送ることに満足し、地球からとめどもなく流れこんでくる勧告や新聞の提案のたぐいを、いっさい締めだしていた。そのため、地球上の民間放送局は、直接〈スター・クイーン〉号に連絡をつけようと、必死になっていた。その試みが失敗に終わったのは、たまたまグラントとマクニールが、いまやのどから手が出そうなほど近くに見える金星以外の方向へアンテナを向けることを思いつかなかったからにすぎない。

ひとさわぎ終わったあと、マクニールは部屋から出てきたが、とくに親密さをとりもどしたとはいえないまでも、〈スター・クイーン〉号の船内生活は、これで一応旧状に復した。

グラントは、起きている時間のほとんどを操縦席で過ごし、接近操作の計算をしたり、妻への長い長い手紙を書いたりしていた。彼は妻と直接話しあうこともできたし、話したい気持もあったのだが、何百万もの耳がその会話を聞くことを思うと、あえて話す気になれなかった。惑星間交信回路は、当事者だけのもので、公開されないたてまえになっている――が、今度の場合、関心を持っている人間の数が多すぎるようだ。

きょう明日じゅうには、手紙をマクニールに渡し、どうするか決着をつけよう、とグラントは決意した。あまりおそくなると、マクニールに先をこされるおそれがある。それなのに、ぐずぐずしているのには、もっとべつの理由があることを、グラントの表層意識は、まだ認めていなかった。

マクニールはどうやって時間をつぶしているのだろうと、彼は時おり考えた。機関士は、マイクロフィルム・ブックの豊富な蔵書をもっている。その読書範囲は広く、異常なほどなんにでも興味を示すほうである。グラントが知るかぎり、彼のお気に入りの本は『ジャーゲン』（J・B・キャベル作、一九一九年当時としては大胆な性描写で物議をかもした）で、おそらくいまも、その魔力によって目前の破滅から気をまぎらせようとしているものと思われた。それ以外、マクニールの蔵書には見るべきものが少なく、〝猥本〟に分類されるたぐいのものも、二、三にとどまらなかった。

結局のところマクニールの個性のややこしさ、複雑さが、グラントの理解をこえていたということだろう。彼は快楽主義者で、毎度数ヵ月間も人生の楽しみから切り放されるだけに、ますますそれを追究するようになっていた。しかし彼は、決して、想像力不足でどっちかといえば禁欲的なグラントが頭に描いているような、道徳上の失格者などではなかった。

最初のショックで、彼が虚脱状態に陥ったのは事実だし、またワインに酔っての振舞いが——グラントの基準からすれば——非難に値するものだったこともたしかだ。しかし彼は、そこで一度挫折を味わったのち立ちなおっている。そこに彼と、剛直だがそれだけもろいグラントとのちがいがあった。

すでに暗黙の了解によって、きまりきった日常業務は再開していたが、それも、ふたりのいきちがいをもとへもどす効果はほとんどなかった。グラントとマクニールは、食事どきにいっしょになる以外、できるだけ相手を避けていた。顔を合わせると、ふたりとも、ことさら礼儀正しく振舞って、たがいに正常であることを誇示しようとし——そして、どうしようもないほどそれに失敗していた。

グラントは、マクニールのほうから自殺の話を切りだして、自分のおそるべき義務を肩がわりしてくれないだろうかと願うようになった。機関士に、そのたぐいのことをする気配が全然ないことが、グラントの恨みと侮蔑を、さらに大きくした。もっと悪いことに、彼はこのところ悪夢にうなされて、ろくに睡眠をとっていなかった。

その悪夢は、いつも同じだった。子供のころ、よく、就寝時にすごく面白い話を読んでいて、とうてい翌朝まで待てないことがあった。そこで、見つからないように掛け毛布の中へ懐中電灯を持ちこみ、白いまゆのようにぬくぬくとくるまって読みつづけたものだった。十分かそこらごとに、空気が汚れて息がつまりそうになると、毛布をはねのけておいしいつめたい空気をむさぼるのも、大きな楽しみのひとつであった。

それから三十年も過ぎたいまになって、その無邪気な子供時代の思い出が、彼を悩ませにもどってきたのである。夢の中で彼は、息づまるような毛布をはねのけることができず、空気が刻々と無情に汚濁してくるのだ。

二日後、彼はマクニールに手紙を渡そうとしたが、なんとなくまた引っこめてしまった。こういう延引は、まったくグラントらしくないことだったが、それには立派な理由があるのだと、彼は自分を無理に納得させた。

彼は、マクニールに、名誉回復の――みずから問題を提起することで、卑怯者でないことを証明する――チャンスを与えるつもりだった。マクニールのほうも、まったく同じことを考えているかもしれないということは、どういうわけか、ついぞグラントの頭には浮かばなかった。

　まさしく文字どおりの最終期限《デッドライン》が五日後にせまったとき、はじめてグラントの心を、かすかな殺意の翳がよぎった。ちょうど〝夕方〟の食事のあと、彼が苦労してくつろごうとしているのに、マクニールは厨房で、わざとらしくがちゃがちゃ音を立てている、と、彼は感じたのだった。

　あいつが世のためなんの役に立つのか？　責任もなく、家族もいない――彼が死んだところで、それ以上何も悪くなりはしない。かたやグラントのほうには、妻と、またどういうわけか義務的な親愛の情しか示してはくれないが、それなりにかわいい三人の子供がいる。

　公正な裁判官なら、なんの苦もなく、どちらが生きのびるべきか裁決してくれるだろう。もし、マクニールに、品位のかけらでもあるなら、彼とて同じ結論に達しているはずだ。それらしいそぶりを少しも見せない以上、彼は、自分がそれ以上の考慮に値する資格を、みずから捨て去ったことになる。

　以上が、グラントの意識下にあった論理の骨子で、前の日にもう答えは出ていながら、いまになってようやく彼は、求めてやまなかった下意識をさぐりあてたのである。だが、グラントのために弁護すると、彼は恐怖に身ぶるいして、ただちにその考えを心の中から追いはらったのだった。

彼はきわめて厳格な行動規範を持った、高潔で尊敬に値する人物だった。一応〝正常〟人と分類される程度の、とりとめのない殺人衝動すらも、彼の心に現れることは稀であった。しかし、残された数日――それも極度に限られた――のあいだに、その出現の頻度は、徐々に高まっていった。

すでに空気は、はっきりそれとわかるほど汚れはじめていた。実際に呼吸困難を感じるほどではなかったが、それが常時、今後のなりゆきを思い出させ、グラントは眠れなくなっていることを感じた。おかげで悪夢を見ることもないので、これはまったくの損害とはいえなかったが、彼はもう肉体的にまいりかけていたのだ。

神経のほうも急速に劣化し、おまけに、マクニールがいかにも平静を保っていることへの意外さと苛立ちとで、事情をさらに悪化させた。対決をこれ以上遅らせるのが危険な段階まで、自分がきていることを、グラントは明確に感じとった。

グラントが一生分にも思えるむかしに操縦室の金庫にしまった手紙を取りにいったとき、マクニールはいつもどおり自室にいた。手紙を手にしたグラントはさらにつけくわえることはないか、と考えていた。そこで、自分がたんに時間稼ぎのためにそんなことを考えているのだと気づき、いやいやながらマクニールの部屋に向かった。

たった一個の中性子が、連鎖反応の口火を切り、一瞬のあいだに数百万の人命と、何世代もの成果を烏有《うゆう》に帰してしまう。それと同じように、目立たぬ小さなことが引き金になって、ひとりの人間の行動を変え、以後の運命を大きく狂わせることもある。

グラントを、マクニールの部屋の外の廊下にひきとめたものも、まったくこれ以上もないほど些細なことだった。ふだんなら、それと気づきもしなかったろう。それは、喫煙の――そう、タバコの煙のにおいだった。

この遊び好きの機関士は、自制力のかけらもなく、貴重な酸素の最後のストックを、こんなことに無駄使いをしている、という思いが、グラントの心に烈火のごとき怒りを湧きたたせた。激烈な感情のため、一瞬彼は、全身が麻痺したようになった。

彼はゆっくりと、一度書いた手紙を丸めて捨てた。はじめは受けいれる余地のない邪念と思われ、ついで時たま考慮にいれていた考えが、ついに全面的な承認を得ることとなった。マクニールは、充分なチャンスが与えられたにもかかわらず、みずからの驚くべき身勝手さによって、考慮に値しないことを証明したのだ。よろしい――死ぬがいい。

グラントが、どんなにいそいそと、その結論にとびついたかは、どんな駆けだしの心理学者でも、容易に見とおせただろう。マクニールの部屋の前を離れる彼の心には、憎悪よりむしろ安堵感があった。名誉にかけて、両者公平に生存のチャンスを与えるような方法を提案する必要がないことを、彼は前から、なんとかして自分に納得させたかったのである。

これこそは、彼の求めていたいいわけであり、彼は自己の良心をなだめるために、それにすがりついた。殺人を計画し、それを遂行することさえ、できないではないが、グラントは、それを自己の倫理規範に合わせて行なわなければならぬたぐいの人間だったのだ。

それにしても彼は――これが最初ではないが――マクニールをひどく見そこなっていた。機関士は猛烈なタバコ好きで、ふだんの場合でさえ、心の潤滑のためには、タバコが必需品だった。それがいかに欠かせないものかは、タバコなどたまにふかす程度で、さほどうまいとも思わないグラントには、とうてい思いも及ばぬところであった。

マクニールは、注意ぶかく計算して、一日四本までなら、船の酸素の保《も》ちにはほとんど影響はなく、いっぽう自分の神経にも、ひいてはグラントに対しても、間接的に大きなプラスになるはずだと結論していたのである。

しかし、そのことをグラントに説明してみてもはじまらない。そこで彼は、こっそりと吸うことにし、みごとなほどの自己規制で、それを守りつづけていた。グラントがその一日四本のうちの一本に気づいたのは、まったく不運というほかなかった。

殺人を犯すことに心をきめたばかりの人間としては、グラントの行動は驚くほど組織的だった。なんの迷いもなく、彼は操縦室へとってかえし、宇宙で出会うあらゆる危急の場合に備えて、きちんとラベルにより区分されている医療戸棚をひらいた。

極限の場合も考慮にはいっていたようで、彼は保護バンドの下に、目あての小瓶を見つけだした。この数日来、心の底の未知の深奥に、その形がたゆたっていたものだった。頭蓋骨と尺骨のぶっちがいになったマークがついており、そのラベルの下半分に、〝約半グラムで瞬間的な安楽死をもたらす〟という説明文があった。
苦痛のない即死――けっこうだ。しかし、もっと重要なのは、そのラベルの説明にない事実であった。その毒薬は、無味無臭なのだ。

グラントのつくった食事と、マクニールが腕をふるってしつらえた料理とのちがいは、まさに歴然たるものがあった。食べることに興味のある人間なら誰でも、長期間宇宙に出ていると、自衛上、料理の腕を身につけるようになる。マクニールは、はるか昔に、その段階を卒業していた。

いっぽうグラントにとって、食うことは、必要だが面倒な仕事で、できるかぎり手早くすませるにこしたことはないもののひとつだった。彼の料理が、まさしくその見解を反映している。マクニールは、もうそれに文句をつけることはあきらめていたが、今回の食事にかぎってグラントが必死で腕をふるっているのには、大いに興味をそそられた。

食事が進むにつれて、グラントがそわそわしはじめるのに、マクニールは気づいたとしても、何も言わなかった。ふたりとも黙りこくったまま食べおえたが、もはや軽口をたたく余裕も失せて久しいふたりにとって、それは異常でもなんでもなかった。最後の皿――

中味がこぼれぬよう縁が内側へ曲がった深い椀――がからになると、グラントはコーヒーをいれに、厨房へ立っていった。

それにかなり長い時間がかかった。というのは、その最後のときになって、まことにいらだたしくも馬鹿馬鹿しいことが起こったからである。彼は、突然、前世紀につくられた古典映画の一場面――あの伝説的な名優チャーリー・チャップリンが、気にいらぬ細君を毒殺しようとして、うっかりグラスをとりちがえてしまう――を思いだしたのだった。

このさい、これほど迷惑な記憶もなかった。襲ってきたヒステリックな笑いの発作を、彼は身をふるわせながらおさえつけた。慎重に形成された自己規制の教条に反抗することを喜びとする悪魔、ポーの「あまのじゃく《インプ・オヴ・パーヴァース》」（一八四五年作）が動きだしたわけで、グラントが自制をとりもどすには、かなりの時間がかかった。

少なくとも表面上は、完全に平静にもどれたという自信がついてから、彼は二個のプラスティック容器と、ふたりぶんの飲物用チューブを持って出た。とりちがえる心配はない。機関士のには、くっきりと、ＭＡＣの文字が記してあるのだから。

またもや笑いの発作がぶりかえしそうになったが、グラントは、自分の神経が思ったよりひどい状態にあるらしいと思いかえすことによって、かろうじて平静を保った。

マクニールが、自分の容器をひねくりまわすのを、彼は憑かれたように、しかしそれを表面には見せずに、じっと見つめていた。機関士は、たいして急ぐ様子もなく、ぼんやりと宙に目をすえている。やおら口をチューブにつけ、ひと口すすった。

一瞬後、マクニールは何かあわてたように口を動かした――つめたい手が、グラントの心臓をつかみ、ぎゅっとしめつけた。マクニールは、やおらグラントのほうをふり向くと、淡々とした口調でいった。「はじめて、うまくはいりましたな。少々熱すぎるが」

ゆっくりと、グラントの心臓は、中断された鼓動を再開した。平静にしゃべれるかどうか自信がなかったので、ただあいまいなうなずきを返した。マクニールは、そうっと容器を、顔の前数インチの宙に浮かべた。

ひどく考えぶかげに、何か重要なことを伝えようとして、ことばの重みを測っているかのようだ。グラントは、熱くいれすぎたことをくやんだ――殺人犯がつかまるのは、こういった細部のミスのせいなのだ。もしマクニールが、これ以上いつまでもぐずぐずしていたら、そのうちきっと、神経の高ぶりが表情にまで出てしまうだろう。

マクニールが、静かな会話口調で言いだした。「われわれのうちひとりが、金星へ着くまで生きのびるだけの空気が、まだ残っているということには、もうあなたも気づいておられるでしょうな」

グラントは、わめき立てる神経をむりやり押さえつけ、宙に浮かぶ相手の容器に吸いつけられていた視線をもぎはなした。のどがからからに干あがったような気分で、彼は答えた。

「ん――ちょっと心に浮かんだことはあるな」

マクニールは容器に手をふれ、まだ熱すぎるとみて、慎重に言葉をつづけた。「とすると、われわれのうちのひとりが、エアロックから外へ出ていくのが、合理的なわけだ――あるいは、あそこにある毒薬を飲むとか――」手をあげると、ここからもかろうじて見える医療戸棚を指さす。

グラントは、ただうなずいた。

「もちろん、ただひとつ問題なのは、どっちがその不幸な人間になるかだ」と、機関士は語をついだ。「トランプをめくってきめるか、あるいは、何かもっと気まぐれな方法をとるか、しなけりゃならんでしょうな」

マクニールを見つめるグラントの目は、高まる興奮に、いまにもとびだしそうだった。機関士が、こんなに冷静に、この問題を口に出せるとは、とても信じられない。思いもかけぬことばかりだ。どうやらマクニールの思考も、こっちと並行して進んでいたようだが、それにしても、えりにえってこんなときに話を切りだすとは、単なる偶然とは思えぬ一致である。

マクニールは、反応をたしかめるように、しげしげとこっちを見つめていた。

「そうだな」グラントは、自分の声をうつろに聞いた。「そいつは、話しあわなければならん問題だ」

「そう、話しあわなければ」マクニールは、まったく無感動な口調で言った。それから、コーヒーの容器を手にすると、チューブを口にふくんで、ゆっくりとすすりこんだ。

グラントは、飲みおわるのが待ちきれなかった。驚いたことに、期待していた安堵感は得られなかった。自責ではないが、刺すような哀惜の念をすら覚えた。少々おそまきながら、このときふいに彼は、これから〈スター・クイーン〉号でただひとり、救助のくるまで三週間以上も、つらい思いにつきまとわれながら過ごさなければならないことに思いあたったのだった。

マクニールの死ぬところは見たくないし、少々気分も悪かった。席から離れると、それ以上ふりかえりもせず、彼は出口のほうへ向かった。

ぴったりと空に貼りついたような、燃えさかる太陽と瞬かぬ星々のもとで、それに見まもられている〈スター・クイーン〉号もまた、同じように動きを欠いてみえた。小さな亜鈴形の船が、いまやほとんど最高速度に達し、小さいほうの球体の中では、数百万馬力の動力が解き放たれる時を待っていることなど、見ただけでは知るよしもない。実際、その中に生命が宿っている気配も、外部からは、まったくわからないのだ。

だが、いま、船の夜側にあるエアロックが、ゆっくりと開いて、内部のまぶしい照明の光が外へもれた。奇妙な光る円形が、闇黒の中に浮かんでいるかのようだ。ついでその円形が、唐突に欠けて、ふたつの影が船からただよいだした。

いっぽうの影は、他方よりはるかに大きい、というのもそのはずで——宇宙服を着ているのだった。現在は、いろいろな恰好の衣裳を、仮装のように取っかえひっかえしても、社会的地位にひびく可能性がある以外には、なんの問題もない時代だ。しかし、いくらなんでも宇宙服を、そんな目的で着るものはいない。

まっくらでよく見えないが、何かが起こっているようだ。やがて、小さいほうの影が動きだした。はじめはゆっくりと、しかしみるみる速度を増していく。やがて船の影から出て、陽光に照らされると、その背中にくりつけられた小さなガス・ボンベから細い霧が噴出し、瞬時に空間へ消えていくのがみとめられた。

素朴だが効果的なロケットであった。船のわずかな重力が、それをまた引きもどすおそれは、絶対にない。

ゆっくりと回転しながら、その死体は、星々に向かって小さくなっていき、一分もたたぬうちに見えなくなってしまった。エアロックの中の姿は、身じろぎもせず、それを見まもっていた。ついで、外のドアが閉まり、円形の光が消えると、あとは船の夜側の表面をかすかに照らしだす、ほの白い地球光があるばかりだった。

それ以後はなんのこともなく、二十三日が過ぎた。

〈ヘラクレス〉号の船長は、航宙士のほうをふり向いて、ほっとため息をついた。

「彼には無理なんじゃないかと、心配だったよ。ひとりであの船の軌道を変えるのは、大仕事だったにちがいない——おまけに空気も、ひどくなっているだろうしな。あとどれだけで接舷できる？」

「およそ一時間かかります。まだわずかに離心率が高いようですが、こちらで修正できる程度です」

「よろしい。〈レヴァイアサン〉号と〈タイタン〉号を呼びだして、接舷できるからそっちも出航するようにと、伝えてくれんか？　しかし、完全に繋留を終えるまで、きみの友人のニュース解説者には、何も知らせてやるんじゃないぞ」

航宙士は、顔をあからめるだけの慎みぶかさを持ちあわせていた。「そんなつもりはありませんよ」いくらか傷つけられた口調で言うと、計算機のキイに、優雅に指を走らせる。スクリーン上にひらめいた解答が、どうも気にいらないらしい様子だ。

「われわれがのりこんで、〈クイーン〉を円軌道に修正してから、艀《タッグ》を呼ぶほうがよさそうですな。そうでないと、燃料がずいぶん無駄になる。まだ秒速一キロほども速すぎますから」

「けっこうだ——〈レヴァイアサン〉と〈タイタン〉には、待機して、新しい軌道を知らせるまで離昇をひかえるように伝えてくれ」

その指示が、眼下の視界いっぱいにひろがっている、途切れることのない雲層をつらぬいて送られているとき、航宙士が、思いいれたっぷりにいいだした。「彼はいまどんな気持でいるんでしょうな？」

「当然だろうが。生きのびられた嬉しさで、ほかのことなど目じゃあるまいよ」

「それにしても、わたしだったら、自分が生還するために、同僚を船からほうり出せるかどうか」

「誰だって、気のすすむ話じゃないさ。しかし、きみも、放送は聞いたはずだ――あのふたりは、冷静に状況を話しあったすえ、賭けに負けたほうが、みずから退去したのだ。唯一の理性的な方法だった」

「理性的にはちがいないでしょう――しかし、自分が生きのびるため、冷酷に他人に犠牲を強いるというのは、おそろしい話だ」

「カッカするんじゃない。きみだって、われわれが同じ状況下におかれたら、わたしがお祈りもすませんうちに、おっぽり出したがることうけあいだ」

「あなたがわたしをおっぽり出さなかったとしてね。でもまあ、この〈ヘラクレス〉号の場合、そんなことは起こりっこないでしょう。これまで港を離れたのは、最長五日間でしたな？　ロマンチックな宇宙の旅なんて、うわさにしか聞けないんだから！」

船長は答えなかった。航宙用望遠鏡の接眼部をのぞきこんでいるのは、いよいよ〈スター・クイーン〉号が目視距離にはいったということだろう。「長いあいだかかって副尺《ヴァーニア》を調節していたが、やがて、満足げな吐息をもらした。

「見つけたぞ——距離約九百五十キロだ。総員待機——それから、励ましのことばを送ってやれ。あと三十分で着くというんだ。そのとおりにいくかどうかはわからんがな」

千メートルの長さのナイロン・ロープが、ゆるやかにぴいんと張りつめて、両船の相対速度による慣性を吸収し、ふたたびゆるみだすと、〈スター・クイーン〉号と〈ヘラクレス〉号は、反動でおたがいに近づきはじめた。電動ウインチが、まるで蜘蛛が糸をたぐるように回転をはじめ、相手の貨物船を〈ヘラクレス〉号に引きよせていく。

宇宙服を着た男たちが、重い反動ユニットと必死に格闘し——おそろしく手ぎわの要る仕事だ——ついに両船のエアロックが向かいあって、しっかりとつなぎあわされた。外のドアを開くと、清濁の空気がいりまじった。酸素ボンベをかかえた〈ヘラクレス〉号の航宙士は、生存者の気持を思いやった。〈スター・クイーン〉号の内側のドアが開いた。

つかのま、両船のエアロックをつなぐ短い通路をへだてて、ふたりの男は、立ったまま顔を見あわせていた。先方が、かくべつ劇的な表情を浮かべてもいないことに、航宙士は驚くとともに、かすかな失望を覚えた。

この瞬間が、いかに大きなドラマの結末にあたるかを思うと、現実のそれは、おそろしくあっけなく過ぎ去ってしまった。ロマンチストの彼——それも病膏肓《やまいこうこう》に入《い》った——は、ここで何か、例えば「リヴィングストン博士とお見うけしますが？」といった、歴史に残る名文句を口にしたいものだと思った。

しかし、実際に彼の口から出た言葉は、「やあ、マクニールさん、お目にかかれて嬉しく思います」であった。

目に見えて痩せこけ、やつれはてていたが、マクニールは、よく試煉に堪えぬいたようだ。彼は、ボンベから吹きつけるまじりけなしの酸素を、うれしそうに吸いこむと、ひと休みして眠ったらどうかというすすめを断った。その説明によると、最後の一週間は、空気を節約するため、ほとんど寝てばかりいたのだという。一等航宙士は、ほっとしたようだった。話が聞けるようになるまで、長いあいだ待たされるのではないかと、気にやんでいたからである。

積荷が運びだされ、あと二隻の艀《タッグ》が、暮れかかる三日月形の金星からのぼってくるあいだ、マクニールは、この数週間の出来ごとをおさらいし、航宙士は、ひそかにそれを書きとめていた。

彼の口調は冷静かつ無感動で、まるで他人に起こった事件を語っているか、あるいはまったく何も起こらなかったかのような話しぶりだった。ある意味ではたしかにそのとおりだったわけだが、といって、マクニールが嘘をついたと考えるのは、彼に対し公正を欠くことになろう。

彼は、いっさい創作はせず、ただ、いきさつのかなりの部分を省略して物語った。物語を用意する時間は三週間もあったわけで、どこをつかれても欠陥はないはずだった——。

グラントがドアのあたりまでいったとき、マクニールが、おだやかに呼びとめた。「何を急ぐんです？　話しあわなけりゃならないはずなのに」

頭からさきにとんでいたグラントは、ドアの框《かまち》をつかんで、動きをとめた。のろのろとふりかえり、信じられないように、マクニールを見つめた。もうとっくに死んでいるはずなのに——だがその相手は、悠然と椅子についたまま、世にも奇妙な目つきをこっちへ向けている。

「腰をおろせ」マクニールの鋭い口調——そしてその瞬間、あらゆる権威が、彼のほうに移ってしまったように思われた。グラントは、まったく無意識のうちに、そのとおりにした。何かがまずくいったのだが、それがなんなのか、彼には想像もつかなかった。

沈黙が何年間もつづいたように思われた。ついでマクニールが、むしろ悲しげな声でいった。

「見そこなったぜ、グラント」

グラントは、やっと口をひらいたが、自分でも何を言っているのか、ほとんどわからないような、つぶやき声だった。

「どういう意味だ？」

「どういう意味だと思う？」答えるマクニールの口調は、おだやかな苛立ち以外の何ものも示していない。「もちろん、あんたのケチな毒殺計画のことさ」

グラントの脆弱な世界は、ついに崩壊したが、どうなろうと彼はもう、気にかけていられるような状態ではなかった。マクニールは、わざとらしく、自分のきれいに手入れした指の爪をしらべている。

「ついでにきくけど」と彼は、まるで時刻でもたずねるような調子で言った。「殺しを決心したのは、いつだい？」

あまりにも事態が非現実的なために、グラントは、これが、自分もひと役を演じている妄想の世界のことのように感じていた。

「つい今朝のことだ」彼はそう答えると同時に、それを自分でも信じこんだ。

「ふうむ」マクニールはうなずいたが、信用していないのは明らかだった。彼は立ちあがると、医療戸棚へ向かった。その棚の引出しをさぐり、小さな毒薬の瓶をもってもどってくるのを、グラントの目が追った。瓶はまだいっぱいつまっているかにみえた。その点にはグラントも、充分気をくばっていたのである。

「この件全体について考えると、わたしは、気がくるうほうが自然のような気がするよ」

瓶を親指と人さし指でつまんだまま、マクニールは、いかにもうちとけた口調でつづけた。

「しかし、なんとかそうならずにすんだ。たぶんわたしが、人間の本性ってものについて、期待しすぎてなかったおかげだろう。それに、もちろん、こうなることには、かなり前から気づいていたしね」

グラントの意識を動かしたのは、この最後の一句だけだった。

「きみは——気づいていたと？」

「ありがたいことにね。まったく、あんたときたら、心の奥まで見えみえなんだから、とても犯罪者には向かないと思うよ。さて、これであんたのささやかな企みが失敗に終わった以上、われわれはともに、少々困った立場に立ったわけだ、そうじゃないかい？」

この、世にもひかえめな表現に対しては、どうにも答えようがなさそうだった。

機関士は、思いいれよろしく言葉をつづけた。「わたしはここで、かっとなって、金星を呼びだし、当局にあんたを訴えてもいいはずだ。その権利はあると思うけれど、そうしてみてもあまり意味はないし、だいたいわたしはこれまで、かっとなって得をしたためしがない。もちろんあんたとしては、それがわたしの怠けぐせのせいだといいたいだろう——が、そうじゃないんだ」

彼は、意味ありげな微笑をうかべた。

「ああ、あんたがわたしをどう見てるかは、よく知ってるさ——自分のこぢんまりした心理にあてはめての分類でね。優柔不断な甘えん坊で、道徳を守る気がなく——あるいは道徳規範そのものを持たず――自分のことしか考えない。いや、それを否定しはしない。たぶん九十パーセントまでは、そのとおりだろう。しかし、残りの十パーセントに、決定的な意味があるんだ。グラント！」

グラントは、とうてい、心理分析にふけるような状態ではなかったし、実際にその種のことが似つかわしい場合でもなかった。そのうえ、彼はまだ、なぜ自分の企てが失敗し、マクニールがまだ生きているのかという疑問で、頭がいっぱいなのだった。マクニールも、そのことは充分承知の上で、相手の疑問に急いで応じる気はない様子だった。

「よし、何がのぞみなんだ？」グラントは、ただ早くこの場を切りぬけたい思いでいっぱいだった。

マクニールは、静かに答えた。「コーヒーのせいで中断された、あの問題の議論を、つづけたいんだよ」

「まさか、きみは――」

「ところがそうなのさ。まるでなんの邪魔もはいらなかったかのようにね」

「そんなはずはない。何か、切り札を用意してるんだな！」とグラントは叫んだ。

マクニールは、ため息をつき、瓶を卓上において、ひたとグラントを見すえた。

「こっちにどんな策略があろうと、あんたに責められるいわれはないだろう。もう一度くりかえすが、わたしはただ、どっちが毒をのむかきめようと言っているんだ――ただし、えこひいきになるような解決はのぞまない。そして」――彼はふたたび瓶を手にとった――「今度は本番だぜ。こいつはただ、ひどい味がするだけのしろものだったがね」

　一条の光が、グラントの心にさしこんだ。「毒薬を、いれかえたのか！」

「当然さ。自分じゃ芝居がうまいつもりかもしれんが、あんた、率直にいって――こっちが優待席で見てたせいもあるが――まったく鼻もちならん演技だったぜ。何か企みがあることは、たぶんあんた自身も意識しない前から、こっちにはまる見えだった。数日前、わたしは、船内全体にわたって手をうっておいた。あんたのやりくちを、あらゆる場合について考察するのは、まことに面白かったし、いい暇つぶしだった。毒薬はいちばん見えすいた方法だから、それはまっ先に始末したさ。しかし、念をいれすぎたせいで、はじめひと口すったときには、思わず音《ね》をあげそうになったよ。コーヒーに食塩ってのは、ひどい取り合わせだったな」

　あのときのしぶい苦笑を、もう一度見せた。「それにわたしは、何かもっと綿密なやりかたでくるものと期待していた。今までのところ、宇宙船内での殺人について、わたしは十五通りの、絶対にまちがいない方法をつかんでいる。もっとも、それをいま教える気にはなれないがね」

　こんな馬鹿な、とグラントは思った。彼は、殺人未遂犯としてではなく、まるで宿題をちゃんとやってこなかった間抜けな生徒として扱われているみたいだ。

信じられぬ思いで、グラントはいった。「それでもきみは、すべてを白紙にもどしたうえでやりなおそうというのか？　そして、もしきみが負けたら、自分で毒をのむと？」

マクニールは、かなり長いあいだ、黙っていた。それから、ゆっくりと口をひらいた。

「あんたは、まだわたしを信用してないようだ。つまり、あんたのチャチな図式には、ぴったりあてはまらないってわけだな？　しかし、たぶん理解させてあげられると思うよ。まったく単純なことなのさ。これまで、わたしは、それほど良心の呵責《かしやく》や後悔を感じることもなしに、人生を楽しんできた――しかし、そのいいところは、もう終わった。残された生命にしがみつく気がないことは、あんたにも想像がつくだろう。でも、生きているかぎり、あることに対しては、わたしも几帳面なほうなんだよ。わたしの考えかたがどんなものか、聞いたらあんたはびっくりするだろうな。しかし、グラント、わたしは――わたしはいつも、理性ある文明人らしく行動しようとつとめてきた。いつもうまくいくとはかぎらなかった。失敗すると、わたしは名誉を挽回しようと必死になった」

そこで言葉を切ったが、ふたたび話しだしたときのマクニールは、まるでグラントではなく彼のほうが、守勢にまわっているかのような態度だった。「グラント、あんたを本気で好きになったことは一度もないが、ときには尊敬したこともあったし、その意味で、事態がこんなことになったのは残念な気がするよ。例えば、船が隕石にやられたあの日には、ほとんど一日じゅう、あんたに頭があがらなかった」

そこではじめて、マクニールは、ことばを選びかねるようなためらいをみせた。また口をひらいたとき、彼はグラントの視線をさけていた。

「あのときのわたしの振舞いは、よかったとはいえない。何か、自分でも見当のつかないようなことが起こったんだ。神経がまいってしまうなんて、これまではずっと思いもよらなかった——いや——あまりに突然だったんで、打ちのめされちまったんだな」

その狼狽を、彼はユーモアでかくそうとした。「はじめて宇宙船に乗ったとき、似たようなことがあってね。どういうものか、自分は宇宙酔いなどしないと思いこんでいたんだ——そのおかげで、そんな自己過信がなければ考えられないほど、ひどい目にあった。しかし、そのときは、なんとか切りぬけた——そして、今度だ。グラント、えりにえってあんたが、こういう人格崩壊を起こすのを見たのは、これまでで最大の驚きだったよ。ああ、そう——あの、ワインの事件か！　そのことを考えてるんだな。いいや、あの件については、いささかもうしろめたいところはない。つねに文明人として振舞おうとつとめたのは、いまいったとおりだ——そして、教養ある人間なら、いつ泥酔すべきかを、つねに心得ているべきだ。しかし、たぶんこれは、あんたにはわかるまい」

奇妙なことだが、このときようやく、グラントにも、相手のいうことがわかりかけていたのだった。いまはじめて、彼は、マクニールの、難解でねじくれた個性の一端をかいま見ることができ、そして、いかに自分がこの相手を見あやまっていたかを知ったのである。いや――見あやまったということばは、正しくない。多くの点で、彼の見かたは正しかった。ただそれが、表面にしか触れていなかったのだ――その裏にひそむ深淵のことなど、彼には想像もつかなかったのである。

これまでになかった一瞬の洞察と、そして二度とありえないだろう事態を前にしたことによって、グラントは、マクニールの行動の背後にある理由づけを理解することができた。それは、卑怯ものの、世間に対する復権などという、単純なものではなかった。なにしろ、〈スター・クイーン〉号で何が起こったかは、誰にも知られずにすむことなのである。いずれにせよ、おそらくマクニールには、世間に対する気がねなどは全然なく、あるのはただ、しばしばグラントを当惑させた、小器用な自己満足だけだったのだ。しかも、その自己満足のためにこそ、彼は万難を排して、自己に対するみずからの評価を守らなければならなかったのである。それなくして、人生になんの価値があろう――そしてマクニールは、人生ということばを、おのれ自身の解釈でしか受けとったことがなかったのだ。

機関士は、しげしげとグラントを見つめ、そして彼が真相に近づいたことを見てとったらしく、ふいに自己の性格をさらけだしすぎたことを悔やむかのように口調を変えた。

「わたしが、もういっぽうの頬をさしだすような楽天家だなどと思うなよ。純粋に論理的観点だけから考えるんだ。結局これで、われわれも、ある種の合意点に達することができたようだな。

われわれのひとりが生き残ったとして、そこでもし、死んだほうの遺言なりなんなりが残っていなかったら、事情を説明するのにたいへんいやな思いをするだろうってことに、あんたは気がついていたかね？」

怒りに目がくらんでいたグラントは、そのことをすっかり忘れていた。しかし、それがマクニールの考えるほど重要なものだとは、彼には思えなかった。

「ああ」彼は答えた。「きみの言うとおりだろうな」

前よりずっと気が楽になっていた。憎悪はいつのまにか消えうせ、すっかり落ちついた気分だった。真相が解明され、彼はそれを受けいれた。それが想像していたものとまったくちがっていたことも、たいした問題ではなかった。

「よし、じゃ、早くすませよう」彼は淡々と言った。「どこかそこらに、封を切ってないカードがあるはずだ」

「まず金星に伝えてやったほうがいい――ふたりで伝えるんだ」妙にその点を強調するように、マクニールが答えた。「あとで、他人からいやな文句をつけられないように、完全な合意に達したことを記録しておいたほうがいいからな」

グラントは、放心状態でうなずいた。いまさら彼には、どっちでもいいことだった。それから十分後、伏せたカードから一枚ひいて、マクニールのひいたカードのそばに表を向けておいたとき、彼は微笑すらうかべていた。

「じゃ、それで全部ですか？」一等航宙士は、早くそれとなく通信機にもどらなければと思いながらたずねた。

「はい」マクニールの声は無表情だった。「以上が、起こったことのすべてです」

航宙士は鉛筆をかみながら、つぎの質問を考えた。「で、グラント氏も平静にそれを受けいれたのですね？」

船長がじろりとにらむ、その視線から目をそらした航宙士へ、マクニールが向けたつめたい目は、そのうしろにひしめくニュース屋どもの姿を見とおしているかのようだった。つと立ちあがると、マクニールは観測窓のほうへ身をよせた。

「彼の放送を聞いたんでしょう？　平静な声じゃなかったですか？」

航宙士は、ため息をついた。そういう状況下で、ふたりの男が、それほど理性的に、それほど無感動に振舞えるとは、どうしても信じがたかった。彼には、あらゆる種類のドラマを思いえがくことができた――突然の狂気の爆発、それに、殺人の試みさえも。それなのに、マクニールの話によれば、何も起こりはしなかったという。ひどい話だ。

マクニールがまた、自分に言いきかせるように話していた。「ええ、グラントの態度は立派でした——本当に立派でした。こんなことになるなんて——」

ついで、放心したように、生きいきと圧倒的な輝きをみせて接近してくる惑星の表面を見おろした。もう遠くはなく、毎秒数キロメートルの速さで近づきつつある金星の、雪のように純白な三日月形が、空のほとんど半分以上を蔽っている。あそこには生命と、温情と、文明と——そして空気があるのだ。

何日か前には、もう先がないように思われた未来が、ふたたび未知の可能性と驚異とに向けて開かれたのだった。しかしマクニールは、背後から見つめている救助者たちの、さぐるような、問いかけるような——そして同時に、そう、難詰するような——視線を、感じとることができた。

これから一生のあいだ、彼は、人のうわさにつきまとわれるだろう。つねに背後からささやきかける、「あの男が、例の——？」という声に。

べつに、気にはならなかった。一生に少なくとも一度、彼は、天地に恥じぬことをやってのけたのだから。しかし、おそらくはいつの日か、彼自身の情け容赦ない自己分析が、その行動の背後にかくれた真の動機をあばきだし、彼の耳にささやきかけるときがやってくるだろう。「利他主義だって？　ごまかすんじゃない！　おまえはただ、自分のご大層な——しかも誰のよりも大事な——信条を、大きくふくらませたかった、それだけのことじゃないか！」と。

しかし、彼の人生を結局なんの価値もないものに変えてしまう、その意地のわるい不愉快な声も、いまのところは、まだ聞こえてこず、彼は満足していた。いわば彼は、台風の中心にある静穏帯へ到達したところなのだ。それがつづくあいだは、彼もその境地を充分に楽しめることであろう。

守護天使

Guardian Angel

南山宏訳

Famous Fantastic Mysteries, April 1950

ストームグレンの部屋に入りざま、ピーター・ヴァン・ライバーグは例によって、ぶるっと身震いした。自動調温装置を一瞥《いちべつ》すると、どうしようもないといわんばかりに、肩をすぼめてみせた。

「事務総長、あなたがおやめになるのは、ほんとに残念ですがね、おかげで肺炎の死亡率がもうじき低下すると思うと、うれしいですよ」

「それはどうかな？」とストームグレンは笑った。「後任の事務総長はエスキモーかもしれんぞ。たかが摂氏二、三度の差ぐらいで、がたがたいいなさんな！」

ヴァン・ライバーグは苦笑すると、カーブをつけた二重ガラスの窓辺に歩みよった。つかのま、そこに黙然とたたずんで、まだ部分的にしか完成していない白亜の高層ビル群が立ちならぶ街路ぞいに、視線をはわせた。

「ところで」かれは急に口調を変えて尋ねた。

「連中にお会いになるんですか？」

「ああ、そのつもりだよ。長い目で見れば、たいていそれが、いちばんの近道だからね」

ヴァン・ライバーグは不意に身をこわばらせると、ガラスに顔を押しつけた。

「きましたよ！　ウィルソン通りをやってきます。でも、思ったほど大勢じゃないな——二千人というところだ」

ストームグレンは事務長補のそばへ歩みよった。通りの半マイル向こうを、一団のこぢんまりとした、だが決然たる様子の群衆が、本部ビルめがけて歩いてくる。各自が思い思いに横断幕を押し立てていた。この分厚い防音壁ごしにでも、ほどなくかれの耳に、脅すようなシュプレヒコールの声が聞こえてきた。突然、からだ中に嫌悪感が走った。デモ行進もスローガンの怒号も、もういい加減うんざりだ！

群衆はいまや、本部ビルのすぐ手前まできていた。こうしてこっちが見ていることも、百も承知にちがいない。そこここで、こぶしが空中に振り上げられているからだ。かれに対する挑戦ではないにしろ、それがあてつけのゼスチャーであるのはたしかだった。まるで小人が巨人に喧嘩を売るように、かれらの怒りのこぶしは、頭上五十マイルの空中に向けられていたのだ。

そしてたぶんカレレンも、とストームグレンは考えた、この一部始終を見守りながら、大いにおもしろがっていることだろう。

ストームグレンが〈自由連盟〉の指導者に会うのは、これが初めてだった。この行動がはたして賢明かどうか、まだ迷ってはいたが、分析をつきつめたあげくこの策を選んだのは、どうせ拒否したところで、〈自由連盟〉側によけいな攻撃材料をあたえるだけのことだからだった。両者の見解は、こんな会談から合意を引きだすことなどとうてい考えられぬほど、はるかに隔たっていたのである。

アレグザンダー・ウェインライトは、背は高いが猫背《ねこぜ》気味の、五十代後半の男だった。かれは仲間たちの乱暴な態度を詫《わ》びたがっているように見え、ストームグレンはむしろ、相手の見るからに誠実そうな人間的魅力を意外に感じた。

「きょうのご訪問の目的は、〝連邦化計画〟に対する正式抗議の表明にあると思うが、それでよろしいですかな？」

「そのとおりです、事務総長。ご存じの通り、われわれは過去五年間、眼前に迫る危機に対して、人類を目覚めさせようと努力してきました。正直に認めざるをえないが、それに対する反応は、われわれの観点からすれば、期待したほどではありません。人民の大多数は、〈天帝《オーバーロード》〉たちの好き勝手な世界支配に満足しているようです。しかし、この〈ヨーロッパ連邦〉には我慢がならないし、機能的な組織とも思えない。いくらカレンでも、一片の命令書で二千年の歴史を抹殺することはできません」

「それでは、あなたは」とストームグレンはやり返した。「ヨーロッパも全世界も、何十という独立国家に分裂したまま、通貨も軍隊も税関も境界も、なにもかもがてんでんばらばらの状態を――あの中世的な混沌の状態を、永遠につづけるべきだとお考えなのかな？」

「わたしとしては、なにがなんでも〈連邦〉が目の仇《かたき》というわけではない。一部の支持者はそうは思っていないかもしれませんがね。わたしがいいたいのはつまり、こういったことはあくまでも内から盛り上がるべきであって、外から押しつけられてはならぬ、ということなのです。おのれの運命はおのれの手で決めねばならぬ――われわれには独立自存の権利がある。人類の問題にこれ以上、他人の干渉を許してはならんのです！」

ストームグレンは溜息をついた。もう耳にタコができるほど何度も聞かされてきた言い分で、それに対する返答も、〈自由連盟〉がすでに受け入れを拒んだ決まりきったものしかないのだ。かれはカレレンを信頼しているが、この連中は信頼していない。根本的な相違はそこにあり、これればかりはどうしようもなかった。さいわい、どうしようもない点では、〈自由連盟〉のほうも同じだった。

「二、三質問させていただきたい」とかれはいった。「あなたは〈天帝〉たちがこの世に安寧と平和と繁栄をもたらしてくれたことを否定できますかな？」

「いや、それは事実です。だが、その代わりに自由を奪った。人はパンのみにて――」

「生《い》くるにあらず。そう、その通り――でも、そのパンすら、万人が手にできるようになった時代は、いまが初めてなのですよ。それはともかく、〈天帝〉たちが人類の歴史開闢《かいびゃく》以来はじめてあたえてくれたものに比べれば、いったいどんな自由を失ったというのですか？」

「みずからの生活を律する自由をですよ、神のお導きのもとに」

ストームグレンはかぶりを振った。

「つい先月のことだが、五百人もの主教、枢機卿《すうきけい》、ラビらが、〈監督官〉の政策支持を誓約する共同宣言に署名しました。世界中の宗教は、あなたの立場に反対なわけですな」

「それは危機に気づいている人間が、あまりにも少ないからですよ。気づいたときには、もう手遅れかもしれない。人類は主体性を失って、隷属《れいぞく》種族となりはてているでしょう」

ストームグレンは聞いていないようだった。いまは指導者がいないので、ただあてもなくうろうろしている眼下の群衆を眺めていた。数人以上寄り集まったとたんに理性も我《われ》も忘れはててしまうことを、人間はいつになったらやめられるようになるのだろうか？　ウェインライトは誠実で正直な男かもしれないが、かれの追随者の多くにも同じことがいえるわけではないのだ。

ストームグレンはふたたび来客のほうへ向きなおった。

「わたしは三日後にまた、〈監督官〉と会う予定です。あなたの反対意見はちゃんと伝えますよ、世論を代弁するのが仕事ですからね。でも、それで何がどう変わるということはないでしょうな」

ウェインライトはまたおもむろに口を開いた。

「問題のもう一点はそこですよ。われわれの反対の主たる論拠のひとつは、ご存じのとおり、〈天帝〉たちの秘密主義にもある。カレレンと話ができるのは、あなたただひとりだ——そのあなたでさえ、やつの姿は見たことがない。われわれがやつの動機に疑惑を抱くのも不思議はないでしょう？」

「あなたがたもカレレンの演説は聞いていますね。あれでもまだ納得できませんか？」

「率直にいって——言葉だけではものたりませんな。われわれはどちらのほうに腹を立てたらいいんでしょうかね？——カレレンの全知全能ぶりにか、それとも秘密主義にか」

ストームグレンは無言だった。かれにいえることはなかった——少なくとも、相手を納得させられるようなことは。かれ自身、自分がほんとに納得しているのだろうかと、ときおり思うこともあったからである。


かれらの観点からすれば、それはもちろん、ごく些細《さ さい》な作戦行動にすぎなかったが、〈地球〉にとっては、古今未曾有《み ぞ う》の大事件だった。なんの前触れもなく突如として、世界最大級を誇る二十大都市の上に、黒い影が舞い降りてきたのだ。魂も凍りつくその瞬間、仕事の手を休めて振り仰いだ幾千万もの人びとは、人類がもはや孤独ではないことを知ったのである。

二十隻の巨船は、人類があと何世紀かかっても達成できそうもない科学の象徴だった。かれらは七日のあいだ、各都市の上にじっと滞空したまま、人類の存在を知っているそぶりすら見せなかった——この巨大な船団が、ただの偶然でかくもぴたりと、ニューヨーク、ロンドン、モスクワ、キャンベラ、ローマ、ケープタウン、東京……などの真上に静止することなどありえない。

この忘れ得ぬ七日間がまだ過ぎ去らぬうちに、早くも真実を悟った者もいた。これは〈人類〉について何も知らぬ種族が、はじめて試みた接触ではなかった。あの無音の、微動だにしない宇宙船の内部では、心理学の権威たちが地球人の反応を研究しつづけていた。そして、緊張のカーブ線が頂点に達したころを見計らって、正体を現わす予定だったのだ。

八日目になると、カレレンが〈地球監督官〉として世界に名乗り出た。かれの使う英語はあまりにも完璧だった。しかし、話しぶり以上に人びとを仰天させたのは、演説の組み立てかただった。それはどう見ても、最高の天才の手になる作品で、人間社会の営みに対する完全無欠の理解力を示していた。

その博識ぶりと巧みなレトリック、未知領域の新知識をちらちらかいま見せるそのけれんぶりからして、人類はいま圧倒的な知性に対面しているのだということを納得させるため、意図的に仕組まれたものであることは、もはや疑いようもなかった。カレレンが話し終えたとき、地球上の諸国家は、不安定な独立主権の時代が終わりをつげようとしていることを知った。各地の国内政治体制はそのまま権力を維持できるが、もっと広範な国際問題の分野では、最高決定権は人類の手の及ばぬところへ移ってしまったのである。議論も抗議も――すべては徒労に帰した。あの天を覆う巨人たちには、どんな武器も効果がなかったし、かりに破壊できたとしても、あんな巨船が落下すれば、真下の都会はまちがいなく全滅の憂き目を見ることになっただろう。一夜にして地球は、星界に君臨する得体の知れぬ、人知を絶した一大帝国の保護領と化したのである。

そうこうするうちに騒ぎもおさまり、世界はふたたび常態に復帰した。リップ・ヴァン・ウィンクルが不意に目覚めでもすればきっと気がつきそうな唯一の変化は、ある暗黙裡《り》の期待感、心理的な肩越しの盗み見、といった感じのムードだった。人類はあのきらめき光る宇宙船から〈天帝〉たちが姿を現わして降り立つのを、いまかいまかと待ちわびていたのだ。

五年たっても、人類はまだ待ちぼうけをくわされていた。

部屋は狭くて、映像スクリーンの下に椅子とテーブルがひと組あるほかは、なんの調度品もなかった。意図的にそうしてあるのだろうが、この部屋を作った生物がどんな連中なのか、手掛かりになるものは一切なかった。入口も一方にしかなく、それはこの巨船の湾曲した横腹のエアロックに直接通じていた。全人類のうちで、そのエアロックをくぐって〈地球監督官〉カレレンに会った人間は、ストームグレンただひとりなのだった。

いつもそうなのだが、いまも映像スクリーンには、何も映っていなかった。その長方形の暗黒の向こうには、完全な謎が横たわっているのだ——もっとも、そこには人類に対する愛情と、底知れぬほど寛容な理解も存在するのは確かだった。ストームグレンにはわかっていたが、この理解も、何世紀にもわたる研究のすえにようやく獲得されたものだったのだ。

どこかに隠されたスピーカーから、あの落ち着きはらった、つねに悠揚《ゆうよう》せまらぬ声が、いくぶんおどけた調子を含んで聞こえてきた——歴史上、世界が聞いたのはたった三度だけだが、ストームグレンには、もうすっかりお馴《な》染《じ》みの声だった。

「やあ、リッキー、会見は聞かせてもらったよ。ウェインライト氏のことはどう思ったね？」

「誠実な男ですよ、支持者たちはともかくね。これからどう対処します？〈連盟〉そのものはべつに危険ではありませんが、支持者の中でも過激な連中は、公然と暴力も辞さぬ構えですよ。わたしの家にもガードマンを置いたほうがいいんじゃないかと、だいぶ前から考えてるぐらいで。そんな必要は、ないにこしたことありませんがね」

カレレンは、ときおり使う苛立たしいやりかたで、論点をはぐらかした。

〈ヨーロッパ連邦〉の詳細が発表されてから、もうひと月になる。わたしを認めない七パーセントや、わたしを〝知らない〟九パーセントに、それ相応の増加はあったかな？」

「まだですな、マスコミは派手に書きたててくれましたがね。わたしが懸念しているのは、一般的な感情ですよ、あなたの支持者でさえ、この秘密主義もそろそろ打ち切りにする潮時だと考えているしまつですからね」

カレンの溜息は技巧的には完璧だったが、どこか説得性に欠けていた。

「きみの感情もそうだというわけだね？」

この質問はあまりにも修辞的だったから、ストームグレンは答える必要も感じなかった。

「ほんとにわかってるんですか？」とかれは意気ごんでつづけた。「こんな状況じゃわたしも仕事がやりにくくてたまらんということが」

「わたしだって仕事がやりにくいよ」とカレレンも熱をこめて答えた。「みんながわたしのことを独裁者などと考えず、多少なりとも理想主義的な植民地政策を実施しようとしている一介の公僕にすぎない、ということを思い出してほしいものだ」

「じゃあ、なぜ正体を隠すのか、せめて理由だけでも教えてもらえんでしょうかな？　それがわからんものだから、われわれは悩みもし、あらぬ噂もいろいろ飛びかうのです」

カレレンはいつものあの深味のある、声量豊かな笑い声をたてた。人間の声にしては、あまりに音楽的だった。

「わたしの正体は何だということになっているのかな？　例のロボット説はまだ有力かね？　まあ、大衆新聞あたりが想像しているように、床を這いまわる百足《むかで》か何かと思われるよりは、歯車のかたまりのほうがまだましだが」

ストームグレンは、カレレンがまず知っていそうもないフィンランド語で、悪態をついた――ただし、この種の事柄については、だれも確信はもてなかったが。

「もっと真剣に考えてもらえませんかね？」

「なあ、リッキー」カレレンはいった。「昔はかなりなものだった精神力を、わたしがこうしてまがりなりにもまだ維持していられるのは、人類のことをあんまり真剣に考えすぎないおかげなんだよ」

つりこまれて、ストームグレンも思わず苦笑した。

「それではあんまり助けにはなりませんな。こっちは下界へ降りていって、同胞を納得させなきゃならんのですよ、あなたは姿は現わしたりはしないが、何も隠してはいないとね。なまやさしい仕事じゃない。好奇心は人類最大の特徴のひとつですからね。そういつまでも無視しつづけられるものじゃありません」

「たしかに、われわれが地球にやってきた当座、直面したあらゆる問題の中で、そこがいちばんの難問だったよ」とカレレンも認めた。「ほかの問題では、きみもわれわれの英知を信頼してくれている――これについてもぜひ信頼してほしい！」

「わたしは信頼してますよ。でも、ウェインライトはそうではないし、かれの支持者も同様です。あなたが正体を見せたがらないのを、かれらが曲解したからといって、だれが責められましょう」

「いいかね、リッキー」カレレンはとうとう答えた。「こういった問題は、わたしの権限外なのだ。どうか信じてほしい、こんなふうに正体を隠さなければならないのは、わたしも遺憾《いかん》に思っている。だが、これにはそれだけの——理由があるのだよ。しかしとにかく、わたしも努力して、きみにも、それからたぶん〈自由連盟〉にも満足してもらえるような言質《げんち》を、上司からとりつけるとしよう。さて、そろそろ協議事項に戻って、記録を再開してもらえるかね？　まだやっと二十三項目めだが、わたしの前任者たちが過去数千年間失敗してきたユダヤ人問題に、なんとかうまい決着をつけたいものだ」

「うまくいきましたか、事務総長？」とヴァン・ライバーグは心配そうに尋ねた。

「わからんね」ストームグレンはものうげに答えると、ファイルをデスクの上に投げ出して、椅子にどっかり座りこんだ。「カレレンはいま上司と相談している。上司というのが人か物か、それはわからんがね。とにかく何も約束はしてくれなかった」

「そうだ」とピーターが唐突にいいだした。「いま思いついたんですが、カレレンの上に上司がいると、どうして信じなきゃいけないんです？　〈天帝〉なんてのはただの神話かもしれない――この言葉をかれはひどく嫌ってるじゃないですか」

疲れきってはいたが、ストームグレンはぎくりと座りなおした。

「なかなか独創的な思いつきだね。だが、浅い知識とはいえわたしの知っているカレレンの実像とは相容《あいい》れないな」

「どんな実像です？」

「そうだな、かれはスキロンデルという惑星の天文政治学教授だった男で、この仕事に任命されるときにはひどく抵抗したそうだ。もっとも、仕事が嫌いなふりをしながら、そのじつけっこう楽しんではいるがね」

ストームグレンは一瞬口ごもると、いかつい容貌をやわらげて、おかしそうな笑顔になった。

「いずれにしろ、一度こう漏らしたことがあるよ、私有の動物園を経営するのもけっこうおもしろいってね」

「へえ――どうもうさんくさい言いかただな。やつは不老不死なんでしょう？」

「ああ、ある意味ではね。もっとも、かれも何千年か未来には、何か恐れているものがあるらしい。それがなんなのかは見当もつかんが。わたしにはそこまでしかわからない」

「そんなの簡単にでっちあげられますよ。ぼくの仮説では、かれの小船団は宇宙の迷子になって、新しい故郷を探してるんだと思うな。じつは仲間がごく少数だということを、われわれに知られたくない。きっとほかの船はぜんぶ自動操縦で、中にはだれも乗っていないんだ。ただのこけおどしなんです」

ストームグレンは苦虫をかみつぶしたような口調になった。「きみは執務時間中にSFを読んでるな」

ヴァン・ライバーグはにやにやした。

「〝宇宙からの侵略〟が思いもかけぬ形で起こったんじゃないですか？　ぼくの説なら、カレンがけっして姿を見せないことを説明できる。かれは〈天帝〉なんか存在しないことを知られたくないんです」

ストームグレンはおもしろがりながらも、かぶりを振った。

「いつもながら、きみの仮説は独創的過ぎて、真実味に欠けるな。むろんその存在は推定するしかないが、〈監督官〉のうしろには、きっと偉大な文明が控えているにちがいない――それも、人類のことをはるか昔から知っている文明がだ。カレン自身、もう何世紀もわれわれを研究しているにちがいないんだ。たとえば、かれのあやつる英語をみたまえ。どう英語らしくしゃべったらいいか、このわたしに教えてくれさえしたんだよ！」

「ときどき世話の焼き過ぎだと思うことがありますね」ヴァン・ライバーグは苦笑した。「かれが知らないことを見つけたことはありますか？」

「うん、そりゃしょっちゅうだよ――でも、些細なことばかりだな。それでも、かれの知的な能力のひとつひとつをとれば、人間にはとうてい太刀打ちできないというわけでもない。もっとも、かれのやれることぜんぶを、そっくりできる人間などいないことも確かだろうがね」

「ぼくの出した結論も、だいたい似たようなものですね」ヴァン・ライバーグもうなずいた。「カレンについてはいくら議論してもきりがないが、けっきょく、いつも落ち着くさきは同じ疑問です――なぜあいつは姿を見せようとしないのか？　そうしてくれるまでは、ぼくもあれこれ詮索しつづけるし、〈自由連盟〉もわめきたてるのをやめないでしょう」

かれは反抗的なまなざしを、天井に振り向けた。

「〈監督官〉殿よ、いつかきっと闇夜にまぎれて、あんたの船までロケットを飛ばし、カメラを持って裏口からもぐりこんでやるからな。そうなったら、たいへんなスクープになるぞ！」

カレレンが聞いていたとしても、そんな気配はちらりとも見せなかった。もっとも、これまでもそんな気配は見せたためしがなかったが。

ストームグレンが目を覚ましたとき、あたりは真っ暗だった。それがどれほど奇妙なことか、眠気に負けて、つかのまピンとこなかった。次の瞬間すっかり意識が戻るや、はっと起きなおると、枕もとの明かりのスイッチを手探りした。

暗闇の中で、ひんやりとした感触のむきだしの石壁に、手が突きあたった。ぎくりと凍りついて、予期せぬ事態の衝撃に、身も心も金縛りになった。それから、自分の五感さえ信じられぬ思いで、かれはベッドにひざまずくと、ぎょっとするほど憶《おぼ》えのないその壁を、指先で調べはじめた。

それもつかのま、そのときだしぬけに〝かちり〟という音がして、暗闇の一部が横ざまに滑った。薄暗い光を背に、男のシルエットがちらりと目に入った。と思ったとたん、ドアはふたたび閉じ、闇が舞いもどった。あっというまの出来事だったので、自分が寝ている部屋の様子は何もわからなかった。

次の瞬間、ストームグレンは強力な懐中電灯の光に目が眩《くら》んだ。光は顔の正面でちらつき、一瞬かれを捉えてから、下へさがってベッド全体を照らしだした——やっとわかったが、ベッドといっても、粗板《あらいた》にマットレスをのせた粗末なものだった。

闇の中から静かな声が流暢《りゅうちょう》な英語で話しかけてきたが、どこの訛りなのか、はじめのうちストームグレンにはわかりかねた。

「やあ、事務総長さん、お目覚めいただいたようだね。ご気分のほうも上々だといいんだが」

口に出かかっていた怒りの詰問が、唇で消えてしまった。ストームグレンは闇の中を睨みつけると、穏やかに返事をした。「どれぐらいの時間、意識を失っていたのかな？」

「数日だよ。副作用はないという約束だったが、そのとおりでよかった」

時間稼ぎと自分の身体《からだ》の反応をためしたくて、ストームグレンは両脚をベッドの脇へ投げ出した。パジャマはまだ着たままだったが、ひどくよれよれで、かなり泥まみれのようだった。身体を動かすと、すこし眩暈《めまい》がした——厄介というほどではないものの、ほんとうに一服盛られたことを納得するには充分だった。

楕円形の光が室内をすいとよぎったので、やっとストームグレンにも部屋の規模が摑めた。じつのところ部屋というにはふさわしくなく、周囲の壁は荒削りされただけの、むきだしの岩石のようだった。ここは地の下で、それもどうやらかなり深い地底らしい。それに、もし数日間も意識がなかったとすれば、地球のどこにいてもおかしくはなかった。

懐中電灯が輸送用包装箱の上の衣類の山を照らしだした。

「これだけあれば充分なはずだ」闇の中で、声がいった。「ここでは洗濯がちょっと悩みの種なんで、あんたのスーツを二着とシャツを五、六枚失敬しておいた」

「それはそれは」ストームグレンはそっけなくいった。「ご親切なことで」

「家具や電灯がなくてもうしわけない。ここはいろんな意味で便利は便利なんだが、住み心地には少々欠けるところがあってね」

「何が便利なんだね？」ストームグレンはシャツをかぶりながら尋ねた。着慣れた衣類の手ざわりが、不思議に気持ちを落ち着かせた。

「ただ――便利なだけさ」声は答えた。「ところで、おれたちはこれからかなりの時間一緒に過ごすことになりそうだから、おれのことはジョーと呼んでくれ」

「きみの国籍はともかく」とストームグレンはやり返した。「わたしはきみのほんとの名前をちゃんと発音できそうだよ。なまじのフィンランド人の名前よりは難しくないだろう」

相手はつかのま口ごもり、懐中電灯の光が一瞬ゆらめいた。

「なるほど、これは迂闊《うかつ》だった」ジョーは諦めたようにいった。「こういったことには、だいぶ場数を踏んでるようだな」

「わたしのような立場の人間にとっては、役に立つ趣味なんでね。たぶんきみはポーランド生まれで、大戦中にイギリスで英語を覚えたんだろう？　きみの〝r〟の発音からみて、スコットランドに長いこと配属されていたはずだ」

「もうわかったよ」相手の口調がひどく堅くなった。「どうやら着替えも終わったようだな――じゃあ、よろしく」

四囲の壁は、ところどころコンクリートで覆われていたが、大半は岩が露出したままだった。どこかの廃鉱の中にいるのはたしかで、ストームグレンもこれ以上牢獄にうってつけの場所はあるまいと思った。いまのいままでかれは、誘拐されたからといって、それほど気をもんではいなかった。何が起ころうと、機略縦横の〈監督官〉がじきに自分の所在を突きとめて、救出にきてくれるだろうと信じていたのだ。だが、いまは心細くなってきた。カレンの能力にだって限界はあるにちがいない。もしかれがどこか辺境の地下深くに連れこまれているとしたら、いかに〈天帝〉の科学力をもってしても、居所を突きとめるのは不可能かもしれなかった。

岩がむきだしの、だが照明の明るい室内のテーブルには、ほかに三人の男が座っていた。かれらはストームグレンが入ってくると、興味深げに、少なからぬ畏敬の念をこめた目で見上げた。

ずばぬけて目立つ人物はジョーだった——たんに図体《ずうたい》がでかいからばかりではない。ほかの三人はこれといって特徴がないが、やはりヨーロッパ人らしかった。しゃべる言葉を聞けば、どこの生まれかわかるだろう。

「さてと」かれは平静にいった。「そろそろきみも、これがどういうことなのか、何が狙いなのか、話してくれるだろうね」

ジョーは咳払いをした。

「ひとつはっきりさせておきたいことがある。これはウェインライトとは一切無関係だ。

やつもみんなと同じようにびっくりするだろう」

これはストームグレンもなかば予期していたことだった。〈自由連盟〉の内部に過激派のいることがこれではっきりしたので、かれはなんとなく満足した。

「ただの好奇心から聞くのだが、わたしをどうやって誘拐したのかね？」

まさか答えてくれるとは思わなかったので、相手が待ってましたと――それどころか、ひと膝乗りださんばかりにしゃべりだしたのを見て、かれはあっけにとられた。やっと理由の見当がついたのは、だいぶたってからだった。

「古いフリッツ・ラング映画ばりのちょいとしたもんだったよ」と、ジョーは愉快そうにいった。「カレレンがあんたをいつも見張ってる恐れがあったから、用心に用心を重ねたよ。あんたには換気装置からガスを入れて眠ってもらった。これは簡単だった。次に車に運びこんで走りさった――これもまったく問題なかった。断わっておくが、やったのはわれわれじゃない。この仕事にはその道の――いわゆるプロを雇ったんだ。たとえカレレンに捕まっても――実際、そのつもりでいたんだが――それ以上はわからずじまいになるようにな。車はあんたの家を出ると、ニューヨークから千キロも離れていない長いトンネルに走りこんだ。そいつは時間通り、反対側からまた出てきた、薬で眠らされた事務総長のソックリさんを乗せたままな。同じころ、金属ケースを山積みした大型トラックが反対方向に現われ、とある飛行場に乗りつけると、ケースのひとつが積み下ろされて、輸送機に運びこまれた。いっぽう、替え玉を乗せた車のほうは、念入りにあちこち回り道しながらカナダ方面に逃げつづけた。おそらくいまごろは、カレレンに捕まっただろうが、それはこっちの知ったことじゃない。

あんたも察しがつくだろうが――ここまでぶちまけるおれの率直さに、ぜひ感謝してほしいもんだ――この計画の成否は、ただ一点にかかっていた。まずまちがいなく、カレレンは地上で起こることならなんでもお見通しだろう――だが、地下のことまでは、科学でなく魔法でも使わぬかぎりわかるまい。だから、トンネル内のあのすり替えは、いくらやつでも気がつかないだろう、とね。もちろんこれは一《いち》か八《ばち》かの賭《か》けだったわけだが、あんたの誘拐作戦にはほかにも一、二別の手を用意してあったんだ、ここでは触れないでおくがね。いつかまたそれを使わなけりゃならんかもしれんし、いまばらしてしまっては元も子もないからな」

ジョーがあまりに得意げな口調で語って聞かせたので、ストームグレンは怒るに怒れなくなってしまった。それでも、かれは非常な不安を覚えた。これはじつに巧妙な作戦で、たとえカレレンがどれほどしっかり監視していてくれたとしても、出し抜かれる可能性は充分以上にありそうだ。

ポーランド人はストームグレンの反応をじっと観察している。心中の感情はどうであっても、ここは自信ありげな態度を崩してはならなかった。

「きみたちはそろいもそろって大馬鹿だよ」とストームグレンは鼻で笑ってみせた。「そんな手で〈天帝〉を騙《だま》せると思っているのか。それはともかく、そんなことをして、いったいなんの得があるのかね？」

ジョーは煙草をさしだしたが、ストームグレンがことわったので、自分で火をつけた。

「われわれの動機ははっきりしてるはずだ」かれは口を切った。「われわれはもうこれ以上議論しても無駄だと知った。だから、他の手段に訴えねばならなかったんだ。反体制的な活動は以前からあるし、たとえカレレンにどれほど力があるにしろ、そうやすやすとは片づけられないことを思い知らせてやる。われわれの独立自存をかけて、とことん闘いぬくつもりだ。誤解しないでくれよ。なにも暴力に訴えようというんじゃない——とにかく、のっけからはな。しかし、〈天帝〉たちはどうしたって人間を代行者に立てなけりゃならんし、そこを衝《つ》けば、やつらをうんと不愉快な目に遭わせてやれるというわけだ」

わたしがその手始めというわけか、とストームグレンは考えた。

「それでわたしをどうするつもりなんだね？」ストームグレンはとうとう尋ねた。「人質かな、それとも何かな？」

「心配はご無用——面倒はちゃんと見るよ。一日二日したらお客さんがあるだろうが、それまでは、できるだけあんたをおもてなしするつもりだ」

かれは自国語でなにやらつけ加え、ひとりが真新しいトランプを一組とり出した。

「とくにあんた用に用意しといたんだ」とジョーは説明した。声が急に厳粛になった。「現金はたんまりお持ちだろうね」かれは気がかりそうにいった。「とにかく、小切手は受けつけないよ」

すっかり圧倒されて、ストームグレンは呆然と監禁者たちの顔をみつめた。それから、事態の真のユーモアが呑《の》みこめるや、突然、職務上の悩みや苦労の重荷から、すっかり解放されたような気がした。どんな事態になろうと、もはやかれにはどうするすべもない——それにいま、この奇想天外な犯罪者たちは、自分とポーカーをしたがっているのだ。だしぬけにかれは頭をのけぞらせると、何年ぶりかで心の底から笑った。

この三日間のうちに、ストームグレンは監禁者たちを徹底的に分析していた。多少とも重要な人物はジョーひとりで、ほかはとるにたらぬ小物ばかり——非合法な活動にすぐ寄り集まってくる社会の屑どもにすぎなかった。

ジョーは全体的にもっと複雑なところのある人物だが、それでもストームグレンはときおり、育ちすぎの赤ん坊を連想させられた。かれらの際限ないポーカーは、しばしば激しい政治論争で中断されることがあったが、まもなくストームグレンには、この大男のポーランド人が、自分の闘ってきた目的についてこれまで真剣に考えたことなどなかったことが明白になった。感情と極端な保守主義とが、かれの判断力をすっかり曇らせていた。独立をめざす祖国の長い闘争が完全に習い性となってしまって、かれはいまなお過去に生きていたのである。いわば前時代の遺物を絵に描いたような、秩序だった生活など向かない人間のひとりだった。この手合いがもしいなくなるとしたら、この世はもっと安全な、だが面白味のない場所になることだろう。

ストームグレンに関するかぎり、カレレンがかれの所在を突きとめるのに失敗したことは、まずまちがいなかった。

捕まってから五、六日して、ジョーから客がくるといわれたときも、ストームグレンはべつだん驚かなかった。しばらく前から、この小グループがそわそわしたそぶりを見せだしていたので、そろそろこの運動の指導部の連中が、もう安全とみて自分を引き取りにくるころだと、囚人は見当をつけていたのだ。

ジョーがかれを丁重に居間に招き入れたとき、幹部たちはもうあの壊れかけのテーブルをかこんで待っていた。三人の手下の姿はなく、ジョーでさえ少し緊張気味に見えた。ストームグレンは即座に、目の前にいるのが大物ばかりであることを見てとった。この六人には、同じ知性の力と、鉄の意志と、非情さが感じられた。ジョーやその同類などは無害な存在で、この男たちこそ、まぎれもなく組織の真の黒幕なのだ。

軽く会釈すると、ストームグレンは自分の席に向かって歩きながら、つとめて平静をよそおった。近づくかれを、テーブルの向こう正面にいるずんぐりとした初老の男が、身を乗りだし、見透かすような灰色の目でじっと凝視した。その視線にストームグレンは心をかき乱されて、つい先に口を切ってしまった——そうするつもりなどさらさらなかったのだが。

「きみたちは条件を話し合いにきたのだね。わたしの身代金はいくらかね？」

かれはだれかがうしろのほうで、かれの発言を逐一、速記にとっているのに気がついた。まったく手回しのいいことだった。

一党のボスが、響きのいいウェールズ訛《なま》りで答えた。

「まあ、そういってもいいがね、事務総長さん。われわれの望みは情報であって、金ではない。

われわれの動機はおわかりのはずだ。よければ、レジスタンス運動と呼んでもらいたい。遅かれ早かれ地球は独立闘争に追いこまれると、われわれは信じている——もっともその闘いは、ストとか不服従とかいった間接的な手段によるしかないこともわかってるがね。あんたを誘拐したのは、われわれが本気で、よく組織されていることをカレレンに見せつけるためもあるが、最大の理由は、あんたが〈天帝〉について知っている唯一の人間だからだ。あんたは分別のあるお人のはずだ、ストームグレンさん。協力してくれれば、すぐ自由の身になれるよ」

「いったい何を知りたいのかね？」ストームグレンは用心深く尋ねた。

「〈天帝〉が何者なのか、あるいは何なのか知っているかね？」

ストームグレンはあやうく微笑しかけた。

「信じてほしいのだが、じつはわたしもあんたがたに劣らず、それを知りたいのだ」

「じゃあ、質問に答えてくれるわけだな？」

「約束はしないが、そうできるかもしれない」

ジョーがほっと溜息をつくのが聞こえ、期待の気配が部屋中にみなぎった。

「あんたがどうやってカレレンに会うのかについては」と相手はつづけた。「われわれもだいたいは知っている。そこのところを詳しく話してもらおうか、重大なことは細大漏らさずに」

それならなんの問題もない、とストームグレンは思った。もう何十ぺんもやってきたことだし、いかにも協力的にも見せかけられるだろう。

かれはポケットをまさぐると、鉛筆とくたびれた封筒をとりだした。そして手早く図を描きながら、しゃべりはじめた。

「もちろんご存じと思うが、見たところなんの推進装置もない小型の飛行機械が、定期的にわたしを迎えにきて、カレレンの船に連れていくのだ。その機械には小部屋がひとつしかなく、室内もがらんとしていて、長椅子とテーブルが置いてあるだけだ。見取り図はこんなところかな」

しゃべりつづけるあいだ、ストームグレンは自分の心中で、同時にふたつの相反する気持ちが働いていることを感じた。ストームグレンは自分を捕まえた男たちに挑戦しようとしながら、他方では、カレレンの秘密を暴く手助けを期待しているのだ。自分が〈監督官〉を裏切っているとは毫《ごう》も思わなかった。前に何度もしゃべったことばかりだったからだ。それに、この連中がかりにもカレレンを傷つけられるなんて、考えるだけでもばかばかしかった。

この尋問の大部分は、ウェールズ人が牛耳っていた。その機敏な精神がかたっぱしから手掛かりをためし、ストームグレン自身がとうの昔に放棄した仮説を次々に検証し、却下していくところは、なかなかの見ものだった。やがてのことに、男は溜息をついて椅子の背にもたれかかり、速記者もその手を休めた。

「これではどうしようもない」男は匙を投げた。「われわれはもっと事実が知りたいのだ。あとは行動あるのみ──もう議論はつくした」突き刺すような眼が、思慮深げにストームグレンを凝視していた。ちょっとのあいだ、かれは神経質そうにテーブルをこつこつ叩いた──ストームグレンがはじめて目にした落ち着きのないそぶりだった。やがて、男はまた口を開いた。

「いささか驚きだね、事務総長さん、あんたが〈天帝〉のことをもっと知ろうと、すこしも努力しなかったとは」

「どうしろというんだね？」ストームグレンは冷やかに尋ねた。「いま教えたように、わたしがカレレンと話を交わす部屋には、出口がひとつしかない――まっすぐエアロックにつづいているやつだ」

「こんな手はどうかな」相手は考えこんだ。「さぐりを入れる装置を考案するのだ。わしは科学者ではないが、われわれの組織なら研究できる。もしあんたに自由をあたえたら、そんな計画に協力してくれるかね？」

「このさいもう一度だけ」とストームグレンは腹立たしげに答えた。「わたしの立場をはっきりさせておこう。カレレンは世界の統一のためにがんばっているのだ。わたしはその敵に力をかすようなまねはしない。かれの究極的な計画がどんなものかは知らんが、それが善なるものであることは信じている。きみたちはかれを困惑させ、その目的達成を遅らせることもできるかもしれんが、最終的な結果はまったく変わるまい。きみたちだって、真摯《しんし》な気持ちで行動しているのだろう。世界国家が実現したら、各小国家に固有の伝統や文化が押し潰されてしまうのではないか、という危惧もわからぬではない。だが、きみたちは間違っている。過去に拘泥《こうでい》したところで、なんの益もない。すでに〈天帝〉が地球に来る以前から、国家の主権などというものは消滅しかけていたのだ。もはやだれにもそれは救えないし、そうすべきでもない」

返事はなかった。正面の男はみじろぎもせず、しゃべりもしなかった。口を半開きにしたまま座りつづけ、その目は生気ばかりでなく、いまは視力まで失っていた。周囲の幹部たちも同様に、引きつったような不自然な姿勢に凍りついたまま、身動きもしなかった。心底からの恐怖にかすかな喘《あえ》ぎをもらすと、ストームグレンはぱっと立ち上がって、戸口のほうへあとずさった。そのとき不意に、静寂が破られた。

「名演説だったよ、リッキー。そろそろ退散するとしようか」

「カレレン！　ありがたい——でも、連中をどうしたんです？」

「心配しなくていい。なんの害もない。一種の麻痺状態といってもいいが、もっとはるかに微妙な状態だ。ただ普通より数千倍ゆっくりと生きているわけだ。われわれが消えても、何がどうなったのか見当もつくまいよ」

「警察が来るまで、ここにほっておくつもりですか？」

「いや、もっといい考えがある。このまま逃がしてやろう」

　ストームグレンは不条理な安堵感をおぼえたが、その理由はあえて詮索しなかった。狭い室内と不動の男たちに、かれはお別れの一瞥を送った。ジョーは片足で突っ立ったまま、馬鹿みたいな顔で虚空《こくう》をみつめていた。やにわにストームグレンは笑いだすと、ポケットをまさぐった。

「ご厚遇を感謝するよ、ジョー。お礼に記念品を残していこう」

かれはそこそこきれいな紙片に、丁寧にこう書きつけた。

　マンハッタン銀行宛《あて》

　〝ジョー〟に対し金十五ドル三十五セント（＄一五・三五）也《なり》を支払うべきものと認める。

R・ストームグレン

かれがその紙切れをポーランド人のそばに置くと、カレレンの声が尋ねた。「いったい何をやっているんだね？」

「賭博の負債を返すんですよ」とストームグレンは説明した。「ほかのふたりはイカサマをしたが、ジョーはフェアにやっていた。少なくとも、尻尾は出さなかった」

かれは浮き浮きと心がはずむのを感じながら、戸口に向かった。すぐ外に、特徴のない大きな金属の球体が浮かんでいて、ついとわきへどいて、かれを通した。おそらく一種のロボットで、頭上に覆いかぶさる未知の岩石層ごしにカレレンが自分を見つけだしてくれたのも、これで説明がつきそうだった。

「百ヤードほど進みたまえ」と金属球が、カレレンの声でいった。「それから左へ折れて、次の指示を出すまで進みなさい」

慌てる必要のないことはわかっていたが、かれは急ぎ足で進んだ。金属球は通路に浮かんだままあとに残ったので、あれが麻痺力場の発生装置だなと、ストームグレンは察した。

一分後、かれは通路の分かれ道で待ちうける第二の金属球と出会った。

「あと半マイルの道のりだ」それは告げた。「左へ左へとたどっていけば、再会できるよ」

地上へ出るまでのあいだに、かれはつごう六度、金属球と遭遇した。はじめは最初のロボットが前へ前へと先回りしているのかと思ったが、やがて、複数の金属球が連続的につながって、鉱山の奥深くまで到達する完全な回路を形成しているにちがいない、と考えなおした。出口のところでも、一団の見張りたちが珍妙な一幅の静物画と化していて、またべつの金属球に監視されていた。すぐかたわらの山腹には、カレレンのもとを訪れるときいつも乗る、あの小型の飛行機械が停止していた。

ストームグレンは一瞬立ち止まって、強烈な陽光に目をしばたたいた。

小型宇宙船に乗りこみながら、かれは坑道の入口とその周辺に凍りついた群像に、最後の一瞥をくれた。突然、一列に並んだ金属球たちが、まるで銀色の砲弾のように開口部から飛びだしてきた。次の瞬間、ドアが背後で閉まり、かれは安堵の吐息をついて、おなじみの長椅子にどっかと身体を沈めた。

乱れた息をととのえるまでしばらく待ってから、ストームグレンはただ一語の、万感こもる言葉を発した。

「さて?」

「もっと早く救い出せなくて、すまないことをした。しかし、主役が全員あそこにそろうまで待つことが、どんなに大事だったかはわかってもらえるだろう」

「というとつまり」ストームグレンは息まいた。「わたしがどこにいるのか、最初から知っていたわけですか? もしそうと――」

「まあまあ落ち着いて」とカレレンは答えた。「とにかく、最後まで説明させてほしい」

「いいでしょう」ストームグレンは仏頂面でいった。自分はけっきょく、手のこんだ罠の餌にすぎなかったのではないか、と疑いはじめていたのだ。

「きみにはしばらく前から、トレーサーをつけておいたのだ」カレレンは話しはじめた。「いくらわたしでも地下までは追いかけられまいという、きみの最近の友人たちの考えは正しかったが、おかげできみが廃鉱まで連れこまれるあとを尾《つ》けることができた。トンネル内での例のすり替え作戦はおみごとだったが、最初の車が反応しなくなったので、トリックはすぐにばれ、わたしはじきにまたきみを見つけなおしたよ。あとはただ時機を待つだけだった。こっちがきみを見失ったと確信したら、必ず幹部連中がのこのこ出てきて、一網打尽にできると踏んだのだ」

「それなのに、見逃してやるなんて!」

「これまでは、この惑星の人口二十億中のだれが、あの組織の中核なのかわからなかったからさ。いまはもう身元をつきとめたから、あとは地球上どこへ行こうが追跡できるし、その気になれば、おそらく行動の一部始終を監視することもできるだろう。どこかに閉じこめるより、そのほうがはるかにいい。かれらを効果的に中立化してしまうわけで、連中にもそれがわかっているはずだ」

あの声量豊かな笑い声が、狭い部屋に響きわたった。

「ある意味でこの事件は喜劇だったが、そこには重要な意図もあった。ほかの陰謀家たちへの貴重な教訓になるということだ」

ストームグレンはしばらく黙っていた。まだ完全に得心したわけではなかったが、カレレンの立場も理解できる。憤懣はだいぶうすらいでいた。

「あと数週間で任期満了というのに、こんなことをするのは残念だが」とかれはいった。

「これからは自宅にガードマンを置きますよ。もっとも、次はピーターが誘拐される番かもしれないが。ところで、かれの仕事ぶりはどうでした？　収拾のつかない事態になってやしませんか？」

「きみがいなくてもあんまり問題ないのがわかって、さぞがっかりするだろうな。この一週間、ピーターを注意深く見守ってきたが、手助けするのはあえて控えていた。全体的には非常によくやっている――しかし、きみの後任になる器《うつわ》ではないね」

「それはかれにとってむしろ幸運ですな」まだ釈然としない気分で、ストームグレンは答えた。「ときにあなたの上司からは、何か話がありましたか、例の――われわれの前に姿を見せるという件について？　あなたの敵がいちばん問題にしているのは、まちがいなくその点ですからね。わたしは繰り返し繰り返しこういわれましたよ。〝この目で姿を見るまでは、われわれは〈天帝〉を絶対信用しない〟ってね」

カレレンは溜息をついた。

「いや、何も聞いてない。もっとも、どんな回答になるかは予想がつくがね」

ストームグレンはそれ以上、その問題を追及しなかった。以前ならそうしたかもしれないが、いまは胸のうちで、おぼろげながらはじめて一計を案じかけていたからだ。強要されたときは拒んだことでも、自由意志でならやってみてかまわないだろう。

ストームグレンが取り次ぎもなしにオフィスに入ってきても、ピエール・デュヴァルは驚かなかった。古くからの友人だし、事務総長が科学局長を個人的に訪問しても、べつに不思議はなかったからだ。たとえ万に一つの偶然で、カレレンが世界のこの一隅《いちぐう》に注意を向けたとしても、不審には思うまい。

しばらくのあいだ、ふたりは仕事の話をし、政界のゴシップを交換しあった。そのあと、ためらいがちながらも、ストームグレンは要点を切りだした。客が話を進めるにつれ、椅子に深くよりかかった老フランス人の眉毛はじりじりと吊り上がっていき、ついには前髪と縺《もつ》れあわんばかりになった。一、二度口を開きかけたが、そのたびに思いなおしたようだった。

ストームグレンの話が終わると、科学局長はこわごわと室内を見廻した。

「かれに聞かれたんじゃないかね？」

「それはないと思うよ。ここはあらゆるものから遮蔽されてるんだろう？　カレレンも手品師じゃない。わたしの居所は知っているが、それ以上は知らない」

「だといいがね。それはともかく、きみのもくろみがカレレンに知れたら、まずいことにならないかい？　どうせばれるに決まってるからな」

「その危険は承知の上だよ。それに、われわれはよく理解しあってるからね」

物理学者は鉛筆をもてあそびながら、しばらく空《くう》をみつめていた。

「こいつはかなりの難問だ。気に入ったよ」あっさりいい捨てると、引き出しに手を突っこんで、ばかでかいメモ帳をとりだした。ストームグレンがいままでに見たうちでいちばんでかいメモ帳だった。

「ようし」かれはさかんに走り書きをしはじめた。「聞き落としがなかったかどうか確認させてもらおう。いつも会見に使われる部屋のことを、洗いざらい話すんだ。細部もはぶくなよ、どんなつまらんようなことでもな」

フランス人は眉根を寄せて、その絵を調べた。

「これでぜんぶかい？」

「ああ」

デュヴァルは不満げに鼻を鳴らした。

「照明はどうなんだ？　真っ暗闇の中に座っていたのか？　それから暖房、換気……」

ストームグレンはいかにもこの友人らしいまくしたてぶりに苦笑した。

「天井全体が光っていて、わたしの知るかぎりでは、空気はスピーカー格子《ごうし》から入ってくるようだ。どうやって出ていくのかはわからん。たぶん一定時間ごとに、流れが逆になるのだろうが、それに気がついたことはない。暖房らしいものは見当たらないが、室温はいつも正常に保たれているよ。わたしをカレレンの船まで連れていく機械のほうだが、いつも乗る部屋は、エレベーターの箱みたいになんの特徴もない。長椅子とテーブルがなければ、箱そのものだな」

物理学者が、細心の注意をこめた克明な落書きでメモ帳を埋めているあいだ、数分間沈黙がつづいた。そのまだほとんど皺ひとつない額の奥では、世界最高の科学的頭脳が、それを有名にさせた冷酷無比の精密さでいま働いている最中なのだということなど、だれにも想像できなかっただろう。

やがてデュヴァルは、満足げにひとり合点をすると、身を乗りだして、鉛筆をストーム

グレンに突きつけた。「それ

「きみのいうカレンの映像スクリーンのことだがね、リッキー」かれは尋ねた。「それがどうして見かけ通りのものだと思うんだね？　それよりはるかに可能性が高そうなのは、きみの〝映像スクリーン〟とやらが、実際にはマジックミラー以上に複雑な代物ではない、ということじゃないのかい？」

ストームグレンはおのれ自身にすっかり腹が立って、つかのま黙りこむと、過去の記憶をたぐってみた。そもそも最初から、一度としてカレンの話を疑ったことはなかった――だが、いまあらためて振り返ってみると、いつ〈監督官〉はテレビジョン・システムを使っているといっただろうか？　自分が勝手にそう思いこんでいただけではないか。一種の心理的トリックにすっかり騙されていたのだ。でも、同じ状況に置かれたらデュヴァルだって引っ掛かっていただろうと考えて、かれは自分を慰めようとした。

「きみのいうことが正しいなら、わたしがそのガラスをぶち割りさえすれば――」

デュヴァルは嘆息した。

「これだからシロウトは困る！　爆薬も使わずに割れる物質だとでも思うのかい？　かりに割れたとしてもだよ、カレンがわれわれと同じ空気を呼吸すると決まってるのかい？　もしかれが塩素の大気中で生活する生物だとしたら、双方にとって困ったことにならないかね？」

ストームグレンは心もち青ざめた。

「じゃあ、どうしろというんだ？」やや憤然として尋ねた。

「そこをじっくり考えてみたい。何よりもまず、ぼくの仮説が正しいかどうか確かめなければな。正しいとなれば、スクリーンの材質を知る必要がある。この仕事には選《え》り抜きの部下をあてるよ――それはそうと、たしか〈監督官〉を訪問するときは、いつもブリーフケース持っていくね？　いま持ってるやつかい？」

「そうだ」

「ちょっと小さいな。せめて十センチの厚さのやつを買って、カレレンが見慣れるように、これからそれを使ってくれないか？」

「いいとも」ストームグレンは疑わしげにいった。「わたしにX線装置を隠し持たせるつもりなのかね？」

物理学者はにやにやした。

「まだわからないが、何か手を考えるよ。いずれひと月ぐらいしたら教えてやる」

そういってから、薄笑いを浮かべた。

「この話でぼくが何を思い出したかわかるかい？」

「うん」ストームグレンは即座に答えた。「ドイツの占領時代に、きみが非合法の無線機を組み立てていたことだろ」

「そうか、前にも一、二度その話をしていたらしいな」

デュヴァルはがっかりした様子だった。

ストームグレンはタイプ印刷物の分厚いホルダーを置いて、ほっと安堵の溜息をついた。

「やれやれ、これでとうとうまとまった。数百ページのこんな文書がヨーロッパの将来を握っているというのは、考えてみると不思議ですな」

ストームグレンはホルダーをブリーフケースにほうりこんだが、そのケースの背はいま、暗い長方形のスクリーンから、ほんの一五センチしか離れていなかった。ときおりかれはなかば無意識のうちに、そわそわと指を錠のあたりに這わせたが、会見が終わるまでは、隠しスイッチを押すつもりはなかった。どんなはずみで失敗するかわからない。カレレンは絶対勘づかないとデュヴァルは請けあったが、とても信じる気にはなれなかった。

「ところで、何かいい知らせがあるとのことでしたが」ストームグレンは関心を抑えきれぬようにつづけた。「それは例の――」

「そうだよ」とカレレンは答えた。「数時間前に〈政策委員会〉の決定を受け取って、重大声明を発表する権限をあたえられたのだ。これで〈自由連盟〉が大いに満足してくれるとは思えないが、緊張をやわらげてくれる助けにはなるはずだ。ところで、これから先はオフレコだよ。

きみはよくこういっていたね、リッキー、われわれの肉体的形態がいかにきみたちからかけ離れていても、人類はじきに慣れてくれるだろうと。これはきみの想像力の欠如をよく表わしている。おそらくきみの場合はそうなのだろうが、まあ考えてもみたまえ、この世界の大部分はどう控え目に見ても、まだ偏見と迷信だらけの未開状態だ。そういったものが根絶されるまでには、あと百年はかかるかもしれない。

われわれが人類の心理学にいささかなりとも通じていることは、きみも認めてくれるだろう。現状程度の進歩段階にある世界に、もしわれわれが姿を現わしたらどうなるか、われわれはかなり正確に知っているのだ。これ以上くわしく話すわけにはいかない、たとえきみでもね。だから、わたしの分析を信頼して受け入れてもらわなければならない。しかしながら、次のようにはっきり確約はできる。それできみにも少しは満足してもらえるだろう。あと五十年したら——いまから二世代後だね——われわれは宇宙船から降りたち、人類はついにわれわれの真の姿を見ることになるだろう」

ストームグレンはしばらく無言だった。以前だったらカレレンの言明があたえてくれたはずの満足感が、ほとんど感じられなかった。じつのところ、おのれの部分的な成功に多少狼狽して、つかのま、かたい決意が揺らぐのをおぼえたのだ。真実は時の経過とともに明らかになるのだから、かれの企みなどまったく不必要だし、おそらく賢明な策でもないだろう。それでも無理押しするなら、それは自分が五十年後にはもう生きていないという、利己的な理由からにすぎなくなる。

そんな逡巡《しゅんじゅん》をカレンは見抜いたのにちがいない。さらにこうつづけた。

「失望させたのならすまないと思うが、少なくとも近い将来の政治問題は、きみの責任範囲ではないよ。たぶんきみはまだ、われわれの危惧には根拠がないと思っているのだろうが、ほかの方針をとった場合の危険については、すでに充分な証拠がそろっているのだ」

ストームグレンは息をはずませて、身を乗りだした。

「そうではないかとずっと思っていた――あなたはやっぱり人類に見られたことがあるんですね！」

「そうはいわなかったよ」やや間《ま》をおいてから、カレンは答えた。「われわれが監督にあたった惑星は、なにもきみたちの世界だけではない」

ストームグレンもそうあっさりとはごまかされなかった。

「地球が過去にほかの種族の訪問を受けたことを暗示する伝説も、たくさんありますよ」

「知っている。歴史研究部の報告を読んだよ。あれを読むと、地球はまるで宇宙の交差点のように思えてくるほどだ」

「あなたも知らない訪問さえあったかもしれませんな」ストームグレンはなおも諦めずに誘いをかけた。「もっとも、もう何千年も前から人類を観察してきたのでしょうから、まずそんなことはないと思いますがね」

「そうだね」カレンの返答は、木で鼻をくくったようだった。その瞬間、ストームグレンの腹は決まった。

「カレン」かれは唐突に切りだした。「さきほどのステートメントは草稿を作成して、こちらに送りますから見てください。でも、あなたを悩ませる権利は保留しておきますよ。そしてチャンスと見たら、あなたの秘密を知るために全力をつくすつもりですからね」

「それは百も承知だよ」〈監督官〉は答えて、かすかに含み笑いした。

「かまわないのですか？」

「ああ、全然――ただし、原爆、毒ガスその他、われわれの友情にひびを入らせかねないものは、お断わりだがね」

カレンは何を臆測したのだろうか、とストームグレンはいぶかった。〈監督官〉のひやかしの裏に、いかにもわかっているといいたげな、たぶん――まさかとは思うが――励ますようなニュアンスを嗅ぎつけたからだ。

「それを聞いて安心しました」ストームグレンはできるだけ平静な声をよそおって答えた。立ち上がりながら、ブリーフケースの蓋を引き下ろして閉めた。指が留金に沿ってすべった。

「さっきのステートメントの草稿は、すぐに作ります」もう一度くり返した。「今日中にテレタイプで送りますから」

しゃべりながら、かれはボタンを押し——自分が理由のない恐怖に怯えていたことを知った。カレンの五感も、人類のそれとまったく変わりないのだ。何も感知しなかった証拠に、さよならといって、部屋のドアを開けるお馴染みの認証ワードを口にしたときにも、〈監督官〉の声音には、なんの変化も見られなかった。

それでも、ストームグレンは依然として、警備員の目の前で万引きしてデパートから出ていくような気分だったので、エアロックのドアがやっと背後で閉まったときには、思わず安堵の溜息を漏らしたものだ。

「なるほど」とヴァン・ライバーグはいった。「ぼくの仮説のいくつかは的はずれでしたね。では、次にこんなのはいかがです、意見を聞かせてください」

「どうしてもかね？」

ピーターはどこ吹く風だった。

「ほんとはぼくの独創じゃありません」と謙虚に認めた。「チェスタートンの小説からのパクリですがね。かりにですよ、〈天帝〉たちが事実を隠したがるのは、じつは隠すことがないからだとしたら？」

「なんだか込み入った説のようだね」ストームグレンはすこし興味を感じはじめた。

「つまりこうです」ヴァン・ライバーグは熱をこめてつづけた。「ぼくの考えじゃ、かれらの身体はわれわれそっくりの人間型なんです。われわれが人類と——そう、姿かたちの異なる、知能のはるかに優れた生物の支配なら耐えられることに気づいている。しかし、人類はご存じのとおりの性格なんで、同類の生物に牛耳られるのは我慢できないでしょう」

「じつに独創的だな——これまでのきみの諸説に劣らずね」ストームグレンはいった。

「できれば作品番号をつけてもらえないかな、こんがらからないように。さて、いまの新説に対する反論だが——」

しかし、ちょうどそのとき、アレグザンダー・ウェインライトが案内されて入ってきた。

この男はいま何を考えているのだろう、とストームグレンは思った。それに、かれを誘拐した連中とも連絡がとれたのだろうか。それは疑わしかった。なぜなら、ウェインライトの暴力否定は、嘘いつわりのない本音のように思えたからだ。かれの組織内の過激主義者たちはすっかり信用を失ってしまったから、ふたたび脚光をあびるまでには、長い時間がかかりそうだった。

〈自由連盟〉の指導者は、草稿が読みあげられるあいだ、黙って耳を傾けていた。もともとはカレレンの発案だったが、ストームグレンとしても、この外交辞令的儀式が気に入られるよう願っていた。なにしろあと十二時間たたなければ、この組織以外の全世界に対しては、孫の世代にあたえられた約束がおおやけにされないのだから。

「五十年後か」ウェインライトは思案顔でいった。「待つには長い年月ですな」

「カレレンにとってはそうじゃない。人類にとってもです」とストームグレンは答えた。いまになってやっと、かれは〈天帝〉の回答の巧妙な意図が呑《の》みこめてきた。これでかれらも必要なだけ息をつける猶予を得たし、同時に〈自由連盟〉の論法の根拠を失わせたことにもなる。〈連盟〉が抵抗をやめるとは考えられないが、立場がいちじるしく弱まることにはなるだろう。

そのことはウェインライトも悟ったにちがいないし、さらにまた、自分もカレレンに監視されていることを強く実感したにちがいない。なぜなら、かれはほとんど口らしい口もきかぬまま、そそくさと立ち去ったからだ。自分の任期中にはもう二度と会うこともあるまい、とストームグレンはそう思った。〈自由連盟〉はこれからも厄介な存在でありつづけるかもしれないが、それはもう後任者の問題だった。

世の中には、時間にしか癒《いや》せないものがある。悪人は滅ぼすこともできるが、惑わされた善人ばかりはどうしようもないのだ。

「ブリーフケースを返すよ」とデュヴァルはいった。「もとの新品同様だ」

「すまん」ストームグレンは答えたが、じっくり点検するのは忘れなかった。「さあこれで、何がどうなっていたのか——次にはどうすればいいのか、話してもらえるのだろうね」

物理学者は自分の思索を追う興味のほうが先のようだった。

「どうも解《げ》せないんだが、なぜこうもやすやすとことが運んだのかな。いいか、もしぼくがカレレ――」

「だが、そうじゃない。さっさと本題に入ってくれよ。いったい何が見つかったのかね？」

かれは一枚の記録写真を押してよこしたが、それはストームグレンの目には、むしろ弱い地震の自動記録グラフのように見えた。

「そこにちょっと乱れが見えるだろう？」

「うむ、なんだねこれは？」

「カレレンとしか思えない」

「ほんとか！　確かかね？」

「まず妥当な推量だね。座ってるか、立ってるか、何をしてるにしても、スクリーンの向こう側、二メートルぐらいのところにいる。解像度がもう少しよかったら、大きさまで計算できたところなんだがね」

トレースのあるかなきかの屈折部分に見入りながら、ストームグレンはひどく複雑な感慨に捉われていた。いままでは、カレレンが有形の肉体を持っているのかどうかすら、はっきりわからなかった。この証拠にしろまだ間接的だったが、かれはほとんどなんの疑念もなく受け入れることができた。

デュヴァルの声がかれの物思いを破った。

「きみもやがてわかるだろうが」とかれはつづけた。「真の意味でマジックミラーなんてものは実在しない。カレンのスクリーンも、調べた結果を分析したところ、一方向へのほうが逆方向よりも、およそ百倍ほどやすやすと光を透過させることが判明したんだ。

まるでひとそろいの兎を取り出そうとする手品師よろしく、デュヴァルはデスクの中に手を突っこむと、先端が開閉自在の朝顔型をしたピストル様の物体を引っぱり出した。ストームグレンはゴム製のらっぱ銃を連想したが、正体は何やら見当もつかなかった。

デュヴァルは相手の狐につままれたような顔に、にんまりとした。

「見かけほど物騒なものじゃない。きみはこいつの鼻面《はなづら》をただ、スクリーンに押しつけて、引き金を引きさえすりゃいいんだ。すると、非常に強力な閃光が五秒間放出される。それだけあれば、向こう側の部屋をぐるりと照らしだせるだろう。充分な光量がはね返ってきて、よく見えるはずだ」

「カレンには害がないだろうね?」

「まず低いところを狙ってから、上に振り向ければ大丈夫だよ。かれにも目を慣らす余裕ができる――われわれ同様の反射神経があるだろうし、失明させたくはないからな」

ストームグレンはその武器をうさんくさげに眺め、手に持ってみた。この数週間というもの、かれは良心に呵責《かしやく》を感じつづけていた。カレレンは、ときたま辛辣なほど率直にはなるにせよ、いつもまぎれもなく好意的な態度で接してくれたし、両者の関係が終わろうとしているいまになって、せっかくの友情をそこなうようなまねはしたくなかった。だが、〈監督官〉にも然《しか》るべき警告は伝えたのだし、もし決定権がカレレン自身にあったなら、とっくの昔に姿を見せてくれていただろうという確信も、ストームグレンにはあった。いま、その決断をかれに代わって下そうとしているのだ。最後の会見が終了する間際《まぎわ》、ストームグレンはカレレンの顔を初めてみつめることになるだろう。

もちろん、カレレンに顔があればの話だが。

ストームグレンが最初に感じた不安は、もうずっと前に消えていた。カレレンは例によって、込み入った長いセンテンスを織りこむお気に入りのやりかたで、ほとんどひとりで喋《しやべ》っていた。以前はストームグレンにとって、これはカレレンのあらゆる才能のうちで最高にすばらしい、またいちばん意外な能力に見えた。いまはもうそれほど驚異にも思えなくなっていた。それというのも、〈監督官〉の能力の大半がそうであるように、これも純然たる知性のおかげであって、べつにかれだけの特別な才能ではないことを知ったからである。

思考速度を人間の話し言葉なみに落とすと、カレレンはどれほど長い言い回しだろうと、自在に組み立てる余裕が持てるのだ。

「〈自由連盟〉のことは気に病むにはおよばない。この一か月間すこぶるおとなしかったし、いずれはまた立ちなおってくるにしても、もはや真に脅威的な存在とはなるまい。実際のところ、敵を知ることはいついかなる場合でも大切だから、その点で〈連盟〉はきわめて有用な組織というべきだ。万一かれらが財政危機にでもおちいったら、補助金さえ出してやってもいいかもしれない」

ストームグレンはときどき、カレレンのいうことが冗談なのか本気なのかわからなくなることがあった。かれは無表情のまま聞きつづけた。

「ごく近い将来、〈連盟〉は反論の最も強力な根拠をまた一つ失うことになるだろう。過去数年間、きみが置かれてきた特別の地位に対して、ごうごうたる批判が、といっても大部分はいささか子供じみたものだったが、とにかく寄せられていた。わたしが統治に乗りだした当初の時期には、この制度はきわめて貴重だったが、現在の世界はもうわたしの計画どおりの方向に進んでいるから、そろそろ廃止してもいい。今後のわたしと地球との交渉はすべて間接的になり、国連事務総長の役職は、その本来の形にふたたび復帰することになるだろう。

来たるべき五十年間には、幾度となく危機が訪れるだろうが、いずれもうまく乗り切れよう。いまから三十年近くたつと、わたしの人気はどん底に落ちることになるだろう。なぜかといえば、いまこの場ではっきり打ち明けるわけにはいかない種々の計画を、実行に移さなければならぬからだ。わたしの暗殺をはかろうと策謀する者さえ現われるかもしれない。しかし、未来の構図は明確そのものだから、こうした苦境もいつかはすっかり忘れられる日が来るだろう——きみたちみたいに、いつまでも忘れない種族でさえね」

最後の言葉にはとりわけ力がこもっていたので、ストームグレンはその瞬間、ぎくりと身をこわばらせた。カレレンはつい口をすべらすなどというヘマは決してしなかったし、軽率と見える発言ですら、じつは小数点以下数桁まで計算されたものなのだ。だが、聞き返すいとまもないうちに——聞いたところで答えてくれるはずもないが——〈監督官〉はまた話題を変えてしまった。

「きみはよくわれわれの長期計画について聞きたがったね」カレレンは話しつづけた。「〈世界国家〉の創設は、むろんほんの第一段階にすぎない。これはきみの生きているうちに完成を見るだろう——だが、その変化は、いざそれが実現しても、だれもそのことに気づかぬほど、ごくごく緩慢に起こるだろう。以後の三十年は、次の世代が成熟に達するまでの準備期間となる。それからいよいよ、われわれの約束した日が到来することになるわけだ。その場にきみに居合わせてもらえないのは残念でならんよ」

ストームグレンの眼は開けられたままだったが、視線はスクリーンの暗い障壁のはるか彼方にひたと据えられていた。かれはいま未来を覗いていた。おのれの決して見られぬ日を思い描いていた。

「その日」とカレレンはさらにつづけた。「人間の精神は、めったに経験することのない心理的断絶感のひとつを味わうことになるだろう。だが、永遠の打撃になることはない。その時代の人類は祖父たちよりも、精神が安定しているだろうからだ。われわれはすでにずっとかれらの生活の一部だったから、いざわれわれの姿に接したときも、きみたちほどにはそれを——異様とは受けとらないでくれるだろう」

これほどまでに瞑想的な気分に浸っているカレレンを、ストームグレンはついぞ知らなかったものの、それほど驚きはしなかった。自分が知りえた〈監督官〉の個性は、無数の側面のほんの一部にしかすぎないと信じていたからだ。真実のカレレンは知るべくもないし、おそらくは人類の理解を超えた存在なのだろう。そしてまたしてもストームグレンは、〈監督官〉の真の関心はどこかよそに向けられているのではないか、という気がした。

「それからまた、次の準備期間がくるだろう、ただし、今度はほんの短期間だ。それというのも、世界はすぐしびれを切らすだろうからだ。人類は宇宙へ出ていくことを、ほかの世界を見ることを、われわれの事業に参加することを熱望するだろう。なぜなら、それはまだほんの緒についたばかりだからだ。われわれの知る種族によって訪問された世界の数は、銀河系の全太陽のまだ千分の一にも満たぬのだ。いつの日か、リッキーよ、きみたちの末裔《まつえい》もかれら自身の宇宙船にうち乗って、その機の熟した惑星へ文明をもたらしにいくようになるだろう――ちょうどいま、われわれがやっているように」

幾世紀もの深淵をへだてた彼方に、ストームグレンはおぼろげながら、カレレンの夢見る未来を、人類をそこへ導こうとしている未来を、かいま見ることができた。未来のいつごろなのだろうか？　見当すらつかなかった。〈天帝〉たちの基準に照らせば人類の成長の度合いがどれほどなのか、かれには測るすべがなかった。

カレレンが沈黙したので、ストームグレンは〈監督官〉がいま、自分をじっと観察しているような気がした。

「素晴らしい未来像ですね」かれはそっとつぶやいた。「あなたの監督するどの惑星にも教えてやるのですか？」

「そうだ」カレレンは答えた。「それを理解できる世界には必ずね」

いきなりどこからともなく、奇妙に不穏な考えが、ふっとストームグレンの脳裏に浮かんだ。

「かりにですね、人類に対する実験がとどのつまり失敗に終わったとしたら？　われわれ自身未開人との問題で、そんな悲劇を経験しています。あなたたちも失敗したことはあるのでしょう？」

「そう」カレレンはいったが、ほとんど蚊の鳴くような声だった。「われわれにも失敗はあったよ」

「そんなときはどうするのです？」

「待つのさ――そしてもう一度やってみる」

そのあとにきた沈黙は、おそらく十秒はつづいた。ふたたびカレレンが口を開いたとき、その言葉はくぐもっていて、あまりに不意打ちだったので、つかのまストームグレンは反応できなかった。

「さよなら、リッキー！」

カレレンに裏をかかれたのだ――もう遅いかもしれない。ストームグレンの金縛り状態は、ほんの一瞬でとけた。次の瞬間、かれは手慣れた動作で、さっとばかりに投光銃を抜き出すや、スクリーンに押しつけた。

それにしても、これは嘘になるのだろうか？　ほんとうのところ、自分はどこまで見たのか？　カレレンが意図した以上でないことは、少なくとも確かだった。カレレンが最初からあのもくろみを知っていて、終幕の瞬間まで見透していたのだということに、ストームグレンは絶対的な確信があった。

さもなければ、光芒の輪が照らしだしたとき、なぜすでにあの巨大な椅子がもぬけの殻《から》だったのか。理由が説明できないではないか？　あのときかれは間髪を容《い》れず、投光銃を振りまわしたのだが、もう手遅れだったのだ。初めてその姿が目にとまったときにはもう、人間の背丈の二倍はありそうな金属製の扉が、すばやく閉まりかけるところだった――すばやく、だが目にもとまらぬほどの早さでもなく。

　カレレンはかれを信頼してくれたのだ。おのれの力では決して解けぬ謎にとりつかれたまま、人生の長い黄昏を迎えねばならぬストームグレンを、見るにしのびなかったのだ。自分のさらに上位に君臨する未知の権力者たち（はたして同じ種族だろうか？）に逆らうつもりはなかったが、カレレンとしては精一杯のことをしてくれたのである。事実は〝かれら〟の命令に背いたのだとしても、それは決して立証できないことだった。

「われわれにも失敗はあった」

そうさ、カレレン、それは事実だった。人類史の夜明け前に失敗をおかしたのは、やはりあなただったのか？　あれはたしかに失敗だったにちがいない。なぜなら、そのときの影響が、人類のどの民族の幼年期にも悪夢としてつきまとい、全時代を通じていまだに根強く尾を引いているからだ。五十年の歳月ぐらいで、はたしてあなたは世界中に残る神話や伝説の力に打ち勝てるのだろうか？

　それでも、失敗は二度とないだろうことが、ストームグレンにはわかっていた。こんど両種族がふたたび出会うときには、〈天帝〉たちはすでに人類の信頼と友情をかち得ているだろう。かれらの真の姿にはじめて接して受けるショックも、すべてを台無しにはするまい。

　ストームグレンにはもうひとつわかっていることがあった。自分が生涯《しょうがい》の目を閉じるとき、脳裏に最後に思い浮かべるのは、あのすばやく回転する扉と、その向こうに消えていく長くて黒い尾にちがいないということが。

　だれもがよく知っている、思いがけぬほど美しい尾だった。さかとげのついた尻尾だった。

時の矢
Time's Arrow

酒井昭伸訳

Science Fantasy, Summer 1950

河が涸《か》れはて、湖も渇水して泥沼と化すなか、すっかり干あがった河床をやってきた怪物は、わずかに水を残す泥地に足を踏みいれた。安全に歩ける場所などはほとんどない。いちばん固い部分でさえ、巨体の重みを支える巨大な足は三十センチ以上も沈みこんでしまう。ときおり怪物は足をとめ、鳥のようにすばやく小刻みに頭を動かして、周囲の地形を見まわし——泥のいっそう深みへと踏みこんでいった。五千万年後、その足跡を発見する人類に、かなりの正確さで歩幅を把握させるべく。

というのも、その湖に水がもどることは二度となく、強烈な陽光によって泥は焼き固められ、岩と化してしまうからである。そのさらにのち、砂漠がこの一帯をおおうために、泥岩は砂の層の下に保護される。人類がやってくるのは、そのさらにあとの時代——ずっとずっとあとの時代のことになる。

「思うんだけどさ！」ドリルの騒音に負けまいとして、バートンが声を張りあげた。「ファウラー教授が古生物学者になったのは、空気ドリルが大好きだからじゃないのかな？でなきゃ、この分野にはいって味をしめたのか！」

「聞こえない！」デイヴィスは叫び、すっかり板についたしぐさでショベルにもたれかかった。それから、早く終わりにならないかという顔で腕時計を見て、「もう夕食ですって教えにいってやろうか？　大先生、掘削中は腕時計をつけないから、時間がわからないんじゃないかな」

「むだだよ、そんなことしたって」バートンは叫んだ。「そんな考え、向こうは先刻お見とおしさ。いつもみたいに、作業時間を十分ほど引き延ばされるのがおちだ。だけど、そういいにいってるあいだは、一時的にしろ、この穴掘り地獄から解放されるわけか……」

ふたりの若い地質学者は、ショベルをその場に置き、いそいそと教授のもとへ歩きだした。ふたりがそばまでいくと、教授はドリルをとめた。たちまち、あたりがぐっと静かになった。聞こえるのは、付近で響くコンプレッサーのうなりだけだ。

「キャンプにもどる時間ですよ、教授」デイヴィスがいった。腕時計はさりげなく、うしろに隠してある。「知ってるでしょう、遅れたら料理係になんていわれるか」

文学修士にして王立協会特別会員、地質学協会特別会員でもあるファウラー教授は、額《ひたい》をおおう黄土色の土をぬぐった。ぬぐいそこねた土は、まだ額に残っている。こうして見ると、どこに連れていっても工夫《こうふ》として通用しそうだ。事実、ときどき発掘現場を訪れる客たちは、愛用の空気ドリルを手にし、褐色に陽灼けした上半身をさらして掘削にいそしむ男を見ても、地質学協会の副会長とはまず気づかない。

　砂岩をとりのぞき、その下の石化した泥地を掘りだすまで、かかった時間は約一ヵ月。これまでに露出させた泥地は、面積にして何十平方メートルにもなる。そこに封じこめられた太古のスナップ写真は、かつて発見された、おそらくは最良の古生物学記録だ。涸渇しゆく水をもとめて、この泥地を訪れた鳥や爬虫《はちゅう》類は相当数にのぼり、肉体が消滅したのちも残る永遠の記念碑として、多数の足跡を残している。しかも、足跡がつぎつぎに同定されていくなかで、一種類だけ、現在の科学には未知の足跡も見つかった。ここで発見されたもののうち、もっとも大きなその足跡の主は、体重二十トンから三十トンはあったにちがいない。それを見つけて以来、ファウラー教授は獲物を追いつめるビッグゲーム・ハンターのように、五千万年前の足跡の追跡にありったけの情熱をそそぎこんでいる。うまくすれば、本体の化石を見つけられる可能性もあった。未知の怪物がここを通ったとき、一帯の地形は深い泥地だったから、当時の多くの動物がそうだったように、どこかで泥にはまりこんで動けなくなり、そのまま泥に埋もれて、このあたりで化石化しているかもしれない。

いろいろと便利な機械があるとはいえ、発掘はおそろしく退屈な作業だ。しかも、掘削機械を使ってはがせるのは上層にかぎられていて、そこから下は手作業で、細心の注意をはらって掘りださなくてはならない。その微妙さを考えれば、ファウラー教授がドリルでの予備掘削だけは自分でやるといいはるのも無理からぬ話ではあった。なにしろ、ほんのちょっとヘマをしただけで、とりかえしのつかないダメージを与えかねないのだ。

教授とともに、発掘チームのポンコツ・ジープに乗りこみ、でこぼこ道をゆられながらメイン・キャンプへもどる途中、デイヴィスはかねてから気になっていたこと——発掘がはじまって以来、若手のあいだでずっと取り沙汰されている懸念を口にした。

「さすがにもう、疑問の余地はないですね。谷の南にいるおとなりさんは、確実にぼくらをきらってますよ。だけど、その理由がわからない。べつに向こうさんのじゃまをしてるわけじゃないし、いちどくらい招待してくれたって、バチはあたらないだろうに」

「あれが軍の研究施設だったら話はべつだけどな、もちろん」バートンがいった。これは若手のあいだで定着している通説だ。

「軍の施設ではないだろう」ファウラー教授がおだやかにいった。「というのは——じつは招待状がきたんだよ。招かれたのはわたしだけだがね。あすにでも訪ねてみるつもりだ」

この爆弾発言が期待どおりの効果をあげなかったとしたら、それはうちのチーム内の優秀な諜報《ちょうほう》システムのおかげだな、と教授は思った。ディヴィスはしばし、自分の疑念に教授が返したことばを吟味してから、軽く咳ばらいをしてたずねた。

「じゃあ、ほかにはだれも招待されてないんですね？」

教授はディヴィスのことばにこめられた含みにほほえんでみせた。

「うん、されていない。これはきわめて個人的な招待でね。きみたちが好奇心のうずきで死にそうなほどなのは知っているが、正直な話、あそこについては、わたしもきみたち以上のことを知ってるわけじゃない。あした訪ねてみて、なにかわかったら話してやるよ。ただし、すくなくとも、あの施設の運営責任者がだれかはわかったぞ」

教授の助手たちは耳をそばだてた。

「だれです？」たずねたのはバートンだった。「ぼくは核兵器がらみの研究施設だとにらんでたんですが」

「可能性はある」教授は答えた。「なにしろ、責任者は、かのヘンダースンとバーンズだからな」

こんどの爆弾は大きな効果をあげた。ディヴィスは驚きのあまりハンドルをさばきそこね、ジープを道の外へはみださせそうになったほどだった。もっとも、そうなっていたとしても、たいしたちがいはなかっただろう。もともと道らしい道はないのだから。

「ヘンダースンとバーンズ？あんな大物が、こんな荒れ地の穴ぐらに？」

「そのとおり」教授は陽気にうなずいた。「招待状はまぎれもなく、バーンズ本人からのものだった。いままで知らん顔をしていて申しわけない、と通りいっぺんの弁解をしたあとで、よかったらちょっと寄って話をしていかないかといってきたんだ」

「あそこでなにをしているか、書いてありました？」

「書いてなかったな。これっぽかりもね」

「バーンズとヘンダースンか……」バートンが記憶をさぐるような顔でつぶやいた。「じつは、有名な物理学者ということ以外、よく知らないんですが。専門はなんです？」

「低温物理学だよ。どちらも斯界《しかい》の権威だ」デイヴィスが答えた。「ヘンダースン博士は何年もキャヴェンディッシュ研究所の所長をやってた人物なんだ。そう遠くないむかし、〈ネイチャー〉にたくさん論文を発表してたのを見たことがある。ぼくの記憶が正しければ、どれも〈ヘリウムII〉に関するものだった」

物理学者が大きらいで、ふだんからそう公言してはばからないバートンは、格別感心したふうでもなく、

「ヘリウムIIといわれたって、なんのことだか知らないぜ」と、不愉快そうにいった。「それに、知りたいとも思わないな」

これはデイヴィスに対するあてつけだった。デイヴィスは物理の学位を持っている。しかも、本人の説明によれば、気の迷いでついとってしまったのだ。その〝迷い〟は数年ほ

どつづき、結局、ずいぶん遠まわりして地質学の分野に移ってきたのだが、そのせいかデイヴィスは、なにかというと〝初恋〟の学問のことを口にする傾向があった。

「ヘリウムⅡというのは、絶対零度より数度上でのみ存在する、液体ヘリウムの一状態のことでね。こいつはきわめて特異な性質を持ってるんだが、ぼくの知ってるかぎりじゃ、その性質のどれをとっても、地球のこんな僻地《へきち》に名だたる物理学者がふたりもそろってることの説明にはならないな」

車はキャンプに到着した。デイヴィスはいつもどおり、ジープを駐車区画に勢いよくつっこませた。が、いつもよりやや制動が悪く、前に停めてあるトラックにバンパーがぶつかってしまった。むすっとした顔でかぶりをふりながら、デイヴィスはいった。

「タイヤが丸坊主になりかけてる。新しいのはもうとどいたのか？」

「けさがた、ヘリでとどいた。アンドルーズの涙のメモがついてたぜ、こんどはなんとか二週間もたせてくれとさ」

「よし、いいぞ！　夕めしを食ったらすぐに交換しよう」

教授は先にジープをおり、ふたりに先行してテントに向かっていたが、途中で歩みをゆるめ、ふたりが追いついてくるのを待って、むっつりした顔でこういった。

「だれだ、ジムのやつを急がせたのは。またコンビーフだぞ」

教授が出かけているあいだ、バートンとデイヴィスが仕事の手抜きをしたといえば、公正さに欠ける。むしろ、ほとんどの時間、ふたりはいつもより必死に働いたといっていい。地元で雇った作業員たちは、総責任者がいないと見るとさぼるので、ふだんの倍はこまかく監督しなければならなかったからである。とはいうものの、いつもよりもうんとおしゃべりの時間が増えたことも事実ではあった。

ファウラー教授の発掘地にきて以来、ふたりの若い地質学者は、谷を南へ八キロいったところにある奇妙な施設がずっと気になっていた。それがなんらかの研究施設であることはまちがいない。デイヴィスの見るところ、施設にある高い煙突は、原子力発電に特有のものだ。もちろん、だからといって、そこで行なわれていることが具体的にわかるわけではないが、重要な研究がなされていることの裏づけにはなる。なんといっても、世界にはまだ原子炉がわずかしかなく、そのすべてが重要プロジェクトにのみ使われている状況なのである。

ふたりの大物理学者がこんな僻地に隠棲《いんせい》している理由については、いくらでも考えられた。危険をともなう原子力研究は、その大半が人里からできるだけ遠く離れた場所で行なわれている。なかには、宇宙での実験施設ができあがるまで待つべきだとして、中止された研究さえある。しかし、どんな実験をしているにせよ、いまや地質学研究で世界一重要な場所となった発掘地のそばにいすわりつづけるというのも、妙な話ではあった。もちろんこれは、たんなる偶然の一致かもしれない。じっさい、施設の物理学者たちは、すぐそばに同胞がいるというのに、いままで発掘地になんの関心も見せたことはない。

デイヴィスは巨大な足跡のひとつにかがみこみ、慎重に掘りだしを進めていた。その後方では、すでに掘りだしのおわった足跡を保護するため、バートンが透明の液体樹脂を流しこんでいる。ふたりの作業ぶりには、どことなくうわの空のような感じがあった。それというのも、どちらも無意識のうちに、早くジープの音がしないかと聞き耳を立てていたからだ。研究施設訪問から帰ってきたら、ファウラー教授がその足で拾いにきてくれることになっている。ほかの車輛はよそで使っているし、このぎらつく太陽のもと、キャンプまで三キロの距離を歩いて帰らされてはたまらない。それになにより、教授のみやげ話を一刻も早く聞きたくてしかたがなかった。

「何人いると思う？」唐突に、バートンがいった。「となりの施設にはさ」

デイヴィスは背中を伸ばした。

「建物の規模から判断すると、せいぜい十人前後だろう」

「それだと、私的な研究かもしれないな。核兵器開発みたいな国防総省がらみの大プロジェクトじゃなくてさ」

「かもしれない。だけど、そうとう大がかりなバックがついてることはたしかだぜ。ヘンダースンとバーンズの名声だけでも、資金の出し手はいくらでもつくだろうし」

「物理学者はいいよなあ。新兵器開発のためとかいって、軍のおえらがたを納得させられたら、二百万ドルくらい、ポンと出してもらえるんだから」

苦々しげな口調だった。たいていの科学者とおなじように、バートンもこの件についてはきびしい意見を持っている。いや、むしろ通常よりずっときびしいといったほうがいい。というのも、彼は平和主義のクエーカー教徒で、第二次大戦最後の年には、多少はクエーカーに理解のある司法当局と、戦争の是非について論争していたほどなのだ。

ふたりの話は、ジープのエンジン音と悪路を走ってくる走行音で中断された。ふたりはすぐさま教授を出迎えに駆けより、異口同音に叫んだ。

「どうでした？」

ファウラー教授は考え深げな表情でふたりを見返した。その表情からは、考えていることがいっさい読みとれない。ややあって、教授はきいた。

「仕事は進んだか？」

「よしてくださいよ、教授！」デイヴィスは険しい声を出した。「教えてください、なにがわかったんです？」

教授はジープを降りると、土ぼこりをはらい、

「すまないが……」と、きまり悪そうにいった。「なにも教えてやるわけにはいかんのだ。かんべんしてくれ」

口々に不満をもらすふたりを、教授は手をひとふりしてだまらせた。

「非常に興味深い一日ではあった。が、話の内容はいっさい他言しないと約束せざるをえなくてな。じつをいうと、なにが起こっているのか、いまだに正確なところはわからない。しかし、きわめて革新的な研究が行なわれていることはたしかだ。たぶん、原子力に匹敵する画期的な研究だよ。どのみち、あすはヘンダースン博士が発掘地へやってくる。なにか教えてくれるかどうか、ためしてみるといい」

しばらくのあいだ、バートンもディヴィスも、肩すかしを食った思いでことばを失った。先に気をとりなおしたのは、バートンのほうだった。

「でも、急にこっちの活動に興味を持ったからには、なにか理由があるんでしょう？」

教授はしばし思案顔になってから、うなずいた。

「ある。たんなる近所づきあいで呼ばれたんじゃない。向こうはわたしの知識が役にたつかもしれないと考えているのさ。さあ、もう質問はなしにしてくれ。キャンプまで歩いてもどりたいというんならべつだがな！」

ヘンダースン博士が発掘地へやってきたのは、翌日の午後三時ごろのことだった。博士は恰幅《かっぷく》のいい年配の人物だったが、身につけているのは目にまぶしいほど白い白衣のみで、あとはシャツもズボンもなしという、はなはだエキセントリックな服装をしていた。もっとも、うだるように暑いこの地の気候では、きわめて実用的な服装ともいえる。

ファウラー教授に博士を紹介されたとき、デイヴィスとバートンは少々よそよそしい態度をとった。ふたりとも疎外された気分だったので、その思いを言外に伝えようとしたのだ。ところが、ヘンダースンが発掘作業にいたく興味を示すものだから、ふたりはじきに態度を軟化させた。それを見きわめて、ファウラー教授は発掘地の案内をふたりにまかせ、自分は現地雇いの作業員を監督しにもどっていった。

ヘンダースン博士は、白日のもとにさらされた太古の世界の痕跡にしきりに感心してみせた。それから約二時間のあいだ、ふたりの地質学者は博士にメートル単位で発掘地を見せてまわり、太古にここへやってきたさまざまな生物たちのこと、今後なされるであろう発見のことなどを語ってきかせた。ファウラー教授が追っている足跡は、主発掘地から外へ向かって掘られた幅の広い溝の底にある。この溝が主発掘地の外へ掘り進められたこと自体、教授がほかのことを人まかせにし、足跡の調査に全力をあげているあかしだった。溝は途中で途切れているが、これは教授が時間節約のため、足跡のラインにそって見当をつけ、足跡のありそうなところにだけ穴を掘る方式に切り替えたためである。もっとも、このまえの掘削はみごとな空振りにおわった。穴を掘り広げてみたところ、巨大爬虫類が急に方向転換していたことがわかったのだ。

「ここがいちばんの見せ場です」バートンが、すこし疲れたようすの物理学者にいった。

「これまでにお見せした足跡のなかには、立ちどまってしばらく周囲を見まわしていた形跡と見られるものがいくつかあったでしょう？　ここにきて、この足跡の主はなにかを見つけたんです。そして、それまでとはべつの方向へ駆けだした。走ったことは、歩幅からわかります」

「こんなに巨大な生物が走れたとは意外だな」

「まあ、よたよたという感じだったのかもしれませんけどね。しかし、五メートルの歩幅というのはそうとうなものですよ。この足跡については、可能なかぎり追いかけていくつもりです。足跡の主が追いかけていたものの正体もわかるかもしれません。教授が期待しているのは、たぶん足跡の乱れた格闘現場です――あたりに獲物の骨でも散らばっていれば文句なしなんだけど。そんなものが見つかったら、みんな飛びあがりますよ」

ヘンダースン博士はほほえんだ。

「ウォルト・ディズニーの『ファンタジア』のおかげで、そういうシーンがありありと目に浮かぶね」

デイヴィスが、あまり熱のこもらない口調でいった。

「だけど、足跡の主が急に向きを変えたのは、母親が鍋をたたいて、ごはんだよって叫んだからかもしれませんよ。冗談はさておき、この仕事をやっていていちばん腹がたつのは、いよいよこれからというところで、痕跡がふっつり消えてしまうことなんです。地層が洗い流されていることもあれば、地震でだいなしになっていることもある。もっと悪いのは、ものの価値もわからないどこかの馬鹿が、せっかくの化石を壊してしまうことです」

ヘンダースンはうんうんとうなずいた。

「気持ちはわかる。その点、物理学者は楽だね。答えがあるのなら、いつかは得られるんだから」

ヘンダースンはそこで、いいにくそうにことばを切った。これから自分がいうことを、慎重に吟味しているような感じだった。

「なあ、きみたち。過去のできごとをその目で見られるとしたら、いろいろと手間が省けると思わないか？　こんなに苦労の多い、不確実なやりかたにたよらずにだ。きみたちは、たった百メートルに点在する足跡の追跡に二ヵ月も費やしている。そのうえ、骨折り損になるかもしれない」

長い沈黙がおりた。ややあってバートンが、考えこんだような声で答えた。

「いうまでもなく、博士、ぼくらは博士の研究にとても興味を持っています。ファウラー教授がなにも教えてくれないので、あれこれと想像をたくましくしてきました。まさか博士は、ほんとうに過去を――」

ヘンダースンはあわててさえぎった。

「あまり深く考えないでくれ。いまのはただの白日夢にすぎない。われわれの研究については、完成にはほど遠いが、じきにきみたちも全貌を耳にすることになるだろう。べつに秘密主義というわけじゃないが——新しい分野に携わる者というのは、はっきりと地歩を固めるまで、なにも口外したくないものなんだ。たとえば、ほかの古生物学者がここへやってきたなら、ファウラー教授はつるはしをふりまわして追いはらうだろう？」

「それはちょっとちがいますね」ディヴィスはほほえんだ。「教授だったら、その連中も引きずりこんで仕事をさせますよ。ともあれ、博士のお考えはわかりました。研究内容がわかるまで、あまり長く待たされなきゃいいんですけどね」

その夜、メイン・キャンプでは、夜更《よふ》けまでランプが灯《とも》された。バートンが露骨に疑念を示すのにもかまわず、ディヴィスはヘンダースン博士のことばのはしばしを基に、となりの施設で行なわれている研究のかなりこまかい仮説を築きあげ、それを披露していたのである。

「だって、この仮説ならいろんなことが説明できるぜ」とディヴィスはいった。「第一に、彼らがこの地を選んだ理由。ほかの土地じゃだめなんだ。ぼくらはこのあたりの地層のことなら、過去一億年の範囲で隅々まで把握してるし、どこでなにが起こったかもかなりの精度で特定できる。地球上で、ここほど詳細に過去が調べつくされている場所はほかにない。だとしたら、この仮説の実験を行なうのにぴったりの場所じゃないか！」

「だけど、過去を見る機械なんて造れるもんか？　理論上の話にしてもさ」

「どうやったら造れるかは見当もつかない。でも、不可能だとはいわないよ──とくに、ヘンダースンやバーンズのような人物がからんでいる場合にはさ」

「うーん。あんまり説得力のある話には思えないなあ。なんとか裏をとる方法はないもんかな。例の〈ネイチャー〉の論文はどうなった？」

「大学図書館に申請しておいた。今週末には届くはずだ。科学者の研究にはかならず継続性があるから、それを見れば、貴重な手がかりが見つかるかもしれない」

だが、週末を迎えて、ふたりは失望を味わわされることになる。ヘンダースンの論文は、むしろ混乱を倍加させただけにおわった。ディヴィスの記憶にあるとおり、論文のほとんどは、ヘリウムⅡの奇妙な性質に関するものばかりだったのである。

「たしかに、おもしろいしろものではあるな」ディヴィスがいった。「液体が常温でこんなふうにふるまったら、みんな気が狂っちまうぞ。なにしろ、粘性というものがまったくないんだから。かのチャールズ・ダーウィンの息子で、サー・ジョージ・ダーウィンという天文学者がいるんだが、そのダーウィンがむかし、海がヘリウムⅡでできていたら、船はエンジンなしで航海できるといったことがあるそうだ。航海当初にひと押ししてやれば、船はそのまま無抵抗で海上を進みつづけて、目的地の緩衝装置まで到達するだろうとね。ただ、ここにはひとつ、大きな障害がある。船が目的地にたどりつくずっとまえに、ヘリウムⅡが船べりを這いあがってきて、船自体を沈めちまうのさ――ブクブクブクブクブク……」

「そりゃあおもしろいや」バートンはいった。「だけど、そんなしろものときみの仮説と、どんな関係があるんだい？」

「あんまりないな」デイヴィスは認めた。「ただ、論文にはこういうことも書いてある。ヘリウムⅡの場合、ふたすじの流れが、おなじ一本のチューブ内をそれぞれ反対方向に流れうる――つまり、いっぽうの流れが、もういっぽうの流れのなかを逆行しうるというんだ」

「それじゃあ、わけがわからない。それって、ひとつの物体が同時にふたつの方向へ動くといってるのも同然じゃないか。なにかそれらしい説明があるんだろう？　どうせまた、相対性理論がらみじゃないのか？」

デイヴィスはたんねんに論文を読み、

「その説明は――」と、ゆっくりと答えた。「どうも複雑だなあ。ちゃんとわかったふりをするつもりはないよ。ただ、ひとついえるのは、液体ヘリウムは特定の条件下で負のエントロピーを持つ――その事実にこの現象は基づいているということだ」

「そもそも、正のエントロピーがなにかってことさえわからないんだぜ。負のエントロピーなんていわれたって、なにがなんだか」

「エントロピーというのは、宇宙の熱拡散の度合いのことだよ。原初、すべてのエネルギーが各恒星に集中しているうちは、エントロピーは極小だった。そして、それが極大に達するとき、すべては均一の温度になり、宇宙は熱的死を迎える。熱量はまだたくさん残っているが、使える状態じゃなくなるんだ」

「なんで使えないんだ？」

「平坦な海では、いくら水があったって水力発電はできない。ところが、山の上に小さな湖があれば、たとえ水量が多くなくても水力発電に使える。水力発電には落差が必要なのさ」

「ははあん、わかった。そういえば、思いだしたぞ。だれかがエントロピーのことを、〝時の矢〟と呼ばなかったか？」

「呼んでる。たしか、アーサー・エディントンだ。どんなものでもいいから、時計のたぐいを考えてみるといい。たとえば、振り子だ。振り子はいっぽうにふれても、なんなく反対にもどれるだろう。ところが、エントロピーは不可逆な性質を持っていて、時の経過とともにつねに増大していく。そこからエディントンは、〝時の矢〟という表現を使ったんだ」

「じゃあ、負のエントロピーというのは――まさか……！」

ふたりの若者はしばし顔を見交わした。ややあって、バートンが抑えた声でたずねた。

「それについて、ヘンダースンはなんといってる？」

「最後の論文から引用しよう。〝負のエントロピーの発見は、われわれの物理的世界の見かたに対し、まったく斬新かつ革新的な諸概念をもたらすものである。そのうちのいくつかは今後の論文で検証されるだろう〟」

「で、そのとおりになったのか？」

「いや、それっきりだ。〝今後の論文〟はなかったんだから。そこから考えられる可能性はふたつある。ひとつは〈ネイチャー〉の編集者が論文の掲載を断わったこと。この可能性は無視してもいいと思う。もうひとつの可能性は、研究結果があまりにも革新的すぎて、ヘンダースンがそれ以上の報告を送らなかったということだ」

「負のエントロピー――負の時間か」バートンは考えこんだ顔でつぶやいた。「なんだかうさんくさいな。だけど、過去を覗き見る装置も、理論的には造れるかもしれないわけだ……」

「ぼくらにできることはひとつしかない」唐突に、ディヴィスはいった。「教授をつついて反応を見てみよう。ああ、これ以上考えてると知恵熱が出そうだ。もう寝るよ」

だが、その晩、ディヴィスはあまりよく眠れなかった。夢のなかで、彼は目のとどくかぎり左右にどこまでもつづく道路を歩いていた。その道を何キロも歩いたころ、道路標識が見えた。そばに近づいてみると、標識は壊れていて、本来は道の両方向を指していたはずの方向指示板が、風に吹かれてくるくると回転していた。回転するたびに、そこに書いてある字が見える。どちらの指示板にも、行き先はひとことずつしか書かれていない。いっぽうは〈未来へ〉。そしてもういっぽうは、〈過去へ〉——。

ファウラー教授からはなにも聞きだせなかった。驚くにはあたらない。学部長をべつにすれば、教授は大学一のポーカーの名手だからである。デイヴィスが仮説をかいつまんで開陳するあいだ、教授はなんの表情も浮かべずに、少々おむずかりの助手たちを見つめていた。

デイヴィスが話をおえると、教授は静かにいった。

「あした、もういちどとなりを訪ねて、ヘンダースンにきみの探偵ぶりを話してみよう。感心して秘密を打ち明けてくれるかもしれないぞ。それをいうなら、わたしにも、もうすこしくわしいことを話してくれるかもしれないな。ということで——さあ、きょうは仕事だ」

そういわれても、もうすこしで手のとどきそうなところに謎がぶらさがっているのだから、気になって仕事どころではなかった。時間がたつにつれ、デイヴィスとバートンはますます仕事が手につかなくなっていった。発掘地に出ることは出ても、休憩をとり、考えこむことが頻繁になった。もしかすると、自分たちの労働はむだなのではないのか？　もしそうだとしたら——過去を覗く機械ができるのだとしたら——真っ先にその恩恵をこうむるのは自分たちだ。過去を覗き、歴史の隅々にまで光をあて、始源の時にまで遡《さかのぼ》れるのだから！　過去の大いなる秘密はことごとく明るみに出る。地球に生命が登場する瞬間を目のあたりにし、アメーバからヒトにいたる歴史全体を俯瞰《ふかん》することもできる。

いや——しかし、事実にしてはできすぎだろう。とりあえず、ふたりはそう結論し、休憩を切りあげて現場にもどると、化石掘りを再開した。が、そうやって三十分も作業をしているうちに、またぞろおなじ疑問が湧いてくる。もしもそれが事実だったなら？　そして、そんな堂々めぐりを最初からくりかえすのだ。

二回めの施設訪問からもどってきた教授は、浮かない顔をしており、明らかに動揺していた。教授が口にした報告のうち、ふたりの助手が唯一満足できたのは、ヘンダースンがデイヴィスの仮説に耳を貸し、その推理能力に敬意を表したという部分だけだった。

教授の口から得られた情報はそれだけだったが、デイヴィスの目に宿る光は、自分の正しさを確信したことを物語っていた。バートンはまだ疑念をいだいているようだったが、それから数週間のうちに、彼もまたデイヴィスの仮説に傾いていき、とうとうふたりとも、この仮説は正しいと確信するにいたった。なぜなら、ファウラー教授がヘンダースンやバーンズと過ごす時間が、ますます長くなっていったからである。どうかすると、施設にいったきり、何日も姿を見せないときもあった。しかも、教授は発掘にほとんど興味をなくしたらしく、全権をバートンに委《ゆだ》ねてしまった。バートンとしても、大型の空気ドリルを好きなだけ使えるようになったのはありがたかったが、それにしても……。

ふたりは一日に数メートルずつ例の溝を掘り進め、足跡を掘りだしていった。いっそう広がった歩幅からすると、怪物はこのあたりでダッシュをかけ、最大速度に達したらしい――まるで、獲物がすぐ目前にせまったかのように。あと二、三日の発掘で、五千万年もむかしの悲劇の現場があらわになるかもしれない。奇跡的に残り、やがて人類の目にふれるべく、長きにわたって保存されてきた太古の状況が、いよいよ陽のもとにさらされようとしている。しかし、そのすべてが、いまとなってはあまり重要なことには思えなかった。教授のほのめかしたこと、そして心ここにあらずといった教授のようすからすれば、例の秘密研究はクライマックスに近づいているにちがいない。もっとも教授は、いまだに口を固く閉ざしている。すべてがうまくいけば、二、三日うちにも全貌を教えてやれるというだけで、それ以上のことは説明してくれようとしない。

一度か二度、ヘンダースンがキャンプを訪ねてきた。そのときのようすから、そうとうなハードワークがつづいていることがわかった。ヘンダースン自身は、研究内容のことを話したくてしかたがないらしいが、最終試験が完了するまではと、こらえているようすがうかがえた。ふたりはヘンダースンの自制心に感心しつつ、それがくじけてくれることを祈った。デイヴィスの受けた印象では、秘密厳守を徹底させている張本人は、いっこうに姿を見せないバーンズのほうらしい。バーンズには、検証され、再検証されるまでは、絶対に研究を発表しないという評判がある。くだんの実験が、本人たちが思っているほど重要なものなら、それほど慎重を期すのも——いくらいらいらさせられるとはいえ——納得のいくことだった。

その朝早く、ヘンダースンが教授を迎えにやってきた。ところが、運の悪いことに、博士の車は悪路で故障してしまった。ふたりの若い地質学者にしてみれば、これはいっそう不幸なことだった。というのも、移動の足をなくした以上、ヘンダースンはファウラー教授がジープで送っていかざるをえず、それはすなわち、デイヴィスとバートンが、昼食時、キャンプまで歩いてもどらねばならないことを意味するからだ。もっとも、そのくらいはがまんしてもいい。ヘンダースンたちが強くほのめかしているように、いよいよきょうでおあずけがおわるのならば。

教授たちが出発するまぎわ、デイヴィスとバートンはジープのそばに立ち、年配の科学者たちと話をした。おたがい、少々緊張ぎみだった。どちらの側も、相手の気持ちがよくわかっていたからである。最後にバートンが、いつものように遠慮なく軽口をたたいた。

「それじゃ、博士。きょうが決行《デル・ターク》の日なら、なにもかもうまくいくことを祈ってます。おみやげはブロントサウルスの生写真がいいな」

この種のジョークにはもうすっかりなれっこになっているので、ヘンダースンも当然のように受け流し、にこやかにほほえんだ。

「なにも約束はできないよ。かつてない大失敗におわるかもしれんのだからね」

デイヴィスは浮かない顔のまま、ブーツのつま先でジープのタイヤの空気圧をたしかめた。見ると、タイヤはどれも真新しいものに交換されていて、はじめて目にする奇妙なジグザグ模様の溝がついている。バートンがいった。

「どういう結果になるにしても、秘密を教えてもらえるように願ってます。教えてくれなかったら、夜中に忍びこんで、なにをしているのか調べだしてやりますからね」

ヘンダースンは笑った。

「あの実験施設を見ただけでなにをしているのかわかったら、きみたちは天才だ。しかし、万事うまくいけば、日暮れまでにはささやかな祝杯をあげられると思う」

「お帰りは何時ごろの予定ですか、教授？」

「四時ごろかな。キャンプでお茶を飲むのに、歩いて帰らせるのも気の毒だしな」

「わかりました――それじゃ、期待してますからね！」

ジープは砂塵《さじん》を蹴たてて走り去り、ふたりの若い地質学者は、考え深げな顔のまま、道路ぎわにとり残された。ややあって、バートンが肩をすくめた。

「作業に没頭すれば、それだけ時間がたつのも早い。とりかかろうぜ、さっそく！」

主発掘場から、ついに百メートル以上にも達した溝の先端で、バートンは空気ドリルをふるっていた。そばではデイヴィスが、最後の足跡を掘りだすべく、仕あげに余念がない。足跡はかなり深く、歩幅もうんと長くなっている。この足跡をずうっとたどってくれば、巨大爬虫類が急に向きを変え、だっと駆けだし、巨大なカンガルーのように跳躍したことは一目瞭然だった。これほどの大型生物に猛スピードで襲いかかってこられたら、どんな気持ちになるものだろう、とバートンは思った。それから、そう思ってすぐに、自分たちの推測が正しければ、もうじきその結果が見られることに気がついた。

午後三時ごろまでにふたりが掘った溝の延長部分は、記録的な長さに達した。地面が柔らかくなったこともあって、バートンは騒音をまきちらしながらしゃにむに掘り進み、それ以外の懸案をすべてわすれてしまった。デイヴィスは数メートル後方で細部を掘りだしている。ふたりともすっかり作業に没頭していて、引きあげの時間だと気づいたのは、腹ぺこでたまらなくなってからのことだった。デイヴィスは教授が帰ってくる時刻を過ぎていることに気づき、まだドリルをふるっている友人のもとへ歩みよって、

「もう四時半ちかくだぜ！」と声をかけた。バートンがドリルのスイッチを切る。けたたましい作動音がみるみる小さくなっていった。デイヴィスはつづけた。「教授、遅いじゃないか。まさか、拾いにくるまえにお茶でも飲んでるんじゃないだろうな。もしそうだったら、文句をいってやる」

「あと三十分、待ってみろよ」バートンはなだめた。「おおかたのところは見当がつくけどな。ヒューズかなにかが飛んで、予定が遅れてるんだ」

デイヴィスはおさまらなかった。

「またキャンプまで歩いて帰るのはごめんだぜ。ちょっとそこの丘に登って、教授の気配がないかどうか見てくる」

掘削を再開するバートンをその場に残し、デイヴィスはやわらかい砂岩を踏みしめて、古い河床のそばに隆起する低い丘に登った。丘の上からは、谷のようすがはるか遠くまで見わたせる。くすんだ地形をバックにそびえる、ヘンダースン＝バーンズ研究所の二本煙突もはっきりと見えた。だが、ジープが立てる砂煙はまったく見えない。教授はまだ帰路についていないのだ。

デイヴィスはむっとして鼻を鳴らした。こんなにへとへとになるまで働いたというのに、このうえキャンプまで三キロも歩かなきゃならないのか。しかも、ますます腹のたつことに、もうお茶の時間には間にあわない。これ以上待っていてもしかたがないと判断して、デイヴィスは友人のもとへもどろうと丘を下りかけた。そのとき——目の隅になにかをとらえ、デイヴィスは足をとめて研究所を眺めやった。

二本煙突のまわりに——ここからだと、研究所は煙突部分しか見えない——奇妙な靄《もや》のようなものがかかっている。陽炎《かげろう》に似ていなくもない。あの手の煙突の排気が熱いことは知っているが、そこまで熱くないことはたしかだ。目をこらしてみると、半球状に一帯をおおう靄は、直径四百メートルちかいことがわかった。

そのとき——突如として研究所が爆発した。光はいっさいともなわず、まばゆい閃光はすこしもほとばしらなかった。ただ、波紋のようなものがいきなり天をよぎり——すぐに消えただけだった。同時に、靄も消えていた。そして、いまのいままで原子炉の存在を示していた、あの二本の大煙突も。

急に脚の力がぬけ、デイヴィスは丘の頂上にへなへなとへたりこみ、呆然と口をあけて谷の彼方を見つめた。すさまじい大災厄の予感が胸にこみあげてくる。夢でも見ているように、爆発音が耳にとどくのをぼうっと待った。

ようやく訪れた爆発音は、驚くほどさえないものだった。シューッという鈍い音が長々とつづいただけで、それはまもなく、そよとも風の流れない谷の空気のなかに消えた。なかば無意識のうちに、デイヴィスは気がついた——ドリルの音も停まっている。ドリルの騒音につつまれたバートンの耳にも聞こえたということは、いまの爆発音は思ったより大きかったのだろう。

みごとなほどの静寂だった。見わたすかぎりの荒涼とした悪地《バッドランド》に、動くものはなにひとつない。立ちあがれるようになるまで、しばらく時間がかかった。それから、おぼつかない足どりで、なかばころげ落ちるようにして丘をくだり、友人のもとへ向かった。

バートンは溝にへたりこみ、頭をかかえていた。ディヴィスが近づいていくと、バートンは顔をあげたが、土と砂にまみれているので、表情がよくわからない。ただ、その目の表情から、ショックで呆然としていることだけはわかった。

「じゃあ、やっぱりきみにも聞こえたんだな！」ディヴィスはいった。「研究所全体が吹っとんじまったらしい。こいよ、たいへんなことになったぞ！」

「聞こえたって、なにがだ？」バートンはのろのろと問いかけた。

ディヴィスは驚いてバートンを見つめた。それから、あんなに騒々しい音をまきちらし、ドリルで作業していたバートンには、どんな音も聞こえるはずがないことに思いあたった。そのあいだにも、災厄への不安はどんどん高まっていく。まるで、避けがたい破滅をまえにして手も足も出ない、ギリシア悲劇の登場人物になったかのように。

バートンが立ちあがった。その顔は奇妙にゆがんでいる。よくよく見ると、いまにも理性の糸が切れそうなありさまだ。にもかかわらず、口を開いたバートンの声は、驚くほど冷静だった。

「なんて馬鹿だったんだ、おれたちは！〝過去を覗くんだろう〟としたり顔でいったおれたちを、内心、ヘンダースンは笑ってたにちがいない！」

ディヴィスは機械的に溝へ歩みより、五千万年来、はじめて陽の目を見るにいたった泥岩を見つめた。そして、呆けたような状態で、数時間前にはじめて気づいた、あの、タイヤの溝のジグザグ模様を目で追った。泥岩にはその模様がくっきりと残っていた。タイヤはあまり泥にめりこんでいなかった。ジープが全速力で走れば、こんな跡がつくだろう。いや、まぎれもなく、ジープは全速力でつっ走っていたにちがいない。なぜなら、ある部分で、浅いタイヤ跡の上には、巨大爬虫類の巨大な足跡がおおいかぶさっていたからである。

その足跡は、ほかよりもひときわ深く地にめりこんでいた——まるで、必死で逃げる獲物に飛びかかるべく、巨竜が最後の跳躍をしたかのように。

海にいたる道
The Road to the Sea

深町眞理子 訳

Two Complete Science Adventure Books, Spring 1951

ダーヴェンが〈黄金のスフィンクス〉のそばで兄と落ちあったのは、秋の最初の落ち葉が散りそめようとするころだった。路傍の茂みのかげに宇宙艇を残すと、彼は丘の頂へ歩いてゆき、そこに立って海を見おろした。冷たい風が荒野を吹き渡り、早霜《はやじも》の危険を思わせた。だが下方の盆地のなかで、〈麗しのシャスター〉は弧を描いた丘陵にいだかれ、いまなおぬくぬくと自然の脅威から護られていた。船の影一つ見えぬ波止場は、青白い薄日ざしの下でまどろみ、紺碧《こんぺき》の海は音もなくその大理石の横腹を洗っている。いまもなお記憶に残る懐かしい街並みを見おろしているうちに、ダーヴェンはいつしか決意が揺らぎかけるのを感じた。あらためて、ここでハナーと会うことにしておいてよかった、という気がした。街から一マイルもあるここならば、あたりの光景や物音から幼時の記憶がいちどきに立ちかえり、それに苦しめられることはないはずだ。

斜面のはるか下のほうに、ハナーの姿が小さな黒点となって見えていた。むかしと変わらぬ悠然とした、落ち着きはらった足どりで、斜面を登ってくる。宇宙艇に乗れば、こちらからひととびでそこまで飛んでゆけるはずだ。だがそうしたところで、ほとんど感謝してもらえないことはわかっている。だからダーヴェンは、巨大なスフィンクスのかげにはいって風を避け、体を暖めるためにときどきそこらを歩きまわりながら、兄を待った。一度か二度は、怪物の頭の下へ行き、瞑想するがごとくじっと海と市街とを見おろしている、その静かな顔を見あげもした。子供のころ、シャスターの庭園からはるかにこの地平線にうずくまった怪物をながめ、はたしてそれが生きているのかどうかと考えたときもあった、そんなことが思いだされた。

ハナーは、二十年前に最後に会ったときから、すこしも老けていないように見えた。髪はいまだに黒々と波打っているし、顔には皺一つない。それもこれも、シャスターとその住民の平穏な生活を脅かすようなものはほとんど存在しない、そのおかげなのだ。これはひどく不公平なように思えた。そしてダーヴェンは、仮借ない辛苦の歳月に、はや髪に白いもののまじりはじめているわが身を顧《かえり》み、瞬間、痙攣《けいれん》にも似た羨望が脳の髄を刺しつらぬくのを感じた。

兄弟のあいだにかわされた挨拶は短かったが、温かみがなくもなかった。それからハナーは、へしおられたハリエニシダとヒースの茂みに横たわったダーヴェンの艇に歩みより、杖でそのカーブした金属の胴体を軽くたたいてみてから、弟のほうへ向きなおった。

「ひどく小さなものだな。これでずっと飛んできたのかね？」

「いや、それは月から乗ってきただけだ。〈事業《プロジェクト》〉からは、これの百倍も大きな定期船で帰ってきた」

「で、その〈プロジェクト〉とやらは、どこで行なわれているのかね――それとも、われわれ素人には秘密かね？」

「いや、秘密でもなんでもない。われわれは、土星の外の宇宙空間で船を建造している。そこならば、太陽の重力傾度がほとんど水平に近くなるから、船を太陽系の外へ送りだすのに、わずかな推力しか必要としないんだ」

ハナーは杖をふるって、足もとにひろがる青い海、色とりどりのおもちゃのような大理石の塔、そして人や車がのろのろと行きかう幅広い通り、などをさしてみせた。

「こうしたもののすべてを捨てて、暗黒と孤独のなかへ去ってゆこうというのか――いったいなにをもとめてなのだ？」

ダーヴェンのくちびるがひきしまり、薄い、決然とした線を描いた。

「いいかい、ぼくはすでに地球の外で一生を過ごしてきたんだよ」と、彼は静かに言った。

「そしてそれはおまえに幸せをもたらしたかね？」ハナーはなおもずけずけと言った。

ダーヴェンはしばらく無言だった。

「それ以上のものをもたらしたさ」ややあって、彼は言った。「そのためにぼくは全力を尽くしてきた。そして兄さんなんかにはとても想像がつかない勝利の快感を味わってきた。〈第一次探検隊〉が太陽系に帰還したその日、その日はシャスターでの一生にも相当するよ」

「では訊くが、おまえたちは永遠にわれわれの世界と訣別したあかつき、それらの異境の太陽のもとに、ここよりも美しい都市を築くつもりでいるのかね？」

「もしそうしたいという衝動を感じれば、そうするだろう。もし感じなければ、ほかのものを築く。だが建設はどっちにしてもしなきゃならない。そしてそれについて言うなら、過去百年間に、兄さんたちはいったいなにを創造しただろう？」

「なぜならそれは、われわれが機械を造らなかったから、われわれが星々に背を向け、われわれ自身の世界にのみ満足してきたからだ。われわれが根っからの怠け者だったと考えてはいけない。ここシャスターで、われわれはひとつの生活様式を発展させてきた。わたしに言わせれば、これに勝るものはないという生活様式をだ。われわれは生きるという芸術を研究してきた。われわれの社会は、奴隷のいない最初の貴族社会だよ。それがわれわれの業績だ。将来、歴史がわれわれを判断するときに、その基準となる業績だ」

「なるほどそれはそうかもしれない」と、ダーヴェンは言った。「だがそのパラダイスが、科学者によって――ぼくらがやってきたように、その夢を実現させようと努力してきた科学者たちによって――築かれたということを忘れてはいけない」

「しかしその科学者も、必ずしも成功ばかりしてきたわけじゃない。惑星はかつて一度彼らを拒んだ。どうして他の太陽系の天体が、より友好的だと考えなきゃならんのかね？」

それはフェアな質問だった。五百年たったいまでも、最初の敗退の記憶は苦く人びとの胸にこびりついている。二十世紀末葉、人類は大いなる夢と野心とを秘めて、他の惑星へ進出していった――その結果は、それらが不毛の地であり、生命を持たない天体であるばかりでなく、獰猛な敵意を持った場所でもあることを知らされただけだった。水星の溶岩の海から、冥王星の固体窒素の氷原にいたるまで、どこへ行っても、人類が防護装置なしに生活できる土地はなかった。かくして、自分たち自身の世界へ、一世紀にわたる甲斐《かい》なき努力ののち、人類は引き揚げてきたのだった。

だがそのヴィジョンは、完全に死滅してしまったわけではなかった。惑星が見捨てられたのちも、一部にはまだ恒星への夢をいだきつづけるものたちがいた。そしてその夢から、ついにかの〈超宇宙推進装置《トランセンデンタル・ドライブ》〉が、〈第一次探検隊〉が生まれ――そしていまでは、長らく待たれていた成功という、ひどく強い酒に人類は酔い痴《し》れているのだった。

「地球から十年以内の飛行距離には、五十個の太陽型恒星がある」ダーヴェンは言った。

「そしてそのほとんどすべてが、惑星を所有している。いまでは、惑星を所有することは、そのスペクトル型とほとんどおなじくらいに、Ｇ型恒星の特徴であることがわかっているんだ——なぜだかはまだわからないがね。したがって、地球型惑星の捜索は、早晩、報《むく》いられるはずだったのだ。エデンがあれほど簡単に見つかったからといって、ぼくらがとくに幸運だったとは思えないね」

「エデン？　ではおまえたちは、その新世界をそう呼んでいるんだな？」

「そうさ。ぴったりじゃないか」

「なんとまあ、おまえたち科学者の、救いがたいロマンチストであることよ！　だが考えてみれば、その名はたしかにぴったりかもしれん。最初のエデンにいた生物も、必ずしも人類には好意的ではなかったからね、ご承知のとおり」

ダーヴェンはうっすらと笑いをにじませた。

「それもまた、人それぞれの見解によるところさ」彼は答えた。そして、最初の明かりが一つ、二つとまたたきはじめたシャスターの街並みをゆびさした。「もしわれわれの先祖が、エデンの園の知恵の木の実を食べなかったら、兄さんたちがこれを所有することもなかったろうからね」

「で、おまえは、今後これがどうなってゆくと考えるのかね」ハナーは辛辣《しんらつ》に問いかえした。「おまえたちが恒星への道をひらいたあかつきには、われわれ人類のあらゆる力と活力は、ひらいた傷口から流れでるように、地球から流れでていってしまうだろう」

「それはぼくも否定しない。前にもそれは起こった。だからもう一度起こったって不思議はない。シャスターは、バビロンやカルタゴやニューヨークとおなじ運命をたどるだろう。未来は過去の瓦礫の上に築かれるものなんだ。そして人間の知恵とは、それにあらがおうとすることのなかにじゃなく、その事実を直視することのなかにあるんだ。ぼくは、兄さんに負けないくらいシャスターを愛してきた――いまだってその気持ちに変わりはない。だがぼくは、二度とふたたびそれを見ることはないだろう。二度とあそこへ降りていって、街並みをながめることはしないだろう。兄さんはさっき、この都市が今後どうなると思うかと訊いた。だからぼくはこう答えよう――ぼくらがいまやっていることは、たんに終末を早めるだけのものでしかない、と。二十年前、最後にここにきたときにも、兄さんたちのいわゆる生活という意味のない儀式には、意欲を失わされるのを感じたものだ。そのうち、おなじことが地球上のあらゆる都市で起こるだろう。なぜならすべての都市はシャスターを模倣しているからだ。ぼくはあの〈ドライブ〉が早く発明されすぎたとはすこしも思わない。おそらく兄さんだって、宇宙から帰ってきた人間と話をしていたら、ぼくの言うことを信じていただろう。そして、これら幾世紀もの眠りからめざめて、いま一度血管のなかで血が騒ぐのを感じていただろう。なぜなら、兄さんたちの世界は死にかけているからだ。兄さんたちが現在持っているもの、それはこの先まだ何世代かは持ちつづけられるかもしれない。だが最後にはそれは、指のあいだからするりと逃げてゆく。未来はぼくらのものだ。兄さんたちは兄さんたちの夢を見つづければいいだろう。ぼくらもまた夢を見た。そしていまや、それを実現するために出てゆこうとしてるんだ」

スフィンクスの頂を残照に赤く染めて、太陽は海に没し、やがてシャスターに夜が訪れた。だが、暗黒は訪れなかった。縦横に走る広い道路は、無数の動く点を浮かべた光の河だったし、そびえたつ高層建築や尖塔は、色とりどりの光の宝石に飾られ、ゆっくりと海に出てゆく遊覧船からは、風に乗ってかすかな音楽が流れてきた。口辺に微笑をただよわせながら、ダーヴェンはそれがカーブした波止場を離れてゆくのを見送った。最後の商船がそこで積み荷をおろしてから、すでに五百年かそこらたつ。だがそこに海があるかぎり、人類はいつの世もそこへ漕ぎだしてゆくのをやめないだろう。

もはや言うべきことはほとんどなかった。そしてほどなく、ハナーはただひとり丘の上にたたずみ、首を傾けて星空を見あげていた。もはや二度と弟に会うことはないだろう。自分の視界からほんの数時間だけ姿を消している太陽、その太陽は、やがて宇宙の深淵のなかでしだいに小さくなり、永久にダーヴェンの視界から消えてゆくはずだ。

顧みられぬままに、シャスターはいたずらに光をまきちらしつつ海ぎわに横たわっていた。予感に胸ふたがる思いのしているハナーにとって、その運命はすでに定まったも同然だった。ダーヴェンの言葉には、たしかに真実がある。人類の〈脱出《エクソダス》〉はいまや始まろうとしているのだ。

一万年前、他のおなじような探検者たちが、人類の築いた最初のいくつかの都市を離れ、新天地をもとめて旅立っていった。彼らはもとめるものを得て、二度と帰らず、見捨てられた彼らの故郷は、徐々に〈時〉の流れのなかにのみこまれていった。だから、〈麗しのシャスター〉にもおなじことが起こるのは、もはや世の必然だと言っていいだろう。

力なく杖に身を預けて、ハナーはのろのろと丘の斜面を街の明かりのほうへ降りていった。その後ろ姿が遠い闇に溶けこんでゆくのを、スフィンクスは無表情に見まもっていた。

五千年後にも、それはおなじところを見まもっていた。

ブラントは、同胞とともに故郷を追われ、二つの大陸と一つの大洋を越えて西へ流れてきたとき、まだ二十歳にもなっていなかった。追われながら、彼らは哀れっぽい声をはりあげて無実を叫びつづけたが、ほとんど同情は得られなかった。なぜなら、そうなったのも所詮は自業自得であり、〈最高会議〉がとくに彼らにたいして無慈悲だったというふりをすることは、とてもできなかったからだ。〈最高会議〉は、すでにそれまでに十回以上にものぼる予備警告を発していたし、不本意ながら直接行動に移るまでに、すくなくとも四回は最後通牒を発していた。そしてある日のこと、強大な音響発生装置を備えた一隻の小型宇宙船が、突如として村の上空一千フィートのところにあらわれ、数キロワットもの高出力で、耳ざわりな騒音をまきちらしはじめたのである。これが数時間つづくと、反逆者たちもついに音《ね》をあげ、身の回りの品をまとめにかかった。一週間後、輸送船団が村を訪れ、いまだに悲鳴のような声で抗議をつづけている一同を乗せて、世界の正反対の側にあるこの新しい住みかへ運んできたのだった。

かくして〈律法〉は施行された。いかなる地域社会も、人間の寿命にしてつづけて三世代以上、一つの土地にとどまることはできない、そう規定した〈律法〉が施行されたのである。これにしたがうことは、変化することを意味した。古い伝統を破壊し、住み慣れたわが家を立ち去ることを意味した。それこそがまさに、四千年前、この〈律法〉が制定されたときの目的だったのだが、それが防止しようとした沈滞は、いまではすでに色濃く地球をおおいはじめていた。いつの日か、それを施行すべき中央政権はなくなり、各地に散らばった村落は、彼らがその後継者であるこれまでのあまたの文明とおなじに、〈時〉にのみこまれてしまうまで、現在の位置にとどまりつづけるようになるだろう。

チャルディスの人びとが新しい住居を建築し、一マイル四方の森を切りひらき、なくもがなの珍しい作物や、贅沢な果樹を植えつけ、川の流れをひきなおし、目ざわりな丘を取り除くのには、まる三ヵ月を要した。それはすこぶる印象的な芸術活動であり、その後しばらくして地方監督官が査察にやってきたとき、過去のすべては寛大に許された。それから、チャルディスの人びとは、輸送船団や、土木機械や、その他、一つの活動的な機械文明を象徴する数々の装置が、つつがなく大空へ帰ってゆくのを、大いなる満足とともに見送った。そして、それらが飛びたってゆく音が消えるか消えないうちに、村はまるで一人の人間のように、いっせいに怠惰な雰囲気をとりもどし、人びとはおのおの、すくなくともあと一世紀は煩《わずら》わされずにすむことを願いつつ、ふたたび安逸をむさぼりはじめたのであった。

ブラントはこれらの冒険全体を大いに楽しんだ。もちろん、幼年時代を形成してくれたふるさとを失うことは悲しかったし、生まれ故郷の盆地を見おろす孤峰に登ることも、もはや二度とできない。今度きた土地には、山と呼べるようなものは一つもなかった——ただなだらかに起伏する低い丘の連なりと、その内懐にいだかれた豊饒な盆地があるだけ。いまでは農業が完全に衰微しているため、何千年かのあいだに森林が盆地のなかにまではいりこみ、茂りほうだいに茂っている。ここはまた、これまでの土地より温暖でもある。前よりも赤道に近いせいだが、ここにいると、〈北部〉の厳しい冬など、まるで別世界のことのように思えるほどだ。ほとんどあらゆる点から見て、今回の移住は、彼らの生活を良いほうへ変化させている。だがまだあと一、二年のあいだは、チャルディスの人びとは、殉教者めいた自己満足を感じつづけるにちがいない。

このような政治上の問題は、すこしもブラントの関知するところではなかった。太古の暗黒時代から測り知れぬ未来にいたる人類の全歴史も、現在の彼にとっては、イラドニーと、自分にたいする彼女の感情ほどにも重要ではなかった。いまイラドニーはどうしているだろう、そう彼は思い、そして彼女に会いにゆく口実を考えようとした。だがそれは、彼女の両親に会うことを意味する。そして彼らは、彼の訪問をたんなる儀礼的なものと信じこんでいるようなふりをして、彼をいらだたせるにちがいないのだ。

結局、そのかわりに鍛治屋へ行くことにした。それでジョンの動きを多少なりとも牽制《けんせい》できればと思ったのだ。ジョンのことは、まことに残念でならない。ついこのあいだまで、あんなにも仲の好い友達同士だったのに。だが恋愛は友情の最大の敵である。そしてイラドニーが二人のどちらかを選ぶまでは、この武装中立はどこまでもつづくはずなのだ。

村は細長い盆地にそって、ほぼ一マイルの長さにひろがっていた。こざっぱりした新築の家々が、計算された無秩序さのもとに配置され、ごく少数の人びとが、とくに急ぐでもなく往来を行き来したり、木陰で世間話に興じたりしている。ブラントには、それらの人びとが、通りかかる自分の姿を目で追い、自分が通り過ぎたあと、こっそりうわさをしているように思えてならなかった。この想像は完全に当たっていた。人口がわずか千人にも満たない、しかもそのすべてが高度の知識人である閉鎖社会においては、私的な生活を持つことなど、だれにも期待できないのである。

鍛治屋は村の向こう端の、森を切りひらいた空き地のそばにあった。村からこれぐらい離れていれば、店のいつもながらの乱雑さも、まず気にならないというわけである。店の周囲には、ヨハン老人が修理を引き受けながら、いまだに手をつけていないこわれた機械や、半分解体しかけの装置などが、所狭しところがっている。村に三台ある宇宙艇の一つが、むきだしの肋骨を陽光にしらじらとさらしたまま、数週間前、即刻修理してほしいという依頼とともに置かれたその位置に、そのまま横たわっている。ヨハン老人もいずれはその修理にとりかかるだろう。だがそれは、当人の気の向いたときに限られるのである。

店の戸は大きくあけはなたれていた。煌々と照らされた店のなかからは、悲鳴に似た甲高い金属音が聞こえてくる。自動機械が、主人の意志にしたがって、せっせとなにか新しいものを造りだしているところだ。これらのかいがいしい奴隷たちのそばを用心ぶかくすりぬけて、ブラントは比較的静かな奥の間へはいっていった。

ヨハン老人は、見るからに心地よさそうな安楽椅子に腰かけ、まるで生まれてこのかた一日も働いたことなどないかのように、悠々とパイプをくゆらせていた。念入りに先をとがらせたあごひげ、こざっぱりした感じの小柄な男で、明るい、いっときの休みもなく動いている目だけが、生来の活発さをあらわしている。一見、ヘボ詩人ぐらいには見られても——また当人もたしかにそれをもって任じているのだが——けっして村の鍛冶屋には見えない。

「ジョンに用かね？」と、老人はパイプの煙を吐きだしながら言った。「どこかそこらにおるはずだ。あの娘のために、なにかこしらえてるところだよ。まったく、あの娘のどこがよくて、きみたち二人がそう夢中になるのかわからんね」

ブラントはかすかに頬を染め、なにか適切なことを言いかえそうとした。だがそのとき、機械の警報機の一つがけたたましく鳴りだし、ヨハン老人は打って変わった敏捷さで席を立つと、表の部屋へ出ていった。一分ばかりのあいだ、聞き慣れないがちゃんがちゃんという音がつづき、なにかさかんに口汚く罵っている声が、戸口を通して聞こえてきた。だが、すぐに老人は奥の間にもどってくると、これで当分煩わされることはあるまい、といった調子で、どっかり椅子に腰をおろし、まるでぜんぜん邪魔がはいらなかったかのように、平然と言葉をつづけた。

「一言忠告させてもらえるかね、ブラント。二十年後にはあの娘、おふくろさんとそっくりおなじになるよ。それを考えてみたことがあるかね？」

ブラントは考えてみたことがなかったので、わずかにたじろいだ。だが若者にとっては、二十年は永遠にも等しい。もしいまイラドニーの愛をかちえることができるなら、その後のことは、またそのときのことだ。彼はヨハンにそう言った。

「ま、やりたいようにやってみるさ」と、老人は優しくなくもない口調で言った。「もしわれわれがみなそれほど先のことまで見通しておったら、人類は百万年も前に絶滅しとっただろうからな。しかしだ、なぜきみたちは、分別ある人間らしく、どっちが先に彼女をものにするか、それをチェスの勝負で決めようとせんのだね？」

「駄目だよ、そんなの——ブラントはインチキをやるにきまってるもの」ふいにジョンが戸口にあらわれ、そこに立ちふさがりながら言った。父親とはまったく対照的な、大柄ながっちりした体格で、手には工作の下図を描いた一枚の紙を持っている。いったいイラドニーへの贈り物としてなにをこしらえているのだろう？　ブラントは気になった。

「なにを造ってるんだい？」と、利害関係からくる好奇心もあらわにたずねてみる。

「答えてやらなきゃならない義理がどこにある？」ジョンはにやりとしながら言いかえした。「あるんなら聞こうじゃないか」

　ブラントは肩をすくめた。

「べつにそんなたいしたことじゃないんだ――たんにお愛想にたずねただけなんだから」

「お愛想もいいが、あまりやりすぎんようにな」と、老人が口を出した。「この前きみがジョンにお愛想を言ったときには、たしか一週間ばかり目のまわりを黒くしておったはずだ。覚えとるかね？」彼は息子のほうへ向きなおると、ぶっきらぼうに言った。「その下絵を見せてごらん。どこが悪いのか見てやろう」

　老人がそのスケッチをじろじろながめているあいだ、ジョンはいかにも居心地が悪そうにもじもじしながらつったっていた。やがてヨハンは軽蔑したようにふんと鼻を鳴らすと、言った。「で、いったいどこからこれらの材料を手に入れてくるつもりなのかね？　どれもそこらにざらにあるものとはちがうし、しかも大半は極微の物質ときている」

　ジョンは期待するように作業場のなかを見まわした。

「でも、それほどたくさんいるわけじゃないからね。仕事は簡単だし、それに……」

「……その部品を造るのに、わしが物質合成器《インテグレーター》をおまえにいじらせる、とでも思っとったのかね？　ふん、それについてはまたいずれ相談しよう。わしの才能あるせがれはな、ブラント、どうやら、約五十世紀近く廃《すた》れておったあるおもちゃを製作することで、筋肉《ブローン》ばかりか頭脳《ブレーン》もそなえておることを証明しようとしとるらしい、ま、せいぜいうまくやってもらいたいものだ。わしがおまえたちの年頃には……」

彼の声、彼の懐旧談は、だんだん細くなって消えてしまった。イラドニーが、やかましく機械のうなっている工場を抜けて音もなくあらわれ、部屋の入り口に立って、かすかにほほえみながらこちらを見まもっていたのだ。

もしもブラントとジョンが、イラドニーの人柄を描写することをもとめられたら、その結果はさながら、二人の異なった人物のことが言われているように聞こえたことだろう。むろん、表面的な点においては一致するところもある。どちらも彼女の髪が栗色であることには異存なかろうし、目が大きく青く、肌がえもいわれぬ微妙な色合い――真珠のような輝きを帯びた白さであることも認めるだろう。けれども、ジョンにとっての彼女が、かよわい小さな生きものであり、大事にかばってやらなければならない対象であるのに反し、ブラントにとっては、彼女の自信たっぷりな、落ち着きはらった態度は、つねにあまりにも明白であり、そのため、彼女のためになにかしてやることなど、とてもできそうにない、と絶望的な気持ちにさえなってくる。これだけの見解の相違は、ある程度、ジョンが身長にして六インチ、胴回りにして九インチ、ブラントを上回っているという事実に起因しているかもしれないが、おおかたはもっと深い、心理的な要因に根ざしたものだ。人の愛する対象というのは、じつはけっして実在するものではなく、たんにその人の心というレンズを通して、もっとも歪みのすくなく映るスクリーンに投影された、一つのイメージにすぎないのである。ブラントとジョンとは、まったく正反対の理想像をいだいていた。そしておのおのが、イラドニーこそそれを体現するものだと信じている。だがそうと知っても、彼女はいささかも驚きはしなかったろう。彼女を驚かすことなど、この世のなかにはほとんど存在しないのだから。

「川に遊びにゆくところなのよ」と、彼女は言った。「途中、お宅にも寄ってみたんだけど、ブラント、あなたは出かけたあとだったの」

これはジョンには大打撃だった。だがすぐに彼女は、彼にも失点を回復する余地を与えた。

「ロレインかだれか、ほかの女の子と出かけたんだと思ったわ。だけどジョンならうちにいることはわかってたし……」

ジョンは、この余計な、しかもまったく不正確な発言に、いたく自尊心をくすぐられたようだった。手にしていたスケッチを丸めると、肩ごしに息を弾ませて叫びながら、裏の自宅へ駆けこんでいった。

「待っててくれ——すぐ支度してくるから！」

ブラントは、居心地悪げに足をもじもじさせながら、目はイラドニーから離さなかった。彼女はまだ、実際にはだれも誘ったわけではないし、ブラントとしては、はっきり立ち去れと命令されるまでは、陣地を放擲《ほうてき》するつもりはない。だがいっぽうでは、二人はよい連れだが三人は仲間割れ、とかいう古い格言をも思いださざるを得なかった。

やがてジョンがもどってきたのを見ると、目のさめるような鮮やかなグリーンの地に、両脇に真紅のぶっちがいの線のはいったマントを着て、まばゆいばかりの美丈夫《びじょうぶ》ぶりである。こういった派手なものが似合うのは、ごく若いうちだけで、ジョンの場合も、もうちょっとで嫌味になるところを、かろうじてまぬがれている、といったふぜいだ。ブラントは一瞬、自分も家へとんで帰って、もっとぱりっとしたものに着替えてこようか、そう思案した。だがそれでは、あまりに危険が大きすぎる。まるで敵の面前で後ろを見せるようなものだ。自分が援軍を引き連れて帰ってきたときには、いくさはとっくに終わってしまっているだろう。

「なんとまあにぎやかなこっちゃ」と、ヨハン老人は三人が連れだって出てゆくのをながめながら言った。「この年寄りも仲間入りさせてくれ、そう言ったらどうするね？」少年たちは迷惑そうに顔を見あわせたが、イラドニーは快活に声をあげて笑った。この笑い声を聞くと、老人ならずとも、彼女を嫌いになるのはむずかしいのを痛感する。三人が肩を並べて木立を抜け、長い、草におおわれた斜面を川のほうへと降りてゆくのを、老人はしばらく戸口に立って微笑とともに見送った。だがほどなく、その目は若者たちを追うのをやめていた。いつしか、人間の見るもっとも無益な夢――過ぎ去った青春の夢――にひたりきっていたのだった。けれどもすぐに彼は気をとりなおすと、降りそそぐ太陽の光に背を向け、騒がしい工場のなかへ姿を消した。その顔は、もはやほほえみを浮かべてはいなかった。

いまでは太陽が赤道を越えて北へ移動しつつあったので、このあたりでは、もうじき昼が夜よりも長くなり、冬の敗退は決定的になるはずだった。北半球の各地に散在する無数の村落は、いまや春を迎える準備におおわらわだった。巨大な都市が崩壊し、人間が田園や森に還ってからというもの、都市文明の一千年間を通じて、ずっと沈滞していたかつての習俗の多くが、ふたたび息を吹きかえしてきていた。これらの習俗のうちのあるものは、人類学者や、〈第三ミレニアム〉の社会工学者たちによって、ある意図をもって復活させられたものだったが、これほど多くの人類の文明形態が無事に後代に伝えられたかげには、こうした学者たちのすぐれた才能があったのだった。というわけで、現在もなお、春分の日は大がかりな儀式で祝われていた。それらの儀式は、むかしのような素朴さをすっかりなくしていたが、にもかかわらず、かつて地球の空をその煤煙で汚した工業都市の住民からよりも、原始人たちから多くの親しみをもって迎えられるだろうようなものだった。〈春の祭典〉の準備は、いつの場合も、隣りあったいくつかの村のあいだで大きな問題となってきた。数々の謀略がからみ、ときには口論さえひきおこされた。祝典の主人役に選ばれることは、その他のすべての活動がすくなくとも一ヵ月間停止することを意味したが、にもかかわらず、どの村もその名誉に浴そうとして懸命だった。新しく建設された村、移住の痛手から立ちなおりつつある村は、当然このような大きな責任を負わせるには適さない、と見なされていた。だがブラントの村の人びとは、今回の祭典を、いったん失った信用を回復し、あわせて、最近の不名誉を挽回するまたとないチャンスと考え、そのために巧妙きわまる策略を編みだした。村の周囲百マイル以内には、他に五つの村落があったが、そのぜんぶがチャルディスの祭りに招待されたのだ。

この招待には、きわめて慎重な言葉づかいがなされていた。それとなくこうほのめかしていたのだ——いくつかの明白な理由から、チャルディスはその望むような手の込んだ祭典は準備できないから、もしほんとうに充実した祭りを楽しむつもりなら、どこか他の村へ行ったほうがよかろう、と。この策略にひっかかってくるところは、せいぜいよく見積もっても一ヵ村、とチャルディスでは予想していたのだが、驚くなかれ、近隣の諸村の物見高さは、彼らのおつにすました優越感を打ち負かしてしまったようだった。五ヵ村が五ヵ村とも、喜んで招待に応じると返答してき、おかげでチャルディスはその責任をのがれるわけにはいかなくなったのだ。

盆地には、いまや夜はなくなり、睡眠はほとんど失われてしまっていた。森のはるか上空では、ずらりと並んだ人工の太陽が青白い光を放って燃えつづけ、星と暗黒とをともに駆逐するいっぽう、数マイル四方の野生動物の習性を、おそるべき混乱に陥れていた。こうした夜を日についでの活動によって、人間と機械とは、およそ四千人を収容する巨大な円形競技場兼劇場の建設に全力を注いでいた。すくなくとも一つの点で、彼らは幸運に恵まれていた。ここの温暖な気候のもとでは、円形競技場兼劇場に屋根をつける必要も、あるいは暖房を設置する必要もないということだ。あんなにも未練たっぷりに立ち去ってきた前の居住地では、三月の末になっても、まだ地面は厚い雪におおわれているだろうに。

祭りの当日、ブラントは空中機の到着する音で、いつもより早く目をさました。このつぎベッドにはいれるのはいつのことやら、などと思いながら、ものうげに伸びをし、起きあがって、衣類を身につけた。隠しボタンを足で一蹴りすると、床から一インチさがって敷きつめられたやわらかい長方形のフォームラバーが、壁面からするするとあらわれた硬いプラスチックの板に、完全におおわれてしまった。室温はつねに自動的に体温とおなじに保たれているから、夜具の心配はまったくいらない。こうした多くの点において、ブラントの生活は、遠い祖先たちの生活よりもずっと簡略化されていた――五千年間もの科学の休みない、ほとんど忘れられた努力の一つ一つが、こうした簡略化を可能にしたのだ。

いっぽうの半透明の壁を通して流れこんでくる光で、部屋はやわらかく照明されていたが、室内のようすはまた、おそろしく雑然としていた。物の散らかっていない箇所といったら、たったいまベッドが収納された床の一部だけだが、ここも夕刻にはかたづけねばならなくなることが目に見えている。ブラントはひどいけちんぼで、どんなものでも、ただ捨てることを極端に嫌う。これは、なんでも簡単に造りだせるため、物の価値というものがほとんどなきに等しい現在においては、すこぶる珍重すべき性質である。もっとも、ブラントが収集しているものは、インテグレーターなどで簡単に造れるものとはわけがちがう。部屋の一隅の壁には、短い丸太が一本立てかけてあって、どうにかこうにか神人同形同性説を具現するらしき彫像を、それから彫りだそうとした気配が濃厚だ。また、床の上には、大きな砂岩や大理石のかたまりが所嫌わずころがっていて、ブラントが手をつける日がくるのを待っているし、壁面は、大半が抽象派の傾向を有している絵画群によって、完全におおわれている。こうしたことから、ブラントを芸術家と断定するのには、さほどの知性は必要とすまい。が、はたして彼がすぐれた芸術家であるかどうかは、そう簡単には断定できない。

彼はがらくたのあいだを器用に縫って歩きながら、食べものを捜しに出かけた。ここには台所というものはない。一部の歴史家は、それが西暦二五〇〇年という遅い年代まで生き残っていたと主張するが、事実はそれよりもずっと前から、大多数の家庭では、衣類を手づくりしなくなったのと同様に、食事もめったに自分たちの手では調理しなくなっていた。ブラントは居間へはいってゆくと、いっぽうの壁に、ちょうど胸の高さにとりつけられた金属の箱に歩みよった。箱の中央に、過去五十世紀の全人類におなじみのもの――十個の数字から成るインパルス・ダイヤルがついている。ブラントは四桁の数字を呼びだし、そのまましばらく待った。が、何事も起こらない。多少いらいらした表情で、隠しボタンを押してみる。すると箱の前面がするするとあいて、機械の内部が露出された。通常ならばそこに、見るからに食欲をそそる朝食がのっているはずなのだが、いまは影も形もない。

もちろん、中央食糧供給機構を呼びだして、この事態についての説明をもとめることもできた。だが、おそらくはなんの返答も得られないだろう。なにがあったのかは明白である――食糧調達部では、きょうの祝宴の準備に忙しくて、とてもこっちにまで手がまわらないのだ。この調子だと、なんらかの朝食にありつければ、それだけでも御《おん》の字だということになりかねない。彼は回路をもとにもどすと、今度はめったに使われない番号を試みた。さいわいすぐに低い音がして、ついで鈍いかちりという音が聞こえたかと思うと、扉がするするとあいて、なにか黒っぽい、湯気の立つ液体のはいったカップと、あまり食欲をそそらないサンドイッチが少々、それにメロンの大切りが一つ出てきた。不快げに鼻に皺を寄せ、いったいどれくらいの時間があれば、人類はこの程度の野蛮な習性に逆もどりしてしまうものだろう、などとととりとめもないことを考えながら、ブラントはその代用朝食を食べはじめ、そしてまたたくまに平らげてしまった。

まだ眠っている両親を残して、そっと家を出た彼は、村の中央の、広い、草におおわれた広場へ向かった。時刻はまだ非常に早く、空気ちゅうにはかすかに肌を刺すような寒気が感じられた。だが空はあくまでも明るく澄みわたり、最後の夜露が消えたあとではめったに味わえないあのさわやかさが、あたりに満ちみちている。何台かの空中機が草地の上に横たわり、人びとを吐きだしている。吐きだされた人びとは、群れをなしてそのへんをぐるぐる歩きまわったり、あらさがしでもするような目で、チャルディスの風物をながめたりしている。ブラントが見まもるうちに、空中機のうちの一台が、ぶるぶると騒音をまきちらしながら、かすかなイオンの尾をひいて空に舞いあがっていった。まもなく他ののもそのあとを追った。それらはわずかに二、三十人の人員を運べるだけだから、きょうという日が終わるまでには、まだ何回か、ここと他の村とを往復しなければならないだろう。

できるだけ自信ありげに、かといってあまりに超然としすぎて、とっつきが悪いといった印象を持たれないように気を配りながら、ブラントは訪問者たちのほうへ近づいていった。大半は、彼とおなじ年頃の若者たちだった——おそらく年輩の人びとは、こんな早朝ではない、もっと適当な時刻を選んでやってくるのだろう。

訪問者たちは、あからさまな好奇心を見せてブラントを見つめた。彼も負けずにじろじろ見つめかえした。彼らの肌は彼のよりも浅黒く、話し声はもうすこしやわらかで、抑揚もすくない。なかには、かすかな訛りさえ残しているものもあった。万国共通語および同時コミュニケーションの発達にもかかわらず、地域差というものはいまなお存在する。すくなくともブラントには、彼らの言葉には訛りがあると思われた。ところが不思議なことに、彼が話していると、ときおり向こうがふっと微笑をもらすではないか。

午前ちゅういっぱい、訪問者たちは村の広場へ集まってきては、そこから、森を切りひらいて造った即製の円形競技場兼劇場のほうへ流れていった。そこでは、テントや色とりどりの旗が立ち並び、けたたましい笑い声や叫び声がこだましている。というのも、午前ちゅうの楽しみは、すべて若者たちのためのものだったからだ。かつてのアテナイは、およそ一万年にわたって、〈時〉の流れの表面を、ちょうど、しだいに衰えはするがけっして消えることのない狼煙《のろし》のようにかすめすぎただけだったが、にもかかわらず、スポーツのありかたは、最初のオリンピックが開催されたとき以来、ほとんど変わっていない。人びとはいまだに走ったり、跳んだり、格闘したり、泳いだりしているが、いまの時代の人びとは、それらを先祖の時代よりも、はるかにうまくやっている。ブラントはかなり優秀な短距離走者で、この日も百メートル競走に出場して、三位に食いこんだ。タイムは八秒とちょっとだったが、最高記録は七秒以下だから、これはとくにいいタイムとは言えない。そのむかし、世界じゅうのだれひとりとして、この記録に到達できなかった時代があったと知ったら、ブラントはさぞかしびっくりしたことだろう。ジョンもまた、魚が水を得たように張りきっていた。自分よりも大柄な若者たちを、つぎからつぎへと芝生に投げとばし、午前ちゅうの成績が集計されたときには、チャルディスは他のどの村よりも多い得点を稼いでいた。もっともこれは、さほど多いとは言えない行事のうちの、最初のひとつというにすぎなかったが。

正午が近づくにつれ、群衆はアメーバのように分裂して、〈五本樫の広場《ファイブ・オークス・グレード》〉へと流れはじめた。そこでは、幾百ものテーブルをご馳走でいっぱいにしようと、早朝から分子合成装置が大車輪の活躍をつづけていた。まず、原型をこしらえるのに多くの技術がつぎこまれ、ついで、その原型が、原子のひとつひとつにいたるまで、そっくりそのまま再生産される。それというのも、食料生産の仕組みは完全に変わってしまっているのにもかかわらず、調理の技術だけは生き残ったばかりか、〈自然〉がなんら関与していない進歩さえ達成していたからである。

午後のおもな呼びものとしては、雄大な詩劇の上演があった。これは、過去の多くの詩人――その名前すら、時代とともに忘れ去られてしまった多くの詩人たち――の作品から、あれこれ抜粋して構成されたもので、かなりうまくできてはいるが、全体としては退屈だとブラントには思えた。ただ、なかにときおり、美しい感動的な台詞があり、そのいくつかは記憶に残った。

冬の雨と荒廃の姿は去りてあともなく、
雪と罪の季節もすべて過ぎにけり……
（A・C・スウィンバーン〔一八三七〜一九〇九〕の詩劇『カリドンのアタランタ』より）

ブラントは、雪については多少のことを知っていたし、それとおさらばできたのを喜んでもいたが、罪のほうは、あまりに古めかしい言葉であり、三、四千年前からすでに使われなくなっていた。とはいえその詩句には、なにがなしぞくぞくするような、不吉な響きがあった。

彼がやっとイラドニーをつかまえたのは、ほとんどあたりが暗くなって、ダンスが始まってからのことだった。そのころには、盆地を見おろす斜面のそこここに、明かりがまるで水に浮かぶ灯籠《とうろう》のようにゆらめき、あたりの木々を、青や赤や金色の万華鏡で照らしだしていた。二人、また三人と手をとりあい、そしてのちには何十人、何百人もが輪になって、踊り手たちは円形劇場の巨大な楕円形のなかを動きまわり、ついには全体が、笑いさんざめく渦巻きと化してしまった。ここにいたってはじめて、ブラントが決定的にジョンを打ち負かせる機会が訪れた。彼は純粋に肉体的な喜びに身をゆだね、その流れに乗って、軽々と踊りまくった。

音楽は、およそ考えうるあらゆる音楽形態を網羅していた。あるときは、太古の密林にこだましただろう太鼓の響きがあたりをどよもしたかと思うと、つぎの瞬間には、複雑な四分音の綴れ織《タペストリ》が、精妙な電子の技術によって織りなされる。空の星は、天球を渡りながらこのようすを青白い表情で見おろしているが、それらを見あげるものはだれもいなかったし、悠久の時の流れに思いをはせるものもなかった。

ブラントは、たくさんの娘と踊ったあげくに、やっとイラドニーを見つけだした。彼女はとてもきれいだった。沸きかえる生の喜びに頰をほてらせ、多数の若者たちに囲まれて、ブラントを見つけても、すぐには近づいてこようともしないほどだった。それでもようやく二人は、踊りの渦のなかで一つになり、手をとりあってぐるぐるまわっていた。ジョンがどこか遠くから悔しそうにながめているだろうと思うと、ブラントは心中快哉《かいさい》を叫ばずにはいられなかった。

しばらくすると、イラドニーが疲れたと言いだしたので、二人は音楽のあいまを利用して、踊りの輪を離れた。ブラントにとっても、これは願ってもないことだった。まもなく二人は、一本の大樹の根もとに腰をおろし、完全にくつろいだ瞬間にのみ訪れるあの無関心さで、周囲に渦巻く生命の潮をながめていた。

その呪縛を打ち破ったのは、ブラントだった。そうする必要があったからだし、このような機会がいつまためぐってくるか、それもわからないからだった。

「イラドニー、どうしてきみはこのところぼくを避けてばかりいるの？」

彼女は無邪気そうに目をみはって、彼を見つめた。

「まあ、ブラントったら、なんてことを言うの？　そんなことないって、ちゃんと知ってるくせに！　どうしてあなたったらそう焼き餅焼きなのかしら。そういつもいつも、あなたのあとばっかり追っかけてるわけにはいかないのよ」

「ちえっ、わかったよ！」なんだか自分の愚かさを笑われているように感じながら、ブラントは弱々しく言った。だがもう言いだした以上、いっそこのまま言うだけ言ってしまったほうがいい。

「いいかい、いつかはぼくらのどっちかを選ばなくちゃならないんだよ。このままいつまでもひきのばしてると、そのうちきみの二人の叔母さんたちのように、売れ残りになっちまうよ」

イラドニーは頭をのけぞらせて、鈴をふるような声で笑った。自分が年をとって醜くなるという考えが、おかしくてたまらないのだろう。

「たとえあなたが辛抱しきれなくなっても、ジョンはそうは言わないと思うわ。彼がわたしにくれたものを見た？」

「いや」ブラントは答えた。胸のどこかがちくりと痛んだ。

「まあ、なんてよく気がつくひとなのかしら、あなたったって！　このネックレスが見えないの？」

そう言われれば、なるほどイラドニーの胸もとには、細い金鎖にさがった大きな宝石の房がぶらさがっている。それはたしかに見事なペンダントだったが、とくべつ珍しいものとも思えなかったので、ブラントはためらわずにそう言った。イラドニーは謎めいた微笑を浮かべると、指で喉に触れた。するとたちまち、あたりに楽の音《ね》がみなぎり、それは最初のうちこそダンスの音楽とまじりあっていたが、やがてそれを完全に圧して鳴り響きはじめた。

「ね、わかったでしょう？」と、彼女は誇らしげに言った。「わたしの行くところ、どこまでも音楽がついてくるというわけよ。ジョンの話だと、このなかには何千時間分もが入れてあるから、最初にもどって、おなじ曲を反復しはじめても、けっして気がつかないはずですって。うまくできてると思わない？」

「まあね」ブラントはしぶしぶ言った。「だけどそいつはなにも新しいものじゃないぜ。前にもこういったのがはやった時代があったんだ。そのときはあんまり流行しすぎて、どこへ行っても静寂ってものがなくなってしまったんで、とうとう禁止されたんだって。まあ考えてもごらんよ、もしみんながそんなものを持ち歩きはじめたら、いったい世のなかがどうなるか！」

イラドニーは怒ったようについと身をひいた。

「ほら、またそれ──いつだって自分のできないことに焼き餅を焼くんだから。いったいあなたが、この半分もよくできてるか、でなきゃ役に立つものを贈ってくれたことがあって？　わたし、もう帰る——ついてこないでちょうだい！」

ブラントはその見幕に驚いて、ぽかんと口をあけて彼女の後ろ姿を見送った。それから、はっと気がついて、あわてて呼びかけた。

「ねえ、イラドニー、ぼくはなにもそんなつもりじゃ……」だが彼女はもういなくなっていた。

彼はぷりぷりしながら円形劇場を出た。イラドニーが癇癪《かんしゃく》を起こしたわけを理詰めで説いて聞かせてみても、いまの彼には通じないだろう。彼の言ったことは、多少あてつけがましいきらいはあったにしても、完全に真実だったのだから。だがときには、真実ほど腹の立つことはないという、そういう場合もあるものだ。ジョンの贈り物は、巧妙ではあるが子供だましのおもちゃでしかない。ただ現在では、たまたま珍しいというだけの理由で、珍重されているにすぎないのだ。

彼女の言ったことの一つが、いまだに心にひっかかっていた。いったいいままでになにをイラドニーに与えただろう？　自作の絵しか自分にはないし、それもあまりうまくはない。なかでもいちばん自信のあるのを二、三枚、贈ろうかと申してでてみたこともあるが、彼女はまったく関心を示さなかった。それに、自分が肖像画家ではなく、したがって彼女の絵を描いてやるわけにはいかないということを説明するのは、ことのほか困難である。

彼女はけっしてそれを本心から納得しはしなかったし、また、彼女の感情を傷つけないようにすることも、すこぶるむずかしかった。ブラントは、自然からインスピレーションを得ることを好みはしたが、見たものをそのまま写生することはけっしてしなかった。完成した絵を見せられても（またそれはたまに完成することもあるのだが）、題だけが描かれたものを知る手がかりになる、といったことが珍しくなかったのだ。

ダンス音楽はいまだに周囲に渦巻いていたが、ブラントはすっかりそれへの興味を失っていた。他の人びとがばか騒ぎをやらかしているのを見せつけられることも、どうにも我慢がならなかった。どこか静かなところへ行きたいとも思ったが、彼の思いつける静かなところといったら、一ヵ所しかない。植えたての発光性の苔が鮮緑に輝く、ふかふかした林間の小径《こみち》、そこをくだっていったその先の、川のほとりだ。

彼は水ぎわに腰をおろし、小枝を折っては流れに投げこんで、それが川下へただよってゆくのをながめた。ときどき、おなじようにただぶらぶらしているだけのものたちがかたわらを通り過ぎていったが、その大半は二人連れで、彼には目もくれなかった。彼は羨望の目で見送り、わが身の不運について思い悩んだ。

もしもイラドニーがジョンを選ぶことに決め、自分を絶望のどん底に突き落としたとしても、そのほうがいまのどっちつかずな状態よりは、まだましだと思えるほどだった。だが彼女は、二人のどちらかを他の一人より好いているらしいそぶりなど、ぜんぜん見せようとしない。ひょっとしたら、一部の人びと——とくにヨハン老人——が主張するように、たんに二人をあやつって楽しんでいるだけなのかも。もっとも、掛け値なしにどちらにも決められずにいる、ということもありえなくはないけれども。とにかく、このさい望まれるのは、二人のどちらかが、なにかめざましいこと、他の一人がとうてい太刀打ちできないような、真にめざましいことをやってのけることなのだ。

「こんばんは」背後で小さな声が言った。ブラントは体をねじって、肩ごしに声のしたほうを見た。八歳ばかりと思える少女が、詮索好きな雀よろしく、小首をかしげてこっちを見ていた。

「やあ」彼は熱のない口調で答えた。「どうして踊りを見にいかないんだい？」

「じゃあ、どうしてあんたは踊りにいかないの？」少女は間髪を入れずに問いかえした。

「疲れたからさ」彼は答え、これがもっともらしく聞こえればいいと思った。「一人でそこらを歩きまわっちゃいけないよ。迷子になるかもしれないからね」

「もうなっちゃったわ」少女は浮きうきした調子で答え、彼のそばに腰をおろした。「あたし、迷子になるのって大好き」

この子はいったいどこの村からきたんだろう、とブラントは思った。おしゃまで愛らしい少女だが、顔がチョコレートでべたべたしていなければ、もっと愛らしく見えたことだろう。ともあれこれで、せっかくの物思いも中断というところか。

少女は、子供だけに許されるあの無遠慮な率直さで、まじまじと彼を見つめた。

「あんたがなにを悩んでるのか、あたし、知ってる」と、唐突に言う。

「へえ、ほんとかい？」ブラントは相手を失望させないように、適度の懐疑をこめて言った。

「恋をしてるんだわ！」

ブラントは川に投げこもうとしていた小枝をとりおとし、思わず相手を凝視した。こっちを見ている少女の表情が、あまりにも真剣で、同情にあふれているのを目にすると、一瞬、それまでの病的な自己憐憫《れんびん》も忘れて、げらげら笑いだしたほどだ。だが少女がひどく傷つけられたような顔をしたので、すぐに笑いをひっこめ、真顔にもどって、言った。

「どうしてわかるんだい？」

「いろいろなご本で読んだもの」少女はしかつめらしく言った。「それに、いつか見た映画では、男のひとが出てきて、そのひとはちょうどあんたみたいに、川のそばへきてすわって、それからしばらくすると、川へとびこむの。すると、なんとも言えない悲しいような、きれいな音楽が流れるのよ」

ブラントはこのませた小娘をしげしげとながめ、彼女がこの村の住民でないことをひそかに感謝した。

「そうか、ぼくがその音楽を編曲できないのは残念だな」と、彼は重々しく言った。「だけど、どっちみちこの川はそれほど深くはないからね」

「もっと先へ行けば、深くなるわ」ご親切な答えが返ってきた。「ここではほんの赤ちゃん川だもの――森を抜けるまでは、ずっとこんなよ。あたし見たの、空中機から」

「森を出てからはどうなってるんだい？」ブラントはたずねた。すこしも興味などなかったが、話題がいくぶん害のないほうへそれてくれて、ほっとしたのだ。「たぶん海へ流れこんでるんだろうね？」

少女は、いささか淑女らしからぬ仕草で、ふんと鼻を鳴らした。

「ばかねえ、もちろんちがうわよ。あのね、丘のこっち側の川は、みんな〈大きな湖《グレート・レイク》〉に流れこんでるの。あの湖が海みたいに大きなことはわかってるけど、ほんとの海は、丘の向こう側にしかないのよ」

ブラントは新しいふるさとの地理について、ごくおおざっぱな概念しか持っていなかったが、この小娘の言うことが正しいのは理解できた。大洋は村の北方二十マイルと離れていないところにある。だがそのあいだを、一連の砦のような低い丘陵地帯がへだてているのだ。反対に内陸へむかって百マイル行くと、〈グレート・レイク〉があり、それがこの地域――地質学者によってこの大陸が改良される前は、一面の砂漠だったこの地域――に、生命をもたらしてくれている。

小天才は小枝で地図を描きながら、これらのことを、このいささかのみこみの悪い生徒に辛抱づよく説明した。

「あのね、ここがあたしたちのいるところよ。それからここがこの川、そしてこれが丘、そして湖はそっち、あんたの足のあたり。海はここらへんよ――それからね、いいこと教えてあげましょうか」

「なんだい？」

「きっとびっくりするわよ」

「なんだろうな」

少女は声を落としてひそひそ声で言った。

「あのね、この海岸にそってずっと行くと――ここからそう遠くはないわ――そうすると、シャスターへ行けるのよ」

ブラントは感心したような顔をしてみせようとした。が、うまくいかなかった。

「やだ、あんたったら、シャスターのことを聞いたことがないのね！」少女はいたく失望して、声をはりあげた。

「ごめんよ。たぶんむかしの都市だったと思うけど、そういえば、どこかで聞いたような気もする。でも、そういう都市ならどこにでもいっぱいあるからね――カルタゴやらシカゴやら、あるいはバビロンやらベルリンやら――とてもぜんぶは覚えきれないくらいだ。それにどっちみちいまは、みんななくなっちまってる。そうじゃないかい？」

「シャスターはちがうわ。まだちゃんと残ってるのよ」

「ふうん。後期のもののうちには、多かれすくなかれまだ残ってるものだってあるさ。そしてみんなはときどきそこへ行く。以前ぼくがいた土地でも、村から五百マイルぐらいのところに、すごくでっかい都市があって……」

「シャスターはそんなのとはぜんぜんちがうんだってば」と、少女は謎めかした口調でさえぎった。「お祖父さんが話してくれたの。お祖父さんはそこへ行ったことがあるのよ。いまでもぜんぜんこわれてなくて、だれも持ち主のないすばらしい宝物が、どっさりあるんですって」

ブラントは内心で微笑をおさえきれなかった。そういった見捨てられた都市というのは、測り知れぬ年代にわたって、多くの伝説を生む母体となってきた。シャスターが廃墟になってから、すでに四千年――いや、五千年近くにもなるはずだ。かりに街の建物がいまだに残っているとしても――そしてむろんそれはじゅうぶん考えられることだが――わずかでも価値のあるものは、とうに持ち去られてしまっているだろう。どうやらこの少女のお祖父さんとやらは、孫を喜ばせようとして、埒《らち》もないお伽噺《とぎばなし》をして聞かせたらしい。その気持ちはブラントにもわからぬでもないが。

ブラントの懐疑には構わず、少女は無邪気にしゃべりつづけた。ブラントは時に応じて、「ほう」とか、「そいつはすごい」などと合の手をはさみながら、なかばうわのそらでそれに耳を傾けた。と、ふいに沈黙が落ちた。

われにかえってふと顔をあげた彼は、少女がひどく不機嫌な表情で、川を見おろす並木道のほうをながめているのに気がついた。

「さよなら」彼女は唐突に言った。「どっかよそに隠れなくっちゃ――お姉さんが捜しにくるから」

あらわれたときと同様、少女はとつぜん姿を消した。やれやれ、家族に同情するよ――あの調子じゃ、たえずあとを追っかけまわしてなくちゃならないだろう、そうブラントは思った。だが彼女は、彼の憂鬱を吹き飛ばすことによって、それなりの功徳《くどく》をほどこしてくれたのだ。

彼女がじつはもっと大きなことをしてくれたのだとさとったのは、それから数時間たってからだった。

ブラントが彼を捜してやってきたとき、シモンは戸口の柱にもたれて、世間が目の前を通り過ぎてゆくのをぼんやりながめていた。世間はいつもシモンの戸口の前を通るとき、わずかに急ぎ足になるようだった。というのも、彼がとどまるところを知らぬ饒舌家《じょうぜつか》であり、いったんその罠にとらえられたら最後、すくなくとも一時間かそこらは、ぜったいに逃げだせないとわかっているからだ。いまブラントがやってくるように、だれかがすすんで彼の毒手にかかりにくるのなど、およそ前代未聞である。

シモンの困った点というのは、第一級の頭脳を持ちながら、怠け者で、それを有効に使おうとしないことだった。もしもうすこし精力的な時代に生まれていたなら、彼ももっと幸運に恵まれていたかもしれない。ところが、ここチャルディスで彼にできることといったら、他人をだしにしてその機知に磨きをかけることだけ、そしてこれは人望よりも、むしろ名声を得ることにしか役だたない。それでも彼は、この村には欠くことのできない人物だった。なぜなら、知識の宝庫であり、その知識は、大半、正確そのものだったからだ。

「シモン、頼みたいことがあるんだ」ブラントは単刀直入に話を切りだした。「ぼくはこの土地についてちょっとしたことを知りたい。地図ではあまりたいしたことはわからないんだ――新しすぎるんでね。もっとむかし、このあたりはどうなってたんだい？」

シモンは縮れたあごひげをしごいた。

「いまとたいして変わらなかったんじゃないかな。むかしって、いつごろのことだ？」

「そう、都市の栄えた時代さ」

「もちろんいまよりは森林がすくなかったさ。このあたりは、たぶん農地だったと思う。食糧の生産に用いられてたんだ。せんだって、円形劇場の建築現場から掘りだされた農耕機械、あれを見たかね？　あれはおそろしく古いものにちがいない。電動式でさえなかったからね」

「うん、あれなら見たよ」と、ブラントはじれったそうに言った。「だがそれより、むかしこのあたりにあった都市のことを話してくれないか？　地図によると、海岸ぞいに数百マイル西へ行ったところに、シャスターとかいう都市があったらしい。それについてなにか知らないかい？」

「ああ、シャスターか」シモンはつぶやいて、わずかに口ごもった。「なかなか興味ある場所だ。たしかどこかに写真があったと思う。待っててくれ、捜してみるから」

彼は家のなかにはいり、五分近く出てこなかった。その五分間に、きわめて広範囲にわたる情報の検索が行なわれた。もっとも、書籍万能時代の人間にとっては、彼の行動からこれを推し量ることは、まず不可能だったにちがいない。チャルディスの持つ記録のすべては、側面に計器のついた一個の金属箱のなかにおさめられている。このなかには、印刷された書物十億冊分にも匹敵する厖大な情報が、原子よりも小さなパターンに凝縮されて、ひっそり横たわっているのである。

これはたんなる受動的な知識の宝庫ではない。なぜなら、ちゃんと専門の司書がついているからだ。シモンがその疲れを知らぬ機械に自分の要求を伝えると、すぐさま、その錯綜したほとんど無限の回路のなかで、一層また一層と、検索が進みはじめた。必要な名前と大体の年代を指示してやったので、要求する情報が見つかるまでには、ほんのまばたきするほどの時間しかかからなかった。それから、シモンはゆったりと腰をおろし、その情報が、軽い自己催眠によって、心像として脳髄に流れこんでくるのを受けとめた。こうして得た知識は、頭のなかにほんの二、三時間だけとどまり――それでも彼の目的にはじゅうぶんなのだ――それから自然に消滅する。自分のきちんと組織された頭脳に、余計なものは詰めこみたくないし、またシモンにとっては、巨大都市の興亡など、歴史の本筋からはずれた瑣末事《さまつじ》でしかない。それはたんに一つの興味ぶかいエピソードというにすぎず、しかもいまとなっては、永遠に還らぬ過去に属しているのだ。

彼がひどく訳知りめいた顔であらわれたとき、ブラントはいまだに辛抱づよく待っていた。

「写真は見つからなかった」と、シモンは言った。「女房のやつが、どこかにかたづけちまったみたいだ。だがシャスターについて、思いだせるかぎりのことは話してやるよ」

ブラントはできるだけ楽な姿勢をとった。当分はここを動けそうもなかったからだ。

「シャスターは、人類の建設した最後期の都市の一つだ。もちろんきみも、都市が人類文明のかなり後期に――そう、せいぜい一万二千年くらい前になって、はじめて勃興してきたことは知っているだろう。それらは数千年のあいだにしだいに膨脹して、重要な位置を占めるようになり、ついには数百万にのぼる住民を擁するまでになった。そのような場所に住むということがどんなものか、われわれに想像することはむずかしい――鋼鉄と石の荒野、何マイルにもわたって、草の葉ひとつ見あたらない……だがそれらは、輸送や通信の手段が完全な発達を遂げるまでは、どうしても必要だった。それにまた、人間の生活がそれにかかっている通商と生産という複雑な機構を操作するためには、人びとはたがいに近接して住む必要もあったのだ。

空中輸送が一般化するにしたがい、真の巨大都市というものは徐々に姿を消しはじめた。古い野蛮な時代に特有の、他からの襲撃の脅威というやつが、その分散を助長した。しかしその後、長期にわたって……」

「その時代の歴史なら、ぼくだって習ったよ」ブラントはさえぎったが、これは必ずしも事実ではなかった。「そういったことはみんな知ってい……」

「……長期にわたって、商業的というよりむしろ文化的な関連によって成立している、多くの小都市が存在した。その人口はほとんど数万人にも満たず、大都市が絶滅したのちも、なお数世紀、数十世紀にわたって生きのびた。多くのはるかに巨大な都市が、いまでは名を残すのみなのにたいし、オクスフォード、プリンストン、ハイデルベルク等が、いまだにわれわれにとって多少の意味を持つというのも、そのためなのだ。だがこれらも、インテグレーターの発明により、いかに小規模な共同社会でも、文明生活に必要なものすべてを簡単に生産できるようになると、息の根を止められてしまった。

シャスターが建設されたのは、もはや科学技術のうえからは、都市の必要が認められなくなってからのことだった。だがそのころにはまだ、都市文明が終末に近づきつつあることは知られていなかったのだ。シャスターはどうやら、はじめからまるまる一個のものとして構想を練られ、計画された、意図的な芸術作品であったらしい。そしてその住民の大半は、なんらかの芸術家だった。だがこれさえも、それほど長くは生きのびられなかった。その息の根を止めたもの、それはあの〈地球外脱出《エクソダス》〉だった」

シモンはとつぜん口をつぐんだ――あたかもその、星々への道がひらかれ、世界が真っ二つに分裂した混乱の何世紀かを、じっと思いだすかのように。その道を通って、人類の精華はすべて天空へ飛び去り、残るのはその他大勢だけになった。そしてその後は、地球の歴史は一つの終局にたどりついてしまったようだ。一千年かそこらにわたって、放浪者たちはつかのま太陽系を訪れ、異境の太陽やはるかな惑星のことどもを、そしていつの日か銀河系全域に橋をかけるだろう強大な帝国のことを、熱っぽく物語った。だがそこには、もっとも速い宇宙船にも越えられない深淵が存在している。そしてそのような深淵が、いまや地球とその放浪の子らとのあいだにも口をひらこうとしていた。双方は時とともに疎遠になった。帰還船はしだいに間遠になり、ついには、太陽系の外からの訪問は、幾世代もの間隔をおいて、ぽつりぽつりとあるだけになった。シモンの知るかぎりでも、過去約三百年間、そのような訪問のうわさは一度たりと聞かれなかった。

だれかがシモンをうながしてしゃべらせるなどというのは、およそ異例のことである。

だがブラントは、しばらく沈黙がつづいたあとで、言った。

「どっちにしろぼくは、その歴史によりも、その場所それ自体に関心があるんだ。それはまだ存在してると思うかい？」

「ちょうどそれを話そうとしてたところだ」と、シモンははっと夢想からさめながら言った。「むろんまだ存在してるとも。そのころの建築は、堅牢にできてるからな。だがどうしてきみがそれほど興味を持つのか、それを知りたいものだな。とつぜん考古学に情熱を燃やしはじめた、なんてわけでもあるまい？　あ、そうか、わかったぞ！」

シモンのようなプロの詮索屋にたいして、なにかを隠そうとしてもまったく無駄なことは、ブラントもよく承知していた。

「うん、じつをいうとね」と、彼は弁解がましく言った。「これだけ年月がたったいまでも、行ってみれば、まだなにか価値のあるものが残っているんじゃないかと思うんだ」

「あるいはね。わたしもいつか行ってみるべきだな。いわばわれわれの玄関口にあるようなものだからね。しかしだ、どうやってきみはそこへ行くつもりだ？　村ではそんなことに空中機を貸してなんかくれないぞ！　それに、まさか歩いていくわけにもいくまい？　優に一週間はかかるはずだからな」

だがそれこそがまさに、ブラントのやろうとしていることなのだった。その後の数日間、会う人ごとに、苦しんで成し遂げてこそはじめてなにかを成し遂げる価値がある、などと触れまわっていたからだ。やむをえずすることを、まるですすんでするかのようによそおう、まったくこれほど虫のいい話はあるまい。

ブラントの旅支度は、厳重な秘密主義のもとで進められた。たとえこの程度のものであっても、自分の計画を詳しく人に打ち明けることは避けたかった。チャルディスには、好きなときに空中機を使う権利のある人物が、十人やそこらはいる。その人びとに、この自分よりも先にシャスターへ行ってみよう、などという気を起こされては困るのだ。もちろん、だれかがこれを考えつくのは、いわば時間の問題である。ただこれまでは、移住につづく祭りの準備で、だれもそれを思いつくひまがなかったというだけだ。とにかく、一週間も歩きつづけて、へとへとになってシャスターにたどりついてみたら、十分間で先回りしていた隣人が、涼しい顔で出迎えた、なんて、目もあてられない。

だがその反面、村全体に、とりわけイラドニーに、自分がなにかとてつもない偉業を成し遂げようとしている、そう思ってもらうことも、これに劣らず重要だった。ただシモンだけが真相を知っているが、さしあたりそれを秘密にしておくことに、しぶしぶながら同意してくれている。自分の真の目的から人びとの注意をそらすために、ブラントはわざと、チャルディスの東方にあたる地域に、多大の興味を持っているようなふりをしていた。そこにもまた、考古学的に多少の価値を持つ遺跡がいくつかあるのである。

二ないし三週間の旅に必要な食糧および日用品は、驚くほど多量になった。最初の見積もりの結果は、ブラントをすくなからず憂鬱にさせ、ちょっとのあいだ、空中機を借りる交渉をしてみようか、などという気さえ起こさせた。だがそのような要求は容れられるはずもないし、だいいち、それでは遠征の目的自体がぶちこわしになる。とはいうものの、旅に必要なものいっさい合財を自分で担《かつ》いでゆくことなど、とうてい問題外だ。

この難問の解答は、もっと機械文明の進んでいない時代の人間にたら、明白そのものであったろう。だがブラントがそれを考えつくのには、しばしの時を要した。飛行機械の発達は、陸上運送の全形態を、ただ一つを除いて、完全に過去のものにしていた。その残った一つとは、もっとも古く、もっとも融通性のあるもの——人間の力を借りなくとも、自力で動力を補給しつつ、なんとかやっていける唯一のもの、である。

チャルディスは六頭の馬を所有していた。これだけの規模の村落にしては、ややすくない数だ。村によっては、馬の数が人間の数よりも多い、といったところもあるようだが、ブラントの村では、これまで未開の山岳地帯にいた関係上、馬に乗る機会はほとんどなかった。ブラント自身、ほんの二、三回、それもごく短時間、乗ったことがあるだけである。

一頭の種馬と五頭の牝馬とは、トレッガーの管理にゆだねられていた。トレッガーは、ひねこびた小柄な男で、動物を飼う以外、人生になんの興味もない、といった人物である。彼はチャルディスでとくに傑出した識者というわけではないが、私営の動物園を持っていて、けっこう幸福に暮らしている。その動物園は、いろいろな形と大きさの犬、一番《つが》いの海狸《ビーバー》、何匹かの猿、一頭のライオンの仔、二頭の熊、一匹の若いクロコダイル、そしてそのほか、通常は遠くから鑑賞されるだけの各種の野獣、などから成っている。この充足した生活に、ときおり暗雲を投げかけるものがもしあるとすれば、それは、これまでのところ一頭の象も手にはいらない、という事実だけだろう。

トレッガーは、ブラントの予想どおり、馬の柵囲いの入り口にもたれていた。そばにもう一人、見知らぬ男がいて、トレッガーはこの男を、隣村からきた馬の愛好家だと紹介した。服の着かたから顔の表情にいたるまで、すべての点で二人の男が奇妙に似かよっているのを見れば、こんな紹介はまるきり必要ないくらいだった。

真の権威者の前では、人はつねにある種の気後《きおく》れを感じるものである。ブラントは、つっかえつっかえ自分の計画の大要を説明した。トレッガーは厳粛な表情で聞きいっていたが、そのあと、長いこと思案してから、やっと口を切った。

「うむ」彼は親指で牝馬たちのほうをさしながら言った。「あのなかのどれでもまにあうだろう――ただしあんたが取り扱いを知っていれば、だがね」彼はいくぶんおぼつかなげにブラントを見やった。「いいかね、馬というのは人間とおなじなんだ。向こうがあんたを気に入らなきゃ、こっちもなにひとつさせることはできん」

「そう、まったくなにひとつだ」と、見知らぬ男が明らかにそう言うのを楽しんでいるような口調でくりかえした。

「でももちろん、取り扱い方法は教えてもらえるんでしょう?」

「ある意味ではイエスだし、ある意味ではノーだ。思いだすねえ、いつだったか、ちょうどあんたぐらいの若いのがやってきて、乗馬を覚えたいというのさ。どの馬もぜんぜんその男を寄せつけようとしなかった。本能的に嫌悪を感じたんだな――ま、そういったことさ」

「馬はものを言うことができるんだ」と、もう一人の男が陰気に口をはさんだ。

「そう、そのとおりだ」トレッガーも相槌を打った。「馬を上手に扱おうと思ったら、思いやりを持たにゃならん。それさえあれば、あとはなにも心配はいらないってわけだ」

相手がもっと気まぐれでない機械の場合でも、いろいろ注意事項を申し渡されることがあるんだからな、ブラントはそう思いあきらめた。

「ぼくは乗ろうとは思いません」彼はいくばくかの感情をこめて言った。「ただちょっとした荷物を運んでもらいたいだけなんです。それとも、それもやっぱりいやだと言うでしょうか?」

彼のやんわりした皮肉は、相手にはまったく通じなかったようだった。トレッガーは重重しくうなずいた。

「その点は心配なかろう。端綱《はづな》をつければ、おとなしく言うことを聞くよ――といってもつまり、デイジーのほかは、という意味だ。彼女はとてもあんたの手には負えん。おそらくつかまりもしないだろうよ」

「じゃあ、しばらくどれかを──その、もうすこしおとなしいやつを、貸してもらえますね？」

トレッガーは二つの相反する感情に引き裂かれて、不安げにそこらを行ったりきたりした。だれかが自分の愛する動物を使いたがっていること自体はうれしいが、もしやその動物がなにかひどい目にあわされはしないかと、それも心配なのだ。ブラントの身にふりかかるかもしれない災難のことは、彼にとっては二の次、三の次らしい。

「そうだな」と、彼はのろのろと言いはじめた。「いまのところ、ちょっとばかり厄介な時期だし……」

そう言われて、ブラントはあらためて牝馬たちをながめ、トレッガーの言う意味を理解した。仔馬を連れているのは五頭のうち一頭だけだったが、この不足がまもなく解消されるだろうことは一目瞭然だった。ここでまた、いままで見おとしていた問題にぶつかったというわけだ。

「どのくらい行ってるつもりかね？」と、トレッガーがたずねた。

「長くて三週間です。たぶん二週間ぐらいで帰れるでしょう」

トレッガーは、すばやくなにか産婦人科的な計算を行なった。

「じゃあサンビームを連れていきなさい。あれならぜんぜん手がかからんはずだ──わしの手がけた動物のなかで、いちばん素直ないいやつだよ」

「どうもありがとう」ブラントは言った。「じゅうぶん気をつけると約束しますよ。さて、それじゃぼくを紹介してもらいましょうか」

「なぜおれがこんなことをやってやる義理があるのか、さっぱりわからないよ」と、ジョンがサンビームのつやつやした脇腹に荷籠をとりつけながら、にやにやして言った。「とくに、おまえがどこへ行くつもりなのか、あるいはなにを見つけてくるつもりなのか、てんで教えようとしないとあってはね」

かりに答えたくとも、ブラントはこの最後の問いには答えられなかった。すこし冷静になってみると、自分でも、シャスターでなにか価値のあるものが見つかる見込みなどない、そんな気がしてきた。それどころか、同胞たちがすでに所有している以外のもの、または望んだとき即座に手に入れられないもの、それらを思いつくことさえむずかしかった。しかし彼にとっては、旅そのものがイラドニーへの愛のあかし――考えつけるかぎりの、もっとも説得力あるあかしにほかならないのだ。

彼女がこの準備にすくなからず感銘を受けていることはまちがいなかった。それにブラントは、自分の直面するだろう危険について、たくみに強調することも忘れなかった。露天で野宿することはすこぶる不快なことだろうし、食事は毎度おなじものばかり食べなくてはならない。悪くすると、道に迷って、二度と帰ってこられないかもしれない。もしも行く手の山中や森のなかに、いまなお野獣が――危険な野獣が――棲息していたら、どうなるだろう？

ヨハン老人は、歴史とか伝説とかにはいささかの共感も持っていなかったから、馬のごとき原始的な動物にかかわりを持つのは、鍛冶屋として沽券《こけん》にかかわる、とひどくご機嫌斜めだった。サンビームはそのお返しに、老人が蹄鉄を調べるためにかがみこんだところを見すまして、驚くべき巧妙さと正確さで彼に嚙みついた。こうした経緯はあったが、とにかく老人はたちどころに一対の荷籠を造りあげ、ブラントはそれに、旅の必需品いっさい――なかには、愛用の絵の道具さえはいっていた――を詰めこんだ。トレッガーは、主として革紐でできた古代の原型までひっぱりだして、馬具の扱いかたを伝授した。

最後の準備が終わったのは、まだ夜も明けやらぬうちだった。ブラントはできるだけ控えめに出立してゆこうと考えていたが、いざそれがそのとおりになってみると、いささか物足りなくもあった。彼を見送ったのは、ジョンとイラドニーの二人だけだった。

三人は黙りこくったまま村はずれまで行き、川にかかった細い金属の橋を渡った。それからジョンがむっつりした表情で、「じゃあ行ってきな。無茶をやって、首の骨を折ったりするなよ」と言うと、ブラントの手を握り、彼とイラドニーだけをその場に残して、足早にひきかえしていった。これはまことに紳士的な行為であり、ブラントは大いにそれを諒《りょう》とした。

主人がよそに気をとられているのをいいことに、サンビームは川べりの草地へさまよってゆくと、むしゃむしゃと草を食べはじめた。ブラントはしばらく落ち着かなげにもじもじしていたが、やがて、いかにも気が進まなそうに言った。

「もう出かけたほうがよさそうだ」

「どのくらい行ってるつもりなの？」イラドニーがたずねた。彼女はジョンの贈り物を身につけてはいなかった。たぶんもう飽きてしまったのだろう。ブラントはそう願い、それからふと、自分の持ち帰るお土産にも、おなじくらい早く興味を失ってしまうかもしれない、と気づいた。

「そうだな、二週間ぐらいかな――順調に行けばね」

「気をつけてね、そして性急なことはしないで」イラドニーはわずかに心配そうな口調で言った。

「ああ、できるだけ気をつけるよ」ブラントは、いまだに歩きだそうとする気配も見せずにそう言った。「だけど、ときには危険を冒すことも必要だからね、人間は」

このとりとめのない会話は、もしもサンビームが勝手に歩きださなかったら、まだまだつづいていただろう。とつぜんブラントの腕がぐっとひっぱられ、彼はひきずられるように歩きだした。やっとバランスをとりもどして、イラドニーに手をふろうとしたとき、彼女が飛ぶように駆けよってくると、正面から彼にキスし、彼がまだぼんやりしているうちに、さっと踵《きびす》を返して、村のほうへと姿を消した。

ブラントからは見えないあたりまできたところで、彼女は歩調を落とした。ジョンはまだだいぶ先にいたが、彼女は追いつこうとはしなかった。この輝くばかりの春の朝には似つかわしくない、奇妙に厳粛な感情が彼女を支配していた。愛されるということは快いことである。が、ふとわれにかえって、目先のことではないもっと先のことを考えてみると、それなりに欠点が見えてくる。ほんのつかのま、イラドニーの心には、自分がはたしてジョンにたいして、ブラントにたいして――いや、自分自身にたいしてすら――フェアであったかどうかという疑いがきざした。いずれは自分も心を決めなくてはならない。それを永久に先延ばしにしておくわけにはいかないのだ。だが一生かかっても、どちらの少年をより好ましく思っているかは見きわめられそうになかったし、また、自分がはたして恋をしているのかどうか、それもよくわからなかった。

だれもこれまで彼女に教えてくれたことはなかったし、彼女自身も、いまだ発見してはいなかったのだ――人が自分の胸に、「わたしはほんとうに愛しているのだろうか？」と問いかけてみなくてはならないとき、答えはつねに、「否《いな》」であることを。

森林はチャルディスの東方五マイルにわたってひろがり、その先で、この大陸全体にまたがる広大な平原につながっていた。六千年前、この地域は世界でもっとも広大、かつ人間にとっては手ごわい砂漠の一つだった。そして、原子力時代の最初の偉業の一つが、ここの土地改良だったのである。

ブラントは、東へむかってこの森を出はずれるところまで行き、そこで方向を転じて、北の丘陵地帯へ向かうつもりだった。地図によると、その丘陵地帯の尾根にそって、一本の道路があり、海岸ぞいの全都市をつなぎながら、最後にシャスターに到達するはずだった。その道を行ければたいへん楽だろうが、はたしてそれがこの年月を超えてまだ存在しているかどうか、さほど期待は持てそうにない。

地図ができて以来、あまり流れが変わっていないことを願いつつ、彼は川にそって進んでいった。川は彼の案内人であり、ハイウェイでもあった。木々があまりにも密に茂っている箇所では、彼とサンビームは林間を進むのを中断して、その浅い流れのなかをたどっていった。サンビームはしごく協力的だった。ここには、彼女の気をひくおいしそうな草はなかったから、せきたてられなくとも、さっさと歩いた。

正午をすこし過ぎたころ、木々はしだいにまばらになりはじめた。ブラントはついに、幾世紀にもわたって徐々にその触手を人類のすでに執着していない領土に進めてきた森の、その最前線に到達したのだ。やがていくらも行かないうちに、森は完全に背後に消え、道はひらけた平原に出ていた。

彼は地図で現在の位置を確かめ、地図が描かれて以後に、森林がかなり東へ進出してきているのに気がついた。だが北方の低い丘陵地帯――例の古代の道路がそれにそって走っている丘陵地帯――へむかって、一本のはっきりしたルートがあり、それをたどってゆけば、日暮れ前にはそこへ到達できそうだった。

このころになって、いままで予見されなかったある種の技術的困難が持ちあがった。長らく捜しもとめてきたおいしそうな草が、いくらでも周囲に生えているのを知ったサンビームが、三歩か四歩ごとに立ち止まっては、それをむしゃむしゃやりはじめたのである。ブラントの手首は、短かめの綱で馬具の頭の部分に結びつけられていたから、彼女が立ち止まるたびに、あやうく腕がもげそうになる。そこで、綱を長くしてみたが、事態はいっそう悪化しただけだった。そうなると、ぜんぜん制御が利かなくなってしまったからだ。いままではブラントはかなり動物好きになっていたが、そのうちに、そういう自分の善意を、サンビームがただ利用しているだけなのがわかってきた。半マイルほどのあいだ、それを我慢したあげくに、とうとう彼は堪忍袋の緒《お》を切らし、とある立ち木へ近づいていった。その枝はとくにほっそりして、弾力性に富んでいるように見えたが、彼がそのうちから手ごろなのを選んで小枝を払い、これ見よがしに腰のベルトにさしこむのを、サンビームは澄んだ茶色の目の隅から油断なくうかがっていた。それから、ふいに活発な歩調で歩きだしたので、今度はブラントが追いつくのに苦労するほどだった。

トレッガーが主張するとおり、たしかに彼女はすこぶる利口な動物だった。

ブラントの最初の目的地である丘陵地帯は、高度わずか二千フィートにも満たず、しかも斜面は非常にゆるやかだった。しかし、そこにいたるまでのあいだに、数知れぬ小山や浅い谷があり、ようやく尾根へたどりついたのは、もう日がとっぷりと暮れるころだった。南のかた一面に、さいぜん通ってきた森林、そしてこれ以上は彼を悩ますことのない森林が見渡せた。チャルディスの位置については、ごくおおざっぱな概念しかないが、そこもやはりその森林のなかのどこかにあるはずだ。村人たちによって切りひらかれたあの広大な空き地が、ここから見ると影も形も見えないのを知って、彼は軽い驚きに打たれた。森林のさらに南方には、平原が無限のかなたにまでひろがっている。ところどころに小さな木立の島を浮かべた、茫漠たる草の大海だ。地平線近くには、いくつかのちっぽけな、じわじわと動く斑点が認められる。おそらく、餌をもとめて移動する野獣の大群だろう。

ふりかえって北方を見ると、足もとの長い斜面をくだって、平地を十マイルたらず行ったところに、もう海が迫っている。沈む夕日のなかで、海面はほとんど黒一色だが、ところどころに磯波が小さな白い泡を立てているのが見える。

日が沈む前に、ブラントは手ごろな窪地を見つけ、頑丈な灌木にサンビームをつなぐと、ヨハン老人の考案になるテントを張りはじめた。これは理屈ではまったく簡単な作業のはずだったが、実際にやってみると、多くの先人たちも発見しただろうように、高度の技術と忍耐づよさとが要求された。それでも、やっとなんとか形がととのい、彼は夜営の支度にかかった。

世のなかには、いかにすぐれた知恵をもってしても、それだけではぜったいに予測できない、苦い経験をすることではじめて学ぶことができる、そういったことがいくつかあるものだ。人間の体が、いまテントの張ってあるこの目につかないほどの斜面にたいして、これほど敏感なものだとだれが予想しただろう？　さらに不愉快なのは、場所によって異なるわずかな温度の差だ。おそらく、勝手気ままにテントのなかを吹きまくっている隙間風のせいだろう。おなじ温度の変化でも、これが一様なものであれば、どうにか堪えられるはずだ。しかし、こういう予測不能な変わりかたには、ただいらいらさせられるしかない。

彼は十回以上もうとうとしかけては、また目をさました――それとも、そんな気がしただけだったろうか？　やがて明けがたが近づくにつれ、士気はどん底まで低下してしまった。寒くて、みじめで、身体じゅうがこわばって、まるで幾日も満足に眠っていないような感じだ。いまここで、彼にこの計画を放棄させようとすれば、ほとんど説得力は必要なかったろう。愛のためになら、危険に遭遇することも覚悟のうえだった――いや、自らそれを望みさえした――が、腰痛はそれとはまったくべつものだった。

しかし、こうした夜間の不愉快さも、輝かしい朝の訪れとともに、まもなく忘れ去られた。この丘の上では、空気は新鮮で、かすかに塩気を含んでいた。はるばる海からの風に運ばれて、ここまで流れてくるのだろうか。いたるところに露が光り、すべての草の葉は重たげにうなだれている――が、それも、太陽が昇ると、あとかたもなく消えてしまうだろう。生きているということはすばらしいことであり、若いということはもっとすばらしいことであり、そして恋をしているということは、最高にすばらしいことだった。

その日の旅を始めていくらも行かないうちに、道はめざす道路に行きあたった。ブラントはそれが丘の頂を走っているかのように想像していたので、そこからかなり海側へくだった斜面にあるそれに、いままで気がつかなかったのである。それは当時の最高の技術を駆使して造成されていて、幾千年をへた今日でも、ほとんど損なわれていなかった。〈自然〉はそれを抹殺しようとして、むなしい力を費やしていた。そこここで何メートルかを軽い土で埋めることに成功しているが、そのあと、〈自然〉それ自身の召し使いである雨や風が、あるじにそむいて、ふたたびそこをきれいに磨きあげている。それは一本の巨大な、継ぎ目のないベルトだった。一千マイル以上にわたってうねうねと海岸線をめぐり、いまもなお、人類がその幼年時代に愛した多くの都市を結んでいる。

これは世界最大の道路の一つだった。はるかなむかし、未開の種族が、遠い異国から訪れた抜け目のない、輝く目をした商人たちと交易するために、海へむかって降りていったころ――当時はこれは一本の小道にすぎなかった。その後これは、新たな、さらに過大な要求をする主人を迎えた。ある強大な帝国が、兵力を動員して丘を切りひらき、幾星霜の風雨にも堪えうる堂々たる道路を完成したのだ。彼らはこれを石で舗装した。彼らの軍勢が、当時の世界のなによりも速くこの道を進軍できるようにするため、である。そしてこの道を通って、彼らの軍団は、彼らがその名を冠するある都市の命令のもと、電光のようにこの地へ殺到してきたのだ。何世紀かのち、その都市は、彼らを最後の一兵まで故郷に呼びかえした。そして道路は、五百年のあいだ、打ち捨てられたまま眠りつづけてきた。

だが戦いはそれだけでは終わらなかった。新月を染めぬいた旗を押したて、ムハンマドの軍隊がキリスト教国をめざして西へ西へと進撃した。さらにその後——何世紀かののちにも——最後にして最大の抗争がこの地にくりひろげられた。鋼鉄の怪物が砂漠のただなかでぶつかりあい、空は死の雨を降らせた。

ローマの百人隊長、シャルルマーニュ大帝麾下《きか》の十二勇士、ロンメルの装甲師団——そして砂漠すらも——いまはうたかたの夢と消えた。だが道路は——人間の全創造物ちゅう、もっとも永遠なる生命を与えられた、この道路は——残った。長い長い年月のあいだ、これはひたすらその重荷に堪えてきた。そしていま、その一千マイルの全長を通じて、ただ一人の少年と一頭の馬以外に、そこを通行するものはいないのだ。

ブラントは、たえず海を視界のうちにながめながら、三日間この道路を歩きつづけた。いまでは、放浪生活の些細な不自由さにもすっかり慣れ、夜ごとの野営にも、ある程度は辛抱できるようになっていた。天候も非の打ちどころがなかった――長い、温暖な昼、穏やかな夜……だが、ほんとうのすばらしさは、旅の最後に訪れようとしていたのだ。

四日目の夕刻、彼はシャスターから五マイル以内と思われるあたりまできていた。前方に、海にむかってつきだしている険阻《けんそ》な岬があり、それを避けるために、道路は海岸線をそれて、内陸側へ切れこんでいた。この岬の向こうの入江に面して、めざす都市はあるのだ。岬を迂回したあと、道路はふたたび大きな曲線を描いて北へ向かい、丘をくだって、シャスターへ達するはずだった。

そろそろ日没に近く、この日のうちに目的地をまのあたりにするのはむずかしそうだった。天候も崩れかけていて、厚い険悪な雲の層が、あわただしく西から集まってきていた。彼はいま強風に逆らって斜面を登っていた――最後の尾根を越えるために、道路が徐々に上り坂になっていたからだ。もしもどこかに風を避ける場所が見つかっていたなら、そこに一夜の宿りをもとめていただろう。だがこれまでの数マイルのあいだ、立ち木一本ない裸の丘陵がつづき、風を冒して進む以外になかった。

はるか前方の、尾根の最高部に、なにか低く黒いものが、暗雲のたれこめた空を背景に浮かびあがっていた。そこへ行けば、あるいは避難所が見つかるかもしれぬ、そう考えて、ブラントはそのほうへむかって足を速めた。サンビームも、頭を低くたれて風を避けながら、あるじに劣らぬ決然たる足どりで登りつづけた。

頂上へはまだ一マイルというところで、ついに雨が落ちてきた。最初は大粒の、ぽつりぽつりとした雨だったが、そのうちに篠《しの》つくばかりの豪雨となった。痛いほどの雨脚に逆らって、どうにか目をあけてみても、数歩以上先は、まるきり見えない。ブラントはすでにぐしょ濡れになっていたから、これ以上濡れたところで、どうということはなかった。いやそれどころか、激しい雨にたたかれているうちに、かえって自虐的な喜びが湧いてくるといった、あの状態にすら達していた。けれども、嵐を衝《つ》いて坂道を登るという重労働は、それだけで急速に体力を消耗させていった。

ようやく道が平らになり、尾根の頂点に達したことがわかるまでには、何年もたったような気がした。目を凝らして前方の薄暗がりを透かし見ると、さほど遠くないところに、巨大な影が横たわっているのが見え、一瞬、それが建物ではないかという気がした。たとえ崩壊していても、建物ならば、じゅうぶん風雨を避けることができるだろう。

そのほうへ近づいてゆくにつれて、雨はしだいに小やみになり、頭上では雨雲が切れて、西の空の残照がわずかにそこからのぞきはじめていた。その光で、かろうじて見てとれたのは、前方に横たわるものが、予想したような建物ではなく、丘の頂にうずくまって、はるかに海を見つめている、一頭の巨大な獣の石像だということだった。だが、それ以上それを観察しているいとまはなかった。いまだに頭上に荒れ狂っている強風を避けて、そのかげにテントを張るのに忙しかったからだ。

ようやく濡れた衣類を乾かし、食事を用意したのは、すでにあたりが暗くなってからだった。しばらく彼は、その暖かな小さなオアシスのなかに休らい、困難を克服したのちに訪れるあの快い疲労感にひたっていた。それから、ゆっくりと身を起こすと、懐中電灯をたずさえて、夜のしじまのなかへ出た。

先刻来の風で、雲は完全に吹き払われ、満天には星が降るようにまたたいていた。細い三日月が、太陽のあとを懸命に追いかけて西に沈もうとしていた。北のほうに、どうして感じるのかはわからぬものの、眠らぬ海の存在を感じとることができた。丘をくだったその闇の底、そこにシャスターはあるのだ。波は永遠にその浜辺に寄せては返していることだろう。だがいくら目を凝らしてみても、見えるものはなにひとつなかった。

彼は懐中電灯の明かりで彫像の石の肌を照らしながら、その脇腹にそってぐるっとまわってみた。それはなめらかで継ぎ目ひとつなく、時の経過のために汚れ、色褪せてはいたけれども、どこにも崩壊の様相は見られなかった。その像から年代を推し量ることは不可能だった。シャスターよりも古いかもしれないし、あるいはわずか二、三世紀前に造られたものかもしれない。どこにもそれを知る手がかりはなかった。

懐中電灯の強烈だが青白い光線が、濡れて光っている怪物の脇腹にそってゆらめき、やがてその巨大な、穏やかな顔と、うつろな目とを照らしだした。人はそれを人間の顔と呼ぶかもしれない。だがそのあと言葉は舌の上でためらい、そのまま消えてしまう。像は男でも女でもなく、はじめ一目見ただけでは、人間の持つあらゆる感情にもまったく無関心なように見える。だがあらためてそれを見なおすと、長い年月のあいだに、嵐がその面上にも足跡を残しているのがわかった。数知れぬ雨滴がその堅い、無表情な顔を伝って流れおち、神々の涙に似た汚れをそこに印しているのだ——あるいはそれは、その誕生も死もいまは遠い夢と化した都市の運命、その運命を悼む涙ででもあったろうか。

ブラントはひどく疲れていたから、翌朝目をさましたのは、すでに太陽が高く昇ってからだった。彼はしばらくそこに横たわったまま、テントを通してさしこむ薄明かりをながめ、自分がどこにいるのかを思いだそうとした。それから、おもむろに起きあがると、小手をかざして日ざしをさえぎりながら、目をぱちぱちさせて、明るい日の光のもとへ出た。スフィンクスは、昨夜見たときよりも小さく見えたが、依然として印象的だった。このときはじめてそれが、輝くような黄金色に塗られているのがわかった。これが自然の岩の色であるはずはなかった。このことから見て、これは、なかば期待していたような先史文明の所産ではありえない。明らかに科学の力によって、ある種の想像もつかない強固な合成物質から造られたものなのだ。そしてブラントはその年代を、現在と、これがそれを模して造られた古代の原型との、ちょうど中間あたりに位置するものと推定した。

のろのろと、まるでこれから発見するかもしれぬものを恐れてでもいるように、彼はスフィンクスに背を向け、北のほうに目をやった。丘は足もとから長い斜面を描いて落ちこみ、道路はさながら海に出あうのが待ちきれないように、まっすぐにその斜面をくだっていっている。そしてその終わったところに、シャスターがあった。

それはきらめく陽光を受けとめ、建設者たちの夢の色をそのままに、ありとあらゆる色合いの光を彼に投げかえしてきた。幅広い街路にそった堂々たる建物は、時の侵略をまったく受けていないように見えた。海を食いとめている巨大な大理石の防波堤は、いまだに損なわれてはいないし、あちこちにある公園や庭園は、丈高い雑草が生い茂ってはいるものの、まだジャングルにはなっていない。市街は曲線を描いた入り江にそって、二マイルほどの長さにひろがり、その半分ほどの幅で、内陸へむかって切れこんでいる。過去の標準からすれば、きわめて小さな都市だ。だがブラントにとっては途方もなく大きく見え、入り組んだ道路や広場は、まるで迷路としか思えない。それでも、しばらくながめているうちに、ようやくその設計の基本となっているシンメトリーの概念がわかってきたし、主要な街路を拾いだしたり、単調さと不調和とを避けた技術のすばらしさを認めたりすることができるようになった。

長いあいだブラントは、その丘の頂に身じろぎもせず立ちつくしていた。彼の意識にあるのは、ただ眼下にひろがった都市の驚異のみだった。この雄大な光景のなかで、彼はひとりぼっちだった。より偉大な人類の業績の前に、圧倒され、茫然自失している、ちっぽけな人形にすぎなかった。歴史の重みが——百万年以上の長きにわたって、人類がその上で苦闘してきた広大な斜面のながめが——彼を打ちひしいだ。その瞬間、ブラントには、自分がこの丘の頂から見晴らしているものが、〈空間〉というよりはむしろ〈時間〉であるような気がしてならなかった。そして彼の耳のなかでは、過去へむかって吹きこむ永遠の時の風が、蕭々《しょうしょう》と音を立てて吹き渡っていた。

街はずれに近づくにしたがい、サンビームは目に見えて神経質になった。いままでこのようなものを見たためしがないからで、その点ブラントも、彼女の不安に共感を覚えずにはいられなかった。いかに想像力に欠けた人間といえども、何世紀も打ち捨てられていた建物に、なにやら無気味なものを感じぬことはあるまい——ましてやシャスターは、五千年近くも廃墟のままだったのだ。

道路はさながら一本の矢のように、二基の白い金属製の円柱のあいだへまっすぐ走りこんでいた。スフィンクスとおなじに、この高い円柱も、錆びてはいたが朽ちてはいなかった。ブラントとサンビームは、この物言わぬ衛兵の足もとをくぐり、やがて、市への訪問者を迎える一種の迎賓館だったとおぼしい、長く平たい建物の前へ出た。

遠くからながめたときには、シャスターはまるできのう見捨てられたばかりの都市のように見えた。だがいま見ると、荒廃はいたるところに歴然たる痕跡を残していた。彩色をほどこした建物の壁は、風雨に汚れて見る影もなくなっているし、窓は骸骨の目のようにうつろにひらき、そこここに、奇跡的に残ったガラスの破片をこびりつかせている。

ブラントは最初の建物の外にサンビームをつなぐと、瓦礫や厚く積もった泥土を踏みわけて、その入り口へ近づいていった。かつてはそこにドアがあったのかもしれないが、いまはなくなっている。高い、丸天井造りの拱廊《きょうろう》を抜けて、建物の長さいっぱいにひろがっているらしい広間へはいると、一定の間隔をおいて、さらに他の部屋へと通じる入り口が並び、すぐ前方には、唯一の上階である二階へ通じる幅広い階段がある。

その建物を探検しおわるには、ほぼ一時間かかった。そこから出たとき、彼はすくなからぬ失望を感じていた。それまでの入念な探索も、なんら報いられるところがなかった。部屋は大小を問わずいずれも完全にからっぽで、それらを出たりはいったりしているうちに、自分がまるで、きれいに肉の落ちた骸骨のなかを這いまわっている、蟻みたいな気分になってきたほどだ。

しかし、戸外の明るい日ざしのなかへ出ると、気分もすこしは持ちなおした。いまの建物は、おそらくなんらかの行政機関で、もともと資料とか記録機器ぐらいしか置いてなかったのだろう。よそへ行けば、事情はもうすこし変わってくるはずだ。だがそうはいうものの、その捜索の規模の大きさを思うと、気が遠くなるような心地がした。

広い街路を見ては畏敬の念に打たれ、両側にそびえる建物の正面を見ては驚嘆しながら、彼はのろのろと海のほうへ進んでいった。市街のほぼ中央まできたとき、道は一つの公園に行きあたった。ひどく草ぼうぼうで、植え込みはまるで藪《やぶ》同然だが、それでもかなりの草地が残っているので、探検をつづけるあいだ、サンビームをここに残してゆくことに決めた。ここにたっぷり餌がある以上、そう遠くまでさまよってゆくことはあるまい。

公園のなかはとても平和だったから、ちょっとのあいだ、ここを出て、また市街の荒廃のなかへもどってゆくのがいやになったくらいだった。ここには、いままで見たこともないような珍しい植物があった。きっとシャスターの人びとが大事にしていた植物の子孫、それが野生に返ったものだろう。丈高い草や名も知れぬ花々にとりまかれて立っているうちに、ブラントははじめて、昼前の穏やかな静けさを通して、これ以後つねにシャスターと結びつけて考えることになる、ある音を耳にした。それは海から聞こえてきたが、生まれてはじめて聞く音だったにもかかわらず、すぐにその正体に思いあたって、と胸を突かれる思いがした。いまでは他の声はすべてとだえたその波の上に、孤独な鷗《かもめ》の鳴きかわす声が、いまなお物悲しげに響いているのだった。

たとえごく表面的な探索だけですませたところで、この街を隅々まで探検しおわるには、幾日もかかることは明白だった。となれば、早急になすべきことは、どこかに寝起きする場所を見つけることだ。居住区を捜して何時間か足を棒にして歩きまわったあげく、ブラントは徐々に、ある不思議な事実に気がつきはじめた。いままで足を踏みいれてみた建物は、一つの例外もなく、仕事か、娯楽か、あるいは似たような目的のために設計されたものばかりで、人の住むように設計されたものは皆無だということである。その答えは、しばらくたってから、やっと得られた。市街のパターンに慣れるにしたがい、ほとんどぜんぶの交差点ごとに、ほぼおなじ形をした低い、平家建ての建物があるのがわかってきたのだ。それらは円形もしくは楕円形をしていて、どんな方向からでもはいれるように、たくさんの入り口がある。そうした入り口の一つにはいってみると、すぐ目の前に、大きな金属製の扉がずらりと並び、それぞれの横に、小さなランプが縦に並んでいる。こうしてブラントは、シャスターの人びとがどこで暮らしていたかを知ったのだった。

最初ちょっと考えたときには、地下に住むなんて思っただけでもぞっとする、という気持ちが先に立った。だがそのあと、そういった偏見を克服してみると、それがいかに賢明な、そしていかに必然的なものであるかがわかってきた。たんに睡眠と食事という機械的な手続きにのみ用いられる建物ならば、ごちゃごちゃと地上にかたまりあって、せっかくの日ざしをさえぎってしまうには及ばないのだ。こうしたもののすべてを地下に移すことによって、シャスターの人びとは、優雅で、広々とした都市——しかもなお、端から端まで歩いて一時間とかからない、こぢんまりした都市を建設することに成功したのである。

エレベーターは、もちろん、もう動かなかった。けれども、そばに非常用の階段があって、くねくねと曲がりながら地下の暗闇に消えている。かつてはこの地下市街も、煌々たる照明に照らされた日があっただろう。だがブラントはいま、その階段を降りかけて、ふとためらった。懐中電灯は持っているが、生まれてこのかた、地下へ降りた経験など一度もないし、どこぞの地下埋葬所のなかで道に迷うような、そんな恐怖も捨てきれない。だが、そこで彼は肩を一ゆすりすると、決然と階段を降りはじめた。結局のところ、最低の用心だけしていれば、なにも危険はないはずだ——それに、もし迷ったとしても、ほかに出口はいくらもある。

地下第一層へ降りると、そこは長い、幅の広い廊下で、それが、懐中電灯の光の届くかぎり、どこまでも伸びている。廊下の両側に、番号をつけたドアがずらりと並んでいて、十カ所余りもためしてみたあげく、やっと一つだけひらく扉が見つかった。ゆっくりと、ほとんどうやうやしいとさえ見える動作で、彼はその、歴史のほぼ半分近くを打ち捨てられたままで過ごしてきた、小さな住居へとはいった。

そこは清潔で、さっぱりとかたづいていた——積もるべき埃も塵もここにはないのだから、これは当然のことだ。みごとに配置された部屋べやには、家具はいっさい置かれていない。あののんびりした、長期にわたる〈脱出《エクソダス》〉のあいだに、めぼしいものはすべて持ち去られたのだろう。わずかに、半永久的な調度のいくつかが、ありし日のむかしを偲ばせる。見慣れたダイヤルのついた食糧供給機は、ブラントの家にあるものとそっくりだったので、見ていると、時の経過を忘れさせられるほどだった。ダイヤルは、すこし動きが悪かったが、ひとまずまわった。もしも取り出し口に食物をのせた皿があらわれたとしても、さほど意外ではなかったろう。

それからさらにいくつかの住居を探検したあと、ブラントは地上にもどった。なにも価値のあるものは見つからなかったが、かつてここに住んでいた人びとにたいし、知らずしらず親近の情が湧いてくる心地がした。とはいうものの、いまだに彼らを自分よりも劣った種族と見なす気持ちは変わらなかった。たとえいかに美しくとも、いかに巧妙に設計されていようとも、都市に住むなどということは、ブラントにとっては未開な生活の一つの象徴にすぎなかったのである。

最後にはいってみた住居で、踊る動物のフレスコ画が、壁いっぱいに描かれた部屋が見つかった。絵には一種の風変わりなユーモアがにじみでていて、ここでこの絵を見ながら育っただろう子供たちも、さぞかし楽しんだことと思われた。これはシャスターではじめて見つけた具象主義の芸術だったから、ブラントは興味をもってこれをながめた。部屋の一隅に、ちっぽけなごみの山があるのに気がついたのは、そろそろ立ち去ろうとしたときだった。かがみこんで、検分してみると、それがいまだにそれとわかる人形の残骸であるのがわかった。すべてはぼろぼろに崩れて、二、三個のきれいな色ボタン以外、ほとんど形をなしていなかったが、そのボタンも、つまみあげると、手のなかでほろほろと砕け散った。なぜこの小さな悲しい玩具が、持ち主によってここに置き去りにされたのだろう、そう思いながら、足音を忍ばせてそこを出ると、地上の人っ子一人いない、そのくせ底抜けに明るい街路へともどった。それきり二度と、彼がこの地下市街を訪れることはなかった。

夜にかかるころ、ふたたび公園にもどった彼は、そこでおとなしく草を食《は》んでいたサンビームを見つけて、庭園のあちこちに散らばっている四阿《あずまや》の一つへ行くと、そこで夜を過ごす準備にかかった。ここにいると、ぐるりを花や木々に囲まれているので、まるで故郷に帰ったような気分になれた。チャルディスを出て以来、この夜はじめてぐっすりと眠り、そして、ここ数カ月のうちではじめて、イラドニーのことを思わずに眠りについた。シャスターの魔力は、すでに心に影響を及ぼしはじめていた。これまでわざと見くだそうとしてきたここの文明の、その測り知れぬ複雑さが、想像以上に急速に、彼を変化させつつあった。この都市に長くいればいるほど、わずか数時間前にはじめてここに足を踏みいれた、あの純真な、だが自負心の強い少年から、自分が遠くへだたってゆくような気がした。

二日目は、第一日の印象をさらに強固にした。シャスターは、たった一年のうちに死滅したのではない。一世代のうちに死滅したのでもない。ここの住民は、新しい——だがそれでいて、非常に古い！——社会構造が発展し、人類が丘陵や森林に還ってゆくのと同時に、徐々にここからさまよいでていったのだ。彼らはあとになにも残さなかった——ただこれらの、永遠に過ぎ去った一つの生活様式を示す大理石の記念碑を除いては。かりにもし価値のあるものがここに残されていたとしても、それからの五十世紀のあいだに、この都市を訪れた無数の好奇心に満ちた探検家たちの手で、とうに持ち去られてしまっているだろう。こうした先輩たちの足跡は、無数に見いだされた。街のいたるところの壁に、彼らの名前が彫りつけられていたからだ。これは、人間の不滅性への願望を表現する、もっともてっとりばやい方法であり、人はけっしてそれに抵抗できない。

ついにむなしい捜索に疲れはてた彼は、海岸へ出て、防波堤に腰をおろした。下方数フィートのところに横たわる海は、信じられぬほど穏やかに凪《な》いで、透明な空の色をたたえていた。底まで澄みきった水中には、すいすいと魚が泳ぎまわり、ある箇所には、横倒しのまま沈んでいる難破船の姿も見えた。その横腹から、海草がまるで長い、緑色の髪のように、ゆらゆらと立ちのぼっている。だがこの穏やかな海も、これらのがっしりした石の壁を乗り越え、怒濤《どとう》となって陸へ押し寄せたことが何度かあるにちがいない。なぜなら背後の堂々とした胸壁には、幾千年間の嵐に打ちあげられた石や貝殻の類が、一面に分厚く堆積しているからだ。

このあまりにも平穏な光景と、周囲いたるところに見られる野望のむなしさにたいする教訓、それがブラントの失望感、敗北感をことごとく拭い去った。シャスターは物質的な価値のあるものはなにひとつ与えてくれなかったが、この旅をしたことに悔いはなかった。こうして防波堤の上にすわって、陸地に背を向け、強烈な海の藍に目を細めていると、なんだかいままでの悩みが遠い出来事のような気がして、過去数ヵ月にわたって胸をむしばんできた痛みと不安とを、他人事《ひとごと》のような物珍しさ以外には、なんらの苦痛もなく思いかえすことができるのだった。

やがて彼はゆっくりと身を起こし、しばらく海ぞいの道を歩いてから、きたときとはべつのルートで街にひきかえした。まもなく道は、なにか透明な物質でできた浅いドームにおおわれた、大きな円形の建物の前に出た。すでに感情的に枯渇しつくしていた彼は、たいした感興もなくそれをながめ、たぶんまた劇場か、音楽堂のようなものだろうと断定した。入り口の前を行き過ぎようとしてはじめて、ある漠然とした衝動が彼を動かし、そのひらいた戸口をくぐらせたのだった。

内部は、日光が透明な屋根を通してさしこんでくるため、まるで戸外にでもいるように明るかった。建物全体は、いくつもの大きな広間に分かれていたが、その広間の目的に気がついたとき、彼はにわかに心が騒ぐのを感じた。壁のいたるところに残っている長方形の変色部分は、かつてその壁一面に絵画が飾られていたことを物語っていた。あるいはまだその何枚かが残っているかもしれないし、シャスターが本格的な芸術の分野にどんな作品を持っていたか、そのへんを調べることも興味ぶかいにちがいない。ブラントは、いまだに抜きがたい優越意識を持っていたから、まさかここで大きな感動を受けるものに出くわす、などとは思ってもみなかった。だから、いよいよそれにぶつかったとき、ショックはいやがうえにも強烈だったのである。

その巨大な壁いっぱいにひろがったspringめくるめくばかりの色彩の渦は、さながら高らかなファンファーレの響きのように彼を打ちのめした。ちょっとのあいだ彼は、自分の見ているもののパターンも、またその意味をも把握することができず、麻痺したように入り口に立ちすくんでいた。それから、ようやくにして、そのとつぜん視界にとびこんできた巨大な、かつ複雑な絵画の細部が、もつれた糸をほぐすように、徐々に理解されてきた。

それはほぼ百フィート近い長さがあり、ブラントがこれまでに見たもっともすばらしい作品であることは疑う余地がなかった。シャスターは彼を圧倒し、畏敬させたが、にもかかわらず、その悲劇は、妙に心を打たなかった。ところがこれは、まっすぐ心の中心に突き刺さり、彼に理解できる言葉で語りかけてきた。そしてその言葉に耳を傾けているうちに、過去にたいする彼の軽侮の残滓《ざんし》は、嵐の前の落ち葉のように、あえなく砕け散ってしまったのだった。

目は自然にその絵の上を左から右へと動き、緊張の曲線をたどって、クライマックスの瞬間にいたるようになっていた。左手には、海が描かれていた。シャスターの岸辺を洗う水にも劣らぬ、深い藍をたたえた海だ。そしてその上を、一団の見慣れぬ船が渡ってゆく。船腹から何段もの櫂《かい》の列をつきだし、帆にはいっぱいに風をはらませて、かなたの岸へ漕ぎ渡ろうとしている。この画面は、たんに幾マイルもの空間にまたがっているばかりでなく、何年かの時間にもまたがっているようだった。というのも、つぎの部分では、船団はすでに向こうの岸に到着し、無数の軍勢があたりの平原に野営しているさまが描かれているからだ。軍団の旗や天幕や戦車は、彼らが包囲している要塞都市の城壁に比して、ひどくちっぽけに見える。視線はそのいまだ侵されざる城壁にそって上へとのぼり、画家の狙いどおりに、その城壁の上に立ちつくしている一人の女人――自分を追って大海を漕ぎ渡ってきた軍勢を見おろしている女人――のうえに止まった。

女は胸壁の上に身をのりだし、風がその髪をもてあそんで、金色の靄《もや》さながらに顔のまわりにまつわりつかせていた。その顔には、いうにいえぬ悲しみが描かれているが、その悲しみも、彼女のたぐいまれな美貌を損なうほどではない。そのあまりの美しさに、ブラントはしばし魅いられたようにその顔を凝視していたが、やがてようやく視線を転じると、今度は女の視線を追って、その難攻不落とも思える城壁をくだり、その影のなかで立ち働いている一団の兵士たちをながめた。彼らはなにか巨大なものの周囲に群がっているが、遠近法によってひどく奥行きがせばまって見えるため、ブラントにはちょっとのあいだ、それがなんなのかつかめなかった。それからやっとそれが、自由に動かせるようにローラーつきの台車にのせられた、大きな馬の像であることがわかってきた。それはなんの感興も呼び起こさなかったので、彼はすぐに視線を移して、ふたたびあの、胸壁の上の孤独な人影をながめた。いまでは、その人物のうえにこそ、この巨大な絵画全体の焦点はあり、しかもそれによって全体の均衡が保たれていることが理解できた。なぜならば、さらにその先へと視線を転じ、それとともに時間の経過をたどってゆくと、目は、破壊された城壁、焼けただれた都市から天をおおって立ちのぼる煙、そして使命を果たして故郷へ引き揚げてゆく船団、などを見いだすことになるからだ。

ブラントは、日ざしが薄れてもうそれが見えなくなるまで、その絵の前に立ちつくしていた。最初のショックが消えると、彼はそれをもうすこし細かく見なおし、画家の署名を捜してみた。だがどこにもそれは見あたらなかった。また、題とか説明とかがないものか、とも思ったが、それはもともとなかったらしい――おそらくこの物語があまりによく知られているので、その必要もなかったのだろう。それでも、その後の幾世紀かのあいだに、シャスターを訪れたほかのだれかが、壁にこのような二行の詩を書き残していた――

そはこのかんばせか、一千の軍船《いくさぶね》をば進め、
イリウムの高殿を灰と化せしめしは？（クリストファー・マーロー〔一五六四～九三〕の悲劇『フォースタス博士』より）

イリウム！　聞き慣れない、不思議な名だ（イリウムは古代トロイのラテン名）。だがブラントには、それがなにかの意味を持つことはなかった。いかに多くの先人がおなじ問題と取り組んできた

かも知らずに、彼はこれが史実なのか、それとも伝説なのかと考えめぐらした。

　明るい黄昏の戸外に出ていったとき、彼の眼前には、いまだにあの悲しい、天上のものさながらの美しさがちらついていた。もしもブラント自身が芸術家でなかったら、そしてこれほど感じやすい精神状態になかったなら、その感動もさほど強烈ではなかったかもしれない。とはいえそれは、その名も知れぬ画家が創造しようとした感動――不死鳥《フェニックス》のように、偉大な伝説の残り火から創造しようとした感動――そのものなのだ。美こそは人生の目的であり、その唯一の存在理由だが、画家はその美をとらえて、それをすべての未来の世代のためにさしだしているのである。

　長いあいだブラントは、星空のもとにすわって、市の高層建築の向こうに沈んでゆく三日月をながめながら、けっして答えられることのない疑問に頭を悩ませていた。ここの美術館にあった他のすべての絵画は、いまでは地球全体に、いや宇宙全体に四散して、その所在をつきとめることすらできない。それらははたして、いまや永久にシャスターの芸術を代表せねばならないあの天才のたった一つの作品とくらべて、どの程度の価値を持っていただろうか？

　一晩じゅう奇妙な夢を見つづけたあと、朝になるとブラントは、ふたたびそこを訪れた。一つの計画が、いまや心のなかで形をなしつつあった。それはあまりにとっぴで、野心的な計画だったので、はじめはそれを一笑に付してしまおうとしたほどだった。だが、どうしてもそれが心に安らぎを与えてはくれない。ほとんど不承不承のように、彼はたずさえてきた小型の折り畳み式イーゼルを立て、絵を描く準備にとりかかった。このシャスターで、自分は一つのユニークでもあり、また美しくもあるものを発見した。あるいは、身につけた技術によって、わずかながらもその面影を伝えるものを、チャルディスに持ち帰れるかもしれない。

いうまでもなく、その壮大な絵画の全体を模写することは不可能だった。だがどの部分を選ぶかということになれば、考えるまでもない。いままで一度としてイラドニーの肖像を描こうとしなかった彼なのに、その彼がいまは一人の女性――かりに実在していたとしても、五千年ものあいだ朽ちはてた塵でしかなかった一人の女性――を描こうとしているのだ。

何度か彼は手を止めてこの矛盾を考え、最後にはこれを解決したと思った。いままでイラドニーを描こうとしなかったのは、自分の腕に自信が持てず、彼女の批評を恐れていたからなのだ。ここにはその問題はない。自分が唯一の土産《みやげ》として、他の女の肖像をチャルディスに持ち帰ったとき、イラドニーがどんな反応を示すか、そのことは考えてもみなかった。

じつをいうと彼は、自分自身のために描いているのであって、他のだれのために描いているのでもなかった。生まれてはじめて、古典芸術の大作にじかに接して、それに驚倒させられる思いでいたのだ。いままでは、たんなるディレッタントにすぎなかった。あるいは今後もそれ以上のものにはなれぬかもしれないが、すくなくとも、努力だけはしてみるつもりだった。

その日一日、彼は一心不乱に絵筆を動かしつづけた。仕事に没頭していると、なぜかある種の心の安らぎが生まれてくるような気がした。夕刻には、宮殿の壁と城壁とを描きあげ、いよいよ肖像そのものにとりかかろうとしていた。その夜はぐっすりと眠った。

だが翌日になると、その楽観はあらかたけしとんでしまった。食糧は心細くなりはじめていたし、時と競争していると思うと、やたらに気が急《せ》いた。この日はなにもかもが悪いほうへ進んでいるように思われた。色はどれもしっくりしなかったし、きのうはあれほど有望に思えた絵が、一分ごとに、だんだん不本意な出来に思えてくるのだった。

なお悪いことには、まだやっと正午だというのに、あたりがばかに暗くなりはじめていた。ブラントは空が曇ってきたのだろうと考え、手を休めて晴れるのを待ったが、しばらく待っても、いっこう回復しそうにないので、ふたたび絵筆を手にとった。機会はいまか、しからずんば永久にないかだ。もしいますぐあの髪の毛にかかれなければ、この計画全体を放棄するよりほかなくなる……

午後はあわただしく過ぎていった。だが仕事に熱中しているブラントには、時間の経過はほとんど意識されなかった。一度か二度、遠くで音が聞こえたような気がして、もしや嵐でもくるのか、と考えもした。それというのも、空はいまだに真っ暗だったからだ。

世のなかには、自分がもはやその場に一人きりではないという認識を、とつぜん、まったく予期せぬときに持つことほど、ぞっとさせられる経験はないものである。このときブラントを動かして、のろのろと絵筆を置かせ、そして、さらにのろのろと、後方四十フィートの巨大な入り口のほうへ向きなおらせた衝動がなんだったのか、明確に説明するのはむずかしい。そこに立っていた男は、ほとんどなんの物音も立てずにはいってきたのにちがいなかった。また、どのくらい前からそうしてこちらを見まもっていたのか、それもブラントには見当がつかなかった。一瞬おいて、さらに二人の男があらわれ、やはり室内へははいらず、入り口に立ってこちらを見つめた。

ブラントは、頭がくらくらするのを覚えながら、ゆっくりと立ちあがった。ちょっとのあいだ、シャスターの過去から亡霊が立ちあらわれ、自分につきまとおうとしているのではないか、そんな妄想にかられたが、そのうち徐々に理性がもどってきた。結局のところ、自分もその一人である以上、ここで他の訪問者に出くわしてはならぬ理屈はないはずだ。

彼は数歩前へ進んだ。すると、見知らぬ男たちのうちの一人も、おなじようにした。距離が数ヤードに縮まったとき、その男は非常にはっきりした声で、ややゆっくりと言った。

「お邪魔したのでなければさいわいだが」

これはあまりドラマチックな会話の皮切りとは言えなかった。それに、なによりブラントの首をひねらせたのは、その男のアクセント――いや、より正確には、その男が一語一語を発音する、その極端なまでの慎重さ――だった。それはまるで、そうしなければブラントには理解できないのではないか、そう危惧してでもいるみたいだった。

「いえ、ちっともかまいませんとも」ブラントはおなじようにゆっくりと答えた。「でも驚きましたよ――ここでだれかに会うなんて、思ってもいませんでしたからね」

「わたしたちもだ」と、相手はかすかに口辺に微笑をにじませながら言った。「シャスターにまだ人が住んでいたとは知らなかったよ」

「いや、住んでるわけじゃありません。あなたがたとおなじに、ただここを訪れただけなんです」

三人は、まるでなにか秘密の冗談を楽しんでもいるように、ちらと目くばせしあった。それから一人が、ベルトから小さな金属の物体をとりはずすと、それにむかって、ブラントには聞こえないほどの小声で、二言、三言しゃべった。どうやらほかにも仲間がいて、ここへやってこようとしているらしい。そう思うと、せっかくの独り暮らしに邪魔がはいるのが恨めしかった。

男たちのうちの二人は、あの大きな絵画のところへ行き、批判的な目でそれを鑑賞しはじめた。いったいあれをどう思っているだろう、とブラントは考えた。なぜか、自分の宝物を、この男たち――それにたいして自分の感じるような畏敬などいだかないだろう男たち、これをたんなるきれいな絵としか見なさないだろう男たち——と共有するのがいまいましかった。三人目の男は、ブラントのそばに残って、それとなく彼の模写と原画とを見くらべていた。三人とも、故意に口をきくことを避けているようだった。長く気まずい沈黙がつづいたあと、絵のそばの二人の男たちは、こちらの二人のところへもどってきた。

「さてと、どうだアーリン、あんたはどう思う？」と、一人が身ぶりで絵をさしめしながら言った。

「うむ、見事だ。三人とも、さしあたりブラントには興味をなくしたようだ。いいひげをとらん。どうだね、あんたの意見は、ラトヴァー？」

「必ずしも同意はしかねる。わたしは〈第三ミレニアム〉後期のものとは見ない。一つには、主題が……」

「やれやれ、またあんたのご高説か！　しかしまあ、あんたの言うとおりかもしれん。後期のものとしては、ちょっと出来がよすぎる。あらためて考えてみたうえで、だいたい二五〇〇年ごろのものとわたしは推定するが、どう思う、トレスコン？」

「賛成だね。たぶんアルーンか、またはその弟子の作だろう」

「ばかな！」と、ラトヴァー。

「ナンセンス！」と、アーリンも毒づく。

「おや、おっしゃいましたね」トレスコンが気を悪くしたふうもなく言いかえす。「なんといってもあんたがたは、出発後にその時代について調べだしたベテランだし、わたしは三十年間、それを研究してきた一介の学究にすぎない。あっさりかぶとを脱ぎますよ」

ブラントは、しばらく驚きと当惑をおさえてこのやりとりに聞きいっていたが、とうとうしびれを切らして、叫んだ。

「あなたがたはみんな画家なんですか？」

「あたりまえじゃないか」と、トレスコンが胸をそらして答えた。「それでなくてどうして、わざわざこんなところにくるかね？」

「おい、法螺《ほら》もいい加減にしたまえ」と、アーリンが声の調子一つ変えずに言った。「あんたなんか、千年生きたって、芸術家にはなれるもんか。あんたはただの職人にすぎん。そして自分でもそれをわきまえてる。なにかをすることはできるが、批評はできん、といった手合いさ」

「あなたがたはどこからいらっしゃったんです？」ブラントはいくらか弱々しくたずねた。この奇妙な男たちのような人種には、まだ一度も出あったことがなかった。そろって初老と言ってもいい年配だが、にもかかわらず、ほとんど少年のような情熱と活気にあふれている。動作や身ぶり手ぶり、いずれも本物の少年よりはわずかに大仰だし、仲間同士で話すときには、威勢よくぽんぽんとやりあうので、ブラントにはついていけないくらいだ。

だれひとり彼の質問には答えぬうちに、またしても邪魔がはいった。十数人の男が入り口にあらわれ——そして巨大な絵を目にして、はたと足を止めた。それから、どやどやと進みでるなり、ブラントといっしょにいた一団に加わったので、彼はちょっとした群衆にとりまかれるかたちになった。

「ごらんなさい、コンダー」と、トレスコンがブラントをさしながら言った。「あなたの質問に答えてくれる人物が見つかりましたよ」

コンダーと呼ばれた男は、一瞬しげしげとブラントをながめ、それからちらりと彼の未完成の絵を見て、軽い笑みを浮かべた。そしてトレスコンのほうへ向きなおると、物問いたげに眉をつりあげてみせた。

「まだです」トレスコンは簡潔に答えた。

ブラントは腹だたしくなってきた。なにか自分の理解できないことが進行しているようだが、それがどうにも気に食わない。

「いったいこれはどういうことなのか、説明してもらえませんか?」彼は不平がましく訴えた。

コンダーは謎めいた表情でブラントを見、それから静かに、「ならば、外へ出てもらったほうが、よく説明できると思う」

彼の口調には、他人になにかをさせるのに、二度とおなじことをくりかえす必要はないといった重みがあった。だからブラントも、一言も抗弁せず、彼の背後にしたがった。ほかの男たちも、一団となってぞろぞろとついてきた。正面入り口までくると、コンダーは脇へのいて、手真似でブラントに前へ出るように指示した。

あたりはさながら雷雲が太陽をさえぎってでもいるように、依然として不自然に暗かった。だがシャスターの市街いっぱいに横たわっているその影は、いかなる雲のそれでもなかった。

十組以上もの目に見まもられながら、ブラントはそこに立って空を見あげ、市の上空に浮いているその船の大きさを目測してみようとした。距離が近すぎるせいか、遠近感が失われ、意識されるのはただ、地平線へむかって先細りになっている金属の曲線だけだった。そこではなにか音がしているはずだった――これだけの巨体を市の上空に静止させているエネルギーの存在を示すものが。だがいくら耳をすましてみても、ブラントのいまだ経験したことのない深い静寂が、あたりを圧しているきりだった。いつもは聞こえる鷗の鳴き声すら、いまはやんでいた。あたかも彼らもまた、自分らの空を奪い去ったその侵入者に、威圧感を覚えているかのようだった。

ややあって、ブラントは背後の男たちをふりかえった。彼らが自分の反応を待っているのがわかり、そしてふいに、彼らが奇妙に超然とした、だが友好的でなくもない態度をとっている理由が腑に落ちた。神々の力を享有するこの男たちにとって、自分はたまたま彼らとおなじ言語を話すだけの未開人にすぎないのだ――彼らの祖先と地球を共有していた時代を思いださせる、なかば忘れられた過去からの生き残りにすぎないのだ。

「わかったかね、われわれが何者か」と、コンダーがたずねた。

ブラントはうなずいた。「ずいぶん久しぶりでしたね。ぼくらはもうあなたがたのことを忘れかけていましたよ」

彼はふたたび空にまたがっている巨大な金属のアーチを見あげ、これだけ長い年月を経たあとでの最初の接触が、この、いまは失われた都市において行なわれるとは、なんと不思議なことだろうと思った。だが星々のあいだでは、シャスターはいまでもよく知られているらしかった。トレスコンやその仲間たちのようすは、この都市を完全に熟知していることを物語っていた。

このとき、はるか北方で、日光がとつぜんきらりと反射するのをブラントの目はとらえた。頭上の船に上縁をふちどられた細い帯状の空、そこをべつの金属の巨人が、目的ありげに飛んでいるのだ。それは、距離のためにいちじるしく縮小されて見えるが、実際には、上空にある船とそっくりおなじものと思われる。それは矢のように地平線を横切り、一瞬にして視界から消え失せた。

ではこれが唯一の船ではなかったのだ。いったいほかにどのくらいいるのだろう？　この考えは、なぜかいままで見ていたあの巨大な絵画を、そして、絵のなかの悲運の都市へむかって、おそるべき決意をみなぎらせて進んでゆく侵略船団を、ブラントに思いださせた。そしてそれとともに、種族的記憶という隠れたる洞窟から、かつて全人類の呪いの的であった異星人への恐怖が、じわじわと胸のうちにふくれあがってきた。彼はコンダーのほうへ向きなおり、非難をこめて叫んだ。

「あんたがたは地球を侵略しようとしてるんだな！」

　ちょっとのあいだ、だれも口をきかなかった。それからトレスコンが、わずかに意地悪そうな声音で言った。

「言っておやんなさい、提督――遅かれ早かれ説明しなくちゃならないんだ。ちょうどいい練習台ですよ」

　コンダー提督は、ちらと迷惑そうな笑みを浮かべた。はじめブラントはそれを見て安心したが、そのあと、にわかに胸騒ぎを覚えた。

「きみはわれわれを誤解しているよ、お若いの」と、コンダーが重々しく言った。「われわれは地球を侵略しようとしているのではない。そこから撤退しようとしているのだ」

「今度こそは、科学者どももすこし懲《こ》りてくれるといいんだが」と、ブラントにいくぶん保護者めいた関心を寄せているらしいトレスコンが言った。「だが、あまりあてにはできんな。彼らはいつもこう言うだけだ――〝事故はどんなときにも起こりうる〟とね。そしてようやくその始末をつけたかと思うと、またぞろつぎのやつをおっぱじめるんだ。〈シグマ・フィールド〉は、たしかにこれまでの彼らの最大の失敗だが、進歩はとどまるところを知らないからね」

「で、もしそれが地球にぶつかったら──なにが起きるでしょう？」

「あの〈フィールド〉が手に負えなくなったとき、その制御装置に起きたのとおなじことさ──粉々になって、宇宙の隅々にまでまんべんなく散らばるだろう。きみたちもおなじだ──われわれがそれまでに脱出させてあげられないかぎりは」

「どうしてです？」

「べつに専門的な答えを期待してるわけじゃあるまい？　なにやら〈不確定性〉に関係のあることらしいよ。古代ギリシャ人──それともエジプト人だったかもしれんが、彼らは、いかなる原子も、その位置を絶対の正確さをもって限定することはできない、ということを発見していた。それは、小さいが限定された確率によって、宇宙のどこにでも存在しうる。〈シグマ・フィールド〉を造りあげた連中は、それを推進力として利用することをもくろんだ。いわばそういう原子の存在する確率を変えることにより、いままでヴェガの周囲を軌道飛行していた宇宙船が、とつぜん、ベテルギウスの周囲をまわらなきゃいかん、と決心するというわけだ。

ところがだ、〈シグマ・フィールド〉は、どうやらその仕事の半分しかしないらしい。たんに確率を増加させるだけで、それを組織化はしないのだ。それでいまそれは、この宇宙のなかを行きあたりばったりにほっつき歩いている。星間物質や、ときにはたまたまその進路にいあわせた恒星なんかを餌食にしながらね。だれもまだ、それを中性化する方法を考えついちゃいない——双子を造って、おたがいぶつかりあわせるという、あまりぞっとしない提案があるにはあったが、そんなことを試みたらどうなるか、いまからわかってるようなものだよ」

「ぼくはなぜそう心配しなきゃならないのかわかりませんけどね。まだ十光年も先にあるんでしょう？」

「十光年なんて距離は、〈シグマ・フィールド〉のようなものにとっては、物の数じゃないんだ。それは、数学者の言ういわゆる〈千鳥足〉ってやつで、ジグザグにうろつきまわっている。もしわれわれがツイていなければ、あすにでもここへやってくるかもしれない。しかしいっぽう、地球がそれにぶつからないですむという可能性だって、二十に一つはあるんだ。そうなればきみたちも、また何年かのうちに、ここへもどってこられるだろう——まるで何事もなかったみたいにね」

いや、まるで何事もなかったみたいに！　未来がたとえなにをもたらそうと、古い生活様式は、そこで永遠に失われてしまうのだ。いまシャスターで起こっていることは、世界じゅういたるところで、なんらかのかたちで起こりつつあるにちがいない。奇妙な機械がごろごろと道路を走ってきて、幾世紀間の瓦礫を取り除き、またたくまに街をふたたび人間の住めるところにしてゆくのを、ブラントは驚嘆の目で見まもっていた。これはちょうど、燃えつきかけた星が、最後の瞬間にとつぜんぱっと輝きを増すのに似ている――なぜならこれから数カ月間だけ、シャスターは世界の首都の一つとなり、宇宙から降りてきた科学者や、技術者や、行政官たちの一隊を居住させることになるのだから。

　ブラントは、この侵略者たちをしだいによく知るようになった。彼らの活力、あらゆる面におけるおおまかさ、そして彼らの超人的な力にたいする、自分たち自身のほとんど子供っぽいほどの喜びよう、それらはいつまでたっても彼を驚かせた。これら彼のいとこたちは、宇宙全体の後継者だ。そして彼らは、いまだ宇宙の驚異を探究しつくしてはいないし、その神秘に飽いてもいない。その広大無辺の知識にもかかわらず、彼らのやりかたには、いまなお実験を進めているといった感じがあり、しかもそれに、陽気な無責任さまでもがつきまとっている。〈シグマ・フィールド〉それ自体、その好個《こうこ》の実例だ。彼らは誤りを犯した。にもかかわらず、すこしもそれを苦にしていないばかりか、いずれは事態を収拾できると楽観しているのだ。

　シャスターの、いや地球の上全体にくりひろげられつつあるどたばた騒ぎを頑固に無視して、ブラントは自分の仕事を進めていった。それはこの、めまぐるしく価値の変化する社会のなかで、なにか安定した、確固たるものを与えてくれたし、また彼としても、そういうものとしてそれにしがみついているのだ。ときおり、トレスコンかその同僚が訪れてきては、なにくれとなく助言を与えてくれる——たいていはすぐれた助言だが、必ずしもブラントはそれを採用しはしない。仕事に疲れて、目と頭に休息を与えたくなると、その広いがらんとした美術館を出、改造された市街を散歩してみる。この新しい住民たちが、わずか数ヵ月しか滞在しないにもかかわらず、ここシャスターを清潔な、能率的な都市にするために努力を惜しんでいないことや、その最初の建設者たちを仰天させるだろう、ある種の潤いに欠ける美を押しつけていることなどは、彼らの特質を如実に示していよう。

四日——一つの仕事に費やされた時間としては、これまでの彼の最長記録——ののち、ブラントはひとまず絵筆を置いた。まだ手を入れるつもりならいくらでも入れるところはあったが、そうすると、ますます収拾がつかなくなる。かといって、その出来映《できば》えにまったく不満というわけでもなかったから、彼はそこを出て、トレスコンを捜しにいった。

トレスコンはいつものように、集められた人類の美術のうちのどれを救うべきかについて、同僚と議論を闘わせていた。ラトヴァーとアーリンは、もしもう一枚ピカソを加えるとなると、また一枚、フラ・アンジェリコが放棄される、そう言って憤慨していた。このどちらの名も聞いたことがなかったところから、ブラントはその議論の途中で、臆面もなく自分の要求を持ちだした。

トレスコンは、ときおり原画をながめながら、しばらく無言でその模写をながめていた。彼が最初に口にしたことは、完全にブラントの意表を衝いたものだった。

「この娘はだれだね？」そう彼は言ったのだ。

「あなたが教えてくれたじゃありませんか、彼女はヘレネという名だったと――」

「わたしの言っているのは、きみのほんとうに描いた娘のことさ」

ブラントは自分の絵をながめ、それから原画へ視線をもどした。その相違にいままで気がつかなかったのは不思議だが、そう言われればたしかに、彼が城壁の上に描いた女性像には、イラドニーの面影があった。これは、はじめに意図した完全な複製画ではなかった。彼自身の心と感受性とが、指を通じて自らを表現したのだ。

「あなたのおっしゃる意味はわかりました」彼はのろのろと言った。「じつはぼくの村に一人の娘がいます。ほんとうは彼女への贈り物を捜しにここへきたのです――なにか彼女の心を動かせるものはないかと思って」

「ならばきみは、時間を無駄にしていると言わなきゃならんな」トレスコンはずけずけと言った。「もし彼女がほんとうにきみを愛しているのなら、躊躇なくそう言うはずだ。もし愛していないのなら、きみは彼女をものにすることはできない。しごく簡単な理屈さ」

ブラントにはそれほど簡単なこととも思えなかったが、その点については議論しないことにした。

「まだこれをどう思うか、言ってくださっていませんね」と、うながしてみる。

「うむ、たしかに見込みはある」トレスコンは用心ぶかく答えた。「あと三十年――いや二十年、この調子でつづければ、ある程度のところまでは到達できるだろう。もちろんまだ技法は未熟だし、この手ときたら、まるでバナナの房だ。だがきみは、洗練された大胆な線を持っているし、なによりも、原画をそっくり引き写さなかった点を買うね。引き写すなら、だれにでもできる。そうしなかったことは、きみにある程度の独創性があることを示している。いまきみに必要なのは、もっと習練を重ねること——そしてなによりも、もっと経験を積むことだ。そこでだ、もしきみさえよければ、われわれはその機会を提供してあげられるんだが」

「それが地球を離れるという意味でしたら、ぼくの望むような経験じゃありませんよ、それは」

「きっと役に立つと思うんだがね。あの広大な宇宙を旅するという考えは、きみの心になんの感興もかきたてないかね？」

「ええ、ただ困惑させられるだけです。それにしても、そんな提案、とてもまじめには受け取れませんね。なぜって、あなたがたがどんなに躍起になっても、ぼくら全員を地球から連れだせるとは思いませんから」

トレスコンはいくらか冷酷に微笑した。

「そんなことを言っていても、いざ〈シグマ・フィールド〉が星の光をのみこみはじめたら、たちまち行く気になるぞ。わたしに言わせれば、あれがやってくるのは地球にとってもいいことなんだ。われわれはちょうどいいときにやってきた、とわたしは思っている。わたしはよく科学者たちを揶揄《やゆ》の対象にするが、それでも彼らは、きみたちの種族が陥りつつあったたぐいの沈滞から、永遠にわれわれを解放してくれたのだからね。

きみは地球を出ていかなくてはいけないよ、ブラント。一つの惑星の表面に、一生へばりついたままで過ごした人間は、けっして星の世界を見ない――ただそのぼんやりした亡霊を見るだけなんだ。きみは、巨大な多重星系のまんなかで、色とりどりの太陽が周囲に輝くそのなかで、宇宙の深淵にぶらさがっているということがどんなことか、想像できるかね? わたしはそれをやってきた。真紅の火の輪のなかに浮いている星も見てきた――ちょうどきみたちの惑星、土星のようにだ。だがあれよりも千倍も大きい。それからまたきみは、〈銀河系〉の中心近くの天体の夜を想像できるかね? そこでは、空全体が、まだ太陽を生みだしていない星間物質の雲によって、一面に光を放って見えるのだ。きみたちの〈銀河〉などは、一握りの三流どこの恒星が散らばった、ほんのお粗末なものにすぎない。〈中央星雲〉のすばらしさを、一目見せてあげたいね!

これらはいずれも大きなものだ。だが小さなものも、これに劣らず美しい。きみは、宇宙がきみに与えてくれるものを、ぜんぶ貪欲にのみこむのだ。そしてそのあともし望むなら、その記憶をいだいて地球に帰ってくればいい。そのときこそ、いよいよ仕事が始められる。そのときこそ、遠からずきみは、自分が芸術家であるか否かを知るだろう」

ブラントは感銘を受けた。が、納得はしなかった。

「そのお説だと、宇宙旅行以前には、真の芸術は存在しえなかったように聞こえますが」

「いや、げんに、もっぱらそのテーゼにもとづいた批評の一派があるくらいだよ。たしかに宇宙旅行は、これまで芸術の世界に起こったもっとも有益なことだった。旅行、探検、他の文明との接触——これらはあらゆる知識活動にとって、大きな刺激剤なのだ」トレスコンは、手真似で背後の壁を示した。「この伝説を生みだした民族は、偉大な海洋民族だった。世界の交通の半分は、彼らの港を経由した。だが、わずか数千年のちには、海は刺激や冒険のためには小さすぎるようになり、宇宙へ進出すべき時代がやってきたのだ。そう、それがいま、ふたたびきみたちを訪れようとしている——きみたちがそれを望もうが望むまいがだ」

「ぼくは望みません。ぼくはイラドニーと家庭を持って落ち着くことを望みますよ」

「人間の望むことと、その人間のために望ましいこととは、まったくべつのものなんだよ。わたしはきみが絵の世界で成功することを望んでいる。はたして他の面で成功することを望んでいいものかどうか。偉大な芸術と家庭の幸福とは、えてして両立しないものだからね。早晩きみは、そのどちらかを選ばねばならなくなるだろう」

早晩きみは、そのどちらかを選ばねばならなくなるだろう。これらの言葉は、ブラントが丘の頂をめざして一歩一歩登っていったとき、そして、あの壮大な道路から吹いてきた風が彼を迎えたとき、いまだに心のなかにこだましていた。サンビームは、せっかくの休暇が終わってしまったことに気を悪くしていたから、彼らの歩みは、斜面の勾配が必要とする以上にのろかった。だがそれでも、徐々に周囲の眺望がひらけて、地平線は海上はるかに遠のき、そして街は、しだいしだいに色つきの煉瓦の玩具のように見えはじめた――そしてその玩具を、上空に楽々と、小揺るぎもせずに浮かんだ船が見おろしている。

ここへきてはじめて、ブラントはその船を全体としてながめられるようになった。いまではそれは、ほぼ目の高さに浮いていたから、一目でその全体を見わたすことができた。船はざっとした円筒形だが、先端は複雑な多面体で終わっていて、その機能は想像もつかない。カーブした巨大な背面部は、同様に不可解な出っ張りや、溝や、半球状の隆起などにおおわれている。そこには力と意志はあったが、美はなかった。そしてブラントは、嫌悪をもってそれをながめやった。

わがもの顔にシャスターの空を占有している、この黙りこくった怪物――もしそれが、いまその横腹を流れてゆく雲のように、目の前から消えてくれさえしたら、どんなにいいだろうに！　だがそれは、彼がそう望んだところで消えてくれはしない。いまここに集中しつつある力の前では、彼や彼の問題など、物の数ではない。これは、歴史がその息を殺す瞬間なのだ。電光のあと、つぎにきたるべき雷鳴を、息を殺して待ち受ける、あの一瞬なのだ。じきにその雷鳴は世界じゅうにとどろきわたるだろう。そしてじきに、世界はもはや存在しなくなる。そして彼と彼の同胞とは、ふるさとを持たぬ星々のあいだの流浪民となるのだ。それは彼の直視したくない未来だった──トレスコンやその同僚たちが理解する以上に、深く恐れている未来だった。トレスコンたちにとっては、宇宙は五千年のあいだ一個の遊び道具だった。どうして彼らにこの恐怖を理解することなどできるだろう。

これまでの長い休息時間ののち、こんなことが自分の時代になって起こるとは、不公平なような気がする。だが人間は、〈運命〉と取り引きすることはできない。望みのままに、平和か冒険かを選ぶこともできない。〈冒険〉と〈変化〉とが、いまふたたび世界を訪れている。そして人類はそれと、なるべくうまく取り組まねばならないのだ──宇宙時代が開幕し、最初の脆弱《ぜいじゃく》な宇宙船が星々への進攻を開始した、あのころの祖先たちがやったように。

これを最後に、ブラントはシャスターに別れを告げ、そして海に背を向けた。正面から日が照りつけてきて、前方の道路は、さながら一枚の明るい、ちらちら光るヴェールにおおわれ、蜃気楼のように、あるいは波立つ海面に映る月光の道のように、かすかに揺れ動いているかと思われた。ちょっとのあいだブラントは、目の錯覚かと思ったが、やがてそれが幻覚ではないのがわかってきた。

見わたすかぎり、道路も、その両側の土地も、数知れぬ小蜘蛛の糸でおおわれているのだった。それはきわめて軽く、繊細なので、ときおり日光にきらりと光って、はじめてその存在が感知できる。これまで四分の一マイル、ずっとそのなかを歩いてきたのだが、煙のなかを歩くほどの抵抗も感じなかったのだ。

午前ちゅうずっと、その風に運ばれる蜘蛛の群れは、幾百万とも知れず大空から降ってきていたのにちがいない。そしていま、その抜けるように青い空を見上げたブラントは、いまなお、群れに遅れた旅人たちがそこを飛び、それにつれて、陽光がその浮遊する絹の糸にあたって、ちらちらと光るのを見てとることができた。

いずこへ旅してゆくとも知らず、この小さな生きものたちは、やがて彼が地球に訣別するときに直面するだろうどんな深淵よりも孤独な、また測り知れぬ深淵へむかって、大胆に突き進んできた。この教訓を、彼はこれからの数週間、数ヵ月のあいだ、たえず心に銘記しておくだろう。

ゆっくりとスフィンクスは地平線の下に沈み、シャスターとともに、三日月形の丘陵のかなたへ隠れていった。一度だけ、ブラントはそのうずくまった怪物をふりかえった。その怪物の永代の不寝番すら、いまはまもなく役割を終えようとしているのだ。

やがて彼は、ゆっくりと太陽へむかって足を踏みだした。ときおり、触知できぬほどの微細な指が、頰をなでてゆくのが感じられた。ふるさとの方角から吹いてくる風に乗って、あの絹の糸が、ただようがごとくに舞いおりてくるのだった。

エッセイ

貴機は着陸降下進路に乗っている——と思う

You're on the Glide Path, I Think

中村 融 訳

The Aeroplane, September 1949

一九四三年初頭のある日、空軍士官クラークは飛行連隊司令部に呼びだされ、エドワード・フェネッセイ空軍中佐と面談したあと、あわただしく送りだされ、最高機密の発明とともに到着したばかりのアメリカ人レーダー技師のチームと合流することになった。つぎに起きたことを記すには、戦争が終わるまで待たなければならなかった。〈エアロプレーン〉一九四九年のある号に発表されたこの記事は、その最初の試みであり、それほど真剣なものではなかった。もうひとつの試みは、わたしの唯一の非SF小説『着陸降下進路』*Glide Path*（一九六三）に結実した。

これらのアメリカ人のひとりが、地上管制着陸誘導《グラウンド・コントロールド・アプローチ》――一般にGCAとして知られる――の発明者、ルイス・アルヴァレスだった。彼はのちに（『着陸降下進路』に登場する分身と同じように）ノーベル物理学賞を受賞したが、その名をさらに高らしめたのは、子息ウォルターらとともに、いまや広く受け入れられている仮説を発表したときだった。すなわち、恐竜絶滅——あるいは、すくなくとも絶滅の加速——の原因は、六千五百万年前の天体衝突であったとする説である（ウォルターの『Tレックスと破滅のクレーター』*T. Rex and the Crater of Doom* に寄せたわたしの書評を参照のこと）。

一九八七年、ルーイは自伝『アルヴァレス——ある物理学者の回想』*Alvarez: Memoirs of a Physicist*（ベーシック・ブックス）を上梓し、わたしは光栄にも、表紙カヴァーに載せる推薦文の寄稿を求められた——

「ルイスは現代物理学におけるハイライトの大部分に立ち会ってきたようだ——そして、その多くで中心的役割を果たしてきたようである。彼の愉快な自伝は、非常に広い分野をカヴァーしているので、科学者でない者でも楽しめる。重要なレーダー・システムを発明し、南極で磁気単極子を探し、UFO信者とケネディ暗殺陰謀論者をやりこめ、最初のふたつの原子爆発を空中から観測し——さらにカフラ王のピラミッドの内部には隠れた部屋も通路もないことを証明した人間が、ほかにいるだろうか？

そしていま彼は、一世一代の科学的発見にたずさわっている。すなわち、史上最大の犯人《フーダニット》はだれだ——恐竜絶滅の謎を解き明かそうとしているのだ。彼と子息ウォルターは、悠久の過去に起きた犯罪の凶器を見つけたと確信している……。だが、彼がつぎになにをもくろむかは、見当もつかない」

ああ、ルイスがつぎにしたのは、ほんの一年後の話だが、亡くなることだった——しかし、その前にわたしの人生において最大のお世辞をいってくれた。送ってくれた自著『アルヴァレス』にはこう書かれていたのだ——「旧友にして鑑《かがみ》であるアーサー・クラークに」

一九九四年の末、短いイングランド訪問のおりに、わたしはBBCに拉致《らち》され、悪名高い番組《これがあなたの人生だ》に出演させられた。スタジオへ連れていかれたとき、なにが起きるのか見当もつかなかった。そして大いに驚いたことに、アポロ11号のバズ・オルドリン、宇宙飛行士《コスモナウト》アレクセイ・レオーノフ——そして郵政電気通信公社の元理事、エドワード・フェネッセイ卿に歓迎された。うれしいことに、半世紀前の決断を彼が後悔していないとわかった。わたしも同じである。

以下のエッセイの冒頭部に見られる言及を理解できる人は、今日《こんにち》ではほとんどいないだろう。しかし、ガトウは当時のニュースに頻繁に登場した。その空港を通じて、必需品がベルリンへ空輸されたのだ。スターリンがベルリンを隔離しようとした一九四八年のことである。GCAがなければ、ベルリン大空輸作戦は実行不可能だったとしても不思議はない。とすれば、ルーイの発明は、冷戦の第一ラウンドに勝利する一助となったのかもしれない。

GCAが第一級の計器着陸誘導《ブラインド・アプローチ》システムのひとつとして完全に確立し、世界じゅうで——とりわけ、ガトウと呼ばれる小さな場所で——めざましい実績をあげているいま、その草創期、つまりパイロットを着陸降下進路《グライド・パス》に乗せて降ろすというアイデアが、大いに疑惑の目で見られていた時代の思い出話にふけっても、おとがめを受けずにすむだろう。最初のGCAユニットは、マサチューセッツ工科大学の放射線研究所で、一九四二年から四三年にかけて造られた。発明者は原子物理学者のルイス・アルヴァレス博士。アメリカが参戦したとき、彼はレーダー開発に首までつかることになった。その後、あわただしく任を解かれ、原子物理学の研究にもどされた。その研究テーマが、わずかながら戦争の帰趨《きすう》と関係がありそうに見えたときの話である。

おおかたの人は、たとえ実物を見たことがなくても、現在のGCA装置の写真をこれまでにご覧になったことがおありだろう。しかし、原型《プロトタイプ》はまるっきり別ものだった。それは一台のトレーラーではなく、二台の大型トラックをふさいでおり、はるかに印象的で、はなはだしく移動させにくかった。もっともっと複雑でもあり（いちどだれかが真空管を五百本まで数えて、飽きてしまった）、現在の装置よりもたくさんのオペレーターを必要とした。

これらは根本的な欠点ではなかった。マークIは純粋に実験目的で造られたのであり、実用は考慮の外だったのだから。その当時はまだ、レーダーの情報だけで航空機をじゅうぶん正確に誘導し、着陸に使えるかどうかを示さなければならなかったのだ。そればかりか——同じくらい重要なことに！——飛行中のパイロットが、姿は見えないが、なんでも知っているらしい声に命令されたとき、いわれたとおりにするかどうかということも。

マークIがアメリカでテストされていたとき——どうやらたいした興奮をかきたてなかったらしい——来訪していたある英国人VIB（非常に重要な軍事研究家《ヴェリー・インポータント・バファン》）によって偶然に近い形で発見された。彼はただちにその重要性を見抜き、わたしたちの知らないなんらかの手段で、機材一式を〝鹵獲《ろかく》〟し、英国の戦艦に積みこむことに成功した。彼はまた、アルヴァレス博士とそのチームも〝拉致《らち》〟して、有無をいわさず連合王国に連れてきた。その優先順位はあまりにも高かったので、シャノン川（西岸に注ぐ川《アイルランド》）で飛行艇に乗り換えるさい、ボブ・ホープとフランシス・ラングフォードが席にあぶれる始末だった。

装置はエルシャム・ウォルズで組み立てなおされてから、さる爆撃機基地へ運ばれ、そこで最初の一連の試験が成功裡に実施された。不幸にも、まもなくどこかの天才が、エルシャムの天候は恵まれすぎているし、GCAは計器着陸誘導システムのはずだから、おおむね四六時中〝悪天候〟の状態にある基地へ移送すべきだと決定した。かくしてユニットはデイヴィストウ・ムーアへ移された。

わたしたちがこの飛行場を見たのは雨季——おそらく一年じゅうつづくわけではないのだろう——のあいだだけだったが、出向の技術士官として現場に赴任してみると、アメリカ人科学者たちは、息絶えようとしている変圧器についてすでに語彙《ごい》を大幅に拡充させており、自分たちの装置は水中で運用するようには造られていない、と愚痴をこぼしていた。夜中、スイッチが切られて装置が冷えると、あらゆるものに滲みこむ霧が、ありとあらゆる隙間に意気揚々と忍びこみ、高圧回路を湿気でおおうので、朝になると、短いけれど華華しい花火大会が開催されるのだった。

この狡猾な敵との闘いの一部として、電気ヒーターが設置され、夜間にスイッチが入れられた。ある晩、完全に灯火管制された格納庫のなかで、ヒーターを電力本線につないでいたときのことである。気味の悪いわめき声がたてつづけにあがり、装置の内部にいたメカニックのひとりを感電させてしまったという事実が明らかになった。わたしたちは、すばやい音響測位で最終的に彼の位置を突きとめた。まだ痙攣している彼を装置内部から引きずりだした功績で、王立人権協会から表彰されなかったのは、いまだに不可解でならない。わたしたちの頑健なカナダ人上等兵曹は——送信機を流れる一万五千ヴォルトの電気に多かれすくなかれ定期的に感電していたので——なにを騒いでいるのかさっぱり理解できないようだった。

さいわいにも、装置全体が水浸しになる前に、コーンウォールはニューキーに近いセント・エヴァルにユニットは移された。そしてマークⅠがRAF（英国空軍）で軍務に服したのは、おおむねここでのことだった。

運用中の基地で実験的な計器着陸誘導システムをテストするには、不都合な点が多々あった。わたしたちはオクスフォード（双発の練習機）とアンスン（双発の汎用機）から成るささやかな飛行小隊を自前で持っており、それらは臨時の滑走路に——そして使用中の滑走路の風下にさえ——アプローチしがちだった。飛行管制官が担当の機を着陸させようとしているときに！

事態をいっそう悪くしたのは、装置用の適切な舗装駐車場がなかったので、大型のGCAトラック二台と、輸送トラック、ナフィ（陸海軍厚生機関）の軽食堂ヴァン、訪問者の車から成る衛星艦隊が、使用されていない滑走路の一本の上、主交差点の近くに駐車しなければならないことだった。風向きがしょっちゅう変わるので、そのたびに全体を大急ぎで撤収しなければならなかった——わたしたちはこの移動に断固として抵抗した。制御装置を調整し、あらゆるケーブルをはずさなければならなくなるからだ。車輛をつなぐケーブル——太さが一インチかそれ以上あった——はおびただしい数であり、そこは好色なイカの逢い引き場所さながらに見えるときもあった。しかし、最終的にはすっきりした形にまとめられたので、約二十分で位置を移動できるようになった。

飛行管制士官は、バートラム・ミルズ・サーカスの先遣隊らしきものが、ぞろぞろと列をなして滑走路を進み、交差点で曲がってから、使用中の滑走路のへりから百ヤード離れたところまで進み、悠然とテントを張る光景にすっかり慣れてしまった。いちどわたしたちは計算をまちがえ、気がつくと、スピットファイア（単発の戦闘機）の飛行中隊が、わたしたちの背後で離陸しようとしていた。さいわいにも、わたしたちの二十一トン・トラックは逃げ足が速く、間一髪のところで草むらへすべりこんだ。

ＧＣＡ用の敷地のいくつかは、遠くはなれた外辺部の走路の上という、もっと理にかなった場所にあり、ひとつは墜落した複数のリベレーター（四発の重爆撃機）という趣きのある情景に囲まれていた。わたしたちは訪問者にいつも丹念に説明した。それらが墜落したのは、わたしたちの助けを受けたからではない、と。

もともとのアメリカ・チームは、セント・エヴァル時代の初期のころは、まだわたしたちと行動をともにしていたが、アルヴァレス博士は本国に帰ってしまっていた。ちなみに、アルヴァレスは、一般人の考える優秀な科学者像からはほど遠い。彼はパイロットのライセンスを持っており、おそらくは最初のＧＣＡ管制官のひとりであるばかりか、最高の管制官のひとりだった。

伝説によれば、ブラウン管が四方で破裂し、半狂乱のメカニックが足もとを這いまわり、煙がゆるやかに渦を巻きながら金属パネルから立ちのぼっているときでさえ、彼は着陸しようとする飛行機に落ちつき払って話しかけつづけるという。しかも、彼は〝買い手の抵抗〟をねじ伏せる達人だった――当時は抵抗がたくさんあったのだ。とりわけ競合するシステムの擁護者たちのあいだで。

アルヴァレス博士がアメリカに帰国したとき、その理由を推測した者もいたが、彼が一九四五年八月にテニアン島にいた原爆チームの一員だったことは、ずっとあとになるまで知らなかった。彼の右腕、ジョージ・カムストック博士が居残り、チームの全員が帰国するまで責任者をつとめた。カムストック博士といえば思いだすのは、イングランドでの最後の夜、ベッドに寝そべり、『ガンマ線殺人事件』という題名の本を読みふけっていた姿である。

アメリカ人が去るのを目にするのは残念でならなかった。そしてＷＡＡＦ（空軍婦人補助部隊員）のオペレーターのなかには、胸の張り裂ける思いをした者もいた。彼らは立派な男たちで、わたしたちにとても多くのことを教えてくれた。わたしたちの議論は、けっして導波管、磁電管、パルス・テクニックをめぐるものにかぎられていたわけではない。興味深い歌もいくつか学んだのである。

アメリカ人の助けを借りて、わたしたちは、のちにＧＣＡ帝国の中核を形成することになるＲＡＦのメカニック、オペレーター、管制官から成るチームを訓練した。しかし、いまや独力でやっていかねばならず、なにかまずいことが起きても——これがまた頻繁に起きたのだが——もはや専門家のもとへ走るわけにはいかなかった。研究所生まれのマークⅠは、来る日も来る日もぶっとおしで、訓練や無数のデモンストレーションのために——外国で、それが設計図から成長するところを見ていなかった人々の手で——使われるよう

着するときは、かならず務めを果たしてくれた。

それでも、空軍少将なにがしや空軍大将だれそれが専用プロクター（単発の低翼単葉固定脚の連絡機）で到着するときは、かならず務めを果たしてくれた。

ときどき思ったのだが、大佐より階級が上のRAFの人間は、ひとり残らず一度か二度はわたしたちのもとを訪れたのではないだろうか。仮に納得していなくても、彼らはたいてい考えこんで去っていった。管制トラックのなかが立錐の余地もないので、ただの空軍准将閣下が、外の草むらにすわって順番待ちをしなければならないときもあった。オペレーターたちは、人垣に囲まれ、うなじに息が吹きかかるなかで働くことにすっかり慣れてしまった。

彼らは、すべての信号がいきなり消えるのにもすっかり慣れた。故障のきざしが見えると、わたしたちが前もってスイッチを切ったからだ。そのとき天気が悪く、航空機が飛んでいたら、まことに具合の悪いことになった。帰り道をほかのだれかにたずねなければならないのだから。わたしたちが飛行司令官にしばしば指摘したように、航空機とパイロットを増強するのはわりあいに簡単だが、GCAは一台しかなく、リスクを冒すわけにはいかないのだ。司令官は、わたしたちの視点で見ることを頑固に拒んだ。

セント・エヴァルでわたしたちは想像のつくかぎりのミスを犯し、さらにもう二、三のミスを犯しながら、テクニックを習得し、いまや世界的になじみ深いものとなった符丁を発達させた。あたりまえなことはひとつもなく、試行錯誤で学ぶほかなかった。

たとえば、最良の着陸降下進路について確信のある者はいないようだった。航空機のタイプ別に、二度から五度の中間にあるいずれかの角度がいいとされた。着陸降下進路を変更するには、ギア、クラッチ、筒形コイル、セルシン・モーターのぎっしり詰まったヒース・ロビンスン装置（ばかばかしいほど手のこんだ巧妙な仕掛けで単純なことを行なう装置）を機械的に配列しなおさなければならなかった。ＧＣＡは接地点ではなく、滑走路のずっと先にあるので、レーダー・オペレーターの目に映るのは、航空機のアプローチのゆがんだ画像だった。じつをいうと、着陸降下進路は直線ではなく、双曲線としてスクリーン上にあらわれた。

このゆがみは、螺旋曲線座標系に基づいて奇妙奇天烈なカムによって修正された。これらのカムは、アプローチのたびに一回転した。ただし、シャフトから落ちたときはべつだが。着陸降下進路の変更はカムの変更を意味したが、ある日、まちがったカムが図らずも機械のなかに残ったため、戦闘機用の着陸降下進路で重爆撃機を降ろすことになった。にもかかわらず、パイロットは申し分のないアプローチだったと報告した。そこでわたしたちは、もう担当の機を甘やかさないことに決め、それ以後はだれもが——知っているにしろいないにしろ——三と二分の一度で降りてきた。

マークⅠでわたしたちがしでかした最大の失敗が、重大な結果を招いていたとしても不思議はない。さいわい、わたしたちの航空機にはセイフティ・パイロットが乗っており、操縦士がわたしたちの指示にしたがっているあいだ、いつも目を光らせていて、明らかになにかがおかしければ、アプローチを中止できた。ある日、航空機に乗ったオブザーバーは民間人の科学者だった。彼があちこちへ寄るたびに、うっかり機密文書を置きっぱなしにしていくので、それをつなげば道筋がたどれるほどだった（もし彼がこれを読んでいるとしたら、もちろん冗談をいっているだけです）。

彼がGCAを使ってアプローチするのははじめてであり、システムに信頼を寄せていたとしても、それはいささか損なわれただろう。気がつくと、乗機は海岸から数マイル沖合の海中に向かって降下しているのに、管制官は「滑走路まであと一マイル。進入は非常に順調」といっていたのである。彼はできるだけ長く我慢してから、パイロットの肩をポンとたたき、眼下に広がる意気阻《そ》喪《そう》させる光景が、滑走路三二〇とは似ても似つかないことを示したのだった。

あとでわかったのだが、経験不足のレーダー・オペレーターが、まちがった航空機を拾いあげてしまい、通常の有視界アプローチをしていただれかを誘導しており、当然ながら「進入は非常に順調」であるいっぽう、わたしたち自身の航空機は、すっかり見落とされていたのだ。そのミスは、長い目で見れば、幸運なそれだった。おかげで識別の問題に注意が向けられるようになり、結果として管制テクニックの向上につながったのだから。しかし、そういえるようになったのは、しばらくあとの話である。

もうひとつのしくじりは——同じくらい悲惨な結果を招きかねなかったのだが——そのように公表はされなかった。アプローチとアプローチのあいだに、すばやく工作が行なわれ、もみ消されてしまったのだ。以来、わたしたちは固く口を閉ざしてきたが、いまとなっては話しても害はないだろう。

レーダー・システムが標的をきちんと捉えているかどうか確認するために、各滑走路の終端には金属の反射板、あるいは位置標識が設けられていた。それは一種のレーダー鏡として働き、スクリーン上に鮮明な信号となって映しだされた。ある日、位置標識が倒れてしまい、わたしたちはそれがないのに気づかないまま、ほぼ予想した場所にきれいな反射波《エコー》を見つけた。不幸にも、たまたまこのエコーは、位置標識から百フィート離れたエプロンに駐まっていたリベレーターからのものだったので、その標的を捉えるため、わたしたちは着陸降下進路を何度かずらした。なにかがおかしいとわかったのは、指示されたアプローチだと、格納庫の屋根を突きぬけてしまう、とパイロットたちが文句をいったときだった。

神経質な読者が不安をいだかれないように、この時点であらためて指摘しておいたほうがいいだろう。つまり、これらの出来事は最初の要員の訓練中、最初の実験的装置を使っているときに起こったのだ、と。それらは初歩の大失態だった。わたしたちはそこから多くを学び、それらはだれの害にもならなかった。

わたしたちが位置標識を見失ったのは、そのときにかぎらなかった。ある日、作業員たちがそれらを拝借して、道具箱がわりにしていることに気づいた。両者はそっくりだったのだ。そのためけっきょくわたしたちは、メカニックを滑走路の位置標識まで送りだし、それを上下にふらせるいっぽう、どんなレーダー信号がスクリーンから消えるか調べようとした。

ある日、位置標識がはずされても、エコーが消えず、メカニックがみずから鮮明きわまりない信号を送りかえしているのに気づいた。彼がわたしたちのほうへ走ってくるのを見てどんなに驚いたか、いまだに忘れられない。トラックの開いたドアごしに彼が見えると同時に、レーダー・スクリーン上をじりじりと横切る小さなしみとしても見えたのだ。この現象に関しては、あやふやな説明がいろいろとなされたが、ほんとうに満足のいく解答にはいたらなかった。それほど鮮明なエコーを発した人間は、ほかにはいなかった。

わたしたちはときおりカモメに悩まされた――もっとも、ふつうの悩まされかたではなかったが。カモメは瞬間的なエコーを発し、それがときおりスクリーンをパッと横切ったのだ。航空機の反応と混同する恐れはなかった――カモメのエコーはあまりにも微弱だった――しかし、説明がつくまで、ずいぶん面食らったものだった。

マークIの解像力は非常に高かった。とりわけ至近距離では。ある日、この能力が存分に発揮されることになった。自転車に乗った連絡将校が使用中の滑走路をぼんやりと走っていると、飛行場管制官が血相を変えて小屋から飛びだしてきて、活発な会話が繰り広げられるあいだ、ふたつの信号が混じりあうのを、わたしたちはレーダー・スクリーン上に見たのである。しばらくすると、エコーがアメーバのように分離し、連絡将校は陽気にペダルをこぎつづけ、いっぽう管制官は持ち場のオルディス・ランプ（モールス信号を送る携帯ランプ）へもどった。つぎにウォールズのアイスクリーム販売三輪車が悠然と滑走路を走ってきても放っておこう、と彼が思っているのは疑問の余地がなかった。

セント・エヴァルはＦＩＤＯ（濃霧消散《フォッグ・インテンシヴ・ディスペーサル・オブ》）機構（滑走路の両側に取り付けた液体燃料燃焼器の熱で霧を消す装置）をそなえた最初の飛行場のひとつであり、設備は巨大だった。一分間に何千ガロンの石油を燃やしたのか、いうのもはばかられる。主滑走路の全長に燃焼器が二列にならんでいただけではなく、火炎の列が何本も直角に枝分かれしていたのだ。全体が赤々と燃えあがると、コーンウォールの大部分が照らしだされ、五十マイル四方の消防団が、ひとつ残らず勘違いするのだった。

ＧＣＡとＦＩＤＯの両着陸システムの結合が、長きにわたって試みられたが、好天つづきでうまくいかなかった。とうとうわたしたちは、望みのものを手に入れた——実質的に視界ゼロの濃密な霧である。じっさい、あまりにも霧が濃かったので、ＦＩＤＯなしでは航空機が離陸できない始末だった。

真夜中に、準備万端ととのった。その情景は、ダンテの『地獄篇』の一場面といっても通りそうだった——轟々と吼える炎が左右にずらりとならび、蒸気がもくもくと立ちのぼって霧に溶けこんでおり、開いた溶鉱炉から吹きだしたような熱気が、わたしたちの顔をあぶっている。というのも、わたしたちは、最寄りの燃焼器から百フィートしか離れていないからだ。航空機は待機して、基地司令官を乗せて離陸するときを待っており、GCAトラックのなかでは、陰極線の軌跡が正常にスキャンしながら、スクリーン上にレーダー画像を描きだしている。まさにその瞬間、飛行機の位置アンテナをまわす回転ギアが、もうたくさんだと心を決め、バキバキと音をたてて止まると、ついでに歯の半分をふり落とした。

三百六十度の視界を有する捜索あるいは交通管制システムは、かくして完全に盲目となった。しかし、着陸システムのアンテナはいまだにスキャンしており、滑走路を中心とした三十数度幅の画像は生きていて、風下をさしていた。リスクを冒す決定が下された。つまり、狭い三十度幅の扇形区《セクター》に航空機をとどめておき、手持ちの着陸システムだけを使って、管制とアプローチの両方をこなすことになったのだ。

離陸するや否や、航空機はもちろん即座に三百三十度の盲目セクターへと消えていった。しかし、わたしたちがただちに百八十度旋回させると、まもなくふたたび姿をあらわした。航空機は二、三マイル風下へ飛ぶことを許された——あまり遠くまでは行かせなかった。着陸システムの有効距離《レンジ》は十マイル以下だったからだ——それからアプローチにそなえてぐるっと旋回した。この直線飛行《ラン》では、パイロットは着陸できなかった。気がつくと滑走路の終端にいたが、視界が悪すぎて、ＦＩＤＯ燃焼器が一列しか見えず、滑走路のどちら側にいるのかわからなかったのだ！　したがって、手順を繰り返さなければならなかったが、さいわいにも、二度めのアプローチはうまくいった。ＦＩＤＯによって生じた強風が、航空機を進路からそらそうとしたにもかかわらず。

　これほど悪い状況でマークⅠが使用されたことはなかった。トラックを格納庫へもどしたとき、視界がまだ悪すぎて、運転手たちはステップに乗った者の指示にしたがって車を進めなければならなかった。周縁の走路をまわるのに、自前のレーダーを使ってもよかったくらいだ。

　その手柄は、マークⅠの経歴における最後のハイライトのひとつでもあった。すでに当初の意図より半年も長く運用されており、広範なオーヴァーホールと部分的な復元のおかげで、ついに解体される直前まで、以前と変わりなく働いていたという事実は、わたしたちが大いに誇りとするところだ。しかし、実用的なマークⅡができあがり、ＧＣＡチームはすべて（あるいはほぼすべて）が専用の新しい飛行場へと移動しつつあった。

　マークⅠは移送されたが、組み立てなおされはせず、最終的には食人の饗宴に供された（部品をはぎとられて再利用されること）。ずいぶんあとになって、わたしたちは軍用駐車場で中身を抜かれて遺棄されたトラックに行きあたり、そのなかでさめざめと泣いた。人生でもっとも腹立たしい時間のいくつかだけでなく、もっとも愉快だった時間のいくつかを思いだしながら。安《レク》らかに眠れ《イエスカト・イン・パーケ》。

アーサー・C・クラーク年譜
（一九一七〜二〇〇八）

牧 眞司 編

本年譜の作成にあたっては、つぎのものを基幹の資料とした。

○Neil McAleer, *Odyssey: The Authorised Biography of Arthur C. Clarke*（Victor Gollancz, 1992）

また、邦語文献では、永瀬唯「ロケット運動の闘士――アーサー・C・クラーク」（ハヤカワ文庫NF『スリランカから世界を眺めて』の解説）が、適切にまとまった資料であり、大いに参考にさせていただいた。

書誌的な情報の確認には、おもにつぎの資料を用いた。

○David N. Samuelson, *Arthur C. Clarke: A Primary and Secondary Bibliography*（G. K. Hall & Co., 1984）

○The Locus Index to Science Fiction〔ウェブサイト（http://www.locusmag.com/index/)〕

●一九一七年
十二月十六日、英国サマセット州の母親の実家で誕生。
●一九三〇年
学校の地下の勉強部屋で〈アスタウンディング〉三〇年三月号を見つける。隅から隅まで読み、すっかりSFの虜に。SF雑誌のコレクションをはじめる。読者欄で知りあったイギリス内のファンと文通する。
●一九三一年
夏休み、マインヘッドの生家を訪れているとき、近所の書店でデイヴィッド・ラッサーの啓蒙書『宇宙の征服』を発見。この本をきっかけに宇宙旅行への夢をつのらせていく。
●一九三二年

秋、学内誌〈ヒューイッシュ・マガジン〉の編集部員となる。

●一九三四年

夏、リヴァプールを本拠とする英国惑星間協会に入会。同協会の実務担当者レスリー・ジョンスンと頻繁に文通。また、自作したロケットによる発射実験をおこなっていた。

●一九三六年

二月、グラマースクール内に映画クラブを創設し、書記となる。「メトロポリス」「フランケンシュタイン」などを上映。

春、公務員試験に合格。パディントン駅近くに部屋を借りる。

ロンドンを拠点とするSFファンや英国惑星間協会の仲間とさかんに交流。SFファンのあいだで「エゴ」というニックネームで呼ばれるようになる。

十月、英国惑星間協会のロンドン支部が設立され、クラークは会計担当に就任する。

●一九三七年

〈ノヴェ・テレエ〉十月号より編集を担当。同誌は三六年創刊の英国初のSFファンジン。ファンジン〈アマチュア・サイエンス・ストーリーズ〉に、短篇「電送旅行」を発表。この前後からさかんにファンジンに寄稿をおこなっているが、当時のクラークの軸足は小説よりもノンフィクションにあった。

『銀河帝国の崩壊』の執筆をはじめる。

●一九三八年

七月、SF仲間で三歳上のテンプルと一緒に、グレイズ・イン・ロード八十八番地にアパートを借りる。このアパートは「ザ・フラット」と呼ばれ、イギリス・ファンダムの名所となる。ここで、英国惑星間協会の会合が頻繁におこなわれた。

オラフ・ステープルドンの講演「文学と人間」を聴く。

●一九三九年

英国惑星間協会の催しとして、サウス・ケンジントン科学博物館にて、シーロスタット（回転する宇宙船から星を観測するための光学装置）の公開実験をおこない、成功する。

九月、第二次大戦が勃発。

●一九四〇年

九月、会計監査を担当していた食糧省がロンドンから疎開となり、これにともないクラークは北ウェールズの景勝地コルウィン・ベイへと引っ越す。

ロンドン時代から取りかかっていた『銀河帝国の崩壊』の第一稿を完成。

●一九四一年

三月、徴兵の一歩先を読んで、空軍に志願入隊。

●一九四五年

十月、通信衛星についての考察をめぐらせた論文「地球外電波中継」を、〈ワイアレス

・ワールド〉に発表。これが有名な、「特許を取っていれば大金持ちになった」とクラークが後悔したというアイデアである。

●一九四六年

〈アスタウンディング〉四月号に「抜け穴」を、五月号に「太陽系最後の日」を発表。SF作家としての商業誌デビューである。

六月二十一日、除隊となる。ロンドン北西に下宿。

七月、中篇「守護天使」を書きあげる。発表まで時間がかかり、日の目を見たのは〈ファイマス・ファンタスティック・ミステリーズ〉五〇年四月号である。この作品が『幼年期の終り』の原型となる。

十月七日、ロンドン大学のキングス・カレッジに入学。物理学と数学を学ぶ。

英国惑星間協会の会長に就任。

●一九四七年

七月、長篇『宇宙への序曲』を二十日間で書きあげる。

●一九四八年

英国惑星間協会の活動の一環として、憧れのステープルドンに講演を依頼。「惑星間人類」というテーマで講演が実現する。

六月、キングス・カレッジを優秀な成績で卒業。さらに天文学をきわめようと、ユニヴアーシティ・カレッジに入学。

『銀河帝国の崩壊』が〈スタートリング・ストーリーズ〉に採用され、十一月号に掲載。
●一九四九年
物理抄録雑誌〈フィジクス・アブストラクツ〉に編集助手として就職。

英国の出版社テンプル・プレスと、宇宙飛行を扱った解説書（『惑星へ飛ぶ』）を著す契約を交わす。これに力を得て、文筆で生計を立てる気持ちをつのらせる。
●一九五〇年
〈フィジクス・アブストラクツ〉編集部を辞職。

五月四日、はじめてのテレビ出演。BBCの番組で四次元について説明。

五月、ノンフィクション『惑星へ飛ぶ』が英国で刊行（邦訳：時事通信社）。好評をもって迎えられ、すぐに米国版の出版が決まる。科学啓蒙のテレビ番組にも出演。

ロンドン北部のナイチンゲール・ロード八十八番地に家を購入。
●一九五一年
一月、長篇『宇宙への序曲』が米国で刊行（邦訳：ハヤカワ文庫SF）。

九月、宇宙関係のノンフィクション『宇宙の探険』が英国で刊行（邦訳：白揚社）。この著作で国際幻想文学賞ノンフィクション部門を受賞。

十一月、長篇『火星の砂』が英国で刊行（邦訳：ハヤカワ文庫SF）。

米国の版権エージェントであるスコット・メレディスより、『惑星へ飛ぶ』がブック・オブ・ザ・マンス・クラブに売れたという知らせが入る。かなりの額の印税が期待でき、クラークは米国への旅行を計画する。

●一九五二年

『幼年期の終り』の執筆を開始。

四月二十日、サウサンプトン港よりクイーンメリー号に乗船し、ニューヨークへと出発。

ニューヨークにて、エージェントや編集者、映画関係者などと会い、テレビ番組に出演。

七月いっぱいまで、米国各地を訪問。

八月一日、空路にて帰国。『幼年期の終り』の執筆を再開し、十二月に第一稿が完成。

少年向け長篇『宇宙島へ行く少年』が米国と英国でほぼ同時に刊行（邦訳：ハヤカワ文庫SF）。この作品によって、国際マーク・トウェイン協会の名誉会員に迎えられる。

●一九五三年

四月、アメリカへの二度目の旅行。最初の滞在地ニューヨークで、バランタイン・ブックスを創刊して間もないバランタイン夫妻に会い、『幼年期の終り』、短篇集『前哨』、『宇宙への序曲』（再刊）の契約を結ぶ。

フロリダでダイビングを満喫。キー・ラーゴにてハーバー・クラブの接客係マリリン・トーゲンスン（旧姓メイフィールド）と出会う。

長篇『銀河帝国の崩壊』が米国で刊行（邦訳：創元SF文庫）。

六月、ニューヨークでのSF関係者の会合「ヒュドラ・クラブ」に参加。アイザック・アシモフとはじめて顔を合わせる。生涯にわたる友情のはじまり。

六月十五日、マリリンとニューヨークで結婚。

七月中旬、マリリンをともない、英国へ帰国。ほどなく、マリリンは不慣れな環境と夫との価値観の違いに不満を感じるようになる。

八月、チューリッヒの第四回国際宇宙航行学会に、夫婦で参加。

八月、長篇『幼年期の終り』が米国で刊行（邦訳：ハヤカワ文庫SF、ほか）。初版二十一万部が二カ月もせずに売りきれ、十一月には十万部が増刷された。これによって小説家としての名声を得る。

十二月、短篇集『前哨』が米国で刊行（邦訳：ハヤカワ文庫SF）。

●一九五四年

五月四日、ヘイデン・プラネタリウムの第三回宇宙飛行シンポジウムに参加。

ロンドンからオーストラリアにむけ、豪華船ヒマラヤ号に乗船。トールキン『指輪物語』を読み、旧作『銀河帝国の崩壊』を『都市と星』へと改稿する作業に取りくみながら、それ以上の時間をプールでの潜水に費やす。

●一九五五年

三ヵ月の準備を経て、グレート・バリア・リーフでのダイビングをはじめる。

長篇『地球光』が米国で刊行（邦訳：ハヤカワ文庫ＳＦ）。

十月初旬、オーストラリアを離れ、空路でアメリカへ向かう。七週間ほどのニューヨーク滞在中、友人に会ったり、イベントに参加するなど、あわただしくすごす。

〈インフィニティ〉十一月号に短篇「星」を発表。この作品はヒューゴー賞ショート・ストーリー部門で受賞する。

十一月二十日、英国へ帰国。

●一九五六年

一月初旬、船でセイロンへ。セイロンに到着後、およそ半年間は同地の歴史を学ぶことに力を入れる。ここで得た知識は、のちの著作、とくに『楽園の泉』に反映されることとなる。そのかたわら、『海底牧場』の執筆を進める。

このころ、ヘクター・エカナヤケと知りあう。ヘクターは当時、セイロンのフライ級ボクサーとして売り出し中だったが、のちにクラークの「アンダーウォーター・サファリ社」の共同経営者となる。

長篇『都市と星』が米国で刊行（邦訳：ハヤカワ文庫ＳＦ）。

短篇集『明日にとどく』が米国で刊行（邦訳：ハヤカワ文庫ＳＦ）。

七月初旬、空路でロンドンへ。

九月初旬、ニューヨークで開催された世界SF大会に、米国以外から招かれた最初のゲスト・オブ・オナーとして参加。

秋から翌年二月にかけて、米国各地で講演。

●一九五七年

一月、短篇集『白鹿亭綺譚』が米国で刊行（邦訳・ハヤカワ文庫SF）。

長篇『海底牧場』が米国で刊行（邦訳・ハヤカワ文庫SF）。

十月五日、バルセロナで開催された第八回国際宇宙航行学会に参加。その未明、ロンドンから〈デイリー・エクスプレス〉の記者がかけてきた電話で、スプートニクの打ちあげを知る。青天の霹靂《へきれき》だった。

十一月、米国へ。ふたたび講演旅行。

●一九五八年

一月から三月まで、米国の講演が引きもきらず、十五の州で四十八回の講演をこなす。

短篇集『天の向こう側』が米国で刊行（邦訳・ハヤカワ文庫SF）。

四月、英国へ帰国。十四日に開催されたシンポジウム「宇宙時代に突入する英国——誘導ミサイルと宇宙旅行についてのディスカッション」に参加。

五月、セイロンへ戻る。このころからエッセイや科学記事の仕事が多くなる。そのいっぽうで、大戦中に携わったGCAプロジェクトに基づく非SF長篇 *Glide Path* を執筆。

●一九五九年

全米で講演活動。一月下旬に、シカゴでビート詩人たちと知りあい、『裸のランチ』検閲に抗議するパネル・ディスカッションに参加。二月にはボストンのスキン・ダイビング大会に参加して、海洋学者ジャック＝イヴ・クストーの知遇を得る。

夏、宇宙関係のノンフィクション『宇宙文明論』が米国で刊行（邦訳：早川書房）。

●一九六一年

九月末、ワシントンDCで開催された第十二回国際宇宙航行学会に参加。

長篇『渇きの海』が米国で刊行（邦訳：ハヤカワ文庫ＳＦ）。

●一九六二年

二月二十八日、コロンボの商店街で買い物中、低いアーチに頭をぶつけてしまう。その夕方、吐き気を覚え、つづく数日のうちにすっかり衰弱。療養を時間がかかり、介助なしにそれなりの距離を歩けるようになったのは七月。

九月末、ニューデリーへ飛び、科学に関する文筆活動を対象とするカリンガ賞を受けとる（受賞自体は四月中旬）。これがはじめてのインド訪問である。受賞の挨拶で「ＳＦには教育的価値だけでなく、インスピレーション源としての価値があること」を強調。

短篇集『10の世界の物語』が米国で刊行（邦訳：ハヤカワ文庫ＳＦ）。

科学エッセイ集『未来のプロフィル』が英国で刊行（邦訳：ハヤカワ文庫ＮＦ）。

●一九六三年

四月、グレート・バセス・リーフでダイビングをし、難破船に由来する短銃、食器、アクセサリー、貨幣などを発見。

少年向け長篇『イルカの島』が米国で刊行（邦訳：創元SF文庫）。

七月、フィラデルフィアのフランクリン協会から「スチュワート・バランタイン・ゴールド・メダル」を贈られる。

九月十日、BBCのスタジオで、クラークの友人でもあるパトリック・ムーアがホストを務める番組に出演。テーマは「月面基地」で、六四年一月六日に放映。クラークは「通信衛星を思いついた最初の人物」と紹介された。

秋、非SF長篇 *Glide Path* が米国で刊行。

十月下旬、ロンドンでBBCの《冒険シリーズ》のひとつとなる「グレート・リーフの財宝」に出演。放映は六四年一月上旬。

●一九六四年

三月、スタンリー・キューブリックから手紙がとどく。「SF映画の製作について相談に乗ってほしい」という内容。

『宇宙への挑戦』が米国で刊行（邦訳：タイムライフブックス）。クラークが基本稿を担当し、〈ライフ〉の記者が共同執筆したもの。

十二月、マリリンとの離婚が法的に決着。

●一九六五年

四月、映画の題名が「2001年宇宙の旅」に決まる。

八月、ロンドンの二十五キロ北のボアハムウッドのMGM撮影所で、キューブリックとともにアイデアを練り、小説版の手直しをし、撮影所でコンサルティングをこなす日々。

アテネで開催された第十六回国際宇宙学会に参加。ヴェルナー・フォン・ブラウンなど、ほかの参加者とともにデロス島を訪問。

十二月二十九日、サウス・ウエスト・ロンドンのシェパートン撮影所で、「2001年宇宙の旅」の撮影開始。その後も、小説版の執筆はつづく。

●一九六六年

二月四日、「2001年宇宙の旅」のデモンストレーション・フィルムの試写を観る。その数日後、セイロンへ戻る。一カ月半ほど同地にとどまるが、そのあいだも、小説版の執筆やキューブリックとの国際電話での相談などで多忙をきわめる。

クラーク編のSFアンソロジー *Time Probe: The Sciences in Science Fiction* が米国で刊行。

●一九六八年

四月、映画「2001年宇宙の旅」が封切り。

七月、長篇『2001年宇宙の旅』が米国で刊行（邦訳：ハヤカワ文庫SF）。

八月、ウィーンで開催された、国連の「宇宙の平和利用」会議に出席。人類ではじめて宇宙遊泳をおこなったソビエトの宇宙飛行士、アレクセイ・レオーノフと会う。

●一九六九年

三月二十七日、アメリカでの講演旅行を終えた足で、リオ・デ・ジャネイロに到着。映画祭と同時開催された世界SFシンポジウムに参加する。

四月十四日、ロサンゼルスのドロシー・チャンドラー・パビリオンでのアカデミー賞授賞式に出席。「2001年宇宙の旅」は視覚効果賞を受賞したが、クラークは脚本賞が取れなかったことに落胆する。

七月十六日、アポロ11号の打ちあげに際し、CBSの実況放送番組に出演。アポロ7号の宇宙飛行士ウォルター・シラーとともに、ゲストコメンテイターを務める。

十一月十四日、アポロ12号が打ちあげられ、ふたたびCBSの番組に出演。

十二月上旬、パリで開催されたユネスコ宇宙通信会議に出席し、「バベルを越えて」という題で講演。

●一九七〇年

二月十日、エンサイクロペディア・ブリタニカの映像スタッフがスリランカを訪れ、クラークをホストとしたNBCの番組「解明されていないこと」を収録。放映は四月。

九月、日本で開催された国際SFシンポジウムのために来日。羽田空港での第一声は

「ぼくはジェット・オデッセイ3001に乗ってきたよ」。

●一九七二年

『失われた宇宙の旅2001』が米国で刊行（邦訳：ハヤカワ文庫SF）。

短篇集『太陽からの風』が米国で刊行（邦訳：ハヤカワ文庫SF）。

●一九七三年

長篇『宇宙のランデヴー』が英国と米国でほぼ同時に刊行（邦訳：ハヤカワ文庫SF）。

この作品で、ヒューゴー賞およびネビュラ賞のダブルクラウンに輝く。さらにジョン・W・キャンベル記念賞、ジュピター賞、ローカス賞、英国SF協会賞も受賞。

●一九七四年

一月中旬、二十年ものあいだ構想を温めてきた長篇『地球帝国』に取りかかる。

●一九七五年

七月十五日、ソビエトのソユーズ19号と米国のアポロ18号が、地球軌道上でドッキングをおこなう。クラークはケープ・ケネディでアポロの発射を見届けたのち、ニール・アームストロング、ウォルター・クロンカイトとともにCBSの報道番組に出演。

八月十二日、インド政府から「ユニークかつ大変な贈り物」をもらう。衛星通信の地上局である。これによってインドのテレビ放送を受信できるようになったが、見物客が押しかけるようになり、その供応のため出費がかさむことに。

九月、長篇『地球帝国』が英国で刊行（邦訳：ハヤカワ文庫SF）。

●一九七六年

十二月上旬、AT&TのテレビCMに出演。撮影はスリランカでおこなわれ、クラークは自宅のパラボラアンテナ脇のバルコニーで、通信技術の未来について語った。

●一九七七年

七月四日、クラークが息子のように可愛がっていたレスリー・エカナヤケが、交通事故で死亡。レスリーの死によって、クラークはかつてなかったほどに落ちこむ。

九月下旬、プラハでの第二十八回国際宇宙航行学会に参加。

十月上旬、ニューヨークへ飛ぶ。レスター&ジュディ゠リンのデル・レイ夫妻に招かれ、同家でアイザック・アシモフも交えて夕食を楽しむ。ジュディ゠リンの思いつきで、ロバート・A・ハインラインに電話をかけ、三巨頭会談が実現する。

十月十七日、ボストン科学博物館のブラッドフォード・ウィッシュバーン賞を受賞。授賞式と時期をおなじくして、エッセイ集『スリランカから世界を眺めて』が米国で刊行（邦訳：ハヤカワ文庫NF）。

●一九七八年

九月、スリランカに新設された技術系のモラトゥワ大学の総長に就任。

●一九七九年

長篇『楽園の泉』が米国で刊行（邦訳：ハヤカワ文庫SF）。この作品によって、ヒューゴー賞とネビュラ賞を受賞。『宇宙のランデヴー』につづく、二賞独占の快挙である。

●一九八〇年

二月十五日、インドのハイデラバードに到着。翌日、ジョン・フェアリーおよびヨークシャー・テレビのクルーとともに、パーラム近郊にて皆既日食を撮影。これが連続番組「アーサー・C・クラーク 未知の世界へ」のオープニングとなる。

●一九八一年

六月、パリでのユネスコの「通信の発展のための国際計画」会議に、スリランカ代表として出席。「新しい通信と発展する世界」と題した講演をおこなう。

クラークとジョージ・W・プロクター共編のSFアンソロジー *The Science Fiction Hall of Fame, Volume IV* が米国で刊行。六五年〜六九年のネビュラ賞受賞作を収録。

●一九八二年

六月、マルコーニ・フェロウシップ賞を受賞。授賞式に出席するため、六月九日にアムステルダムに到着。式は十一日におこなわれた。この賞は、グリエルモ・マルコーニ（無線通信の発展に貢献したイタリアの研究家で、ノーベル物理学賞の受賞者）を記念して設立されたもの。クラークは受けとった賞金の三万五千ドルを、モラトゥワ大学に「ワールド・コミュニケーション・センター」を設置するための資金として提供する。

六月十四日、アムステルダムからモスクワへ飛ぶ。ヴォストーク・ロケットが展示されているモスクワ宇宙公園を見学し、アレクセイ・レオーノフと旧交を温め、ほかの宇宙飛行士や関係者に紹介される。その後、レニングラードやモスクワでテレビ番組のインタビューを受け、宇宙関係、通信関係、文芸関係の施設や団体を訪問する。

八月三十一日、ジュネーヴの国連軍縮委員会で「宇宙時代の戦争と平和」を講演。

十一月十五日、長篇『2010年宇宙の旅』が米国で刊行（邦訳：ハヤカワ文庫SF）。これにあわせて、クラークはニューヨークとロサンゼルスでのプロモーションに参加。

●一九八三年

夏、映画「2010年宇宙の旅」製作が本格的に動きだし、監督ピーター・ハイアムズとクラークとのあいだでさかんに意見交換がされるようになる。九月十六日にはパソコン通信を導入。この交信記録をまとめたものが、八五年刊『オデッセイ・ファイル』である。

再編集の短篇集『太陽系オデッセイ』が米国で刊行（邦訳：新潮文庫）。先行する短篇集に未収録の作品も含む。

●一九八四年

二月、エッセイ集*1984: Spring, a Choice of Futures*が米国で刊行。

四月末、ニューヨークに到着。ヒルトン・ホテルで開催された米国科学発展協会の年次会議、カーネギーホールにおける惑星協会のミーティングに参加。

西海岸滞在中に、アポロ計画の宇宙飛行士、エドウィン・オルドリン、アラン・ビーン、チャールズ・コンラッドと会食。

その後、ピーター・ハイアムズと「２０１０年」のスタッフとともにワシントンＤＣに行き、ホワイトハウスの前で撮影。クラークもエキストラとして主演することに。

九月末、ローマへ飛び、ローマ教皇庁科学アカデミーが主催する「宇宙探査が人類にもたらす衝撃」のスタディ・ウィークに参加。十月一日には、「宇宙通信とグローバル家族」という講演をおこなった。

十一月、映画「２０１０年宇宙の旅」のプロモーションのため、米国へ飛ぶ。

●一九八五年

一月、ピーター・ハイアムズとのあいだで交わしたパソコン通信の記録『オデッセイ・ファイル――アーサー・Ｃ・クラークのパソコン通信のすすめ』が米国で刊行（邦訳：パーソナル・メディア社）。

●一九八六年

春、ＳＦＷＡによるデーモン・ナイト記念グランド・マスター賞を受賞。

五月、長篇『遙かなる地球の歌』が米国で刊行（邦訳：ハヤカワ文庫ＳＦ）。

七月、英国へ。ロンドンのＨ・Ｇ・ウエルズ・シンポジウムに参加。サマセットの家族を訪問。

十月、未来の日常生活を描いた疑似ルポルタージュ『アーサー・C・クラークの2019年7月20日』が米国で刊行（邦訳：旺文社）。

「アーサー・C・クラーク賞」が設立（授賞は翌年から）。これは、前年に英国で出版されたSF長篇を対象としたもので、選考委員会で決定される。第一回の受賞作は、マーガレット・アトウッド『侍女の物語』。

●一九八七年

五月、第十回チャールズ・A・リンドバーグ賞を受賞。授賞式のためにパリを訪れる。この賞は、技術発達と環境保護の調和に貢献した人物に与えられるもの。滞仏中に、音楽家ジャン・ミッシェル・ジャールと、オペラ座の花形エリック・ヴュ＝アンと面会。

●一九八八年

一月、長篇『2061年宇宙の旅』が米国で刊行（邦訳：ハヤカワ文庫SF）。

七月、ジェントリー・リーとの合作長篇『星々の揺籃』が英国と米国でほぼ同時に刊行（邦訳：ハヤカワ文庫SF）。

●一九八九年

五月、回想録『楽園の日々』が英国で刊行（邦訳：早川書房）。

六月十七日、大英帝国勲章CBEの叙勲が発表。それに先立って、スリランカの英国高等弁務官から内々に通達があった。

十月二十五日、バッキンガム宮殿にて叙勲式。

十一月、長篇『宇宙のランデヴー2』が英国と米国でほぼ同時に刊行（邦訳：ハヤカワ文庫SF）。ジェントリー・リーとの合作。

●一九九〇年

四月、クラーク編のSFアンソロジー *Project Solar Sail* が米国で刊行。

七月、『悠久の銀河帝国』が米国で刊行（邦訳：ハヤカワ文庫SF）。クラーク『銀河帝国の崩壊』を第一部とし、第二部をグレゴリイ・ベンフォードが書き、一冊としたもの。

十月、長篇『グランド・バンクスの幻影』が英国で刊行（邦訳：ハヤカワ文庫SF）。

●一九九一年

九月、長篇『宇宙のランデヴー3』が英国と米国でほぼ同時に刊行（邦訳：ハヤカワ文庫SF）。ジェントリー・リーとの合作。

●一九九二年

六月、海底ケーブルと衛星通信についてのノンフィクション『地球村《グローバルビレッジ》の彼方　未来からの伝言』が英国と米国でほぼ同時に刊行（邦訳：同文書院インターナショナル）。

八月、ニール・マッカリアの評伝 *Odyssey: The Authorised Biography of Arthur C. Clarke* が英国で刊行。

●一九九三年

六月、長篇『神の鉄槌』が英国と米国でほぼ同時に刊行（邦訳：ハヤカワ文庫SF）。

十一月、長篇『宇宙のランデヴー4』が英国で刊行（邦訳：ハヤカワ文庫SF）。ジェントリー・リーとの合作。

●一九九四年

ノーベル平和賞にノミネートされる。テネシー大学の法学教授グレン・ハーラン・レナルズの推薦によるもの。

十一月、火星移住をテーマとしたノンフィクション『オリンポスの雪　アーサー・C・クラークの火星探検』が英国で刊行（邦訳：徳間書店）。

●一九九五年

八月十八日、コロンボ、ロンドン、ワシントンDC、パサディナを結んで、「地球外電波中継」五十周年を祝うイベント「Voices from the Sky」が開催される。このイベントに合わせて、クラークにNASA公共奉仕功労賞が授与された。この賞はNASAが個人に対して授与するものとしてはもっとも権威の高いものである。

●一九九六年

二月、長篇『マグニチュード10』が英国と米国でほぼ同時に刊行（邦訳：新潮文庫）。マイク・マクウェイとの合作。

小惑星（番号4923）に「クラーク」の名前がつけられる。

●一九九七年
三月、長篇『3001年終局への旅』が英国と米国でほぼ同時に刊行（邦訳：ハヤカワ文庫SF）。

●一九九八年
一月、女王エリザベス二世よりナイト爵位を与えられる。

●一九九九年
十一月、長篇『トリガー』が英国と米国でほぼ同時に刊行（邦訳：ハヤカワ文庫SF）。マイクル・P・キュービー＝マクダウエルとの合作。

●二〇〇〇年
三月、長篇『過ぎ去りし日々の光』が米国で刊行（邦訳：ハヤカワ文庫SF）。スティーヴン・バクスターとの合作。クラークの短篇「寄生虫」（五三年）を長篇化したもの。

四月十八日、ロシア欧州共同で打ちあげた通信衛星に「アーサー・C・クラーク」の名がつけられる。

●二〇〇一年
二月七日、ワシントンDCの国立航空宇宙博物館にて「アーサー・C・クラークの日」のシンポジウムが開催。クラークはビデオでメッセージを述べた。

十一月十六日、ロサンゼルスのプレイボーイ・マンションにて宇宙フロンティア財団主催の「アーサー・C・クラーク祝賀会」が開催され、クラークは3D中継で参加。

●二〇〇二年

アーサー・C・クラーク財団が「アーサー・C・クラーク生涯功労賞」を設立。同賞は、クラークの価値や業績を〝具体的に実証した〟人物や団体に与えられる。第一回の受賞者は、インテルサットのサンチアゴ・アストライン。

九月、ファースト・ファンダム賞を受賞。

●二〇〇三年

アーサー・C・クラーク財団が「アーサー・C・クラーク発明家賞」を設立。同賞は、衛星通信の分野での業績に対して贈られるもの。第一回の受賞者は、世界初の音声放送衛星を企画したD・K・サチデーヴとジョゼフ・カンパネラ。

●二〇〇四年

一月、長篇『時の眼』が米国で刊行（邦訳：早川書房）。スティーヴン・バクスターとの合作。クラークの短篇「この世のすべての時間」（五二年）を長篇化したもの。《タイム・オデッセイ》第一作。

三月八日、サマセット州トーントンにて、アーサー・C・クラーク公式コンヴェンション「オデッセイ2004」が開催される。スリランカとは生中継で結ばれていた。ゲストとして、スティーヴン・バクスター、デイヴィッド・A・カイルが参加。

五月二十二日、ロバート・A・ハインライン賞を受賞。同賞は「人類の宇宙探査に貢献するハードSFもしくは技術記事の著者」を対象とするもの。

●二〇〇五年

三月、長篇『太陽の盾』が米国で刊行（邦訳：早川書房）。スティーヴン・バクスターとの合作。《タイム・オデッセイ》第二作。

四月二日、「サー・アーサー・C・クラーク賞」が設立。多くの部門があり、宇宙探査に貢献のあった（英国の）個人・団体・作品・プロジェクトなどに贈られる。

●二〇〇七年

十二月、長篇『火星の挽歌』が米国で刊行（邦訳：早川書房）。スティーヴン・バクスターとの合作。《タイム・オデッセイ》第三作。

十二月十六日、九十歳の誕生日を迎え、友人に向けて「別れのメッセージ」を録音。そのなかでは、生きているうちに地球外生命体が存在する証拠を見たかったと述べていた。

●二〇〇八年

三月、フレデリック・ポールと合作していた『最終定理』の最終稿を査読。この作品は、二〇〇八年八月に刊行された（邦訳：早川書房）。

三月十九日早朝、コロンボの病院で逝去。享年九十。死因は心肺機能の不全。

解　説――クラークの原点

中村　融

　二〇〇八年三月十九日朝、その知らせは世界じゅうを駆けめぐった。

　アーサー・C・クラーク逝去。スリランカはコロンボ市内の病院にて、呼吸不全のため。享年九十。まさに「巨星墜つ」という表現がふさわしい訃報だった。

　かねてから健康上の問題をかかえており、車椅子生活を送っていたとはいえ、その訃報は衝撃をもって受けとめられた。ひょっとしたら、だれもがこう思っていたのかもしれない――クラークはこのまま永遠に生きつづけて、自分の夢がつぎつぎと実現するところを目にするだろう、と。たとえば、月面のマス・ドライヴァー、太陽風帆船、地球外生命の発見……。

　訃報の多くは、映画「２００１年宇宙の旅」（一九六八）の原作者として、同時に通信衛星システムの発案者としてクラークを紹介していた。だが、クラークの業績は、それらにとどまるものではない。卓越した科学啓蒙家として、あるいは正確な科学知識と豊かな想像力をそなえた稀代の作家として、あるいは宇宙における人類の位置を洞察する思想家として六十年以上も活躍し、遺した著書は百を超える。この遺産を受け継ぎ、次代に伝えていくのが、われわれに課せられた務めだろう。

その一助として、このたびクラークの中短篇の精髄を全三巻にまとめる運びとなった。まずは編集方針について説明しておこう。

編者が依拠した資料によれば、クラークの中短篇は（ファンジンに発表された習作をふくめて）百九を数える。もっとも、この数字には長篇『銀河帝国の崩壊』（一九五三）と『地球光』（一九五五）の雑誌掲載版がふくまれているので、それらをのぞいた百七篇が選択の対象となった。

収録作を選ぶにあたっては、定番的な作品をおさえた上で、本文庫に未収録だった珍しい作品を採るように心がけた。本書でいえば、四十年近く前に邦訳が雑誌に掲載されたきりだった長中篇《ノヴェラ》や、名作『幼年期の終り』（一九五三）の原型中篇が後者にあたる。配列は発表年代順とし、クラークの作家的成長の跡をたどれるようにした。さらにクラークの仕事のもう一本の柱であったノンフィクションの魅力を知ってもらうために、付録的な意味合いで各巻にエッセイを収録。また作品によっては、本書のために新訳を起こしたことも付記しておこう。

もちろん、広大なクラーク宇宙の全貌をうかがうというわけにはいかないが、ＳＦ研究家・牧眞司氏の作成による詳細な年譜と合わせれば、その見取り図くらいは描けたのではないかと自負している。いずれにせよ、本書をきっかけに、読者のみなさんがクラークの魅力を発見、あるいは再発見してくだされば、これに勝る喜びはない。

さて、《ザ・ベスト・オブ・アーサー・Ｃ・クラーク》第一巻となる本書には、クラークが商業誌デビューを飾った一九四六年から五一年にかけて発表した小説九篇、ならびにノンフィクション一篇を収録した。ひとことでいえば、初期傑作集ということになる。

デビュー第二作「太陽系最後の日」（一九四六）が圧倒的な好評を博したとはいえ、当時のクラークは、むしろ宇宙開発を専門とする科学ノンフィクションの書き手として知られていた。小説家としての地位を確立するのは、『幼年期の終り』の発表を待たねばならず、このころは小説家として模索をつづけていた時期といえる。したがって、本書に収録した作品からは、クラークの原点と、のちに花開く可能性の萌芽との両方がはっきりと見てとれる。後者については解題で触れるとして、前者についてくわしく記そう。

クラークは、自分の人生に決定的な影響をあたえた事件として、一冊の本との出会いをくり返しあげている。その本の題名は『最後にして最初の人類』（一九三〇）。著者はイギリスの哲学者・作家オラフ・ステープルドンである。一九三〇年の夏休み、十三歳だったクラークは故郷マインヘッドの公共図書館で同書を見つけ、たちまちその魅力にとりつかれたという——

「わたしの想像力をこれほど強烈に揺さぶった本は、あとにも先にもない——ステープルドン風な千万無量の展望と何億年もの歳月、諸文明と人類全種族の興亡は、わたしの宇宙観をそっくり一変させ、以来わたしの書くものに多大の感化を及ぼしている」（南山宏訳）

もうすこしくわしく説明すると、同書は未来の歴史書と呼ぶべき特異なフィクション。一九三〇年代の地球から筆を起こし、人類が栄枯盛衰をくり返しながら宇宙へ広がってゆき、二十億年後の海王星で最期を迎えるまでをつづっている。環境の変化に合わせて、みずからの肉体を改造しつづけ、われわれとは似ても似つかない存在になっていく人類の行く末は衝撃的だ。

じつは同書は、H・G・ウエルズの大著『世界史大系』（一九二〇）の続篇として構想された節がある。というのも、ウエルズの著作が地球の誕生から説き起こし、生命の発生とその進化を略述したあと、人類の誕生から一九二〇年代にいたる歴史を概観したものだからだ。つまり、『世界史大系』と『最後にして最初の人類』は、シームレスにつながって壮大な人類史となるのだ。

とすれば、影響関係からいってウエルズ↓ステープルドン↓クラークという系譜が浮かびあがってくる。それはイギリスの作家・批評家ブライアン・ステイブルフォードが「英国科学《ブリティッシュ・サイエンティフィック》ロマンス」と名づけたジャンルの主流にほかならない。その特徴を端的にいえば「巨視的なスケールで人類の進化を描き、宇宙におけるその位置を考察する」となるだろう。

ステイブルフォードが、イギリスＳＦといわずに、わざわざ「英国科学ロマンス」という言葉を使ったのには理由がある。それがアメリカのサイエンス・フィクションとは別個に存在した英国独自の文芸ジャンルだからだ。十九世紀末から二十世紀なかばまで、イギリスには（いまでいう）ＳＦ的な小説とノンフィクションが同等の重みを持つ文芸ジャンルが存在していたのである。

ＳＦの淵源をどこに求めるにしろ、産業革命の進展で科学技術が人間の想像力を刺激するようになった時期に発生したという点は動かない。それは十九世紀前半であり、イギリス、アメリカ、フランス、ロシアなどで同時多発的にＳＦ的な作品が書かれるようになった。それらは個々の文学者の独立した営為であったが、十九世紀末にいたり、イギリスでひとつのジャンルとして成立した。それが大衆小説誌という新興メディアを基盤とした「科学ロマンス」だ。エドガー・アラン・ポオやジュール・ヴェルヌの衣鉢《いはつ》を継ぐ作家が輩出し、やがてひとりのスーパースターが生まれた。いわずと知れたＨ・Ｇ・ウエルズである。

ウエルズの科学ロマンスは、ダーウィン流の進化論と、エントロピーの概念がもたらした終末論的宇宙論の混淆《アマルガム》として誕生した。出世作「タイム・マシン」(一八九五)に見るように、人類は進化の果てに衰退し、宇宙は静かな熱死を迎える。進歩・発展にとりつかれた十九世紀科学のヴィジョンが、ついに途方もない終末のファンタシーを紡ぎだしたのである。

進化論と熱力学。このふたつは、十九世紀の科学と思潮を考えるさいのキーワードだ。両者とも産業革命の申し子であり(石炭を掘る過程で続々と出てきた化石や、危険きわまりない蒸気機関への関心が、両者の誕生をうながした)、いずれも時間軸にそっての変化・運動を問題にしている。これは地質学、天文学、物理学、数学をはじめとして十九世紀の科学全般に見られる特徴だが、進化論と熱力学は変化・運動の果てに「退廃」を予告した点で当時の思潮を超えていた。この予言が当時の人々にあたえた衝撃は、想像を絶するものがある。宇宙における人間の位置が、根本的に変わってしまったのだ。世紀末のデカダンな空気のなかで終末論が隆盛を見た。そしてウエルズは、ダーウィニズムを基調に両者を結びつけることで「タイム・マシン」を書きあげた。そこに展開される未来世界の光景や終末の風景は、透徹な科学のヴィジョンがもたらしたものなのだ。

このウエルズの終末のヴィジョンは、多くの科学ロマンス作家に受け継がれた。ウィリアム・ホープ・ホジスンの『ナイトランド』（一九一二）がその代表的な例だろう。すこし時代は下るが、シドニー・ファウラー・ライトの『時を克えて』（一九二九）も見逃せない。

しかし、一九二〇年代になると、生命科学の発展が、終末を逃れる方法を新たに導きだす。簡単にいってしまえば、進化の人為的促進、すなわち人工進化である。

ステイブルフォードによれば、その嚆矢《こうし》はおそらく遺伝学者J・B・S・ホールデンが著した『ダイダロス』*Daedalus, or Science and the Future*（一九二四）というパンフレットに求められるという。ここでホールデンは、体外発生（試験管ベビー）や、遺伝子操作による人間改造といった概念を打ち出しているというのだ。この書は大きな反響を呼び、一九二〇年代後半のイギリスに一大未来論ブームを巻き起こした。このブームの渦中から、多くの優れた科学ロマンスが生まれた。たとえば、オルダス・ハックスリイの名作『すばらしい新世界』（一九三二）は、ホールデンへの反論として書かれたものだ。ここでは体外発生が、おぞましい反《アンチ》ユートピアを創りだしている。逆に大御所ウエルズは、『世界はこうなる　最後の革命』（一九三三）という大著を著し、知的エリートによる社会の管理と人工進化（優生学）によって実現するユートピアというヴィジョンを提出した。

いっぽうホールデンは、その思索をさらに押し進め、「最後の審判」“The Last Judgement”（初出年不明）というエッセイでは、遺伝子操作によって姿を変えながら、他の惑星や恒星系に移住して、種としての存続を果たす人類の未来を夢想した。と書けばおわかりのように、ステープルドンの前掲書は、ホールデンのヴィジョンを霊感源としていたのである。

さらにもうひとりの後継者が、ホールデンのヴィジョンを発展させた。結晶学者J・D・バナールの著『宇宙・肉体・悪魔』（一九二九）では、宇宙への進出、球殻の宇宙植民島、脳以外の器官のサイボーグ化、脳の連結による複合頭脳の形成、生命の物質からの解放と、めくるめくヴィジョンが展開されている。そのクライマックスを引用しよう――

「最後に、意識そのものが人間世界の中で消滅してゆくかもしれない。人間世界が完全にエーテル化し、編み目のつんだ有機的構成を失い、電波によって互いに通信する空間の原子群となり、ついにはおそらく全く光に解消してしまうかもしれない」（鎮目恭夫訳）

バナールのこの著作はステープルドンを触発し、幻想の宇宙年代記『スターメイカー』（一九三七）を書かせたが、クラークにも強い影響をおよぼした。その証拠に代表作のひとつ『2001年宇宙の旅』（一九六八）から引いた文章をお目にかけよう――

「だが機械生命の時代は急速に終わった。休むことなく実験をつづけるうち、彼らは、空間構造そのものに知識をたくわえ、凍りついた光の格子のなかに思考を永遠に保存する仕組みを学んだ。物質の圧制を逃れ、放射線の生物になることが可能になったのだ」（伊藤典夫訳）

双子のようによく似たヴィジョンだ。ステープルドンのいう英国科学ロマンスが、一本の糸で結ばれていることはまちがいない。

つい話が先走ったが、こうした人工進化の思想は、一部の知識人やキリスト教者の猛烈な反発を買った。哲学者バートランド・ラッセルや前述のオルダス・ハックスリイらがその代表格だが、もっとも痛烈な批判者は神学者・作家C・S・ルイスだった。ルイスは、ホールデンやステープルドンを念頭において科学ロマンス《別世界物語》三部作（一九三八～四五）をみずから著し、その科学主義を徹底的に糾弾したのだ。ここまで来れば、クラークの登場まであと一歩。クラークがどのような伝統に棹《さお》さしているのか、おわかりいただけただろう。

もっとも、クラークの原点はもうひとつある。風変わりな自伝『楽園の日々』（一九八九）を読まれた方なら、クラークが「一九三〇年も終わりに近い一三歳のころに、自分にとって最初のサイエンス・フィクション雑誌を手に入れた――それは、わたしの人生を決定的に変えた」（山高昭訳）と記していたことをご存じだろう。問題の雑誌は、アメリカのSF誌〈アスタウンディング・ストーリーズ〉一九三〇年三月号であったという。つまり、クラークはアメリカのサイエンス・フィクションの申し子でもあるのだ。

すでに記したように、アメリカでも十九世紀の前半には原《プロト》SFが誕生していた。具体的には前述のポオやナサニエル・ホーソーンの諸作である。その後もSF的な作品は継続的に書かれていたが、二十世紀にはいってパルプ雑誌という大衆娯楽メディアの勃興とともに通俗化した。つまり、未来世界の考察よりも擬似科学的な味つけをした冒険小説や怪奇物語に重点が置かれるようになったのだ。その頂点といえるのが、エドガー・ライス・バロウズの異星冒険譚『火星のプリンセス』（雑誌掲載、一九一二）である。

だが、こうした風潮に反発して、科学技術を前面に押しだした小説ジャンルの成立をもくろむ男があらわれた。それがヒューゴー・ガーンズバックで、彼が一九二六年に創刊した〈アメージング・ストーリーズ〉は、世界初のSF専門誌として認められている。このときガーンズバックは「サイエンティフィクション（scientific＋fiction）」という言葉を発明したが、一九二九年に「サイエンス・フィクション」に呼びかえた。こうしてSFは命名されたのだ。

もっとも、ガーンズバックのSF観は、基本的に「予言の文学」であり、科学技術の啓蒙のために小説を使おうというものだった。したがって、そこから生まれるのは「ボルト＆ナット」小説と揶揄《やゆ》される技術偏重のものばかりで、当然ながら一般的な人気を得ることはできず、逆に超科学の産物を満載した宇宙冒険活劇がSFの主流となっていく。その先陣を切ったのが、前述の〈アスタウンディング・ストーリーズ〉だったのだ。

アメリカの出版社は、イギリスを市場のひとつと見て、パルプ雑誌の輸出を開始した。こうしてアメリカのSF雑誌が大量にイギリス国内に出まわることになり、英国科学ロマンスとアメリカのサイエンス・フィクションを同時に享受する世代があらわれた。彼らの活動によって、英国科学ロマンスとアメリカのサイエンス・フィクションは、（後者が優勢な形で）統合の道を進んでいく。もちろん、クラークもその一翼をになったのである。

その実例が出世作「太陽系最後の日」だ。ここに描かれる終末の光景や、宇宙における人類の位置というテーマは、まさに英国科学ロマンスのお家芸。いっぽう多様な異星人が乗り組む宇宙船の設定は、アメリカの宇宙冒険物語に由来するものだろう。以後クラークは、このふたつの要素を無理なく溶け合わせることに腐心する。その試行錯誤の過程が、本書収録作に如実に見てとれるはずだ。

前置きのつもりがすっかり長くなった。収録作の解題に移ろう。

●**「太陽系最後の日」**“Rescue Party”　初出〈アスタウンディング・サイエンス・フィクション〉一九四六年五月号

クラークの商業誌デビュー作は、アメリカのSF雑誌〈アスタウンディング・サイエンス・フィクション〉一九四六年四月号に掲載された「抜け穴」という短篇だが、次号に掲載された本篇が、実質的にクラークの出世作となった。じっさい、同誌の名編集者ジョン・W・キャンベル・ジュニアが最初に買ったのは、こちらのほうだったことが知られている。

わが国では〈SFマガジン〉創刊号（一九六〇年二月号）に宇野利泰訳で掲載され、読書界にSFの真髄を知らしめた。まさに伝説的作品である。

●**「地中の火」**“The Fires Within” 初出〈ファンタシー〉一九四七年八月号

超音波による地底探査を題材にしたアイデア・ストーリーだが、ひと筋縄ではいかない。掲載誌は短命に終わったイギリスのSF誌。ちなみに、初出時はE・G・オブライエン名義で発表された。頭文字をとればEGOとなるが、非常に自意識の強いクラークは、仲間から「エゴ」という異名を奉られていたそうだ。本書のための新訳である。

●**「歴史のひとこま」**“History Lesson” 初出〈スタートリング・ストーリーズ〉一九四九年五月号

特定の個人ではなく、人類そのものを主人公とする典型的な英国科学ロマンス風の作品。クラークによれば、いまは失われた原稿から派生した二篇のうちの一篇とのこと。もう一篇は「太陽系最後の日」だそうで、「これ以上に対照的な結末を持つ二篇は、そうざらにない」と述べている。

●**「コマーレのライオン」**“The Lion of Comarre” 初出〈スリリング・ワンダー・ストーリーズ〉一九四九年八月号

停滞したユートピアと、そこに変革をもたらすはみ出し者の若者というテーマは、クラークのオブセッションであり、さまざまなヴァリエーションが生まれた。じつは同テーマの最初の長篇『銀河帝国の崩壊』は一九三七年に執筆が開始され、一九四〇年には第一稿が完成していたという。本篇はこの長篇とオーヴァーラップする部分が多い。

一九六八年に『銀河帝国の崩壊』とカップリングで単行本化されるまで雑誌掲載のまま埋もれていたいわくつきの作品であり、わが国でも「ライオンの棲む都市」の題名で山高昭訳が〈SFマガジン〉一九七一年五月号に掲載されたきりになっていた。本書には新訳で収録した。

●「**かくれんぼ**」"Hide-and-Seek" 初出〈アスタウンディング・サイエンス・フィクション〉一九四九年九月号
宇宙戦争を背景に、物理法則を逆手にとって、敵の巡洋艦を翻弄するスパイの活躍を描いた本篇は、クラークのいう「純然たるSF」の典型だろう。「盛られた知識がそれほど押しつけがましくなく、あるいは教科書的なにおいをあまり匂わせずに、正しく書かれていれば、少なくとも高級なパズルとして、エンターテインメントとしての価値を持つことができる。芸術ではないかもしれないが、楽しい、魅力ある小説にはなり得るのである」

●「**破断の限界**」"Breaking Strain" 初出〈スリリング・ワンダー・ストーリーズ〉一九四九年十二月号
SFには〈方程式もの〉と呼ばれる一群の作品が存在する。乗員過剰のため、そのままでは全員が死亡してしまうという宇宙船内の極限状況をあつかったもので、トム・ゴドウィンの短篇「冷たい方程式」（一九五四）に由来する名称だ。本篇はゴドウィンの名作より前に発表された〈方程式もの〉の秀作。初出時の題名は“Thirty Seconds-Thirty Days”だった。ちなみに、映画「2001年宇宙の旅」の製作に先立ってスタンリー・キューブリックが権利を取得したクラークの作品六篇のうちのひとつである。

●「**守護天使**」“Guardian Angel”　初出〈フェイマス・ファンタスティック・ミステリーズ〉一九五〇年四月号

クラークによれば、本篇の執筆は一九四六年七月のことで、〈アスタウンディング〉に送ったところ突き返された。翌年に書きなおして、新しいエージェントに送ったが、なかなか売れ口がなく、当時そのエージェントの仕事を請け負っていたジェイムズ・ブリッシュが大幅な改稿をほどこし、新しい結末をくっつけた。この改稿版は無事に売れたが、作者本人は長いあいだ改稿のことを知らなかったという。

だが、話はそこで終わらない。一九五二年に本篇は変容をはじめ、名作『幼年期の終り』の第一部となったからである。

わが国では、一九八六年に新潮文庫から刊行された傑作集『太陽系オデッセイ』（一九八三）に訳出されたが、本書には別ヴァージョンに基づく改訳版を収録した。

●「**時の矢**」“Time's Arrow”　初出〈サイエンス・ファンタシー〉一九五〇年夏季号

幼いころクラークは恐竜マニアだった。きっかけは父親にもらった煙草の景品のカード。

クラークは有史前動物を描いた一連のカードをすべて集め、それを使った自作の冒険物語をクラスメートに語って聞かせたという。掲載誌は、イギリスのSFファン・グループが母体となって出した新雑誌の創刊号である。

●「**海にいたる道**」“The Road to the Sea” 初出〈トゥ・コンプリート・サイエンス・アドヴェンチャー・ブックス〉一九五一年春季号

本篇も『銀河帝国の崩壊』第一稿から、その完成形『都市と星』（一九五六）へいたる試行錯誤の産物。作中に登場する黄金のスフィンクス像が印象的だが、ウエルズの「タイム・マシン」に出てくるスフィンクス像の影響は明らかだ。どちらも悠久の時の流れを見まもるシンボルである。ちなみに初出時の題名は“Seeker of the Sphinx”だった。

●「**貴機は着陸降下進路に乗っている——と思う**」“You're on the Glide Path, I Think” 初出〈エアロプレーン〉一九四九年九月号

第二次大戦中、空軍の技術士官だったクラークが、レーダー着陸システムの開発に従事していたのは有名だが、その実態は案外知られていない。その体験を本人がユーモラスに語ったのが本篇。いっぽう、同じ体験をシリアス・タッチで小説化したのが、本文中にも題名の出てくる長篇 *Glide Path*（一九六三）である。

編者略歴　1960年生，1984年中央大学法学部卒，英米文学翻訳家　訳書『宇宙への序曲〔新訳版〕』クラーク，『2001：キューブリック、クラーク』ベンソン（共訳）（以上、早川書房刊）他多数

HM=Hayakawa Mystery
SF=Science Fiction
JA=Japanese Author
NV=Novel
NF=Nonfiction
FT=Fantasy

ザ・ベスト・オブ・アーサー・C・クラーク①

太陽系最後《たいようけいさいご》の日《ひ》

〈SF1713〉

二〇〇九年五月二十五日　発行
二〇二〇年二月　十五日　三刷

（定価はカバーに表示してあります）

著者　アーサー・C・クラーク
編者　中《なか》村《むら》融《とおる》
訳者　浅《あさ》倉《くら》久《ひさ》志《し》・他
発行者　早川浩
発行所　株式会社　早川書房

郵便番号　一〇一 - 〇〇四六
東京都千代田区神田多町二ノ二
電話　〇三 - 三二五二 - 三一一一
振替　〇〇一六〇 - 三 - 四七七九九
https://www.hayakawa-online.co.jp

乱丁・落丁本は小社制作部宛お送り下さい。
送料小社負担にてお取りかえいたします。

印刷・株式会社精興社　製本・株式会社フォーネット社
Printed and bound in Japan
ISBN978-4-15-011713-9 C0197

本書は活字が大きく読みやすい〈トールサイズ〉です。